黒白《こくびゃく》の一族

明野照葉

光文社

黒白《こくびゃく》の一族

目次

装幀　鈴木久美
装画　山科理絵

《プロローグ》

――東京都杉並区／環状八号線西裏手――

それはたぶん、バブルの頃のことだったのだろう。基本的には、庭のある広い敷地に家屋が並ぶ、一種の屋敷町であるこの住宅地の一角にも、ずいぶん新しい住人たちが移り住んできたと、可南《かなん》は父の康平《こうへい》から聞いている。また、この十数年の間にも、古い邸《やしき》が取り壊されて、そこに何軒もの新しい家が建つのを見かけるようになった。コーポという名のアパートになったところもある。新しく建てられた家はと言うと、注文建築の凝った家もあるが、昔は一軒だった敷地に二軒、三軒と、同じような顔の建て売り型の家もあって、徐々に規格化、定型化されていっている感じがしなくもない。この町ならではでなくて、どこにでもあるような住宅地になりつつあるとでも言ったらいいか。

「少しずつではあるものの、昔の風情が確実に侵食されていってるなあ。見ていると、何年か置きに、そこここで昔ながらの家が取り壊されて、新しい家が出来てよそから住人がやって来る……その繰り返しと積み重なりだ。あと十年、二十年もしたら、ここら辺りはいったいどうなっていることやら」

榊《さかき》家の当主であり、可南の父である康平は、近所で新しい住宅の建築が始まると、決まって幾分曇らせがちの顔でそんなようなことを呟《つぶや》いて、嘆かわしげに薄い息を漏らす。まるでわがふるさとの移り変わりを憂えるかのように。

昔は文化村とも呼ばれた地域――与謝野晶子《よさのあきこ》や田村泰治郎《たむらたいじろう》といった文人、それに今や大企業にまで成長した会社を一代で立ち上げた立志伝中の人物などが、この辺りに自宅を持ったり、ある種の別宅を構えたりしていた時代があったようだ。広い敷地に建ち、離れを持つ平屋の立派な日本家屋もあれば、レトロにしてモダンといった様相の、浪漫のようなものを感じさせる洋館もあった。時の流れ、世の流れにつれて、彼らがこの地を離れても、それを受け継ぐような恰好《かっこう》で、そうした家にはそれなりの人間、その邸宅に相応《ふさわ》しい家族が住んでいた。その流れは、今も完全に絶えてはいないのだが。

「佐川《さがわ》さんちの庭の大きなソメイヨシノの木――春が来るたび思い出すなあ。酒やつまみを持ち寄って佐川さんのところに行くだけで、十人、二十人でのんびりと花見ができた。花びらがひらひらと風にゆるく舞い散って、時には盃《さかずき》のなかにもひらりとひとひら……何とも優雅なものだった。そのソメイヨシノの木が造成、建て替えで根元からぼっきり。今じゃその上に変てこな家が建っていて、切り株さえ見えやしない。人間っていうのはよくもまあ、平気でそういう残酷なことができるもんだと思うよ。……佐川さん、今はどこでどうしているんだろうなあ」

　虚《うつ》ろにそう言う康平にしても、この地での榊家の、まだ二代目の当主でしかない。康平は去年の初冬に六十になった。康平の父であり、可南の祖父である康一《こういち》が、この地に移り住んでから数年後に生まれたから、榊家は六十数年ほど前からのこの土地の住人ということになる。そうしたことからすれば、榊家も新参者と言えば新参者だ。けれども、康平はこの町とそこに建つこの家に、強い愛着と執着、加えて誇りの如《ごと》きものを持っていて、ここここそが自分が生きて暮らし、そしてやがて死ぬ場所であり家だと、勝手に思い定めている。康平なりのふるさと意識――。

　但《ただ》し、今の家は当時のものではない。元は平屋の古い日本家屋だったのを、二十年ほど前に康平が二階建ての日本家屋に建て替えた。元の家は、それはそれで立派な家だったのだが、恐らく戦中、戦後、手入れが行き届かなかった時期があったと思われる。手入れが滞《とどこお》ると、どうしても昔ながらの

《プロローグ》

古い日本家屋はもたず、ところどころに軋《きし》みがでる。榊家の元の家は、あちこちに致命的な傷《いた》みを来《きた》していて、大工や建設会社とさんざん相談を重ねたが、止《や》むなく解体せざるを得なかったのだ。それでもかつての家を忘れじと、大黒柱だの梁《はり》だのは、極力今の家に残すかたちでの建て替えをした。納《なん》戸《ど》の棚なども前の家の木材だし、大正時代の品だという振り子のある木の大きな柱時計は今も昔の柱とともに健在。今日もリビングでカッチンコッチン時を刻んでいる。

可南と双子の姉の紫苑《しおん》は、今年三十四歳。生まれたのは元の古い家で、この家ではない。したがって、中学校の二年生ぐらいまでは、古い家で暮らしていた。家が新しくなった時、たしか紫苑は「うわあ、一気に近代化された感じー」と嬉《うれ》しげな笑顔を見せて声を上げていたが、可南は一抹の寂しさを覚えた記憶がある。どちらかというと、元の家が実家、生家という気持ちが、可南のなかにはあるのだと思う。康平が敢《あ》えて残した柱や梁、元の家の木材で作られた納戸の棚……そういったものを目にすると、わけもなく心がほっこりするし、そうしてくれた康平に、「よくぞ残してくれました！」と言いたくもなる。今の家は、木材、建材等に、かなりのこだわりを持って建てたので、今年は軒下の樋《とい》回り、翌年は外壁、次は水回り……と年々順繰りにある程度手を入れていけば、優に百二、三十年は持つ家だと康平は豪語している。

「百二十年、人間本来の寿命だぞ。いや、手入れさえちゃんとしてやったら、二百年いけるかもしれない」

康平の妻、つまりは可南と紫苑の母の美絵《みえ》も、「私は病院じゃなくて、この家で息を引き取りたいわあ。もう自分とこの家が切り離せなくなってるのよね。よそに引っ越すこともだけど、ここじゃない所で死ぬことなんか、まるで考えられなくなっちゃってる」と時折口にする。すると紫苑は、「やんなっちゃうなあ。お母さん、まだ五十八だよ。何が死ぬの何のだか……。あの人、きっと百まで生きるよ。ああ言ってるからには、病院にも施設にも入らないだろうし、面倒見るのは私たちだ。ああ、ヤバい、ヤバい」と、鼻の付け根に皺《しわ》を寄せた顔で可南に言うけれども。

　ここに土地と元の家を買った祖父の康一は、生きていれば九十歳。若い頃の無理も祟《たた》って、残念ながら十三年前に七十七歳で亡くなった。康一は、元は秋田県のなかでも〝ど田舎〟と言っていい北秋田市綴子《つづれこ》大堤道下《おおづつみみちした》というところの荒物屋《あらものや》の次男坊だった。つまり榊家の父方のルーツは秋田にある。終戦直後、康一は、「まんずもどかしいったらありゃしねえ。今はこんなど田舎で燻《くすぶ》っている場合じゃねえ。目指すべきは東京――盛んに復興が行なわれている東京だ。そこにお宝が眠ってる」と、弱冠十七歳にして上京。米、粉ミルク、ネズミ捕り、鍋、釜、盥《たらい》……とにかくその時必要とされている物を掻《か》き集めては売り捌《さば》き、二十三歳の時には宝交易《たからこうえき》という貿易会社まで立ち上げて、二十六歳でここに土地と家を買って住まいとしたという傑物だ。敷地は九十二坪と百坪には少し欠けるが、今時の住宅としては広い方だ。わが祖父ながらたいしたものだと可南は思う。康一の妻にして可南の祖母の徳子《とくこ》は、康一より四つばかり歳《とし》上の、しっかり者の姉さん女房だった。康一とは、ずっとオシドリ夫婦とも同志とも言える間柄でやってきたためか、康一の死後、がっくりと弱ってしまい、一年後には後を追うようにこの世を去った。八十二歳の春のことだった。康一は、同じく故郷を離れて上京していた徳子と東京で知り合ったらしく、青雲の志があって行動力もあり、商売上手でやり手の康一と、姐御《あねご》肌で肝の据わった徳子は、出逢《あ》ってすぐに意気投合したのかもしれない。男と女だから、恋に落ちた、関係を持った――そういうことだ。康一が二十歳の頃には二人は同棲《どうせい》していたはずだ。徳子の生家は富山県砺波《となみ》市にあると聞かされている。が、徳子の上京は出奔《しゅっぽん》に近いものだったようで、生前から富山の親戚とのつき合いはなく、本当に富山に実家があるのかどうかも疑わしい。その証拠にと言うべきか、美絵もだが、可南も紫苑も徳子の側の親戚には誰とも会ったことがない。それだけある。に、紫苑がどう思っているかは知らないが、可南には「自分は秋田の人間。血は秋田」という意識がある。

「リリー、リリー。まったく、あんたはさっきから二階に上がったり表に出たり……ちょろちょろちょろちょろ何やってんのよ？　さ、晩ご飯作るよ。お手伝いして」

階段の下から上を見上げて言う紫苑の大きな声が、可南の耳に聞こえてくる。一度は結婚して家を出た紫苑だが、今は娘の梨里《りり》とともに、またこの家で暮らしている。バツイチ、シングルマザー。今では流行《はや》りみたいなもんだと、紫苑は自分で言ってせせら笑っている。

「リリーってば。あんた、『ちびまる子ちゃん』観《み》ながらご飯食べたいんでしょ？　なら、すぐ台所。お手伝い開始！　オーパとオーマがいないからって、勝手に部屋に入って散らかしたら、後で痛い目に遭わされるよ。あの二人、善人面しているけれど、正体は鬼なんだから。ほい、さっさと戻っておいで」

オーパ、オーマ——康平と美絵のことだ。今はジイジ、バアバと呼ばせるのが一般的らしいが、紫苑はオーパ、オーマと呼ばせている。

オーパとオーマ、康平と美絵は、半月ほど前から秋田に行っている。康一の生家は、康一の兄にして長男である康太郎《こうたろう》が四十二歳の若さで早逝《そうせい》してしまい、いわゆる〝長男人事〟で康一は生家の惣領《そうりよう》となった。康一の子供は康平一人きりだ。康一もだが、康平も杉並区のこの町に住みついてしまって、秋田の生家に行くことは滅多《めった》になかった。ことに康平はそうだ。なので、秋田の生家は長い間空家の状態が続いていた。いっそ売り払ってしまいたいところだったが、不便な田舎の古い家だけに買い手がつかない。更地にして土地を売ろうにも、土地だけは無闇に広いので却《かえ》って売れない。北秋田市に安くて構わないので買い上げてくれとかけあったこともあったが、あっさりと断られた。使い道がない土地だから、仮に只《ただ》でも要らないと言われたとか。売れるどころか、家の始末をつけようとすれば、逆にお金がかかる。康太郎には康平にとって従兄にあたる喜一《きいち》という息子がいるが、喜一はもう七十八歳。その息子、栄太《えいた》は仙台市の建築事務所で働いているが、サラリーマンなので勤めがあるし、親等的にも遠いから、そんな損な役回りを務めたいと思う訳もなく、生家は宙に浮いたような状態になっていた。それでいよいよ康平が家終《いえじま》いをすべく、秋田に赴くことになったのだ。

「まあ、何かと大変よ。今は何でもかんでも一遍に、重機でバリバリ潰してもらっちゃう訳にもいかないから。分別だの何だのがうるさくないうちにやってしまえばよかったわ」

昨日だったか電話で美絵がこぼしていた。それでも思い切ってすべてを業者に任せてしまえば短い期間でカタがつくのだろうが、大枚をはたかなくてはならないうえに、納戸や押入れの奥に眠っている〝お宝〟と言える品を、みすみす人手に渡すか廃棄されてしまうことになりかねない。秋田の家にはどうやらそうした品があることはあるようで、康平はそれを康一からこっそり聞かされていたらしい。康一は儲《もう》けた金で、趣味の書画、骨董《こっとう》の類《たぐい》を手に入れては、秋田の家に運び込んでいたようだ。康一には、自分はいつかは秋田の家に戻るという気持ちがあったのかもしれない。康平は、昨年トヨトミ軽金《けいきん》を定年退職になって時間ができた。それで、季節がよいうちにと、六月に入ると間もなく渋る美絵を伴って秋田に行ったという次第だった。まだ六十。だが、康平はもう企業年金をもらっているし、勤め人の頃から投資をやっては、うまいこと利益を得ていたし今も得ている。康平にしてみれば、秋田の家の件をさっぱりさせて、早いところ悠々自適の第二の人生に突入したいという思いではないか。

「一ヵ月やそこらじゃ全然無理。、三ヵ月でもきっと無理ねえ。いよいよ業者にお出ましいただくまでに、いったいどのぐらいの時間がかかることやら。ほんと嫌んなっちゃう」

美絵は溜息《ためいき》交じりに言っていたが、可南としては、秋田と縁が切れてしまうのが、何となく残念な気がしないでもない。が、奥羽《おうう》本線の鷹ノ巣《たかのす》が最寄り駅。山形・秋田ミニ新幹線が通った分時間は多少短縮されたが、それでも回り道だし半日余りかかるので、行き来するにはどうあれさすがに遠過ぎる。秋田の家終いは、止むを得ないところだった。

そんな次第で、目下、榊家では、可南、紫苑、梨里の女三人が寝起きしている。因《ちな》みに梨里は小四、九つ。ちょこまか動き回るのは今に始まったことではなく、梨里はコマネズミか野ウサギみたいな元気で溌剌《はつらつ》とした女の子だ。可南は、そんな梨里のことが大好きだが。

「ああ、可南も手伝って。チャチャっと料理しちゃおうよ。今日は、日曜で二人とも揃《そろ》ってるから、食べた後もさっさと片づけちゃって、早くのんびりすることにしようよ」

紫苑に呼ばれて可南も台所に赴く。平日可南は、新宿のクララ貿易という会社に、毎日勤めに通っているはずだった。ところが経営状態その他に問題が生じて、目下首脳陣が経営の見直しと今後の対策を侃々諤々《かんかんがくがく》大検討中。可南も当面は不定期の出勤となり、今は通勤するのは週にほぼ三日だ。かたや紫苑は梨里の手がほぼ離れたので、歩いてほんの二、三分のところにあるスーパーCOMONに、昼間三時間ほどパートとして働きにでている。日曜夕刻のシフトが入ることも結構あるので、美絵が不在だと、紫苑と可南、どちらが日曜の夕食係を務めるかの相談になる。一応係は決めておいても、二人揃えば二人でやる。因みに今日の係は一応紫苑。

「ママちゃん、可南、隣家に不審者発見！」二階から転げ落ちるように下りてきた梨里が紫苑と可南の二人にやや興奮気味に言った。「男の人二人が何かごそごそやってる。昨日も来てたよ、あの人たち。母屋を見たり、離れに入ったり。何か怪しい」

梨里は紫苑のことは、ママちゃんと〝ちゃん〟づけ。かたや可南のことは呼び捨てだ。それもまあご愛嬌《あいきょう》。

「ふうん。来栖《くるす》さんが出ていってから長いからねえ。ひょっとしたら、いよいよ新しい人が来るのかな。――ほら、リリー、エンドウの筋取り」紫苑がスナップエンドウの入ったポリ袋を渡しながら梨里に言った。「不動産屋か工事の人……家の下見かな」

来栖一家は、もう一年以上も前に何の挨拶もなしに突如消え、榊家の隣家は空家となった。一年以上……そろそろ二年になるかもしれない。

「何か夜逃げみたいだったなあ。引っ越しするところも見なかったぞ」康平は言っていた。「来栖さんはうちよりずっと昔からの住人だっていうのに」

「いよいよ動きだした訳かあ」ニンニクを炒めながら可南も言った。「隣の敷地、うちの二倍はあるからね。あの家や離れがバリバリ取り壊されて、安手の家が四、五軒建ったら嫌だなあ。そうなったら工事音はうるさいし、一気に隣人が増えて鬱陶《うっとう》しい」

「そうはならないんじゃない？　あそこ、土地自体は大場《おおば》さんのものでしょ？　大場さんが土地を分割して貸すとは思えない」

「そうか。確かにそうだね。何軒にも貸したら何かとややこしいもんね。来るとしたら借地人一軒か」

来栖家は、大場家の古くからの借地、借家人だった。曽祖父の信兵衛《しんべえ》さんだったかが、誰でも名前を知っているであろう大手ゼネコン大谷《おおたに》組の創業メンバーの一人で、たしか社長を務めていた時期もあったはずだ。その信兵衛さんの時代からの借地、借家人だと、可南も康平から聞いたことがある。だから祖父も父も大谷組という流れできたのだが、信兵衛さんの曽孫《ひまご》に当たる資朗《しろう》は建設業を嫌って、自分で投資会社のようなものを始めた。それが躓《つまず》きの元となった。資朗は五十七、八。六十手前だった。彼が当主となってから、来栖家の母屋の庇《ひさし》が傾きだした。

「どっちみち新しいお隣さんが来る訳だ」

「そうだねえ……新しいお隣さんねえ」

そこで会話は途切れ、可南、紫苑、梨里の三人は、黙って自分の作業に当たった。口は閉じていたが、三人が頭で考えていたことは、恐らく同じようなことだったはずだ。

新しいお隣さん——どういう人が越してくるんだろう。

いい人かな、面倒臭《くさ》い人かな。できれば静かでつき合いやすい人だといいんだけど。

あの広い敷地——この時代、どんな人が越してくるやら見当がつかない。大家族？　お金持ち？

……。

「可南、ニンニク炒め過ぎじゃない？　何か臭うよ」

「あや、ほんと、焦げかけだ。急いでキノコたっぷり入れてブイヨン入れよ」

「あ、キノコパスタだー、今日のメイン」

「当たりぃ。リリー、大正解！」

「やったー」

梨里と軽口めいた言葉を交わしながらも、可南は依然として考え続けていた。

(いよいよ誰か越してくる訳ね。ま、ずっと空家のまんまじゃあね。……でも、どんな一家が越してくるんだろう。良い人、それとも悪い人？　良い人だの悪い人だの、そういう括《くく》り方もないか)

新しい隣人——どんな人たちか楽しみというよりは、可南のそれは、少しばかりの怖さや不安を孕《はら》んだ思いだった。心が勝手に呟く。
（やだな……どっちみち何かめんどくさい）

第一章　新たな隣人

1

梨里の観察に間違いはなかったらしく、週明けから、隣家の工事が始まった。但し、大々的な工事ではなく、母屋や離れの問題箇所を直す程度の工事だ。したがって、可南は会社に行っていて留守にしていたが、音もそうしなかったと紫苑は言っていた。

「九時半頃、工事の人が『二、三日のことですから』って、タオル持って挨拶にきた。家自体はあのまま使う訳ね。でも、施工屋さんを一斉に何人も入れて、ずいぶんあちこちきれいに直しているみたいよ。気合入ってる」

来栖家は広い敷地に平屋の鍵形の母屋、そして中庭を挟んだところに、離れとしては珍しいが二階建てのそこそこ立派な建物がある。そして敷地の隅には大きな物置……あれは物置ではなく納屋と呼ぶのが正しいのかもしれない。若《も》しくは倉。そんな家だ。

「中庭に池はあるし、南側は正真正銘の竹垣だし、昔ながらの本格的なお宅よね。勝手口と言うより裏門と言いたくなるような出入り口もあるし。次の人、あれを残して住むつもりなのね」可南は言った。「となると、相当なお宅だろうね。っていうか、かなりのご家庭、お金持ち」

「ま、お金持ちには違いないでしょうね。案外大家族だったりして。あそこは離れだけで、充分一世帯が生活できるもんね。いや、一世体半でもいけるな」

「そうね。来栖さん、母屋にはお父さん、お母さんたちがいて、資朗さん一家は離れで家族三人暮らしていたもんね」

「いい人たちだったよね。資朗さんのお父さん、お母さんたち」

「うん。まったくもって良き隣人でありました。資朗さんさえ、投資会社なんか起業しなけりゃ。

──何て言ったっけ、あの会社？」

「ハンティング……ディーラーシップ、だったかな？　三百億超の負債とかで、テレビのニュースにちらっと出たよね」

「代々大谷組。資朗さんもおとなしく大谷組に勤めていたら、まだうちのお隣さんだったろうに」

「ここはそういう一家が多かったんだよね。でも、時代が凄《すご》い勢いで変わってるから」

「ま、うちのお父さんは、お祖父《じい》ちゃんのトレジャー・トレーディングこそ継がなかったものの、トヨトミ軽金、真っ当な勤め人でよかったよ」

「トヨトミ軽金、実は国内シェアナンバーワンで、福利厚生はいいし、企業年金も高い。お父さん、よく調べてるし手堅い。お祖父ちゃんから受け継いで、トレジャー・トレーディングの株はかなり持ってるし、個人投資家としてもなかなかのものだよね。だから私たちも、毎月食費を少しばかり入れるだけで済まされてる。助かるよ。お父さんは、きっと貿易やるよりよかったと思うな」

「ま、天下の榊康一の息子ですからね。その種の勘は鋭いでしょう」

「あはは。天下の榊康一ね」

康一の始めた宝交易は、社名をトレジャー・トレーディングと変えた今も、新橋《しんばし》に社屋を構えている。設立時の仲間だった財部健介《たからべけんすけ》の一族が、宝交易を受け継いだのだ。財部一族とは未《いま》だにつき合いがあり、可南が勤めているクララ貿易は、コスメ、雑貨中心の輸入販売会社で、資本はトレジャー・トレーディングから出ている。言わば子会社だ。クララ貿易は赤字経営が続いているから、首脳陣の対策会議には財部一族も加わっているが、仮に会社を畳むことになっても、可南は創業者の孫とあって、トレジャー・トレーディングの方で拾ってもらえる約束になっている。無職、無収入になる心配はない。だから不定期出社となった今も、呑気《のんき》にしていられる。

「しかし、やっぱり梅雨《つゆ》だねえ。雨の日が多いし、食品が傷む」

「食中毒要注意だね。お味噌汁なんて温め直さなかったら一日で腐る」

「念のため、何でも冷蔵庫に入れとかないとね」

「だね」

可南と紫苑は一卵性双生児なので、声もそっくりだ。二人で喋《しゃべ》りだすと、傍《はた》で聞いている人にはデュアルサウンドの掛け合いみたいに聞こえるらしい。電車内などではしょっちゅう振り向かれる。見た目は紫苑の方が派手。肩の少し上ほどの髪を、その時その時で好きな色でわざと斑《まだら》に染めている。ファッションはアバンギャルド系といったところか。かたや可南はショートカット。カジュアルな装いが好みだ。二人は、メイクの仕方も異なる。なので、顔は瓜《うり》二つに等しくても、近所の人でも可南と紫苑を見間違う人はほとんどいない。康平や美絵、それに梨里は、さすがに肉親と言うべきか、二人の声さえ聞き分ける。

「二、三日で終わる……ってことは、週末辺りに引っ越してくるのかな」

「たぶんね。今週末かどうかはわからないけど」

そんな推測交じりの噂《うわさ》話をしていたところ、本当にその週末の土曜日、紫苑も可南もちょうど家にいた午後三時頃、新たな隣人を名乗る男性が榊家のインターホンを鳴らして挨拶にやってきた。

「すんません。わしらは来週、隣に越してくることになったアマコちゅうもんです。あ、わしはアマコのマツオですわ。お隣さんになる榊さんには、越してくる前に工事のお詫《わ》びやら何やら、まずは申し上げとかにゃいけんと思ってちょこっとご挨拶に罷《まか》り越しました。すんませんけど、玄関口までおいでくださらんかのう」

モニターつきのインターホンだ。見たところ四十半ばかそこらといった、どことなくのっそりとした男性が、カメラに顔を近づけ過ぎるぐらいに近づけて言っていた。紫苑、可南、そこに梨里も加わって、少々呆っ気に取られたようにモニターを見つめる。

「アマコ?……くださらんかのう?」

反芻《はんすう》するように呟く梨里を手で制して、紫苑が慌《あわ》ててマツオとやらに応じる。

「あ、はい。はい、ただいま。すぐに玄関口に参りますので、少々お待ちください」

言って一旦通話を切ってから、紫苑が可南を振り返った。真面目な顔をしていた。

「どうする? 私が行く?」

「うん……あ、私も行く」

「そうだね。それがいい。二人一緒に行こう」

二人して呼吸《いき》を合わせたように小走りに玄関に向かい、ドアを開ける。

「あやー、今日はお休みじゃったんじゃなかろうか。すんませんなあ、土曜にいきなり――」言いかけて一度言葉を呑《の》み込み、男は紫苑と可南、二人の顔を代わる代わるといった感じで見た。「いやー、何なんなん? こいつは魂消《たまげ》た。美人さんがお二人。それもまあ、よう似た美人さんじゃこと。アータらぁ姉妹さんかね? じゃろうね。ほんま、よう似とられるもん」

「あ、双子です。姉妹は姉妹ですけど、私たちは双子でして」

思わず可南が答えて言った。

「双子！」すると男は、膝を打つような勢いで言った。「そりゃあええ。素晴らしいわ。――で、三つ子じゃなく双子かね？」

「あ、双子です」

「そうか、双子か……。三つ子じゃったらなあ、まさしく三女神《さんめがみ》だったとこじゃのに。まあちと惜しかったなあ」

「――」

言っていることの意味がわからず、可南と紫苑は二人沈黙する。

「ああ、いけん、いけん。いきなりよう似た美人さんが二人で出てこらっしゃったもんで、こっちもびっくらこいて逆上《のぼ》せてしもうた」前置きするように言ってから、彼は仕切り直すように背筋を正した。「本日は引っ越し前の仮のご挨拶。アマコ一家の長女・ケイコの連れ合いであるこのわし、マツオが先陣を切って榊さんのお宅ばお邪魔したとです。アマコちゅうのは、天気の天に子供の子、ケイコは継承するの継、わしは松竹梅の松に男と書いて松男ですわ。まあ、一家の人間の名前やら何やらは追々。いずれにしましても、来週火曜、わしらは榊さんのお隣に、天子イチコを家長とし……ああ、イチコは市場の市に子供の子ですけんど。ええ、その天子市子を家長とする総勢十名、引っ越して参りますけえ」

「総勢十人……大所帯ですね」

「はあ。第三十一代天子市子を家長とし、天子市子の娘が三名。わしを含めたその連れ合いが三名。わしんとこの子供が二人。これも女の子ですわ。で、次女のところにまた女の子が一人。従いまして、第三十一代天子市子の下、後は三、三、二、一で計十名ちゅうことになります。――ああ、天了の故郷は九州は宮崎県そぼるぐんふくらそんあららぎひともとでございます。そぼるは祖母に留めるで祖母留。ふくらは福に良しで、あららぎは草冠《くさかんむり》の蘭。ひともとは一に基本の基でございます。番地まで言うなら、十八番地になりますけんど。福良村は天孫降臨の地、高千穂《たかちほ》とはひとつ谷を挟んだ山のてっぺんにある山村であります。ま、そんなこともそのうちに。――ああ、そうじゃなあ。本格的にご挨拶に伺う時にでもまた、一家十名の名前やら年齢やら書き出したものをお持ちすることにしますわ。何せうちは人数が多いうえに、ちと名前が読みづらいんで。――うん。そうだ、そうだ、それがええ。それが一番わかりようてええわ」

「あ、はい。では、そのようにどうぞよろしくお願いいたします」

「あの、失礼ば申しますが、榊さんのとこの家長さんは？　あんたがたお二人でお住まいということはありますまい。何せ立派なお宅じゃけえ。今度挨拶に伺う時、家長さんにもお目にかかれますかいねえ。ぜひともご挨拶させていただきたいんですけんど」

「あ、父と母は、ちょっと事情がありまして、しばらく家を留守にしていまして」可南が言った。「後二ヵ月ぐらいはこちらに戻らないのではないかと……。なので、こちらのご挨拶、遅れます。すみません」

「ああ、そうなん。――で、お嬢さんがたはお名前何と？」

「あ、私、可南です。榊可南。可能の可に南と書きます」

「一応私が姉になりますけど、私は紫苑です。紫に草冠の苑《その》と書いて紫苑」

「可南さんに紫苑さん？　ひょっとしてアータらご一家、キリスト教徒け？」

「あー、いえいえ」紫苑が顔を大きく横に振りながら言った。「母がたまたま産院に置いてあった聖書を読んでいて、そこに出てきた地名に因んだ名前をつけただけです。言ってしまえば葬式仏教です、うちは」

「そうか、そうか。——おっ！」

松男がいきなり大きな声を上げたので、可南も紫苑もびっくりして、思わず背筋を伸ばした。見ると、松男の目は、可南と紫苑、二人の斜め後ろに向けられていた。

「んまー、可愛《かわい》いお嬢ちゃんがまた」

振り返ると、好奇心を抑えきれなかったとみえる梨里が、可南と紫苑の背後に隠れるようにして玄関口までやってきていた。

「あ、すみません。リリー、ご挨拶なさい」紫苑が梨里に言った。「お隣に越してらっしゃる天子さんのお宅の松男さんですよ」

「あ、こんにちは！　榊梨里、九歳。杉並区立花園《はなぞの》小の四年生です。よろしくお願いします」

はきはきと言って、梨里が松男に向かってぺこりと頭を下げた。

「何としっかりとしてお利口さんな。リリーちゃん……これまた名前は外国人じゃね」

「あ、リリーは梨に里と書きます」紫苑が言った。「私の娘です。夫というか、この子の父親はここにいませんけど。私、それとは離婚したもんで」

「ああ、そうなん。ということは、榊さんとこは、家長であるお父さん、それにお母さん、アータら娘さんお二人と、この可愛らしいお嬢ちゃん。全部で五人さん？」

「はい、そうです。五人です」

「そうけえ、うちにもちょうど九歳の女の子がおるんよ。アキコというんじゃけど。わしの奥さんの妹、つまりは天子の次女、アコの娘。——まあ、アキコもややこしい字なもんで、それは改めてまた。

梨里ちゃんはうちのアキコとは同学年……ひょっとしたら花園小の同級生になるかもなあ」言ってから、松男は少し腰を屈《かが》めて、穏やかな顔を梨里に向けた。「梨里ちゃん、うちのアキコ、よろしくね。わしの娘は十八と十五。梨里ちゃんよりちょっとばっかしお姉さんになるけんど、わしの娘たちとも仲ようしてやってちょうだいな。いつでんうちに遊びにきんさい。いや、来てちょうだい」

「あ、はい！　遊びにいきます。うちにも遊びに……きてくんさい」

「うはは。ほんま、お利口さんじゃ。可愛いお嬢ちゃんじゃのう」松男は朗《ほが》らかに言って破顔すると、続けてきっちりと頭を下げた。「いやあ、すっかりお邪魔してしもうて、どうも失礼いたしました」

「いえいえ、ご丁寧にどうもありがとうございました」

「そいじゃ、正式な挨拶はまた越してきてからということで。そん時はご挨拶の品など持って伺いますけん。ほんじゃあの」

そう言って、松男は去っていった。

「ふう……」

ドアを閉めると、紫苑と可南は、呼吸を合わせたように吐息を漏らしていた。いきなりふだんの日常が破られたような心地。

「第三十一代天子市子の下……計十名ちゅうことになります。故郷は……祖母留郡《そぼるぐん》福良村《ふくらそん》　蘭《あららぎ》　一基《ひともと》でございます。……ほんじゃあの」

言ってから、弾《はじ》けたように、梨里がケラケラ笑いだした。

「こら、リリー」

「ウケるー」

「まったくあんたは……。知らないうちに出てきてるもんだから、ママちゃん慌てちゃったよ。それに遊びにきてくんさいとか何とか、あんたったら早速真似《まね》しちゃってさ」

「だってー。面白いんだもん、あのおじさん『ひょっとしてアータらご一家、キリスト教徒け？』

――あははは」梨里がお腹《なか》を抱えて笑いながら言う。「言葉が何か変。『何なんなん？』って、『なん』が一個多ーい。そりゃ『何なんなん？』」

「こら、リリー。まあねえ、宮崎県って言ってたから、方言……九州弁なんでしょ」言ってから、紫苑は幾分顔を曇らせて首を傾《かし》げた。「いや、それとも何か違うような。『けえ』とか『ほんじゃあの』とか、九州弁じゃないよね？　九州弁は、『したとです』とか『どげん』『ばってん』『好いとうと』……」

「それに、『何ばしよっと？』とか『よかばい』とか？　――あ、広島弁。何か広島弁っぽくない？」

「そうだ、広島弁だ。『じゃけえ』『くんさい』『ほんじゃあの』……確かに言うね、広島の人」

「あの人、松男さんは広島出身なのかも」

「ま、その可能性はあるわね。しかし総勢十名。よもやの二桁。今時としては大家族だ」

「正式な挨拶にまた来るって言ってたね」

「うん。今日来たからもういいのに……。でもまあ、十人の顔と名前、知りたいことは知りたいような」

「リリーと同い歳の女の子もいるっていうから、どうしたってお隣さんとはこれからおつき合いしていくことになるわね。今日来た松男さんから推測するに、ちょっと濃いめのおつき合いになるかも。何せ田舎の人だからね。あちらにしてみれば、ご近所づき合いは特別かも。不可欠って言うか」

「うわあ、何か慌ただしくなりそうな予感。めんどくさそう」

「うーん。だいたい、わざわざ第三十一代って言うこと自体が凄くない？　天子市子さん……その人が家長で娘が三人って言ってたよね？　となると完全な女系一族だ」

「松男さんのお子さんも含めて、三人のお子さんもみんな女の子だって言ってたしね」

「三女神！」梨里が声を上げた。「ママちゃんと可南のこと、三つ子だったら三女神だって」

言うか言わないかのうちに、またもや梨里はケラケラ笑いだした。

「リリー」意図して険《けわ》しげな顔を作って紫苑が梨里に言った。「今度松男さんたちが挨拶に見えた時、今みたいに笑ったりしたら絶対に駄目だからね。いいこと？　わかった？」

「了解。了解であります、ママちゃん」

「本当にわかってる？　何だか心配だなあ、あんたは」

「そうだよ、リリー」可南も言った。「これから長いおつき合いすることになる人たちなんだから、失礼があっちゃまずいよ。笑わず真面目にご挨拶。いいわね？」

「はーい」

梨里はいわゆる〝よいお返事〟をしてみせたが、そのくせまだ咽喉《のど》の奥でくすくすと笑っていた。

（第三十一代天子市子。故郷は……祖母留郡福良村蘭一基……）

可南は心で呟きながら、梨里が笑うのも無理はないという気持ちでいた。今時、何代目だの故郷の詳しい住所だの、口にする人の方が少ない。ふつうは言わない。つまりは、相当の変わり者の一族。

（嵐の予感）

やや顔を曇らせて、可南は心のなかで言っていた。

2

翌週の火曜日、引っ越しトラックが二台ほど隣の敷地に横付けされ、一斉に荷物が運び込まれたと可南は紫苑から聞かされた。

「なかなかの大荷物だったわよ。早ければ明日にでも挨拶に来るんじゃない？　ま、土曜か日曜って可能性もないじゃないけど」

そんな話をしていたところ、松男がまたインターホンを鳴らしてきた。

「何せ十名の移動なもんで、大変お騒がせをいたしました。わしら、今日、引っ越して参りました。じゃけど、ご挨拶は明日でのうて、土曜か日曜の午後にでもさせていただいた方が、お宅様にもご都合よかろうかと思いまして。土曜の午後三時頃、幾人かでお邪魔したらご迷惑じゃろか。夕刻の方がよろしければ、夕刻にお邪魔いたしますが」

「前もってわざわざ。土曜の午後三時頃でしたら、私たち三人は家にいるはずですので」

松男に答えて紫苑が言った。

「ほんじゃあ土曜の午後に、幾人かでご挨拶に伺いますわ。正式なご挨拶と申し上げながら、こちらも十名全員という訳にはいかんもんで、そこが申し訳ないところではございますが。十人もいると、なかなか一斉にとはね。すんませんが、ま、どうかひとつよろしうお願いいたしますわ。——あ、総勢の名前やら何やら書き出したものは、その時作ったものをお持ちしますけえ」

「あ、はい。ではまたその時に。こちらこそどうぞよろしくお願いいたします」

松男との遣《や》り取りを終えた後、紫苑は「ふう」と息をついた。

「土曜か。前もってわかっていた方がいいことは確かだけど、何かちょっと緊張しちゃうな。いよいよお目見えかって感じで」

「十人のうち、何人が来るんだろうね」可南も言った。「リリーと同級生だっていうアキコちゃんとやらは来そうな感じ」

「天子市子さんが家長というんだから、市子さんは来るんじゃない？」

「そうか。ほんと、何か妙に緊張するね。うちはお父さんもお母さんも不在だから、私たち二人がきっちりご挨拶しないと。あちらは家長だの何だのにこだわるお宅のようだから」

「うちも元は北秋田市綴子《つづれこ》大堤道下《おおつつみみちした》とか言わなきゃいけないのかな」

「それはいいんじゃないの？　でも、お父さんたちが不在なのは、秋田の家終いのためってことだから、やっぱり言うことになるのかな」

「うへー。めんどくさー」

そんな会話があって、いよいよ問題の土曜日を迎えた。二時過ぎには、いつ天子家の人たちがやってきてもいいように、可南も紫苑も大袈裟《おおげさ》にならない程度に着替えをして、念のため、家に上がってもらうことになっても困らないだけの準備はした。梨里は髪を編んでくれというので、一部三つ編みにして後ろで結んだ。松男がインターホンを鳴らしたのは、三時四分のことだった。

「お隣に越して参りました天子でございます。わしは前にご挨拶させていただいた松男です。今日は総勢十名とはいかず、十名に三名欠ける七名でご挨拶に罷り越しました」

「あ、はい。ただいま三人で玄関口に参ります」

いよいよ来たぞ――そんな思いで三人で玄関口に向かう。

「ノノ様……いや、天子市子は本日のご挨拶は遠慮させていただき、残り九名のうちから七名が、ご挨拶にお邪魔させていただきました」

（あ、家長の天子市子さんはいないんだ）

内心そんな思いを抱きつつ、ぞろりと顔を並べた天子家の人々と対面する。

「これが長女の継子《ケイコ》。わしは継子の亭主です。で、継子の娘のショウコとノリコ。ショウコが十八歳。都立三多摩《さんたま》高校に転入の手続きが済んどります。ノリコは十五歳。区立松原《まつばら》中の三年生。言うたら二人とも受験生ですわ。高校受験と大学受験。頭が痛いところで。そいで、その横のがアコ。天子市子の次女になります。隣はアキコ。アコの娘で、梨里ちゃんと同い歳。花園小への転入は決まっておるんじゃけど、まだクラスまではわからんもんで。どうじゃろねえ、梨里ちゃんと同じクラスになるかどうか。で、そっちの男衆がウメオ。三女のヒメコの亭主ですわ。顔はウメオが一番ええけど、ちんこじゃわな」

「え。ち、ちんこ……」

「あ、背ェが小さいちゅうことですわ」

「あ、はあ、なるほど」

「今日は三女のヒメコとアコの亭主のタケオが、それぞれ用事がありまして、お邪魔できませんでした。追ってまた二人にはご挨拶させますけえ」

松男が名前を口にすると、各自次々頭を下げて見せるのだが、ショウコ、ノリコ、アコ、アキコ、ヒメコ……どんどん名前を言われても、何しろ七人だ。やはりすぐには顔と名前が一致しない。ただ、継子もアコも美人だし、彼女らの娘たちもみなきれいな顔だちをしていることに間違いなかった。美形の女系家族――そんな印象。

「ほれ、あんた。書いてきた紙を渡しんさい。うちらは十人もおるんじゃけえ、榊さんがたも、そうそう易々《やすやす》と呑み込めんでしょうが」

継子が松男に言うと、「そうそう」と、松男がＡ４判の紙を紫苑に差し出した。

「ま、ざっとそれをご覧ください」

紫苑が手にした紙を、顔を寄せるようにして可南も覗《のぞ》き込む。

●天子市子（68）あまこいちこ／天子家家長　第三十一代天子市子
●継子（42）けいこ／長女
・松男（45）まつお／継子の夫（和明）
・承子（18）しょうこ／継子の長女　都立三多摩高校三年生
・紀子（15）のりこ／継子の次女　区立松原中学校三年生
●亜子（39）あこ／次女
・竹男（39）たけお／亜子の夫（紀秀）
・紹子（9）あきこ／亜子の長女　区立花園小学校四年生
●姫子（36）ひめこ／三女
・梅男（34）うめお／姫子の夫（由希哉）

確かにこう書き出してもらうとわかりやすかった。年齢まで書かれているのがいい。

「このうち、今日は家長の天子市子さんと姫子さん、竹男さんがいらっしゃらないんですね」言ってから、可南は継子を見た。「ロングヘアの美人さんは継子さん」

「で、茶色い髪の美人さんが亜子さん」

続けて紫苑も言った。継子は黒髪だが、亜子は肩ほどの髪を染めている。

「美人さんだなんて、お宅らに言われると、何や照れるわ。お宅らこそ、ほんま美人の姉妹さんじゃもん」

亜子の言葉に、紫苑と可南は揃って顔を横に振った。

「いいえ」

「姫子はショートカット。目力は姉妹のうちで一番強いと思いますわ。じき挨拶させますんで」

「紹子ちゃん、うちのリリーです。もしかしたら、同級生になるかも。よろしくね」

紫苑が梨里を前に押し出して言った。

「榊梨里です。よろしくお願いいたします」

はきはきと梨里が言う。

「天子紹子です。こちらこそよろしくお願いいたします」

紹子もまた、大人顔負けの挨拶で返してきた。

「学校のこと、わからんことも多いと思いますけえ、教えてやってくんさい」松男が梨里に言った。

「で、うちの承子と紀子もよろしく」

松男の言葉に合わせて、瓜実顔《うりざねがお》の承子と細い顎《あご》をした紀子がそれぞれ「よろしくお願いいたします」と頭を下げて挨拶をする。

「天子市子はちょっと特別でして、天子市子のご挨拶はまたの機会となります。どうかご容赦《ようしゃ》ください」

梅男が言った。やや小柄だが、梅男は確かになかなかの男前だ。

「でも、第三十一代なんて凄いですね」

「あ、それは数え始めてからのこと。そうじゃねえ、千二百年前ぐらいからのことになるじゃろか。西暦で言うたら、八一〇年ちょっとってとこじゃね」

「千二百年前！」

松男の言葉に思わず声を上げる。

「たいしたことはありません。もっとはよから数えておったら、百は超えていたでしょう。今の天皇さんが百二十六代じゃけえ、それにはちょっと及びませんが」

「あの」幾分おずおずと可南は言った。「松男さんもですけど、竹男さん、梅男さん、お三人さんとも、べつのお名前書いてありますよね？　和明《かずあき》さん、紀秀《のりひで》さん、由希哉《ゆきや》さん——これは？……」

「ま、言うたらそれが本名ですわ。けんど、オナゴが七人。それを覚えてもらうだけで大仕事じゃ。そのうえ男衆までとなると敵《かな》わんじゃろ？　じゃけえ、男衆は松竹梅《しょうちくばい》で覚えておってもらったらそれでええんで」

(松竹梅……ざっくりしてる)

思ったが、可南は何も言わなかった。

「わしら古物商をしとって、男衆はみな古物商許可証を持っとります。なもんで、商品を運び込んだり運び出したり、ちょっとばっかり騒がしいこともあるかもしれんけど、勘弁してくれんさい」

「古物商ですか」

「はい。少し前から中野に『ｂｕｙ＆ｓｅｌｌ　ＡＭＡＫＯ』ちゅう店も出しとります。ああ、アマコはアルファベットの大文字でＡＭＡＫＯ。中野ブロードウェイのなかですけえ、中野にいらっしゃることがあったら、店も覗いてみちゃってくんさい。ブロードウェイの二階を三分ほど歩いた右側ですわ」

「あの、言葉」やや尻込み気味ながら、そう言ったのは梨里だった。「おじさんたちの言葉、何か面白い……ですね」

　余計なことを、といった顔で、紫苑が梨里を横目で睨《にら》む。

「ああ、わしら九州を振り出しにあっちゃこっちゃ行ったけど、一番長いことおったのが広島の廿日《はつか》市市《いち》じゃったもんじゃけえ。廿日市市宮島《みやじま》。廿日市市、ご存じじゃろか」

「あ、いいえ」

「あや、知らんのけ。安芸《あき》の宮島、厳島《いつくしま》神社のあるところよ」

「ああ、厳島神社なら知っていますし、行ったこともあります」可南は言った。「世界文化遺産。いいところですし素敵な神社ですよね。海のなかに鳥居があって、社殿がまるで海に浮かんでいるようで」

「おお、行かれたことがあるんかいね。あそこも市寸島比売命《イチキシマヒメノミコト》をはじめ宗像《むなかた》三女神を祀《まつ》っておられる神社さんじゃけ」

「わしら、九州でも、福良村より福岡県の宗像市におった時期が長いんよ。宗像大社のすぐ近くに住んでおりました」

　松男に続けて梅男が言った。

「そんな具合で、広島弁やら九州弁やら、些《いささ》かごっちゃになっとるじゃろうけど、そこはどうかひとつご勘弁ください」

「ご勘弁だなんてそんな」

「あの、面白くていいと思います」

　また梨里が口を挟む。紫苑が横目で睨んだのも先刻と同じだ。

「ああ、これはご挨拶のしるし」

継子が何やら品物を差し出して言った。きちんと熨斗《のし》がかけられている。

「あら、恐縮です。何かしら」

「引っ越しと言えば、やっぱり蕎麦《そば》。この蕎麦は、わしら、男衆が打ちました」

「それと手拭《てぬぐ》いが二枚」亜子が言った。「なるべく縁起のよい柄を選んだつもりです」

「手打ち蕎麦に手拭い……」

思わず可南は呟いていた。心では続けて呟いていた。

(さすがに三十一代目、昔ながらのご挨拶の品、引っ越し蕎麦か……)

「わしらは引っ越しのご挨拶には、蕎麦と手拭いと決めてるもんじゃけえ。ちゅうか、それが日本の決まりじゃんか」

「ですね。どうもありがとうございます。それでは遠慮なく頂戴いたしますね」

「ご一家の家族構成が書かれた紙、いただいちゃってよろしいんでしょうか」

「ああ、ええよ、ええよ。それはコピーじゃけえ、取っといてくんさい」

「父と母は、今、秋田に家終いに行っていますが、帰ってきましたら、ご挨拶に伺わせますね」

「秋田けえ。わしらも秋田の横手《よこて》市にしばらくおったことがありますわ。秋田のどこかね？」

「北秋田市綴子大堤道下」とうとう言うことになったという思いで可南は言った。「秋田でもかなりの田舎です。なもんで、しばらく向こうに行ったきりで、失礼いたします」

「まあ、それはべつに気にせんといてくんさい。うちかて、家長の天子市子のご挨拶は先じゃもん。そうじゃねえ、天子市子のご挨拶は、祭りの時にでもなりますじゃろか」

「祭り……」

「はい。祭りばする予定でおるもんで。その時は、前もってお誘い申し上げますけえ」

「はあ」

祭り……よくわからないまま、曖昧《あいまい》に可南は言った。

「ほんじゃ、あんまりお邪魔しても何じゃけえ、今日のところは、これで引き揚げますわ。と言っても、すぐ隣におりますけえ、何かあればいつでん言うてください。男手が必要なことがあれば、松男、竹男、梅男、男連中がみんなしてお手伝いしますし。力仕事やちょっとした大工仕事なら誰でもできます。任しといてくんさい」

「ありがとうございます。何か心強いです」

「何せお隣さんじゃ。言うたら親戚も同然。仲ようやりましょう」

「はい。よろしくお願いします」

「ほんじゃ、可愛いお嬢ちゃん、またの」松男が梨里に言った。「梨里ちゃん、紹子らのこと、よろしく頼むけんね。で、ほんま、自分のうちの庭じゃと思って、いつでんうちに遊びにきんさいよ。待っとるけんね。ほんじゃあの」

「ありがとの。あの、私、ほんまに遊びに……遊びにいきますけえ」

「あはは」継子が朗らかな笑い声を上げた。「梨里ちゃんは、ほんま可愛くて賢いわ。あっという間にうちの家族みたいじゃねえ」

そんな遣り取りがあって、天子家七人は引き揚げていった。

「リリー、あんたはまた。子供のくせにしゃしゃりでてきて。おまけに何なん？　遊びにいきますけえって。……たく、やれやれじゃね」

「ちょっと」そう言って梨里に注意をした紫苑に真剣な顔を向けて可南は言った。「紫苑も言葉が変になってるよ。『何なん？』『やれやれじゃね』って、それ、あの人らが使う言葉じゃない？」

「あれ、そうか」

「何かハマるよね、あの人たちの言葉」

梨里が言った。

「それにしても十人かあ。第三十一代のうえに千二百年前、西暦八一〇年ちょっとときた」

「西暦八一〇年って、何時代？」

「そうだなあ、平安時代じゃない？　それもたぶん初期」

言いながらも、可南は松男が持ってきた天子一家の家族構成が書かれた紙を眺めていた。

（古物商……それに、祭りとか言ってたな。方言はともかく、何か変わった人たち）

天子一家のある程度の歴史と構成がわかっても、可南は何故《なぜ》とも知らず、やはり嵐の予感を覚えていた。

3

天子一家が引っ越しの挨拶にいったのは、むろん榊家ばかりではない。先の敷地が接している後藤《ごとう》田《だ》家には言うまでもなく、向かいの藪中《やぶなか》家、それに露木《つゆき》家、袴田《はかまだ》家辺りにも、同じように家族構成を書いた紙と引っ越し蕎麦に手拭いを持って、挨拶に出向いたようだった。つまりは、向こう三軒両隣。

「まあ、まだよくはわからないけど、いいかたたちが越してきてくださったみたいだと、お父さんと話しているの」

そう言ったのは、後藤田家の主婦、悦子《えつこ》だった。悦子も夫の保《たもつ》も、もう八十を過ぎている。子供たちは独立して、老夫婦の二人暮らしの家だ。

「息子はお嫁さんとお嫁さんちに取られてしまったようなものだし、娘は旦那さんの転勤につき合って札幌。ただの転勤のはずが札幌にマンションなんか買っちゃって、どういうつもりなんだか。子供が二人いたって役にも立たなければ当てにもならない」

以前から悦子はそんなふうにこぼしていた。

「天子さんちの松男さんってかた、うちの雨樋《あまどい》が歪《ゆが》んでいるって言って、早速直してくれたのよ。本当にそこに枯れ葉が溜《た》まっていてね、どうもおかしなところから水が溢《あふ》れると思っていたのよね」

悦子からすれば、現実に〝助っ人〟となり得る一家が越してきてくれたというところか。

露木家も、どちらかというとウェルカムだ。

「子供さんが三人。でも、女の子さんばかりだからうるさくないし、一番上のお嬢さんはもう十八でしょ？　大人よね。何より元の家を残してくれたのが嬉しいわ」

露木家の主婦、舞《まい》は可南に言った。元の家を残してくれたことが嬉しい――その点では可南も思いは一致している。露木亮治《りようじ》、舞夫妻は六十代前半だ。就職している息子が一人いて一緒に暮らしている。

「うちの幹一郎《かんいちろう》ももう三十一歳。お相手はいるみたいだから、そのうち結婚して家を出ていくでしょう。そうやってどんどん年寄りの家がふえていくなかで、若い人やお子さんのいる家庭がご近所に入ってくるって、やはり朗報だと思うわ。いいことよ」

可南は、後藤田家の悦子、そして露木家の舞の言うことに、異論を唱えるつもりは毛頭《もうとう》ない。確かに、老い先短い老夫婦が越してきたとか、やかましくて乱暴者の男の子の兄弟がいる家族が越してきたとかいうよりは余《よ》っ程《ぽど》いいし、元の家を残してくれたことも近隣の環境保全という点からすれば喜ぶべきことだろう。三十代から四十代の男性がいるというのも、心強さにつながるので、やはりプラス要素と言っていい。姫子と竹男も、七人が揃って挨拶にきた翌日に、二人して挨拶にきてくれた。

「一緒に来れば昨日一度で済んでいたものを、度々《たびたび》お邪魔することになってしまってすみません。昨日は私たち二人、どうしても外せない用事があったもので」

松男持参の家族構成表によれば、可南たちと一番歳の近い三十六歳の姫子が申し訳なさそうに言った。姫子はやや前に垂らしたサイドの髪が長いショートボブのヘアスタイル。言ってみれば、やや変わった形のおかっぱ頭。姫子も、上の姉二人と同様、鼻筋の通った美人だった。少し話をしてみて、姫子が三姉妹のなかでは一番都会人という気がした。気さくというか捌けているといった印象。

竹男もとりわけいい男というほどではないものの、信頼できそうな顔つきをした男で、松男や梅男と違うのは、眼鏡をかけているところだった。

「竹男さんも古物商のお仕事を?」

訊《き》いてみると、「ええ、そうです」と竹男は頷《うなず》いた。「但し、経理を担当させられておりまして、そういう意味では、そこらのサラリーマンのかたと変わらんのじゃないかと思ったりしとります。じやけえ、だんだんサラリーマン顔になってしもうて」

言われてみれば、確かに竹男はサラリーマンっぽい感じがした。

「ま、経理担当といえども、声がかかれば力仕事でも何でもするのが天子家の男衆ですけえ、榊さんも何かありましたら、気軽に声をかけてください。何でもお手伝いしますんで」

「今、榊さんのとこは、お宅たち双子のお姉さんと九つのお嬢さん、女性三人だとか。それじゃあ何かと心細い思いをすることもおありでしょう。そういう時は、いつでもうちらを頼ってください。何せ十人おりますけん、人海戦術は得意ですわ」

姫子と竹男とならば、そう気を遣うことなく喋れそうな気がした。彼ら二人以外も、べつに可南に気を遣わせる要素はない。梅男は、男性陣のなかでは、口数が少ないという印象だった。

「私は松男さんが一番話しやすいな」紫苑は言う。「天子家の伝令役って感じだけど、田舎の人っぽさが残ってて、人の好さが底にある感じがしていいわあ。気楽に話せそう」

「ま、好みはそれぞれだからね」

梨里などは、本当に天子家に遊びにいって、天子家が気に入ったらしく、以降ちょくちょく隣に出入りしている。早くもそんな調子。同い歳の紹子とは、まずまずウマが合うようだ。

「びっくりだよ。クラスもおんなじ。紹子ちゃん、三組に転入してきた。ま、担任の山室《やまむろ》は、ひいきがキツいから、私はあんまり好きじゃないけど」

「山室？　山室先生でしょ」

「そうとも言う」

「相変わらず口が減らないねえ。誰に似たんだか」

「今度は紹子ちゃんにうちに遊びにきてもらう。いいでしょ？　何しろクラスメイトになったんだから」

「まあ、あんたがお隣さんに遊びにいっているんだから、こっちには来るなとは言えないでしょう」

「紹子ちゃんち、面白いよ。お部屋がいっぱいあるし、いろんなものがあってさ。でも、天子市子さんの部屋には入ったらいけんの」

「天子市子さんって、紹子ちゃんのお祖母《ばあ》ちゃんでしょ？」

「天子市子さんは天子市子さん。お祖母ちゃんなんて言おうもんなら、大変なことになるらしいよ」

「そうなの？」

「天子市子様と言うた方がええぐらいで」

「リリー、また広島弁真似っこして」

「ノノ様とも言うらしいよ」

「ノノ様――」

「天子市子様には、簡単には会えないんだって」

「でも、家族は会えるでしょうよ。毎日同じ家に一緒にいるんだから」

「そりゃそうだろうけど……。でも、お祖母ちゃんとは言うたらいけんの」

「またでた。広島弁」

母娘の遣り取りを横で聞いていた可南が言った。ノノ様――その呼び名にも、可南は何やら引っかかりのようなものを覚えていた。どこかで耳にしたような。

「何気《なにげ》に伝染《うつ》るんよ」梨里が言った。「伝染ってしまうもんはしょうがないじゃんけ」

「『じゃんけ』も広島弁だ。これまでリリーは『じゃんけ』なんて言わなかったのに」

「まあ堅いことは言わない、言わない」

「何だかな」

「可南も遊びにいってみたら？」

「大人はね、そう簡単に遊びにはいけないものなの」

「へえ、隣なのに？　今、中庭に何か作ってて、面白そうだよ」

「中庭に？　中庭には池があるじゃない」

「うん。ちょうどその辺り。池に小さな橋架けて、その先に何か建ててる。建ててるのは隣のおじさんたちじゃないよ。大工さんみたいな人が二人ぐらい来てて、トンカンやってる」

「ふうん」

榊家の二階のベランダもどきの物干しからなら、隣の庭が覗ける。梨里から何かを建てていると耳にして、可南持ち前の好奇心が疼《うず》いた。その日は暮れていたので控えたが、翌日早速半分身を隠すようにしながらも、早朝、天子家の庭を覗いてみた。

「何、あれ」

思わず口を衝《つ》いて声が出た。

建物自体は小さい。とうてい人が住める規模のものではないし、人が入れたとしてもせいぜい一人がいいところだろう。問題は、その建物ではなく、前に建てられているものだった。

（あれ、鳥居じゃない？）

可南は今度は心の内で呟いた。

（間違いないよ。だって赤……朱色だもの。それに横の木が反ってる。——あれ、どこかで見たな。どこだったっけ。とにかく神社であることは間違いない。てことは、あの小さな建物は御社《おやしろ》？）

「紫苑、紫苑。隣、何か大変なことをやらかそうとしているみたいだよ」

可南は階段を駆け下りて紫苑に言った。

「何？　大変なことって？」

「御社作ってる。それに鳥居まで」

「それ、屋敷神様とかいうやつじゃないの？」思いの外落ち着いた様子で紫苑が言った。「たまにあるじゃない、庭に祠《ほこら》みたいの作って神様祀っているうち」

「そんなの、庭の隅っこにこそっとって感じでしょ。百葉箱程度のものだったりただの苔《こけ》むした石だったり。紫苑もちょっと見てご覧よ。それよりずっと本格的だから」

可南に促される恰好で、紫苑も渋々物干しから隣の庭を覗きにいった。けれども、階下に下りてきた紫苑に、可南のような興奮は窺われなかった。

「確かに本格的ではあるけれど、あの人たち、もともと宗像大社の近くや厳島神社の近くに住んでいたとか言ってたよね。でも、ここは近くにこれといった神社はないし……で、自分ちの庭に作ることにした。たぶん信心深い人たちなんじゃないの？」

「自分ちの庭に神社を作るって、それ、神様を勧請《かんじょう》するってことだよ。一度勧請したからには、きちんとお祀りし続けないといけないし、案外大変なことなんだから」

「そうなの？　だけど、それなら神棚も一緒じゃない？　秋田の家にも確か神棚があるはずだよね。家と一緒に壊しちゃうんでしょ、あれ？」

「えーっ、まさか。神棚は神棚として、何ていうか、然《しか》るべく葬るんじゃない？　神主さんとかに頼んでさ」

「そんなことするかなあ。お父さんとお母さん、結構合理主義だよ」

「でも、家と一緒にバリバリなんて、さすがにそれはしないでしょう」

「可南は慶明《けいめい》女子大社会学部民俗学科の出身だからねえ。時代が令和に移り変わった二〇一九年に生きる現代人のくせして、そういうことを神経質なまでに気にする」

「民俗学科の出身だし、民俗学が好きだってことは認めるけど、神経質っていうのは言い過ぎ。それは日本人として当たり前のことだと思うな」

「私は英文学科の出身だから、I can't understand it. ってとこだわね。I don't care. の方が合ってるかな」

「あっ。お稲荷《いなり》さんだ」急に思い当たったようになって可南は言った。「あの鳥居、お稲荷さんの鳥居だ。そうだ。たぶんそれに間違いない」

「ああ、そう言えば、京都の伏見《ふしみ》稲荷大社の鳥居とか、凄いよね。朱の鳥居がずらーっと」

「お稲荷さんかあ……嫌だなあ。お稲荷さんって、嫉妬深いんだ」

「ほらまたふつうの人にはわからないことを言いだす」

ふつうの人にはわからないこと——紫苑とこの手の話をすると、大概それで片づけられる。可南にしてみれば、例えば、神田明神《かんだみょうじん》にお参りしておきながら、平気な顔で成田山新勝寺《なりたさんしんしょうじ》に詣でる人の神経が理解できないのだが、紫苑はそうしたことを一向に気にしない。「そんなのふつうじゃない？」のひと言だ。

「だって新勝寺は、平将門《たいらのまさかど》の乱を平定する祈りのために神護寺《じんごじ》の本尊である不動明王に護摩焚《ごまだ》きをして、乱が治まった後には堂宇《どうう》を建てたようなお寺だよ。新皇《しんのう》を名乗った将門は、天下の謀叛人《むほんにん》扱い。かたや神田明神は、正式な祭神は大穴牟遅神《おおあなむぢのかみ》だけど、平将門もお祀りしてる。つまり、平将門は神様だよ。それに将門は、怨念もハンパない。大手町の首塚《くびづか》は、祟りで有名じゃない。つまり、新勝寺と神田明神は正反対の立場ってことになる。その両方にお参りするなんてあり得ない」

そんなふうにいくら説明したところで、ほとんど聞く耳を持たない。だいたい紫苑が変な英語を口にし始めたら、危ない。「もう聞きたくない」の合図だ。

「可南……Ｗｅｌｌ，ｐｌｅａｓｅ ｅｘｐｌａｉｎ ｉｔ ｉｎ Ｅｎｇｌｉｓｈ，ｗｉｌｌ ｙｏｕ？」などと言いだすこともある。日本古来のしきたりは、日本語で説明するのでさえ難しい。それを英語で説明しろと言われたら、英語が堪能《たんのう》ではない可南は黙る以外に術《すべ》がない。

将門の話をした時にも、「オオアナムヂノカミ？　そんな神様聞いたことない。どうせたいした神様じゃないんじゃない？」ときた。

「大穴牟遅神っていうのは大国主神《おおくにぬしのかみ》のことだよ。この地上を治めていた神様」

可南が言うと、紫苑は早くも疲れ顔でひと言。「興味なし」――。

「でもさ、狐《きつね》をお祀りする一家なんて」半ば駄目もとで、さらに可南は続けた。「やっぱり不気味って気がしない？」

「お稲荷さんであろうが何であろうが、誰かが何かを信仰するのは自由じゃない？　てか、こっちには関係ない。後藤田さんが早速雨樋を直してもらったって有り難がっていたけど、松男さん、悪くないと思うよ。フットワーク軽いし、口だけじゃなく本当に手助けしてくれる。頼りになるじゃんか」

「『なるじゃんか』って、紫苑まで」

「たまには言うよ、『じゃんか』ぐらい。私はべつにあの人たちの真似をしてる訳じゃない」

「だからさ」大人の会話に口を差し挟む恰好で梨里が言った。「可南も遊びにいってみたらいいんだよ。おばさんも、いつでも遊びにきてねって言ってたよ」

「おばさんって、紹子ちゃんのお母さん、亜子さんのこと？」

「うん。それに姫子おばさんも。あの人たち、来栖さんなんかよりずっと面白いし、いい人たちだよ」

梨里はもうしょっちゅう遊びにいっているが、まだ越してきて一ヵ月に満たない。三週間から四週間というところだ。にもかかわらず、早くも周囲を味方につけ始めている。吸引力が強い――それも可南からすれば、些か気になるところだった。何やら胡散《うさん》臭いとでも言ったらいいか、ふつうそういうことができるのは詐欺師ではなかろうか。

「夏祭り、楽しみだよねえ」

梨里が言った。

「夏祭り？」

「挨拶にきた時にも、そのうちお祭りやるとか言ってたじゃない？　何月何日かまでは知らないけど、たぶん八月に入ってすぐ。紹子ちゃん、そんなこと言ってたもん」

きっと中庭に建てている社の落成《らくせい》祝いも兼ねてのことに違いない――まるでお気楽そのものの紫苑や梨里とは裏腹に、可南は額の辺りに翳《かげ》を落として少し唇を尖《とが》らせていた。

4

どこか日向《ひなた》臭い匂いのする応接室だった。木製の低い椅子は……金華山《きんかざん》織りというのだろうか、凹凸の模様のビロード生地で張られていて、クッションはゴブラン、テーブルにはレースのテーブルクロス。旧《ふる》き良き昭和、或《あ》いは大正を飛び越して明治を思わせるような洋間の応接室だ。そう広くはない。でも、それが却って特別な部屋といった雰囲気を醸《かも》し出すのにひと役買っている感じがした。

「シャンデリア、凄い。本格的ですねえ」

天井を見上げて、嘆息気味に可南は言った。

ごてごてはしていないが、デザインされた金属にガラスのランプが幾つか。昼間だから明かりは灯《とも》っていなかったが、電気をつけたら少し曇ったガラスのシェードがまろみと温かみのある光で部屋を照らすに相違ない。

「あら、可南さん、お目が高い。それは本物のアンティーク、一九三〇年ぐらいの品じゃないかしら。アールデコ」コーヒーカップを載せたトレイを手にした姫子が言った。「グラスを入れてるガラス戸棚もまずまず古いものだけど、アメリカ製のオーク材だから、私はあんまり好きじゃないの」

「暖炉まであるんですね。びっくり。鉄製ですよね、これ？」

「ええ。でも、薪《まき》用じゃなくガス式。昔は使えたんだけど、今のガス口では使えんのよ。だから、もはや単なる飾り」

さくさくと答えながら、姫子が可南の前に差し出したのは、間違いなく大倉陶園《おおくらとうえん》のコーヒーカップだった。

「わ、これ」

思わず可南の口から声が漏れる。

「私、定番のブルーローズシリーズは、どうも好きになれなくてね」

金の入ったストレートスタイルのコーヒーカップ。紋様はメリーゴーラウンド。回転木馬。

「大倉陶園の回転木馬――」

「あや、大正解。可南さんって、ほんまお目が高い。こっちがびっくりだわ」

紅茶だったらエインズレイのティーカップが出てきそうな家……心で思いながら、可南は音のない溜息をついた。

外でばったり姫子と会って、五、六分ほど立ち話をした。「暑くなってきましたね」とか「今年はどんな夏になるのかしら」とか、他愛《たわい》ないことこのうえない会話だった。そのまま別れるつもりだったのだが、「お時間あるなら、ちょっとうちに寄っていかない？」――そんな姫子の誘いについ乗ってしまった。「今日は、みんな出払ってるのよ。だから何のお気遣いも要らないんで」

姫子のほか誰もいない。いったいどんな家なんだろう……そんな好奇心も働いて、気づくと誘われるままに、可南は天子家に上がり込んでいた。玄関から通されたのが応接室。

「今時、これだけほかの部屋と隔絶された応接室がある家も珍しいですよね。ドアに鍵穴ありましたね。鍵もかけられるんだ」

可南は言った。

「この部屋は、来栖さんって言ったっけ、前の住人のかたの時からそうみたいよ。一番日当たりのいい、特等席のお部屋が応接室」姫子はちょっと肩を竦《すく》めた。「私は開放してリビングとか、べつの用途の部屋にした方がいいと思うんだけど、ノノ様はこのままがいいって。お客様をもてなすお部屋こそ特等席であるべきだからって。なもんでここは子供たちは立入禁止なんよ。だから鍵をかけるの」

「ノノ様」

どこかで耳にしたことがあるような……そんな思いで可南は姫子が言った言葉をなぞるように口にした。梨里が口にした時からそんな気がしていた。

「ああ、ノノ様。それは、言うたら通称、俗称だわね。本当は市子様、天子市子様と言わんといけんのやけど」

「実のお母様なのに天子市子様？」

「実の母ではあるんだけど、私も二人の姉も、乳母《めのと》に育てられたから、実の母親っていう感覚は薄いかも」

「乳母。それまた凄い。よほどのお宅の証《あかし》」

「さすがに今は雇わないわね。姉たちも自分の子供は自分で育てたし」

「母親であっても、天子市子様はあくまでも天子市子様。砕けて言ってもノノ様なんですね」

「ま、そういうことやね」言いながら、姫子はコーヒーカップをさりげなく口に運んだ。「第三十一代天子市子——可南さんにはよくわからんかもしれんけど、やっぱり特別な存在なんよ。たとえ家族であってもね」

「もしかしてそれって、中庭に建てている〝あれ〟と関係ある話ですか」

「あるある」

「〝あれ〟って、ひょっとして御社と鳥居。違いますか」

可南としては、いよいよ本題に入るぞといった、ある種の覚悟と緊張感を持って口にした言葉だった。

「違わない。鳥居と御社よ」こくんと頷き、あっさりとそれを認めて姫子は言った。「もうじき完成する予定」

「間違っていたらごめんなさい。もしかしてあの御社には、お稲荷さんを祀るのかしらと」

「わ、当たり！　大当たり！」

姫子は目を大きく見開いて言った。その目はしっかりと可南の顔に据えられていた。

「可南さん、ぶち賢い。都会の人なのに、何でそんなことがすぐわかるん？」

「私、慶明女子大社会学部の民俗学科の出身なんです。だから、昔から民俗学が好きで」

「なるほどそれで。東京に来てから、初めて親戚を見つけたような思いだわ。頼もしい」

「もう大学を卒業して十年以上になるし、忘れていることも多いんですけど、ゼミでお世話になった永松舎人《ながまつとねり》教授とは未だに時々遣り取りをしていて」

「永松舎人……聞いたことがあるような」

「フィールドワーク、ことに山岳地のフィールドワークでは、そこそこ有名な先生です。古代史にも詳しくて。たまーにですけど、テレビに出ることもあります」

永松はゼミの恩師だ。自分の著書や面白い民俗学の本があると、未だに可南に送ってくれる。可南を愛弟子《まな》と思っているらしい。可南は可南で、お礼にお菓子を送ったり……一年に一度ぐらいは、JR国立駅《くにたち》から徒歩八分ほどの自宅を訪れたりもしている。

「そうなんや。そやから話がすぐに通じるんやね」

姫子は、天子家の鳥居は島木《しまぎ》と貫《ぬき》の間に三角の装飾があるのが特徴で、奴禰《ぬね》鳥居ということやら、そうした鳥居は伏見稲荷大社の荷田社《かだしや》など、限られた神社にしか見られない珍しいものだということやら、時折コーヒーカップに口をつけながら、問わず語りに事細かに話してくれた。それに、天子家が宗像三女神のなかでも、市寸島比売命を祭神としていること、同時に宇迦之御魂大神《うかのみたまのおおかみ》を祀る一家であること……可南が聞きたかったことばかりだった。

「あの、ということは、天子家の現在の家業は古物商とお聞きしていますけれど、もともとは神社。神社の系統のお宅ということですか」

「そう。それが本来の家業というか、お勤めじゃわね」

遂《つい》に核心に踏み込んだ――そんな思いでさらに踏み込んで尋ねようとした時に、テーブルの上の姫子のスマホがピコン！　とLINEの着信を告げた。

「あや、うちの宿六《やどろく》からだわ」

そう言って、姫子はスマホを手に取り、メッセージを確認した後にちゃちゃちゃっと素早く返信をした。

「うちの亭主、今、駅に降り立ったって。ちょこっと買い物して、十四、五分ほどで帰ってくるわ」

「あ、それじゃ私はそろそろ」

「帰ってきてからでもいいじゃない。どうせまだ十五分ほどかかるから。可南さんさえよかったら、うちのが帰ってきてからも、まだいてもらって構わないのよ」言ってから、姫子はスマホを覗き込み、チッと短く舌打ちをした。「自分はLINEを送ってきておいて、こっちのLINEは見ない。すぐに既読にならない。ありがち。いらつくな。……たく」

そう言った姫子の顔は曇り、表情は剣呑《けんのん》なものになっていた。黙ってそんな姫子の顔を見つめる。

「鬱陶しい。ごめん。一本電話入れるわ。どうせあのあほんだら、うちのＬＩＮＥは見ないまま、帰ってきてしまうに違いないから」

「あ、はい。どうぞ。……って、私が言うのもおかしな話ですけど」

可南の言葉を聞いてや聞かずや、姫子はスマホを手にしてタップしたのち、それを耳に当てた。

「おんどりゃ、何で自分はＬＩＮＥしてきといて、うちのＬＩＮＥは見んのじゃ？　買うてきてほしいと言ったもの、わかっとる？　それが心配じゃけえ、ＬＩＮＥしたちゅうに」

夫の梅男との遣り取りとなると、姫子はいっぺんに広島弁全開になっていた。「何を言うとる？　誰がブロッコリー言うた？　うちが頼んだんはカリフラワーじゃ。なん？　違いがわからん？　何あほんだれたこと言うとる。白じゃ白。白いのがカリフラワー。それと卵と牛乳、買うてくるの忘れんでな。頼むよ、ほんま」

電話を切ってから、やれやれというように、姫子は肩を竦めて首を横に振った。完璧なまでの嬶《かかあ》天下、それは電話での遣り取りを聞いただけで可南にもよくわかった。

「可南さん、信じられる？　何遍教えてもブロッコリーとカリフラワーの違いがわからん。それにあいつ、種なしじゃないかと」言ってから、姫子は真面目な顔をして可南を見て低声《こごえ》で言った。「うちら、結婚して、今年でもう十一年になるんよ。なのに、一向子供ができん。一遍調べてみないけんね。今年はいよいよ検査じゃわ」

「検査……。調べてみて、種なし、いや、無精子症だったらどうするんですか」

「そりゃ離婚よ。あほんだらのうえに種なしじゃ話にならんでしょうが」姫子は溜息をついた。「人が好《え》え――それだけで十一年夫婦を続けてきたけど、種なしじゃあね。天子の男は、女に女の子を産ませにゃ意味がない。もしもそうとわかったら、うちは急いで新しいの見つけんと。ほいでぽんぽんぽんと、立て続けに女の子を産んでみせんと」

本当の名前は名乗らせずに松竹梅。おまけに女の子を産ませなければ意味がない。種なしなら離婚――バリバリの女系の一家の話だと、可南は言葉を失った。

「ありゃ、可南さん、パウンドケーキは召し上がらなかったのね。今、包むわ」

「ああ、いえいえ。素敵なカップで美味しいコーヒーいただいただけで充分。すっかり長居をしてしまって。私はこれで失礼します」

「そう？　ならまた遊びにきてね。可南さんなら話が通じそうで私も嬉しいし楽しいわ。お祭りのお誘いもするから、きっと来てね」

「お祭りって、御社の落成祝いのお祭りですか」

「まあ、それとノノ様のお披露目《ひろめ》だわね」

出た、ノノ様！――思いながらも、梅男が帰宅する前に、可南は天子家を辞した。

家に帰ると一度自室に入り、コーヒーは天子宅で飲んだというのに、キッチンに行ってまた自分でコーヒーを淹《い》れた。自室でコーヒーでも飲んで落ち着いて頭をまとめなければという意識が働いたからにほかならない。

(知りたいことのかなりのことは聞くことができた)

天子家とは違い、どこの会社の製品ともわからぬマグカップでコーヒーを飲みながら可南は思った。

(やっぱり狐だった。お狐様。お稲荷さん。市寸島比売命とお稲荷さんを祀っている家系。宇迦之《うかの》
……何様って言ってたっけ。そうだ、宇迦之御魂大神《みたまのおおかみ》だ。ふつうの家じゃない。姫子さんも認めて

たけど、神社だよ。神社の家系）

それに姫子は言っていた。

「天子の男は、女に女の子を産ませにゃ意味がない」

（嬶天下どころじゃない。それ以上よ。完全な女系。だから、天子家に入る男は、女の子を産ませることのできる男じゃないと駄目。松男さんは二人女の子を産ませてる。竹男さんも一人。もしも種なら離婚……凄っ）

もう天子家のメンバー全員に会ったと言いたいが、肝心要《かなめ》の砦《とりで》の主《あるじ》、第三十一代天子市子にまだ会っていない。姫子の話からして、天子市子は祭りの時に、満を持して榊家を含めた近隣住人の前に姿を現すつもりに違いない。

（奇妙な隣人どころじゃない。大変な隣人）

コーヒーを飲みながら、可南は大真面目な顔をして心で呟いた。

（ノノ様……聞いた覚えはあるっていうのに、何だったかが思い出せない。ノノ様、何だったっけ？ネットで検索してみようかな。——永松先生。そうだ。永松先生のうちに一度遊びにいってこよう。ご無沙汰のお詫びも兼ねて）

「ただいまー」の声がして、紫苑と梨里が帰ってきたのがわかった。すぐにも紫苑に姫子から得た天子家の情報を報告したいところだったが、紫苑は驚くどころか、きっと歯牙にもかけないだろう。紫苑というのはそういう人間だ。

（やっぱり永松先生。それにお父さん）

美絵はともかく康平ならば、それがいかに厄介な隣人であり、危険な隣人であるかをわかってくれるような気がした。

可南の脳裏には、永松と康平、二人の男の顔が浮かんでいた。

第二章　祭り

1

慶明女子大時代、可南のゼミの教授だった永松舎人の家は国立にある。年に一度ぐらいは訪ねているので場所はよく承知している。国立駅の南、駅前ロータリーを抜けて富士見《ふじみ》通りを五分ほど真っ直《す》ぐに進み、左に折れてまた五分。一橋大学の裏手に当たる住宅地の一角に永松の居宅はある。屋敷町ではないものの、そこも昔からの住宅地だと思う。庭が鬱蒼《うっそう》たる杜《もり》という家も結構ある。永松の家は比較的こぢんまりとした家だが、裏木戸や勝手口、それに直接部屋に入れる木の戸口も家にあって、なかなか面白い造りの家だ。その一階の木の戸口つきの部屋を、永松は自分の書斎にしている。

永松は平日、とりわけ火曜日が都合がいいと言うので、可南は火曜日に永松の許《もと》を訪れた。月によって異なるが、今はだいたい月、水、金、三日ばかりの出勤だ。火曜日ならば、可南の方も都合がいい。

このところの無沙汰を詫びて久闊《きゅうかつ》を叙するのもそこそこに、可南は隣に越してきた大家族にして女系家族の天子家について永松に話し、永松の意見と見解を求めた。

（巫女《みこ》かあ。それも歩き巫女……）

巫女――永松が、いの一番に口にした言葉がそれだった。

「巫女だ。歩き巫女。そりゃまず間違いなく歩き巫女の一家、一族だな。しかしまあ、何だって杉並の屋敷町に。しかもそこに御社だけでなく鳥居まで建てている。となると、そこを本拠地として、相当の期間、腰を据えてやるつもりだろうな」

二時間を少し超えるほどの時間、永松と膝詰めで話をして、今は帰路、可南は家に戻るべく、富士見通りを国立駅に向かって歩いているところだった。

「なるほど西暦八一〇年頃か。そこに大きなヒントがあると言っていいだろう」

永松はそうも言った。可南がさして注目していなかった八一〇という西暦に、永松は着目したということだ。

「空海《くうかい》が活躍し始めた頃とちょうど重なる。唐《とう》に渡った後、日本のあちこちで数々の奇跡とも言うべき不思議を起こして、仏教を一気に全国に広めた時期。伝説のスター僧。諡《おくりな》は弘法大師《こうぼうだいし》。当然榊君も知っているよね？」

「もちろんです」

「嵯峨《さが》天皇の御世《みよ》。天子一族と弘法大師、空海の活躍は、恐らく無縁ではないだろうな」

そこから延々と続いた永松の話。

(何をどこからお父さんに話そう)

永松から耳にしたこと、話したことを頭で反芻しながら、可南は心で呟いた。

(しかし、今のお父さん、お宝探しに気が行ってるからなあ)

永松を訪ねる前の晩、可南は康平のケイタイに電話を入れた。しかし、電話を取ったのは美絵だった。

「早く帰りたいわー。だけど、お父さんってば、片づけそっちのけでお宝探しに夢中。また悪いことに、康一お祖父ちゃまが言っていた通り、そこそこのものが出てきたりするからややこしいのよね。やんなっちゃう」

「だけど、何でお父さんのケイタイにお母さんがでるの？」

「だから、ケイタイもそこらに放ったらかして、押入れに頭から半分からだを突っ込んだり、物置に何時間も入り込んだりして、お宝探しをしているからよ」

「で、そこそこのものって、いったい何が出てきたわけ？」

「伊藤若冲《いとうじやくちゆう》の色紙と小さめのお軸。それから初代柿右衛門《かきえもん》作と思われる赤絵磁器。それで一気に火がついちゃって」

「初代柿右衛門の赤絵磁器——それは凄いじゃない。初代柿右衛門の作はなかなかないって聞くよ」

「本当に初代ならね。それと象牙の根つけのコレクション。それがどうやらお父さんのツボだったみたい。あんなもの、幾らになるんだか知らないけど、お父さんったら小躍りして喜んじゃって、興奮しちゃって話にならない。可南、私たち家終いにきてるのよ。なのに逆に散らかってく感じ。お父さん、十二支の根つけだから十二の動物があるはずなのに、蛇がないって大騒ぎ。それがあるかないかで大きく価値が変わるって。『巳《み》ィ様、巳ィ様』って毎日ぶつぶつ。それに野々村仁清《ののむらにんせい》の色絵皿もあるはずだとか言って。もう夢中よ。目の色変わってるわね」

「野々村仁清！」思わず可南は声を上げていた。「伊藤若冲はともかくとして、それは無理。ありっこないよ。野々村仁清作なら国宝級だもん。疾《と》っくに国立博物館かどこかに所蔵されてる」

「でしょ？　若冲だって、両方とも墨でしゃらっと輪郭を描いて色をつけただけの鶏の絵よ。私、鶏なんて大嫌い。まったくやれやれよ」

「ま、若沖は鶏が得意だからね」

「そうなの？」

「そうよ。常識。それより私、お父さんに話があるんだけどな。ちょっとお父さんを呼びつけてもらえない？」

「何？　何の話があるの？」

「新しいお隣さんのこと。来栖さんの後にきた人たちのことで、お父さんと話がしたいの」

美絵は「ふうん、わかったわ」と言って、電話をつないだまま、康平を呼びにいった。康平が電話に出るまで七、八分の時間がかかったろうか。

可南の話をざっと聞いて、康平は、「ふうむ」と唸《うな》った。「完全な女系家族で、信心しているのはお稲荷さんと市寸島比売命。庭に御社と鳥居まで建てている——とにかく相当変わった一家ということだな」

「第三十一代天子市子よ。およそ千二百年前から数えてですって。ねえ、千年超えてるのよ。凄くない？　平安初期。家族でさえ、家長の天子市子を呼び捨てにはしない。せいぜいノノ様。で、肝心の天子市子様のお出ましはまだ。祭りがあるのよ。御社の落成祝いと天子市子様のお披露目。お父さん、どう思う、これ？」

「もしも何かやらかし始めたら、まさに軒を接しているわが家に、まったく無関係のこととは言えないだろうな」

「でしょ？　でも、紫苑やリリーはまーったく気にもしてない。どっちかっていうと気に入ってる。リリーなんか、早くも広島弁なんか使っちゃって。しょっちゅう隣に遊びにいってるし」

「で、引っ越し挨拶は蕎麦と手拭いって言ったけど、柄は何だったんだい？」

「三鱗《みつうろこ》と麻の葉」

「ま、双方強い柄ではあるな。よく考えてる。可南、もう少し詳しく調べて、また電話くれよ。その永松教授とやらいう大学時代の先生にいろいろ訊いてみてからさ」

「わかった。けど、お父さん、一度こっちに帰ってこられないかな。お父さん自身の目で、隣の鳥居なり美人姉妹なり見てもらった方が、話が全然早いと思うのよね」

「そう言われてもなあ」気乗りのしない声で康平は言った。「こっちはこっちで山場だから」

「その山場って、お宝探しの山場？　お母さんの話だと、片づけそっちのけで宝探しに夢中で困るってことだったけど」

「だけど可南。まずは値打ちのあるものを探して脇に避《よ》けてからの片づけだろ？　違うか。お宝を確保したら、後は片づけに邁進《まいしん》、専念だ。とにかく巳ィ様は見つけないとな。まあなあ、康一さんが巳年生まれだったたから、自分で何かにつけて歩いてて、どこかで失《な》くした可能性もなきにしもあらずだけど。いずれにしても、まずはお宝確保。最後は家なんかバリバリ重機で潰しちまえばいいんだから。だろ？」

「まあそうだけど……。じゃあ、お父さんが一度こっちに帰ってくるっていうのは無理？」

「当面可南がお隣さんを見張っててくれよ。で、私に電話で報告してくれ。いよいよとなれば、そりゃあ私もそっちに一遍帰る。ま、とかくまずは永松教授に相談だな。その結果を聞かせてくれ。——じゃあ、切るよ。頼んだぞ、可南」

（頼んだぞ、可南ってもう）

役に立たない——心で嘆きながら電話を終えた。

（やっぱり今はお宝探しで上の空）

榊家では、何といっても康平が最も現実的で、冷静かつ客観的な判断のできる人間だ。しかし、今はその康平がお宝探しに血道を上げている。となれば、やはり頼りは永松教授。そんな思いで馬車道《ばしゃみち》クッキーを手土産に国立の永松家を訪れた。日本茶派ではなくコーヒー派と知ってのうえの手土産だった。

永松舎人も、いつの間にやら八十二歳。今はもう、得意とする修験者《しゅげんじゃ》の聴き取り調査や山岳地帯の調査には、出られないからだになっている。それでも頭も確かなら口も達者だ。二時間超の、言わば民俗学のマンツーマン講義。永松も、これといって訪ねてくる人もなく、無聊《ぶりょう》の日々を送っていたのか、鬱積《うっせき》する知識の発散とばかりに、可南相手に大いに語りまくった。

(電話で報告しろっていったって、お宝探しで気もそぞろのお父さんに、先生の話のどこまでが伝わることやら)

それよりも前に、可南自身の頭がオーバーフロー気味で、東京行きのJR中央線に乗り込んでもまだ、どこを皮切りに康平に話していいものか、頭がさっぱりまとまっていなかった。

(まさか空海と関係のある話だなんて思ってもみなかったもんなあ)

電車のなかで、天を仰ぎ気味に溜息をつく。

(空海登場。話のスケール、でか過ぎる)

一度頭を掻いてから、可南は心で叫んだ。

(リポート!)

こうなれば大学時代に戻って、一度永松の講義といっていいような話をリポートにまとめて、それを基に康平に話すか、リポートを送るかするのが一番という案が頭に浮かんだのだ。それは自分ながら、なかなかの妙案に思えた。

(リポートを送って、それをお父さんに読んでもらったうえで電話で話せばいい。そうよ。それがいい。それに勝る方法はないわ)

そうとなったら、記憶が確かなうちがいい。可南は駅から急いで家に戻って自室に籠《こ》もると、永松から話を聞きながら取ったメモを基に、パソコンでリポートを打ち込み始めた。

天子市子＝俗称〝ノノ様〟

・〝ノノ様〟……〝ノノウ様〟〝市子〟〝イタコ〟とも言う。

←

《歩き巫女》……〝ノノ様〟〝市子〟と呼ばれる女性は、全国津々浦々を渡り歩き、口寄せ(降霊)をしたり、その土地の人の悩み事を聞いて助言をしたり癒したり、また、託宣《たくせん》(神懸かりの言葉)、占いなどをして悩みに応える巫女。

歩き巫女は、神社巫女から発したものと思われるが、特定の神社に所属せず、行く先々で祈禱《きとう》、託宣、卜占《ぼくせん》、勧進《かんじん》などを行なう。

神楽舞《かぐらまい》(特殊な踊り)をしたりすることから、〝旅芸人〟とも呼ばれた。

注/神楽……神座(カミクラ、カムクラ)の転。カグラ。

神楽舞……神を祀り降ろすために奏する歌舞。

本来は御所《ごしょ》の賢所《かしこどころ》で行なわれるもの。それと区別するため、各地で行なわれるものは里神楽と呼んだりする。

歩き巫女が行なう神楽舞は、神と交信するため、神に向けてトランス状態(変性意識)に入るべく行なわれるもの。神楽舞とともに、湯立てを行なう場合もある。

注／湯立て……神座に近いところに湯をたぎらせて神に献じ、その湯を人にかけることで人の穢《けが》れを祓《はら》い清め、魂の再生を図る儀式。

可南注／市子という名前からしても、隣家の家長・天子市子は、歩き巫女と思われる。恐らくは、一族で各地を渡り歩き、神に仕える者（一族）として、各地の住人たちと関わってきた。↓庭に建てている鳥居、御社からしても、それを窺わせる。天子市子は、ある意味〝職制〟として存在し、受け継がれてきたものと推測していいのではないか。だからこそ、隣家の天子市子は第三十一代と言っている。

　市寸島比売命（イチキシマヒメノミコト）……天子一家が祀っている神。祭神。宗像三女神の一柱。残り二柱は、多紀理毘売命（タキリビメノミコト）、多岐都比売命（タキツヒメノミコト）宗像三女神は、天照大御神（アマテラスオオミカミ）と弟・須佐之男命（スサノオノミコト）の誓《うけい》により、須佐之男命の刀から生まれた女神。なかでも市寸島比売命は、弁財天《べんざいてん》と同一視されることも。また市《いち》神《がみ》として民間信仰の対象とされている神。

　市神……古代より商売繁盛の神として、市の立つ場所やその境や路傍に、目印として卵形の自然石を立てたりした（球形の石や六角石柱の場合もあり）。市姫《いちひめ》。
　※高千穂に降臨したのは、天照大御神の孫の邇邇芸命（ニニギノミコト）。天照大御神は皇祖神、日本人の総氏神。初代天皇である神武《じんむ》天皇（神倭伊波礼毘古命・カムヤマトイワレビコノミコト）は、天照大御神の玄孫（やしゃご＝曽孫の孫）。
　注／神武天皇が即位したのは、紀元前六六〇年。従って、現在、令和元年は皇紀二六七九年となる。現在の天皇・徳仁《なるひと》は、百二十六代天皇。

ここまで打ち込んで、可南は、「はあ」と息をついて椅子の背凭《せもた》れにからだを預けた。なるべく正確に記そうと思うのだが、どこか的を外しているような気がしないでもなく、何とも微妙な気分だった。

(そうよ。肝心要の天子家についてもっと書かなきゃお父さんも読まない。でもなあ)

思った時、「ただいまー。可南、いるのー？　帰ってるのー？」という紫苑と梨里のデュアル「ただいま」が耳に聞こえた。椅子から立ち上がってドアを開け、「帰ってるー。二階の自分の部屋ー」と、階下に向かって声を張り上げる。

「買い物してきたよー。一緒に晩御飯の支度しよう」

紫苑の声が聞こえる。紫苑もまた声を張り上げている。

「今、リポート作成中なんだけどぉ」

「何のリポート？　学生でもなし。いいから下りてきて手伝ってよ。たまには天ぷら揚げようと思ってさ。タネをあれこれ買ってきちゃったのよ。だから手が要るの。手伝ってー」

「うー。はい、はい、はい」

何でこんな日に天ぷら揚げようと思うかなあ、梅雨寒《ざむ》とはいえ夏場だし、と心で嘆きながらも、タネを買ってきてしまったというのだから仕方ないと、可南は一旦パソコンを終了して、のたのたと階下の台所へと向かった。

(あれじゃまともなリポート過ぎるな。隣の危なさが、イマイチお父さんに伝わらない。そう言えば先生、〝旅芸人〟だけじゃなく、〝遊び女《め》〟とも言ってなかったっけ？)

手はタネの下処理の作業に当たりつつも、頭では永松の話を振り返っていた。

(〝遊び女〟って、つまりは遊女だよね。あちこち渡り歩いていたんだから、決まった廓《くるわ》の遊女じゃ

ない。それじゃ夜鷹《よたか》みたいなことをしてたってこと？　もろ売春じゃない）

「あのさ、可南。エビ、殻剝《む》くだけじゃなく、背わたもちゃんと取ってよ」

「ああ、うん。わかった。しかしさあ、なろうったって、いきなりなれるもんじゃないよね、巫女さんに。やっぱり元はどこかの神社の巫女じゃなかったら無理。天子市子、いったいどこの神社の巫女さんだったんだろう」

「何ぶつぶつ言ってるの？　レンコンも頼むね。酢水に晒《さら》して、軽ーく下茹《したゆ》でしといて。リリー、あんたはお米研いで」

「はーい」

梨里が返事をする。

「キーワードは弘法大師、空海。空海があちこちで怪異、ううん、いやちこを連発させたから、天子一族は各地を渡り歩かなきゃならなくなった。永松先生によれば、そんなような話だったな。よもや空海と関係があろうとはねえ。歴史上の超有名人物。私も驚いた」

「まだ言ってる。ところで何よ、いやちこって？」

「いやちこ……霊験あらたかとでも言ったらいいか」

「いやちこいやちこ。いやちこじゃー」

そう言ったのは梨里だった。

「また一人搔き混ぜるのが出てきた。リリー、あんたは黙っておやんなさい」紫苑が言う。「リリーはほんとにおかしな言葉が好きね」

「ねえねえ、これだけは聞いてよ」可南は紫苑に言った。「スター僧、空海の登場で、天子一族は神社を出て各地を転々とする歩き巫女になった。で、今度選んだ土地がここ、杉並。それもお隣。もう千二百十年かそこらも経《た》ってるのよ。どこか一箇所に定住してるのがふつうじゃない？　なのに、まだあちこち……。どうして長くいたっていう広島の廿日市市を離れたのかな。その理由が知りたい。何かやらかしたのかな。何やら不穏。そう思わない？」

「で、何？　何で今、私がその話を聞かなきゃいけないわけ？　こっちは天ぷらで忙しいんだけど」

「今誰かに話しておかないと、今日、せっかく永松先生から聞いた話を、忘れちゃいそうな気がするのよ。それとも天ぷら作りを放棄して、リポート作成に戻ってもいい？」

「はいはい、わかりましたよ。確かに聞いてますし聞きました。弘法大師、空海ね。その頃お隣さんも日本中あちこちに。——あ、エビを揚げる前にレンコンいっちゃいたいから早めに頼むよ」

「紫苑、実のところ全然聞いてない。どう考えたってお隣さん、かなり変わった一族なんだってば。私の見立てによると」

「聞いてはいるよ。でも、正直、頭にちっとも入ってこない。っていうか、いったい何を言っているのやらって感じ。歴史の授業？」

「いや、歴史の授業じゃなく——」

「ママちゃん、お米研げたよー」

梨里の大きな声が可南の声と言葉を掻き消した。

「じゃあ次は揚げバットと吸い取り紙を用意しておいて」

「はーい。今日はかき揚げも作るん？」

「作るよー。今日はたくさん揚げる。明日の分まで作っちゃうつもりなんだから」

「ぶち嬉しい。かき揚げだーい好き。かりっと美味《おい》しいかき揚げ作って。頼むけんね」

「リリー、広島弁はやめなさいって」

可南は眉を顰《ひそ》めて梨里に言った。

「んなこと言われても、紹子ちゃん、それに紀子姉ちゃんたちとも話すから、自然と伝染っちゃうんだよ。おじさんたち、おばさんたちも広島弁じゃし」

「そうやって、たちまち怪しげな広島弁に染まっていくあんたが心配。だいたい隣に遊びにいき過ぎ。三日に一遍は行ってない？」

「可南はもともと心配性なんだよね。お隣さんのことに関しても気にし過ぎ。これといって問題が起きた訳じゃなし、べつにいいんじゃないの。それなりに頼りになりそうだし」

「その頼りになりそうってところが何とも」

「でも、何も起きてない。でしょ？」

「まあねえ、確かに今のところ何も問題は起きてない。まだ越してきて四週間かそこらってこともあると思うけど」

「何も問題は起きてない。そんじゃ、まさにｎｏ ｐｒｏｂｌｅｍ．気にする必要なし。――さあ、揚げ始めるよ。揚げ物には危険がつきもの。だから、可南も集中して」

「はーい、わかりました。でもね、紫苑――」

「可南」幾らかうんざりした顔と声で紫苑が言った。「今は天ぷら。あのさ、エビ、丸まらないように包丁で切れ目入れてくれた？」

「あ、まだ入れてない」

「もう。レンコンも頼むよ。準備万端にしといてね。ザルに上げて」

「はい、はい」

やっぱり紫苑に話しても無駄だ。うまいことリポートを仕上げて康平に送らねば――可南は天ぷらそっちのけで、それればかりを考えていた。

2

「ああ、お腹いっぱい。天ぷらは、やっぱり後で来るなあ」

梨里がたっぷり大根下ろしを作ってくれたし、紫苑が天つゆまで用意したものだから、大皿二枚に山盛りの天ぷらに、可南も何度も箸を伸ばし、ついついあれこれ食べてしまった。可南は後始末が面倒なので作らないから上手《うま》くないが、紫苑は揚げ始めれば一気に勝負がつく揚げ物が得意だ。美味しい天ぷらを揚げる。残れば、おひるを天ぷら蕎麦にしたり、甘辛く煮つけたり……無駄にはしない。

「その時はちょっと面倒臭いけど、翌日、翌々日、楽ができていいじゃない」

紫苑は言う。いかにも合理主義の紫苑らしい。可南と紫苑は一卵性双生児だが、見た目はそっくりというほど似ていても、性格は不思議なぐらいに異なる。好きなものも違えば、男の趣味も違う。なので、最悪、恋敵にはならない。紫苑が梨里の父親、松井《まつい》正則《まさのり》と結婚すると言い出した時も、「えっ、本気であんな弾丸マッチョと？」と、可南は本気でびっくりした。可南はああいう胸板がやけに厚い男性は苦手だ。

「さて、リポートに戻るか」

梨里にも手伝ってもらって、三人で一気に洗い物を済ませてから、可南はまたパソコンの前に戻った。

空海（弘法大師）……七七四年〜八三五年。幼名・真魚（まお）。平安時代初期、嵯峨天皇の御世

の僧。讃岐《さぬき》（香川県）の出身。真言《しんごん》宗の開祖。八〇四年、最澄《さいちょう》らと入唐。八〇六年帰国。高野山金《こうやさんこん》剛峯寺《ごうぶじ》を開く。嵯峨天皇からは東寺《とうじ》（教王護国寺《きょうおうごこくじ》）を賜《たまわ》り大僧正《だいそうじょう》となる。

入唐した空海は、唐の青龍寺《せいりゅうじ》の高僧（阿闍梨《あじゃり》）恵果《けいか》から密教を伝授されて帰国。空海は不羈奔放《ふきほんぽう》にして天才肌。人心を惹《ひ》きつける強いオーラと影響力の持ち主。かたや最澄にはそれがなかった。空海は、京と高野山を行き来しながら、各地を回り、あちこちに〝弘法清水《しみず》〟の伝説を産む。近畿、関東には、空海縁《ゆかり》の伝説の清水、池などが多数ある。そうしたことからも、空海は、仏教を日本全土に広めた、歴史上一番のスター僧と言える。

注／教王護国寺……京都市にある東寺真言宗の総本山。七九四年、平安京の鎮護として創建。八二三年に空海に勅賜《ちょくし》され、真言密教専修の道場となる。現在は世界遺産。

注／弘法清水……空海が「ここ」と杖《つえ》を突いたところに清水や泉が湧くといった種類の怪異、不思議。空海は行く先々でそれを連発。涸《か》れた池も修復。水に強いことで有名。それが数々の伝説となって、今も各地に残っている。未だに四国遍路旅、八十八箇所霊場巡りが続いているのも空海の強い影響力に因《よ》るもの。遍路の笠に書かれた「同行《どうぎょう》二《に》人《にん》」の一人は弘法大師。つまりは、いつも弘法大師とともに歩いている、一緒に遍路をしているということ。空海は、日本で最も有名な僧侶と言える。因みに弘法大師は諡（おくりな：亡くなった後に贈られる名前。諡号〈しごう〉とも言われる）。

スター僧・空海は、これまで神道、民間信仰、或いは迷信を頑迷に信じていた人たちに、仏教を系統的且つ理論的に説くとともに、奇跡とも言うべき怪異を起こして、一気に仏教を世間に広めて仏教を信仰をする人々を激増させた（鎌倉新仏教六派ができて、爆発的に庶民に仏教が広がったという説もあり）。

神社に巫女として仕える天子市子はそのことに危機感を覚え、日本各地に再び日本古来の神道を根づかせるべく、空海に対抗する恰好で渡り歩きを始めたものと思われる。だからこそ、空海が活躍し始めた西暦八一〇年頃から渡り歩きを始めている。
※つまり、天子一家、一族は、空海との兼ね合いに於いて考えるべき存在と考えられる。もしも空海が登場しなければ、天子市子の渡り歩きもなかっただろう。
加えて言うなら、実のところ、空海の経歴には謎が多い。四国で山岳修験者の修行をしたという説もある。また、日本の津々浦々にあまりに数多くの伝説を残しているため、空海は一人ではなかったという説もある。
※職制としての〝空海〟の可能性あり。つまり〝空海〟は、その役割を帯びた人間が名乗る名前、認められた者が名乗ることを許された名前という可能性あり。
可南注／天子市子は、天下に名だたる空海を向こうにまわす恰好で、巫女としての活動を各地で続けたほどの強者《つわもの》の可能性がある。その根拠は千二百年もの長きに及ぶ一族の渡り歩き。

ここまで打ち込んで、可南は膨《ふく》れたお腹を撫《な》でた。

（駄目だ。何か学術的になってる。……いや、学術的は大袈裟《おおげさ》だな。歴史講義、そんな感じ）

次に息をついて、何を書くべきかを改めて考える。

（でも、空海はどうしても外せなかったもんな。永松先生もそう言ってた。関連づけて考えるべきだって。だから、まあしょうがない。でも、これでお父さん、多少なりとも危機感を抱いてくれるかな。……弱い。紫苑の言う通り、確かにまだ何も起きてないもんね）

何やら無駄なことをしているような気にもなって多少嫌気がさしてきたが、一方で、先に相手のことをよく知っておくべきだという気持ちも胸に生じていた。孫子《そんし》曰《いわ》く、「彼を知り、己を知らば、百戦して殆《あや》うからず」だ。

（そうよ。何かあってからでは遅い、手の打ちようがないってこともあるもんね。それじゃ泥縄。やっぱり予備知識はあった方がいい。――そっか。稲荷信仰。後はこれについて書いとこ。お父さんも、食べる方のお稲荷さんは好きでも、お狐さんは好きじゃなさそうだもんね。ある特定の動物に霊力があるだとか、そういうのは嫌いそう。何せあの人、現実主義者、リアリストだから）

　些か疲れを覚えながらも、もうひと息とばかりにパソコンに向かう。


　宇迦之御魂大神（ウカノミタマノオオカミ）……天子家が市寸島比売命とともに祀っている神。京都伏見稲荷大社系。つまりはお狐様。狐信仰。狐は眷属《けんぞく》＝動物に姿を借りた神の使い。よって、稲荷神社は神として狐を祀る神社と言える。なかでも白狐《しろぎつね》は、〝びゃっこ様〟と呼ばれる信仰対象。

　狐・稲荷信仰……
1．どうして狐は信仰対象となり得るのか。
・昔から民間信仰で、特別な霊力があるとされていた。↑その裏には、狐が農家、米の天敵であるネズミを食べてくれたという現実的事情も影響しているかもしれない。それもあってあちこちで狐塚が作られるようになった。
狐塚……田の神様（タノカアサマ）。田んぼに祠が作られ狐塚となり、それがやがて稲荷講に発展。

稲荷講……お稲荷様を祀り、或いは参詣する同行者で組織する団体。みんながお金を出し合う一種の金融組合。

　稲荷講を始まりに、募ったお金で全国に稲荷神社が建てられるようになった。多数の稲荷神社創建によって、狐塚、田の神様はお稲荷様として全国区に。

・稲荷神社・お稲荷様……倉稲魂大神（ウカノミタマノオオカミ）。宇迦之御魂大神と読みが一緒。
同じ神様。

可南注／天子市子の三女・姫子は、天子家は市寸島比売命とともに宇迦之御魂大神を祀っていると
話していた。

倉稲魂大神・宇迦之御魂大神……五穀を司《つかさど》る神。食物神、農耕神。宇迦之御魂大神信仰は、食物神、農耕神への崇敬。またお稲荷様は、豊作、商売繁盛、名誉・出世、願望成就等々、あらゆる願望に応えてくれるとされている。ある意味、重宝な神様。それもあって全国で盛んに祀られるようになった。

京都伏見稲荷大社が総本社。

御食津神、三狐神（ミケツカミ）とも言われる。それらも食物を司る神。

天子家は庭に鳥居と御社を造り、宇迦之御魂大神を勧請しようとしている。

勧請……①神仏の来臨を請う。②神仏の分霊をほかの所に移して祀る。

可南注／天子家は狐信仰、稲荷信仰。狐は焼きもち焼き。扱い方を間違えると、思わぬ災難が降りかかる。勧請して祀るには、注意が必要。


ここまで打ち込んで、また可南は唸って、今度は両方の手を腰に当てた。やはり歴史的な説明といった感じになってしまう。

（まあ、いっか。まずはこれを送って、そのうえで、天子家は完全女系、男は松竹梅、天子市子を頂点とする稲荷信仰の一家だってことを、電話で直接口で伝えれば）

結局は、今打ち込んでいるリポートは、あくまでも資料ということだ。だが、話の下敷きとして、

これらのことは承知しておいてもらわないと困る。致し方ないところだった。

　打ち込んだリポートをプリントアウトしながら、可南はカレンダーに目を遣った。早いもので七月ももう二十日を過ぎている。梅雨はそろそろ明けそうだが、空気はそれなりに湿気《しけ》てはいるものの、何だか薄ら寒い日が多い。しと降る雨の多い七月だ。

（じきに梨里の夏休みが始まっちゃうよ。夏でもないのに夏休み）

　夏――それは、天子家が祭りを執《と》り行なう季節でもある。御社はもう出来たも同然だ。滞《とどこお》りなく勧請が済んだら、そう遠くないうちに夏祭りの報せと誘いがあることだろう。

（いよいよ真打ち、天子市子の登場か）

　可南は心で呟いた。

（どんな祭りになるんだろう。天子市子って、いったいどんな人なんだろう。巫女の親玉――私がリポートに書いたみたいな人なのかな。案外全然違ってたりして。もしそうだったら、紫苑の言う通り、私の心配し過ぎってことになっちゃうけど……）

　そこで可南はひとつ息をついた。

（私の取り越し苦労なら、それはそれでべつにいいのよ。その方が何てったって有り難い。でも、あの家、あの応接室……それに姫子さんの話……やっぱりふつうの一家とは思えない。実の母親なのに、天子市子様と様づけだもんね。それに乳母に育てられたなんて。自分の乳首をわが子に吸わせなかった女）

　継子、亜子、姫子、三姉妹が揃って美形であることからしても、彼女らの母親である市子も、かなりの美女であるに違いない。可南はそう踏んでいる。恐らくは長い髪をした日本的美人。

（六十八歳……お母さんより十も上。歳は結構いってるけど）

姫子は今のところ可南を、話の通じる相手、どちらかというと自分たちの理解者、味方と捉えているようだ。姫子がそう思ってくれているうちに、可南はあれこれ自分の知りたいことをそれとなく次々姫子に尋ねて、天子家と天子市子の情報を得ることだ。言わば味方のふりをした諜報活動。

プリントアウトしたリポートを見直し、それを茶封筒に収めて可南は伸びをした。メールの方が事は早いが、スマホで読むには分量がある。

(明日、郵便局から速達で送ろう)

可南は心の内で、康平が可南の願いに沿った反応を示してくれることを祈る思いだった。


速達で資料となるリポートを送った翌々日の晩、可南は康平に電話を入れた。案の定と言うべきか、また、残念なことにと言うべきか、康平の反応は鈍くてぱっとしないものだった。

「お父さん、私のリポート、ちゃんと読んでくれた？」

「読んだよ」康平は言った。「何か昔、社会科の授業で習ったような、大人になってから四国かどこかで聞かされたような、そんな話だったな」

「お父さん、四国に行ったことあるの？」

「うん、あるよ。でも、遍路じゃない。金比羅《こんぴら》船船《ふねふね》、観光で金刀比羅《ことひら》さん参りをしただけだ。高野山には行かなかった」

「金刀比羅宮《ぐう》ね。大物主神《おおものぬしのかみ》と崇徳《すとく》天皇をお祀りしてるところだ」

「ふーん。本堂に登る階段が物凄くて、駕籠《かご》に乗ったことしか覚えてないなあ」

「お父さん、ちょっと思い出してよ。昔は歴史、得意だったよね。私とも、ずいぶん歴史の話もしたじゃない？」

「ああ、康一祖父ちゃんの骨董好きに影響されて、昔はいろいろ調べたし面白かったな。でも、会社勤めと投資にシフトして、ほとんど覚えていない。忘れた」

「しかしさ、狐だよ、狐。お稲荷さんを信仰している一家、一族ってどうよ？　しかもまず間違いなく、歩き巫女だよ。私はそう見たね。それも千二百年以上も前から今日に至るまで。それって凄くない？」

「まあねえ、それが事実なら凄いとは思うけど、さすがに千二百年前となると、こっちの時間の観念を超えていて、何とも言い難いな。せいぜい江戸末期ぐらいまでだな、今の私が何とかついていけるのは。そもそも神代《かみよ》の神様たちや天皇たちは、神倭伊波礼毘古命《カムヤマトイワレビコノミコト》だの何だの、名前が覚えづらい。それがまたのちに違う名前になっていたりするから、余計に訳がわからなくなる。倉に稲と書くウカノミタマノオオカミにしたって、ふつうの人は読めないし書けないよ」

「名前の件は私に言われても……。やまと言葉を漢字に当てはめたから、些かややこしいことになっちゃった――そういうことじゃない？　けど、それを言えるだけでも凄い。思い出してよ。お父さん、うちで一番見込みある。とにかくさ、中身よ、中身。稲荷信仰。そこに注目してほしいなあ」

「確かに私も狐や鼬《いたち》は好きじゃないよ。だけど、幾ら稲荷信仰やら空海のことやら教えられても……。空海なんて、伝説上の人物って感じで実感が湧かない。私からすればキリストと一緒」

「それでも下敷きとして、そこを知っててもらわなきゃ困るのよ」

「だけど、べつに何も起きていないんだろ？　可南はその種のことに少しばかり神経質過ぎるんだよな。金刀比羅さんにしたって、お参りはしても、大物主神だの崇徳天皇だの、そんなことは知らないのがふつうだよ」

　いつも紫苑に言われているのと同じようなことを言われて腐りそうになる。

「きっとそろそろお祭りだよ」

気を取り直して可南は言った。

「え？」

「お隣さんの夏祭り。それには秋田から帰ってこれないかな。それがどんなものかで、かなりはっきりすると思うんだけど」

「ま、可南に任せた」

「これだ」可南は吐息をついて言った「榊康平、榊家家長の自覚まるでなし」

「いや、榊康一の一人息子、榊家を継承する者、惣領だからこそ、私は今、止むなく秋田にやってきている訳で」

「だけど、今、お父さんが血道を上げているのはお宝探しでしょ？」

「せっかくの価値ある先祖の遺産、ひとつとて無駄にしないのも惣領の務め。違うか」

「――」

「ま、可南の杞憂《きゆう》だとは思うけど、一応お前が目配りしといてくれ」

これ以上話しても無駄。そう判断して可南は口をややへの字にして電話を切った。

(何が杞憂よ。紫苑もお父さんも、まだ何も起きていない――そればっか。はい、はい、現実はそうですよ。だけど、どうして私を信じないかなあ。二人ともよく知ってるだろうに。この手のことには私、とびきり鼻が利くんだから。私の嗅覚に間違いない)

切ってチッと舌打ちをしてからだったが、自らを励ますように可南は心で思った。私の嗅覚に間違いはない――。

3

八月も目前となった七月二十八日の日曜の昼前のことだった。松男が紙を持って榊家を訪ねてきた。

「八月三日の土曜日の午後一時半、いよいよ祭りをやりますけえ」松男は言った。「本当は、四日の日曜がええと思ったんじゃけど、何せ仏滅、日が悪い。三日も先負《せんぶ》じゃから、祭りも午前じゃのうて、午後の一時半とした次第でして。――どうじゃろ？　土曜の午後、一時間かそこらのことなら、榊さんのお三人さんも、揃って来られるんじゃなかろうか。わしらとしては、万難を排してぜひともおいで願いたく。何しろ榊さんは、まさにうちのお隣さんじゃけえ」

「あ、土曜の午後一時半なら、三人みんな揃ってます。だから、三人でお伺いできます」

そう答えたのは可南だった。

「そうけえ！　そりゃあよかった！」松男は膝を打つような勢いで言った。「少しばっか先のことになりますけえ、直前になったらまたお報せに参りますわ。で、忘れてしまわんように、今日は一応お報せの紙を置いて帰りますんで」

そう言って差し出された紙を可南が受け取った。紫苑のみならず梨里も玄関口にやってきていた。

「え？　あん？　ペットボトル？」

松男から渡された紙に目を落としていた可南が言うと、紫苑もそれを覗き込んだ。

「一人二本――」

「おお、そうそう。そこに書いてある通り、空の500mlのペットボトルをお一人さんそれぞれ二本持っておいでになってくれんかいのう。角いのもあるけど、できれば丸いのを。それもあって、早めにお報せにきたんじゃった。今からなら準備が間に合うじゃろ。まあ、うちでも何本かは用意はしとくつもりじゃけど、もしも足りんかったらいけんけえ」

「あるかな、空のペット？」

ちょっと可南の方に顔を向けて紫苑が言った。

「六本でしょ？　あるよ。まだゴミに出してないから」

「よかった、よかった。ほんだら、当日はそれを持って祭りに参加してくれんさい。――ああ、こっちのご挨拶を兼ねての祭りじゃけえ、ほかには何も持ってこんでくんさいね。余計な気ィは遣わんようにし」

「あ、はい。それじゃ、ペットボトルだけでいいんですね。一人二本持って伺えば」

「ええよ。それで充分じゃ。ほんじゃわしは、これから後藤田さん、露木さん、藪中さん、袴田さん、それに安田《やすだ》さんや茅野《ちの》さんにもお報せの紙を配ってきますわ。そうじゃ。大場さんを忘れちゃいけんね。何しろ大場さんはうちの地主さんじゃもんな。とにかくまあ、わしはぐるっとご近所を回ってきますわ。祭りに参加してくれる人は、多ければ多いほどいいんで。その方が盛り上がる」

「いよいよ来た！」松男が帰ってしまってから可南は言った。「祭りだ、祭り。あーあ、お父さん、それに合わせて帰ってこられないかな。電話の調子じゃ無理そうだけど」

「ま、いいんじゃない。家長夫婦は抜きでも、榊家残り三人全員が参加すれば」

「楽しみー！」

そう言った梨里の顔には笑みの花が咲き開いていて、いかにも嬉しげだった。

「リリーが一番楽しみにしてる感じ。早くもお祭りモード」

その顔を見て可南が言った。

「ま、お祭りは、昔から子供のものでもあるからね」

「子供のもの。そう言えるのかなあ。私はちょっと違うと思うけど……」

「可南」幾らか低い声で紫苑が言った。「また祭りの蘊蓄《うんちく》でも語ろうっていうの。やめてよね。とたんに気分が白けるから。あちらは挨拶って言ってるんだもの。それでいいじゃない」

「でも、一人ペットボトル二本。これは何なんだろ？」

「持ってったら、何か入れてくれるんじゃないの。飲み物とか金魚とか」

梨里が言った。

「それだったら、角張ったのじゃなくて丸いやつって指定まではしないでしょうよ」

「考えることない。それも当日行ってみればわかることよ」

心得たように紫苑が言った。

「『少しばっか先のことになりますけえ』って言ってたけど、一週間ないよ。次の土曜日だもん」

また梨里が口を挟む。

「ま、ジャスト一週間だね」

「あちこちお触れに回るみたいだけど、いったいどのぐらいの人が来るんだろう」

「そこそこ来ると思うよ。みんなそれなりに天子さん一家に関心持ってるだろうし」可南に応えて紫苑が言った。「でも、安田さんや茅野さんにもお報せに行くって言ってたよね。やだな。正直言って私、あの人たちには来ないでほしい」

可南は「その話は駄目」という意味を込めて、チッと小さな舌打ちとともに紫苑に目配せをした。梨里の前ではタブー。だが、そう言う紫苑の気持ちもわからないではなかった。安田家と茅野家と言えば、近隣の「困ったさん」の代表格だ。大概のうちはこの二軒の家と、何かしらトラブルになったことがあるはずだ。ゴミの捨て方、車や自転車の運転の仕方、駐《と》め方、聞くだに鼻につく自慢話、その裏側にあるこちらに対する軽侮。ことに茅野家の夫婦は、人を小馬鹿にしている。見下している。

「日傘でも雨傘でもいい。茅野さんの奥さんが向こうから歩いてきたと思ったら、すぐに傘で顔を隠すの。あの人の話を聞かされたら敵わないもの。気分が悪くなるだけ。傘なんて、その防御の道具として持ってるようなもんだわ。まったく迷惑」

それは、美絵の過去の台詞《せりふ》だ。

「うわー、祭りだ、祭りだ。来週の土曜日はお祭りだー」

ぴょんぴょん跳ねて梨里がはしゃぐ。

「いいね、あんたは。何の心配もなく、ただただ素直に喜べて」

「まあ、それが子供の特権だから」

「それに関しては異論なし」

その後、紫苑と可南は一応台所を探って、５００mlの丸いペットボトル六本を確保した。

金曜の晩、もう一度松男が確認を兼ねて報せにやってきて、いよいよ祭り当日の土曜日を迎えた。

紫苑も可南も、特別お洒落《しゃれ》はしなかったものの、部屋着よりはマシな恰好をした。梨里もだ。横の髪で細い三つ編みを作ったツインテール。梨里お気に入りのヘアスタイル。

「あんた、ウサギみたい」

「よく言われる」

「いっつもぴょんぴょん跳ねてるしね」

「それもよく言われる」

そんなどうでもいい会話を交わしながらも、多少緊張感を覚えた心持ちで隣家に赴く。ペットボトルも忘れずに持ったが、片手に二本というのが案外難しく、一本ずつ両手で持ってみると、何だか間抜けな姿にも思えた。が、仕方がない。

「おお、ようお越しくださった。お待ちしておりました」

「お三人揃って。ぶち嬉しい」

松男や継子たちに笑顔で迎えられ、天子家の敷地内に足を踏み入れる。庭に建てられた御社は、思っていたよりも大きければ造りも立派で、幣束《へいそく》や注連縄《しめなわ》もあった。鳥居の朱も塗り立てだけに賑々《にぎにぎ》しく派手で、目に鮮やかだった。

「小さな神社……まるでそんな感じだね」

「だから言ったじゃない。本格的だって」

紫苑の呟きに可南が応じる。

見回すと、近隣の住人たちも既に何人かやってきていたし、可南たち三人が行った後にもまた二人、三人とやってきた。なかにはおずおずといった感じの住人もいたが、祭りが始まる頃には、全部で三十人から四十人と、かなりの人数が集まっていた。

「では、そろそろ祭りを執り行なうことにいたします」

継子が祭りの開始を告げると、それまでどこに待機していたのか、亜子、姫子、加えて美女軍団と言いたくなるような女性六名が登場した。みな二十代後半から三十代と年若い女性だ。紹子たち天子家の子供らはというと、彼女たちは住人側に交じる恰好で、庭に並んで立っていた。

「衣装が奇抜」

「それにみんなきれいだしスタイルいい」

継子、亜子、姫子の三人は、上は白、下は赤という巫女姿、和装だ。残り六名の美女たちは、それぞれ赤と白を基調にはしているが、アクセントに黒も入った洋服姿で、ミニ丈のワンピース姿の女性もいれば、スカートが斜めに切れたようなアシンメトリーのややロング丈のスカート姿の女性もいた。六人に共通しているのは、薄めの黒いストッキングを穿いていて、きれいな脚がしっかり見えるような服だということ。いずれにしても、それでふつうに街を歩くことが憚《はばか》られるような強烈なインパクトを持った服だ。彼女らは、それをごく当たり前のように身につけていた。そして、六人の手には拍子木。同じく三姉妹も、拍子木を手にしていた。

驚いたのは、御社の脇に簡易な舞台が作られていて、その上に松男がギター、竹男がベース、梅男がキーボードと、バンドよろしくスタンバイしていたことだ。アンプまである。女性陣は彼らの前にずらりと並んで立ったが、よく見るとスタンドマイクもあって、何やらミニコンサートの如き様相を呈していた。その光景だけでも、可南からすれば圧巻という感じで、尋常ならざる挨拶という思いだった。

(だからお父さん、帰ってきてくれたらよかったのに。見たらひと目で納得がいく。間違いなく凄い一家なんだって)

祭りが始まる前から、可南はその思いを強くしていた。

「まずはうちらの祭りには欠かせない歌舞、その名も『祭り』から始めさせていただきます。そののち、天子家家長、第三十一代天子市子のご挨拶となりますのでよろしくお願い申し上げます」継子がマイクの前に立って言った。「歌舞の途中、〝Ｋｎｏｃｋ ｙｏｕｒ ｐｅｔ！〟の掛け声とともに、うちらが拍子木を打ち鳴らしますんで、どうぞ皆様がたも、お持ちになったペットボトルを拍子木のように打ち鳴らして参加してくださいませ。――あ、ペットボトルをお持ちでないかたは、そこの段ボール箱のなかに用意してありますけえ、ご自由にお取りになってください」

継子の言葉に、何人かの人間が、まだもうひとつ呑み込めないといった体《てい》ではあったものの、置かれている段ボール箱にペットボトルを取りにいった。

「さあ、皆様、用意はよろしいですね。では、始めます」

(うー、いよいよ祭りの始まりだー)

可南は半ば怖いもの見たさといった気分で、心で呟いていた。

4

いざ開始となった時、可南はさりげなくだが、ぐるっと辺りを見回してみた。後藤田夫婦の姿は確認した。藪中家の主人の正充《まさみつ》と息子の湊《みなと》の姿もあった。やや渋々といった感じで用意されたペットボトルを取りにいった人間のなかには、大場家の主婦、澄香《すみか》の姿も交じっていた。

(あ、茅野さんも夫婦で来てる。近所の人たち、結構来てるな)

「スタンバイOK?」

継子の言葉に男性陣が目を見合わせ、三人呼吸を合わせて前奏に入る。まさにバンドマンそのものの目の見合わせ方だった。思っていたよりもずっとポップでロックの要素もある前奏が始まる。

(凄っ。本格的)

可南は、男性陣三人が奏で始めたアップテンポの前奏だけで、圧倒される思いだった。やがて天子家三姉妹と美女六人が、音楽に合わせて踊りながら歌いだす。ギター担当の松男も歌いながら身を揺らしている。

〝ア、ホッホッホッホッ、ホッホッホッホッ、祭りじゃ、祭りじゃ、お祭りじゃ。

戯《たわ》け、痴《し》れ者、馬鹿ったれ。この世にゃようけいおるけんね、そやつらカマして一直線。わが道がつつり進んでけ。

Ｙｏｕｒ ｗａｙ，ｙｏｕｒ ｗａｙ，ｇｏ，ｇｏ，ｇｏ！〟

「Ｈｅｙ！ Ｋｎｏｃｋ ｙｏｕｒ ｐｅｔ！」

そこでシャウトのような松男と継子の掛け声が入り、天子家側女性陣は手にしていた拍子木を、歌詞に合わせて打ち鳴らしだした。

〝Ｙｏｕｒ ｗａｙ，ｙｏｕｒ ｗａｙ，ｇｏ，ｇｏ，ｇｏ！〟

「さあ、皆さんもご一緒に、ｇｏ，ｇｏ，ｇｏ！」

そう声を掛けられても、可南は薄い躊躇《ためら》いを覚えて、すぐには拍子木代わりのペットボトルを打ち鳴らすことはできなかった。が、梨里は掛け声に合わせてたちまちペットボトルを打ち鳴らし始めたばかりか、彼女らを真似て踊りだしていた。

「さあ、皆さんお祭りです。もう一度繰り返しますのでご一緒に！」

〝Ｙｏｕｒ ｗａｙ，ｙｏｕｒ ｗａｙ，ｇｏ，ｇｏ，ｇｏ！〟

継子や松男だけでなく、踊っている女たちもそう歌いながらそこに集《つど》った人たちを、盛んに煽《あお》ってけしかけてくる。ふと見ると、傍《かたわ》らの紫苑が拍子木よろしく二本のペットボトルをぶつけてコンコンコン！　と音を鳴らしていた。可南も巫女姿の姫子に「Ｈｅｙ！」の言葉とともに見つめられて、ペットボトルをぶつけ合わさずにはいられない状態に陥った。何しろ彼女はこちらの瞳の奥まで覗き込んでくる。それに容易に抗《あらが》えるものではない。

「さあ、いい感じになってきましたー。皆さん、その調子で参りましょう！」

〝Ｙｏｕｒ ｗａｙ，ｙｏｕｒ ｗａｙ，ｇｏ，ｇｏ，ｇｏ！

あんたらにゃあんたらの道がある。もしも石に躓いたら、いっそとことん転んでまえ。戯け、痴れ者、馬鹿ったれ。きゃつらに足掬《すく》われるよりも、自ら転ぶがどんだけいいか。雨が降っても俯《うつむ》くな。雨が降ったら空見上げえ。冷たい雨も土砂降る雨も、天の恵みじゃホッホッホッ。ずぶ濡れてまえば何でもない。〟

〝ア、ホッホッホッホッ。祭りじゃ、祭りじゃ、お祭りじゃ。

「Ｈｅｙ！　Ｋｎｏｃｋ ｙｏｕｒ ｐｅｔ！」

アイヤ、アイヤ、アイヤ、ソー、ソー。

アイヤ、アイヤ、アイヤ、ソー、ソー。

Ｙｏｕｒ ｗａｙ，ｙｏｕｒ ｗａｙ，ｇｏ，ｇｏ，ｇｏ！〟

「祭りじゃ、祭りじゃ、お祭りじゃー」

一緒にそう歌って跳ね飛んでいるのは、ほかでもない梨里だった。紹子たち天子の子供たちはもちろんのこと、集まった近隣住民たちのうちの何人かも、徐々に歌いながら踊りだし、ペットボトルを打ち鳴らし始めていた。

一歩引いた傍観者でいようと思っても、彼ら、彼女らの演奏、踊り、歌には、それを許さない熱量のようなものがあった。冷静を保とうと思いながらも、ついつい可南もからだでリズムを取っていた。

（一曲目にしてこの盛り上がり。何か怖っ）

思いながらも動きを止めかけると、姫子や亜子に見つめられて瞳の底を覗き込まれる。歌わないまでも、どうしたって唱和したりペットボトルを叩いたりしない訳にはいかない。

五分か六分で一曲目の『祭り』は終了したが、その時点で既にかなりの数の人が、可南に言わせれば天子勢力に〝呑まれ〟ていた。

「思い切って歌ってみたら、何だろ、気分が凄くすっきりしたぁ」

平静な面持ちながら紫苑が嘆息するように言った。

「ホッホッホッホッ……乗れるよね。お姉さんたちも踊り上手いしカッコイイ！」

そう言った梨里の瞳は、内なる興奮を伝えるように、眩《まぶ》しいぐらいにきらきらと輝いていた。

「ペットボトルって、ぶつけて打ち鳴らすと結構いい音出すんだ。拍手や手拍子よりずっと音出るね。初めて知った」

「なるほど、それで丸いペットボトルね」可南は何とか冷静を保って紫苑に言った。「角張ったタイプのペットボトルじゃこの音は出ない」

「おじさんたちもふだんのおじさんたちじゃない。ノリノリ」

もう数えきれないほど演奏してきているからだろう。確かに松男、竹男、梅男の演奏は呼吸がぴったりと合っていたし、人を乗せるだけの迫力があった。それぞれ担当の楽器が上手いのだ。

「皆様、楽曲『祭り』にご参加いただきありがとうございます」継子がスタンドマイクの前に立って言った。「本日は引っ越しのご挨拶も兼ねてのこと。急なお誘いでしたので、皆様お時間に限りもあるでしょう。これから天子家家長の天子市子がご挨拶申し上げ、そののち、歌をもう一曲、『恋歌《こいうた》』にて締め括らせていただこうと思います。『恋歌』ではどうぞ『祭り』以上にご参加いただき、楽しんでくださいますように」

継子の言葉に、ほかの人間以上に胸をどきどきとさせて緊張を覚えていたのは、誰あろう、可南ではなかったか。いよいよ天子市子が姿を現す。

「では、天子家家長、第三十一代天子市子がご挨拶させていただきます」

ジャジャーンというような松男のギター音とキュイーンと耳に響く梅男のキーボードの電子音が鳴

って、どこに控えていたのやら、舞台に一人の女性が姿を現した。白に赤の巫女姿ではなかった。腰の下辺りまであるやや霞《かす》んだ紅色《べにいろ》の着物に浅葱色《あさぎいろ》をした裾が分かれた袴。紅色の着物の袖から黄緑色の裏衣《うらぎぬ》が覗いている。

（正装——）

可南の知識によれば、天子市子は、神職にある女性が祭祀《さいし》を執り行なう際に身につける正式な装束を纏《まと》っていた。

「ご近所の皆様方、初めましてご挨拶させていただきます。わたくし、第三十一代天子市子でございます。本来、皆様へのご挨拶には、わたくし本人がご一軒ご一軒訪ねてお伺いするべきところ、本日はようこそ足をお運びいただき、まことにありがとうございます」

マイクは使っていない。が、マイクを通しての声かと思えるほど低めのよく通る声で天子市子が言った。そしてからだを半分に折って、一度集まった近隣住人に恭《うやうや》しげに頭を下げた。その頭とからだを戻してまた続ける。

「天子家、天子市子以下総勢十名、この先この地で皆様がたと、仲よう暮らさせていただきたく、皆々様がたにはどうぞよろしくお願い申し上げます。うちは、基本出入り自由。御社には宇迦之御魂大神もおられます。いつでもお参りにおいでくださいませ。また、困りごとや力仕事などございましたら、何なと気軽にお申し越しください。力仕事や大工仕事などは男衆三名が、お手伝いさせていただきます。さまざまなかたちで皆様がたと助け合いながら、この地で穏やかなる暮らしが営めますことを、わたくしはじめ天子家一同、心より願っておりますし、ぜひともよろしくお願い申し上げる次第でございます」

天子市子は六十八歳。そのはずだ。けれども、見た目は軽く十は若く、娘三人もそうであるように、鼻筋がすっと通っていて、整った顔だちをしていた。また、長い髪も黒々として艶《つや》やかで、濃い黒目が印象的な女性だった。

（ほーら、私が思った通りだ。やっぱり美人。天子家一の美女と言っていいかも。長い黒髪の美人さん）

予想はずばり的中――そのことに有頂天になりかける自分を戒める。

背はそう高くない。百五十五センチぐらいか。だが、人目を惹きつけずにはおかない何かが彼女にはあった。

「さすが天子家家長、きれいな人だね」

紫苑が可南に囁《ささや》くように言った。

「それに……あの人白い。何か光ってる」

紫苑に続けて言ったのは梨里だった。

九歳の子供の梨里が見てもわかるだけの輝き、いわゆるオーラが天子市子にあることは、可南も否定できないところだった。大いに問題あることだし、本来認め難いことだったが、やはり彼女はどこか神々《こうごう》しい。

「皆々様がたの平安とお健やかなること、お幸せを神に祈るべく、わたくしからのご挨拶の締め括りといたしまして、不肖、わたくし天子市子が、祝詞《のりと》を上げさせていただきます」

そう前置きしてから、天子市子が祝詞を上げ始めた。なかに多少知っている単語は出てきても、ほとんどがわからない言葉の羅列……にもかかわらず、集まった人間全員が、黙っておとなしくそれに聞き入っていた。

そう長くない。せいぜい四、五分ほどの祝詞だったと思う。それでもふつう退屈してしまう人間は退屈してしまうものだ。それを許さなかったのは、べつに声を張り上げている訳ではないのに、朗々《ろうろう》と通る天子市子のやや低めの声と、彼女が声という音で奏でるリズムが、何とも耳に心地よく響いて聞こえたからにほかならない。どこかべつの次元、場所にいるかのような心地。

「天《あま》つ神、國《くに》つ神　八百萬《やおよろず》の神等《たち》……」

天子市子がやや引き取るような声でそう口にした時、少なくとも可南は、いよいよ祝詞が終わろうとしていることがわかった。

「聞こし食《め》せと白《もう》す〜」

直後その言葉があって、次に天子市子はしんと静まり返った聴衆に目を向けると、「さあ、皆様がたも御社に向かいまして、わたくしとともにご一礼をお願いいたします」

可南もだが、ほかの人間たちも、みなおとなしく天子市子の言葉に従って、御社に向かって深く頭を下げた。

「まことにどうもありがとうございました。では、これから『恋歌』を始めますので、先ほどの『祭り』と同じく、いえ、それ以上に、皆様もご参加のほど、よろしくお願い申し上げます。どうぞわたくしどもとともに歌い踊り、お手持ちのペットボトルを打ち鳴らしてくださいませ。『恋歌』にて、本日の祭りは終了となりますが、少しばかりお菓子やお茶などご用意させていただいておりますので、お時間の許すかたは、どうぞごゆっくりなさっていってくださいませ。ご近所同士、時にはいろいろお話しいたしましょう」

（うわ、また始まる。さっきよりペットボトル鳴らす人が増えるだろうなあ。踊る人も。みんなかなり呑まれちゃってるもん）

天子市子の言葉を耳にして、可南は思った。一種の集団心理、集団ヒステリー……いや、集団トランス状態とでも言ったらいいだろうか。集まった多くの人たちが、いい気分になっているのが感じられた。

（凄い吸引力、影響力）

可南は心で呟いた。

（天子市子、圧倒的熱量）

可南が溜息をつく前に、二曲目にして今日最後の楽曲、『恋歌』の前奏が始まっていた。

5

「楽しかったねえ、隣のお祭り！　金魚すくいや水風船はなかったけど」うちに帰っても、まだ興奮醒《さ》めやらぬといった様子で梨里が言った。「最後、おじさんが屋台みたいの引っ張りだしてきて、ほんとお祭りみたいだった」

冷たい麦茶にみたらし団子とカステラ饅頭《まんじゆう》。カステラ饅頭は、持ち帰りを想定してか、ポリエチレンで巻かれていて、もみじ饅頭を連想させた。こし餡《あん》のみならずカスタード餡バージョンがあるところも、もみじ饅頭と通じる。因みに梨里は亜子や紹子から「お土産に持って帰り」と言われて、こし餡一つにカスタード餡二つの計三つをもらって帰ってきた。全部で三つにしたのは、榊家三人、一人頭一つという梨里なりの計算らしい。

「広島、長かったって言ってたからね。厳島神社なんて、東京の人間からすれば、もみじ饅頭の聖地みたいなもんだ」

「だけど、盛り上がったよねー。久しぶりに神社のお祭りに参加したみたいな気分だった」

平静を保とうという姿勢の可南とは裏腹に紫苑は言った。

「〝I love you.〟だと、あほんだれ。好きだ　好きだ大好きだ！　そう叫んだらよかろうが。声嗄《が》れ咽喉が潰れてしまうまで、そう叫び続けたらよかろうが。

〝Don't say, don't say I love you. Never say, never say,
I love you.〟」

早くも『恋歌』の一節を覚えてしまった梨里は、そう歌いながら、ぴょんぴょん跳ねてペットボトルを打ち鳴らす。

「〝Don't say, don't say I love you. Never say, never say,
I love you.〟」

「リリー、どうしてそういうことはすぐに覚えるかな。ペットボトル鳴らすタイミングまでばっちり」可南は言った。「だけど、あんた、意味わかって歌ってるの？」

「I love youぐらいはふつうにわかるよ。I love youなんて言うなって歌ってるんでしょ？　違う？」

「違わないけど」

「Hey! Knock your pet!」

「リリー、ストップ。頭痛くなってきた。ペットボトルはもう置きなよ。お祭りは終わったんだから」

「でもさ、『戯け　痴れ者　馬鹿ったれ。この世にゃようけいおるけんね』も『好きだ　好きだ大好きだ！　そう叫んだらよかろうが』も、何か耳に残るよね。〝Never say, never say,
I love you.〟も」

紫苑が言った。

「紫苑まで」

「〝Ｙｏｕｒ ｗａｙ，ｙｏｕｒ ｗａｙ，ｇｏ，ｇｏ，ｇｏ！〟」

そう歌ったのは梨里ではない。紫苑だった。

「そういうリフレインが一番怪しげなのよー」

それに思わず可南は叫びを上げる。

「何よ、怪しげって？」

「耳に残る。頭のなかで繰り返される。洗脳ソングの典型」

「自分だってペットボトル鳴らして歌ってたくせに」

「それは……姫子さんの手前、そうせざるを得なかった訳で……。だってあの人、がっつり私の目を見つめてきて、〝Ｈｅｙ！〟ってけしかけてくるんだもの。私は……姫子さんからはまだ聞きたいことがあるし」

「何だかんだ、うちじゃ誰よりも可南がお隣さんに関心持ってる」

「それはリリーや紫苑とはまた違う関心」

「『恋歌』の後、姫子さんや継子さん、天子家の人と話していたのも可南だった」

「情報収集！」

「うるさい」というような勢いで、きっぱりと可南は言った。

「何の情報収集なんだか」

小馬鹿にしたように紫苑は言うが、可南は本気で聴き取り調査に当たっているつもりだった。今日も亜子や姫子に尋ねたのは、宇迦之御魂大神を勧請したのかということ、今後の祭祀のこと等だった。

それに日本のなか、あちこちを移動しながら暮らしてきたというから、もののついでのように尋ねてみた。

「じゃあ、香川県にも？　四国」

するると、姫子は鼻の付け根に皺を寄せてこう言った。

「あかん、あかん、あかん。四国はあかん。そこは空海の本拠地じゃ。地盤が固い。じゃけえうちらは四国には足を踏み入れんことにしてるんよ」

ほら来た——可南は内心膝を打つ思いだった。案の定、弘法大師・空海を意識しているし敵視している。永松の見立て通りだった。

「宇迦之御魂大神もおられますって、市子様が。お稲荷様を勧請なさったんですね」

「さすが可南さんよう覚えておいでで。そうよ。宇迦之御魂大神、この間の午の日で大安に当たっている日に、宇迦様を勧請したのよ。もう分霊がこちらに来ておられる。勧請は滞りなく無事済んだんで」

姫子は至極機嫌よさそうに言った。

「宇迦様——」

「うん。うちらはそう呼んでるの。ね、亜子姉ちゃん」

「そうやね、親しみも込めて」

「あの、また今日みたいなお祭りなさるんですか」

可南は訊いた。

「やるよぉ。次の大祭は十一月の新嘗祭《にいなめさい》だわね」可南に答えて亜子が言った。「その次が新年の祭り。まあほんまはねえ、一月一日の祭りなんか、べつにせんでもええのやけど、日本人は、どうしても初詣をしたがるけえさ」

「本来は、二月の立春」

「そうじゃ、そうじゃ、――な、亜子姉ちゃん、うちが言うた通りじゃろ？　可南さんは日本古来のしきたりを、ようわかっていらっしゃるんよ。大概二月三日の節分の日に鬼遣《おにや》らいをして、四日に新年を迎える。なのに、いつの間にか一月一日がメジャーになってしもうて」

「西暦に負けた、靡《なび》いた、そういうことですか」

「そうじゃね。西暦はわかりやすいところが強み。それにしても可南さん、ほんまにようわかっておいでる」

「いいえ、聞きかじりです。実は知らないことばっかりで」

「わからないこと、不安に思うこと……何かあったら、いつでも訊きにきて。ノノ様に訊きたいというようなことは、前もって言ってもらわないと、ちょっと困るけど。ま、うちらで答えられるような程度のことであればいつでも」

「ノノ様、天子市子様は、どんなことをなさるんですか」

「祈りが主軸だけど、口寄せ、託宣、卜占……うちのノノ様は何でもできる。ほんまは今日も祭りで湯立てをしようと思ったんじゃけど、ここはご挨拶にとどめた方がよかろうと、ノノ様が言うもんで。まあ確かに、湯立てなんていきなりやったら、近所のかたがた魂消《たまげ》るかもしれんしね」

（出た、託宣、卜占、それに湯立て！）

内心叫びながらも、可南はそんなことは何も知らないといった顔を取り繕《つくろ》った。必要以上に詳しいと、逆に彼女らに警戒されかねない。それを危惧《きぐ》してのことだ。

「しかし、たかが祭りで家に帰ってもまだ興奮状態。何でこんなに盛り上がるかねえ」

「だって、ほんと迫力だったもの」

「そうじゃね。ほんますんごい迫力じゃった」

「リリー、また広島弁になってる」

「べつにいいじゃんか。広島弁で喋っても。何か問題あります？」

小生意気にも可南を向こうにまわして梨里が言う。

「べつに大きな問題はないけど、東京人はやっぱり標準語で喋るべき。私はそう思うけど」

「偏見、偏見」そう言ったのは、紫苑だった。「広島弁だと、天子家の人たちと、何かすぐに距離が縮まる感じがして。私もあの人らと話す時は、広島弁にしようかな」

「えー」

「まあ、ええじゃん、ええじゃん。そう固いこと言わんでも。――てなとこじゃね。どう、うちの広島弁は？　まあまあええ感じになっとると思うんじゃけど」

「紫苑――」

疲れたように可南は言った。親がこれでは見えている。梨里がますます我が意を得たりと調子づく。

「祭りじゃなくても、拝みにきてって言ってたよね。基本出入りは自由だって」

「うん、そうは言ってたけど。――もしかして紫苑、拝みに行く気？」

「まだわかんないけど、そういう気分になった時、神社がすぐお隣にあるっていうのは悪くない」

「ちょっとぉ。単なるお隣さんと考えてみなよ。お隣さんだからこそ、ふつうそうそう気安く遊びにはいかないでしょうよ」

「それにしても天子市子様、迫力あったねえ。大場さんの奥さんやうちのお母さんとは段違い。何せ後光がさしてたもの。声も朗々としてリズムがあって……聞いていて、こうなんか、脳に滲《し》み入るようだったわ」

「光ってたよね、天子市子様」

梨里も言う。

「ねえねえ、ちょっと落ち着かない？」可南は敢えて水を差すかのように言った。「まずは天子市子様っていうのをやめにしない？」

「なん？　何がいけんの？」

「私らが天子市子様って、様をつけて言うのは、ちょっと言い過ぎとでもいうか」

「だって、天子市子様は天子市子様じゃんけ」

「ああ、駄目だ。二人して広島弁で喋って、何か私、ほんとに頭痛くなってきた」

「天子市子様、きれいだったもの。また間近でお顔見てみたい。あんな六十八歳っている？　奇跡だよ」

「奇跡も大袈裟」

可南にしてみれば、たちまちのうちに榊家のコマ二つが天子家に奪われたという思いだった。

「やっぱり無理矢理にでも、お父さんに帰ってきてもらって、今日の祭りに参加してもらうべきだった」

繰り言を独り言のように口にする。声までもが、自然と肩が落ちたようになっていた。

「お父さんなら、紫苑たちよりもう少し冷静に、天子市子と天子家の人を見たし、ふつうでないものを感じたと思うけどな」

「だから何なの、そのふつうでないものって？」可南はすぐにそう言うけど」

「だから、ふつう自分ちの庭に神社建ててる家なんてある？　お稲荷さんを勧請して、祭りまで開いて。みんな巫女さん姿。天子市子に至っては、神職の正装。それだけ取ってもハンパな一家じゃないじゃない」

「そのハンパなさが何気にいい」

「紫苑、少し頭冷やしてよ。あなたがそれじゃ、余計にリリーが天子家に傾いて、そのうち持ってかれちゃう」

「持ってかれちゃうだって」言ってから、可南の言葉に梨里がケタケタと声を立てて笑った。『あの子がほしい。この子がほしい。あの子じゃわからん。この子じゃわからん』……可南ったら、花いちもんめみたい」

「花いちもんめに似ていないこともない」

「知ってる？　うちの小学校じゃ、花いちもんめは禁止されたんだよ」

「えっ、そうなの？　何で？」

「残酷な遊びだからだよ」

「花いちもんめのどこが残酷なの？」

「『リリーちゃんがほしい』『リリーちゃんがほしい』、どっちも私がほしいって取りっこしたら私は人気者だよ。どっちの組に入ってもハッピー。でもさ、最後まで一度もほしいって名前を呼ばれない子がいる。——残酷じゃない？」

「言われてみれば」ついつい梨里の話に引きずられかけて可南は言ったが、気を取り直すように前を向いて続けた。「遊びの花いちもんめはよろしい。だけど、現実の花いちもんめはよろしくない。二人とも、榊家の人間だって自覚をしっかりと持ってよね」

「ほんと、大袈裟なんだよね、可南は」

「とにかく、今晩お父さんに電話しとこ」

言ってから、その前に永松に電話をしてみようかと、可南は考え直し始めていた。どうも筋金入りの歩き巫女の一家らしいと。何せ亜子や姫子は当たり前の顔をして、天子市子の仕事は祈りが機軸だけれども、託宣や卜占もするし、祭りでは、本来湯立ても行なうと言ったのだ。おまけに空海の本拠地だから、四国には足を踏み入れたことがないと。これは重要報告事項ではないか。今時そこらの神社のお祭りに行っても、神楽や湯立てなどしやしない。

「そうだよ、神楽だよ」不意に思い至ったように、可南はやや大きな声になって言った。「『祭り』や『恋歌』、あの人らは歌舞と言ったけど、あれは神楽だ。神降ろしだ。だからみんな呑まれたようになっちゃって、天子市子の言う通り、おとなしく御社の神様に向かって頭を下げた――」

「可南だって下げたでしょ？」

「それはその場の成り行きで……。でも、思えば、一気にそういう雰囲気、空気を作ってしまうところが怖い」

「ま、可南は勝手にそう思ってせいぜい怖がりながら、情報収集とやらに当たればいい」

「当たりますとも。――予《あらかじ》め言っておくけど、私のことを裏切らないでよ。いい？　リリーもよ」

「裏切るって、どういう意味？」

「私が情報収集してるって、お隣さんにバラしたら駄目だってこと。家族の私を売らないでよね。それだけは頼んだよ。わかった？　絶対にだからね。もしバラしたら、私、口利かない。家事も何もしない」

「わかった」

「わかりました」

それには梨里も紫苑も文句を言わずに頷いた。

(家族にこんなふうに釘を刺さなきゃならなくなろうとは……)

天子市子恐るべし――いまさらのように可南は思って、唇を強く引き結んでいた。

6

「託宣、卜占……それに祭りで湯立てまでやると言ったのか。しかも天子市子が神職の正装姿で登場して。それはまた恐ろしく本格的だな。まず間違いなく筋金入りの歩き巫女の一家、一族だ」

可南の報告を耳にして、永松は言った。

「でしょう？　先生だけですよ、私の話にちゃんと耳を傾けてくれて、私が感じている危機感をわかってくださるのは。うちの双子の姉や姪《めい》っ子なんか、すっかりあちらの虜《とりこ》になっちゃって」

「まあ、現代人にはどんどんわからなくなってきていることだからね。致し方ない面もある」

「そうは言っても、お隣もお隣ですからね。私は何とも気になって。父も母も秋田に行っていて、当面帰ってきそうにもないし。無事に留守を守れるものかと、ひとり考えちゃったりして」

日本に仏教の教えが入ったのが、ほぼ千四百年ほど前だと永松は言う。そして仏教の教えが広く伝わったのが、それから百年後か百五十年後のこと。つまりは千三百年前から千二百五十年前のことということになる。

「聖武《しょうむ》天皇の御世だね。平城京《へいじょうきょう》に東大寺《とうだいじ》が建立《こんりゅう》されて、大仏殿に盧遮那仏《るしゃなぶつ》坐像が納まった時期と重ね合わせてみるといいよ」

「うわ、空海だけじゃなく、聖武天皇や奈良の大仏様まで併せて考えなくちゃいけないんですか」

「まあその方が、却ってわかりやすいという話だよ」

「そうなんですか」

永松によれば、仏教が日本に輸入されたのが、西暦六〇〇年頃。しかし、もうひとつ一般的にならなかった仏教を、そのおよそ百五十年後の七五〇年頃に、東大寺に人々の想像を遥《はる》かに絶する大きさの大仏を建立することによって、朝廷は飛躍的に浸透させるに至った。聖武天皇の狙いは当然、疫病、飢饉《ききん》、火災……つまりは天災、人災併せた災害に苦しみ喘《あえ》ぐ人々の心を宥《なだ》め、朝廷が頂点となって人心を掌握することにあった。大仏建立には、延べ人数で二百六十万人以上が関わったと言われているという。なかには無償、つまりはボランティアの人もいたろうが、エジプトのピラミッド建設、近くはアメリカのニューディール政策と同じく、公共事業の側面があったに違いない。それが永松の見解だ。

「まあ、為政者《いせいしゃ》の考えることとは、今も昔も変わらないということだね」

永松は言った。

「延べ人数で二百六十万人以上……東京都の人口は今、千四百万人ぐらいでしたっけ」

二百六十万人という数字が、もうひとつピンとこなくて可南は呟くように言った。

「二百六十万人といえば、当時の日本国民の、およそ半数に当たる数だよ」

「えーっ、日本国民の半数！」

「そう。あくまでも延べ人数だけどね。でも、なるべく多くの人に携わらせて、自分たちの仏様という意識を持たせたかったんだろう。そこに満を持する恰好で登場したのが空海」

「なるほど、そこで空海につながってくるんですね」

「どでかい大仏に遅れること五十年、いよいよ仏教界のスターの登場。人々の心は一気に仏教に傾いただろうことは想像に難くない。しかも空海は唐で系統だった仏教の勉強をしてきている。理論に穴がない。これは強い」

「大仏建立から約五十年後に、空海は一世を風靡《ふうび》した――」

「そういうことだね。日本古来の神を祀る人間、神職に携わる人間にとっては、仏教、それに空海は、大変な脅威だったことだろう」

「で、天子一族もとうとう渡り歩きを始めるようになった――」

「私はそう思うよ」

「この前確かめたんですけど、天子家、四国に足を踏み入れたことはないそうで。先生の見立て通り、四国は空海のホームグラウンドという理由で。やはり空海の存在、もの凄く大きかったみたいです」

「やっぱりね。天子市子というのは、代々引き継がれている名前に違いない。言わば職制としての名前。だから榊君の家の隣に引っ越してきた一家の家長も、わざわざ第三十一代天子市子と名乗っている」

　そこは可南の思った通りだった。

「それじゃ、今の天子市子が亡くなったら……」

「三姉妹のなかの誰かが継ぐんだろう。その候補の一番手は長女。もしも次女、三女が継ぐとしたら、長女よりも先に女の子を三人産んだ場合だろうな。市寸島比売命《イチキシマヒメノミコト》を祀っているという話からして、天子家は、宗像三女神の影響を強く受けているだろうから」

「できれば三つ子の女の子。でなければ、三姉妹。そういうことですか」

　言われてみれば松男は、初めて榊家を訪れて可南と紫苑に会った時、「三つ子じゃなく双子かね？」とか「三つ子じゃったらなあ、まさしく三女神だったとこじゃのに。まあちと惜しかったなあ」とか言っていたことが思い出された。

「市寸島比売命に加えて、多紀理毘売命《タキリヒメノミコト》、多岐都比売命《タキツヒメノミコト》で三女神」

念を押すように永松は言った。

可南は、天子の男は、女の子を産ませなければ意味がないという姫子の話を思い出して、永松の話に納得すると同時に、何故だか寒けに似たものを覚えていた。継子のところには、承子、紀子がいる。何とかもう一人女の子をと、継子は望んでいるに違いない。それを成し遂げたら、次の天子市子は天子継子。千二百年以上も前から連綿と続く女系家族がさらに三人の女の子によって受け継がれていく。

「あ、私、嫌なことに思い至っちゃった」

唐突に可南は永松に言っていた。

「何？」

「天子家は、長女は継子、次女は亜子なんです。継子はつぐ子と読み替えられますよね。亜子はつぎ子。三女の姫子だけは『つぐ』『つぎ』とは読み替えられませんけど、継子の娘の承子にしたって、継承の承です」

「天子市子の孫に当たるほかの女の子たちは、紀子ちゃんと紹子ちゃんと言ったっけ？」

「はい」

「『紀』には『おさめる』『順序よく仕事を進める』の意味がある。『紹』が持つ意味はずばり『つぐ』」

永松のその言葉を耳にして、よくよく考えられた名前なのだと、可南は改めて思ったし、唸る思いだった。

「三姉妹の三女、姫子さんだけが継ぐの意味を持っていないのはどうしてでしょうね？」

可南は言った。

「姫にしたって、身分の高い人の娘という意味がある。姫子は三姉妹のなかではスペアというか、もしも長女、次女に女の子ができなかった時の保険みたいな意味があるんじゃないかな」

「保険……何か残酷な話ですね」

恐らくは、継子がいずれ天子市子になる。天子市子とはそういう名前。永松と話していて、天子市子の名前は、千二百年以上もそうやって受け継がれてきた名前なのだということを、いまさらのように可南は思い知った気がした。今の天子市子の戸籍上の名前は市子ではなくべつにあるのかもしれない。天子市子の名前が連綿と受け継がれてきたものだとしたら、榊康平の名前なんて、出来立てのほやほやもいいところだ。まだ赤子にも育っていない。しかも、康平が死んだらそれまで。

「天子市子とはまた少し違うかもしれないけど、有田《ありた》の陶工、酒井田《さかいだ》柿右衛門も、今は何代目になるんだろう。十四、五代目ぐらいかな。初代は江戸時代の人だけど、柿右衛門も代々踏襲されている名前だよね。その点では天子市子と同じ」

美絵から秋田の榊家で、柿右衛門の赤絵の皿を見つけたという話を耳にしたばかりだったので、例としてはわかりやすかったが、可南にとっては何やら恐ろしい話でもあった。

「推測に過ぎないけれど、榊君の睨み通り、相当な強者と思っていいだろうな。私はそう思うよ。何せ八一〇年辺りから数え始めて三十一代目だ。一代一代がかなり長く天子市子を務めてきたという計算になる。それに数え始めてからのことというから、その前から天子市子は存在した訳だよね。とすると、仏教伝来よりもずっと前になる」

「天皇家は百二十六代だとか」

「重祚《ちょうそ》している天皇が二人いるから、実際は百二十四人。天子市子もきっとそれに近い数字だろう。

ひょっとしてそれを上回る数字かもしれない」

「天皇家を上回る？　そんなことがあるでしょうか」多少恐れを覚えながら可南は言った。「松男さんは、百代は超えているだろうとは言っていましたが」

永松によれば、宗像三女神は、天照大御神と須佐之男命との誓《うけい》によって、須佐之男命の剣から生まれた女神だという。ずばりセックスではなく誓だが、順番的には天照大御神の子供に当たると言えなくもない。天照大御神と須佐之男命ではまさしく姉弟、それでは近親相姦ではないかということになるが、当時の神様というのは案外奔放で、ほかにも兄弟姉妹の間に子供が生まれた例がある。一方、神倭伊波礼毘古命、即《すなわ》ち神武天皇は天照大御神の玄孫だ。つまりは曽孫の孫。順番的には、宗像三女神に負けている。

「先生、天子市子を家長とする天子家は、東京、それも西のお屋敷町とも言われるうちの真隣で、何をするつもりでいるんでしょう？　先生のご想像の範囲で構いませんが、どのように思われますか。私は、何よりそれが気になって」

「当面は、そこを本拠地として、歩き巫女本来の使命に基づいて、その職務に当たるつもりだと私は思うがね」

「その職務って……」

「託宣、卜占、降霊……いろいろだけど、ある種からだを張った日本古来の信仰の布教活動かな」

「お隣、宇迦之御魂大神まで勧請しているんですよ」

「そうだったね。お稲荷様だからね、他人の願い事を聞いてそれを叶《かな》える——そんな真似もするつもりかもしれない」

「他人の願い事を聞いて叶えるなんてこと、できますか。そんなのまるで奇跡」

「信心すれば叶わないこともない。それがお稲荷様だから。お稲荷様はどんな願いも叶えてくれる、ある面、都合のいい神様だ。だから好かれる」

「先生、そんなこと言わないでくださいよ」思わず泣きつくような調子で、可南は永松に言っていた。「みんなが本気で信心し始めたら、それって洗脳されちゃったってこと、まさに新興宗教じゃありませんか」

「榊君、新興宗教ではないよ」穏やかにだが、きっぱりと永松は言った。「稲荷信仰、宇迦之御魂大神信仰は、日本古来の信仰だ。それゆえ、人の心に滲みるものを持っている」

「やだな。私、先生のお話を聞いていて、ますますお隣さんが怖くなってきました」

「コドクツボについては訊いてみた？」

「コドクツボ？　何です、それ？　私、初めて聞きました」

蠱毒壺と書いてコドクツボ。蠱毒壺というのは、歩き巫女が自らの霊力の依《よ》り処《どころ》として用いる壺のことで、天子市子が千二百年以上の渡り歩きをしている正真正銘の歩き巫女の一族の末裔《まつえい》ならば、必ず持っているに違いないものなのだと永松は可南に語った。

「蛇だの鼬だの猫だの蠍《さそり》だの……霊力があるとか生命力が強いとか言われているものを、次々と戦わせるんだ」永松は続けた。「で、勝ち残ったもの、生き残ったものを、なかでも一番生命力と霊力が強いものとして、その頭蓋骨や骨を砕いたものを壺に収める。それが蠱毒壺」

「げ」

「つまりは、片方が死ぬまで戦わせる。対戦相手を替えてそれを延々と繰り返す訳だ」

「――」

永松の説明に、「げ」という声すら出せなくなって、可南は押し黙った。

「姫子さんだっけ？　榊君が表向き親しくしている人に一度訊いてみるといい。『蠱毒壺はお持ちなんですか』って。結果、蠱毒壺を持っているとなると、これは強敵、難敵だ。これから何をおっぱじめるやらわからない」

「何か訊きたくない……っていうか、訊くのが怖い」

「でも、それが一等手っとり早くて確実な確認方法だよ」

「ふーう」

永松との話を終えて電話を切った後、可南は大きな溜息をつき、「蠱毒壺」と心のなかで嘆息気味に呟いた。どうしたって訊かずばなるまい。でも、答えはもう見えている気がした。姫子のこと、いともあっさりと「あら、可南さん、よくご存じね。持っているわよ、もちろんだわ」などと、軽く答えそうな気がする。

（やっぱり私の嗅覚に間違いはなかった。そういうことよ。紫苑は聞く耳持たなかったし、今も聞く耳持たないけど、隣は相当なお宅。引っ越し挨拶の祭りがあれだもの。これから何が始まるやら知れたものじゃない。ううん、何を始めるやらだわ）

心で呟いてから、もう一度溜息をつき、それから可南はまたスマホに手を伸ばした。どこまでわかってくれるやら……だが、どうあれ康平に話だけはしておかねばならない。

まずは凄い祭りだったこと。御社も立派ならば正装をした天子市子もカリスマ性抜群の美女で、梨里や紫苑は一度でハートを摑《つか》まれてしまったこと。彼女らは、歩き巫女の一族にほぼ間違いないし、来栖家の後、榊家の隣地を本拠地として、託宣、卜占、降霊……何やら奇妙にして奇天烈《きてれつ》なことを始めるに違いないこと。近隣に神道や稲荷信仰を広め、浸透させることを目的としているに違いないこと。もしも天子市子が蠱毒壺を持っているとすれば、半端な気持ちで関わってはならない相手であり一家であること等々……。

あまりに話したいことがあり過ぎて、脳が言葉で溢れて、またオーバーフローを起こしてしまいそうだった。

（果たしてどこまでわかってくれるものやら……）

重ねて思いながらも、スマホのアドレス帳の〝お父さん〟を、可南は指でタップしていた。

第三章　歩き巫女

1

キュウリ、ナス、それにセロリを、糠床《ぬかどこ》にいつもの三倍は漬けておいて、お裾分けを口実に、可南は姫子が一人の時を狙って、天子家を訪ねた。

「私がいないからって、糠床を駄目にしちゃわないでよね。漬けるものがなくても、毎日忘れずにちゃんと掻き回して」

秋田に行く前に美絵から仰《おお》せつかっていたから、糠床はちゃんと生きていて、美絵が育て上げただけに、一日漬けておくだけで美味しい糠漬けができる。榊家自慢の糠漬けだ。

「わあ、仰山《ぎょうさん》。セロリの糠漬けは絶品って聞いたことがあるけど、初めてだわ、私。でも、こんなにいただいちゃって構わないの？」

姫子は言った。

「お宅でも糠漬けしていらっしゃるなら、余計ものかもしれませんけど」

「してない。糠漬けはどうしても手が臭くなるけん、うちではやってないの」

「じゃあ、召し上がらないかな？」

「食べるよぉ。可南さん、糠落としてきてくれてるし、後は切るだけ。一品楽できたわ。ありがとう」

　糠漬けで突破できなければ、その用心に枝つきの枝豆を買ってきて塩茹でにしておいた。差し替えありの態勢だった。

「可南さん、コーヒー、好き？」

　糠漬けの入った白いレジ袋を手に姫子が可南に訊いた。

「好きです。大好きと言ってもいいぐらい」

「ほな、またコーヒーつき合って。さ、上がって。継子姉さんが一時間かそこらで帰ってくるはずだけど、今はみんな出払ってるから、応接室で二人でお茶しよ」

　姫子によれば、天子家は、全員が出払って無人になってはならない決まりで、本来は男女一名ずつが留守番を務めることになっているらしい。

「何じゃろうね。女はどうしてだか私が留守番役にまわされることが多いんだわ。男は松男兄さんね」

　可南を例の応接室に通し、コーヒーを運んできてから姫子は言った。今日も大倉陶園の木馬のカップだった。

「ま、松男兄さんっていうのは何だかわかるんだけどね。松男兄さんは応用が利くから」

「応用」

「うん、応用。いや、融通と言った方がいいのかな。何でも対応できるタイプちゅうことじゃね。うちの男衆三人のなかでは、一番応用が利いてマルチ」

「あ、何かわかります。あの家族構成の書類も、松男さんがお作りになったんですよね。松男さんは大工仕事もできるみたいだし」

「掃除機なんかもチャッチャッとかけよるし、料理の腕もなかなかのものよ。あの人、昔、食堂で働いていたこともあるもんで」

「へえ、料理もお上手なんだ」

「何をやらせても、うちの宿六が三人衆の最後尾やね。あれはいないよりかマシってとこ。今日は竹男兄ちゃんと一緒に集金に回ってるけど、言うたらただの鞄《かばん》持ちだわね」ひと通り言ってしまってから、ああ、ごめん、ごめんと、姫子は可南に詫びた。「すぐ亭主の悪口、愚痴になってしまう。あれも悪い人間ではないのよ。人が好《よ》くてやさしいということにかけては、竹男兄ちゃんの上行ってるかも。ま、少しは褒めておかんとね」

「人間、それぞれ長所と短所がありますもんね」

「そういうことじゃね」

「あの、ノノ様、天子市子様も、どこかにお出かけなんですか」

可南は訊いた。

「いや、ノノ様は大概おられる。離れの一室がノノ様の部屋で、そこに籠もっておられることが多い。うちでは、ノノ様は勘定にいれんで考えるのよ」

「へえ。ノノ様、天子市子様は特別な存在だからですか」

「そういうことになるわね」

「——あの、おかしなことをお尋ねするようですけど」勇気を思い切り振り絞って可南は口火を切った。「天子市子様……いえ、天子一家さんには、何か先祖伝来とでもいうような、特別な壺とかがあったりするんでしょうか。壺そのものが力を持っているような」

可南のその問いに、瞬間姫子は目を瞠《みは》り、それからやや視線を俯き加減にしてしばし沈黙した。可南の顔から目を外したのは、答えてよいやら悪いやら、その判断を問うべく、自身と対話したいがためだったような感じがした。

「あ、失礼な質問だったら引っ込めます」

姫子を追い込んではならない――そんな気持ちから可南は言った。

「いや、失礼ということはまったくないのよ。ただ、ちょっとびっくりしただけ」

姫子は言った。そう言った時には、ふだんの姫子の顔つきに戻っていた。

「可南さん、うちが思っているより、ずっとお詳しいんやね。壺――蠱毒壺のこともご存じなんだ。さすが市井《しせい》の民俗学者」

「市井の民俗学者だなんてとんでもない。大学時代に少し民俗学を齧《かじ》っただけです。で、何か昔、そういう話を耳にした記憶があったもので、つい姫子さんにお訊きしちゃいました。それだけです」

警戒されてはならじと、懸命に誤魔化しながら可南は言った。

「でも、蠱毒壺のことを知っておられる」

「蠱毒壺……それ、蠱毒壺っていうんですか」

すっ惚《とぼ》けて可南は言って、姫子にどういう字を書くのかをわざと教えてもらった。

「ふうん、難しい字」

「蠱毒壺は、代々のノノ様の霊力の源とも言える壺じゃわね。言うたら依り処。うちにある蠱毒壺が何代目のノノ様から伝わったものなのか、正直うちらにもようわからんの。気づいた時にはあったというか。後期であるにしろ、平安時代には違いないと思うんだけど」

（やっぱり持ってた！　しかも平安時代……一番近くで考えても、西暦一一八〇年頃。八百四十年ぐ

らいは前のもの)

蠱毒壺――霊力、生命力の強い生き物同士に殺し合いをさせて、最後まで生き残った生き物を最強とし、その頭蓋骨なり骨なりを収めた壺。内実、身に震えがきそうになりながらも、それを必死に押し隠して、可南は何とか平静を装った。

(怖過ぎる。話のうえのことだけじゃなかった。そんなもの、現実に持っている人がこの世のなか、現代社会にまだいるんだ。今は西暦二〇一九年、令和元年。スマホ全盛期の時代だっていうのに)

「それがどういうものかは、可南さんや紫苑さん、それにお父様、お母様が、いずれノノ様に託宣をお願いしたりト占をお願いしたりした時に、きっとはっきりすると思うんで、今は私からはこれ以上話すのはやめておくね」

姫子がそう言う以上、むろん可南はそれ以上突っ込んでは訊かなかった。訊いてはいけないとも思った。しかし、ある種の禁忌《きんき》に触れたような手応えとでも言うべきものは確かにあった。

(姫子さんは、私や紫苑、それにお父さんたちが、必ずや天子市子にお伺いを立てにくると踏んでいる。疑っていない)

そこが天子一族の空恐ろしいところのような気がした。これまでもそうだったのだ。人々を惹きつけ、相手によっては虜にしてきた。見た目を云々《うんぬん》するのは現代社会に於いてはルール違反、少々問題があるかもしれないが、天子市子はもちろんのこと、継子、亜子、姫子の天子三姉妹にも、人目を惹きつけて逸《そ》らさないだけの美しさ、妖しさがある。同じ女性の可南が言うのもおかしなものだが、彼女らには女としての妖艶さ、色気、セクシーさが備わっている。可南を前にしていても、姫子からは自然と色香が匂い立ってくる。これがもしも姫子の好みの男性だったらどうなるのだろう。彼女にロックオンされて、一遍に骨抜きにされるに違いない。溢れる色香にもうめろめろ。

（だから、やっぱりうちではお父さんなのよ。男はほかにいないんだから。お父さんが自分の目で天子市子と三姉妹を見たら、すぐさま得心のいくこと。私の恐れが決して見当違いじゃないってわかるのに）

　そこで可南はチッと小さく短く舌打ちをした。

（ところが、その肝心のお父さんが——）

　永松と電話で話した後、天子家の祭りが如何《いか》なるものであったかを、できる限り正確に、可南は康平に電話をして伝えた。そのつもりだった。

「天子市子を見たらびっくりするよ。とても六十八とは思えない美貌。長い黒髪も艶やかで。それに加えての美人三姉妹と六人の美女軍団。隣の庭は、まるでロックの屋外ミニライブ会場と化したかのようだったわ。美女計十名の歌と踊り。ありゃ神楽だね。天子家の女性は巫女姿。美女軍団は派手にして奇抜な衣装で、みんなセクシーときてる。集まった住人は三十五、六人……いや、四十人に達してたかも。それがみんな彼女たちに煽られて、いつしか手にしていたペットボトルを拍子木代わりに打ち鳴らすわ、歌うわ、踊るわ……。何せ〝Hey! Knock your pet!〟って、黒い瞳でこっちの目を覗き込んでくるし、アップテンポなリズムに加えてサビっていうか、ペットボトルを打ち鳴らす箇所がちゃーんと用意されている実によく出来た曲なのよ。凄い祭りだったよ。天子市子の祝詞も朗々としていて妙なリズムがあって、何かみんな自然と言うこと聞かされちゃう感じだった。だから最後にはみんな御社に向かって頭下げたんだと思う。抗えない何かがあるのよ。あれでまだ本格的な祭りじゃないらしいんだよね。あれ以上の祭りをやられた日には、天子家に靡くというかのめり込む人間がでかねない。〝Your way, your way, go, go, go!〟だよ。ア、ホッホホッホッホッ、アイヤソーソー、アイヤソーソー。〝Don't say, don't say I love you!〟」

可南は電話の向こうの康平に早口で語り、歌まで歌って聞かせた。けれども、やはり自分の目で見ていないから、祭りの熱気と迫力が、どうにもうまく康平に伝わらない。苛立《いらだ》たしくなって可南は言った。

「榊家でももう二名、向こうに奪《と》られちゃったと思ってよ。紫苑と梨里、二人は祭りで完全にやられちゃったね。天子市子のことを、『市子様』だの『ノノ様』だの言って、まるで洗脳されちゃった感じ。二人して変な広島弁で喋るし。私なんか、家にいたってまさにアウェイ。あの二人、私の言うことなんか聞かないもん。だから、ここはやっぱりお父さんの出番。秋田の家の片づけはいつ終わるやらわからないんでしょ？　ならさ、一度家に帰ってきてよ。榊家家長として、天子市子とその娘たち三姉妹に挨拶にいってよ。彼女たちに会ってもらえば、私が言わんとしていること、お父さんなら、即わかるはずだから。昔から言うじゃない、百聞は一見に如《し》かずって。だから、ねえ、お父さん、お願い」

ここまで言って頼んでも、康平に動こうという意思と気配は窺えなかった。見ていないからだ。だからわからない。可南にはそうとしか考えられなかった。このうえ、永松から耳にした聖武天皇や奈良の大仏の話までしたら、逆に康平は夢物語と思うし退《ひ》くことだろう。なので、可南はそれに関して語るのを控えた。対する康平の言い分はこうだった。

「どうあれ、お隣に正式に越して来ちゃったんだろ？　大場さんがその天子さんとやらに家と土地を貸している以上、うちが口出しできる問題でもなし。幾ら変わった問題含みの一家だと声高に言われても、明らかにうちにとって実害と言えることが起きない限りは異議申し立てみたいなことはできないよ。大場さんを介してもな。したがって、結論から言うなら、今私が東京に帰ってたとしても、何の意味も成さないということになる」

　そこまではまだまともに聞いていられる。その先が可南を酷《ひど》く落胆させた。

「それより可南、聞いてくれよ。巳ィ様の象牙の根つけ、とうとう発見したんだよ。やっぱり探せばあるもんだねえ。康一祖父ちゃん、煙管《きせる》なんか喫《す》ってたかなあ。その煙管のお道具に、巳ィ様の根つけをつけてたんだよな。とぐろ巻いてるけど鎌首をもたげていてさ、亥《いのしし》や未《ひつじ》なんかより余っ程いい出来だ。あれがあってこその十二支揃ったコレクション。いやあ、見つけた時は興奮したねえ。可南にも十二支揃いで見せてやりたい。見たらきっとその価値がわかると思うから。――ええと、可南は何どしだったっけか」

　可南は自分の干支《えと》を告げる気力も失って、「はい、はい、それじゃしばらくお宝探しに没頭してください。帰ってきた時、もしも紫苑や梨里が天子家の人間になってたとしても、私は知らないからね。お父さん、責任取ってよ」と言って、康平との電話を終えた。電話をする前は、聖武天皇や東大寺の大仏との関連、それに蠱毒壺に関してのリポートも、一応作成して送っておこうかと考えていたが、馬鹿馬鹿しくなってやめた。

(無駄……。無駄もいいとこ)

「あれ、可南さん、どうしたん？　何かぼうっとして」

　姫子の言葉で可南はわれと現実に舞い戻った。

「あ、ごめんなさい。ええと、姫子さんにお父様、お母様と言われて、あの二人、いったいいつになったら東京に帰ってくるんだろう、なんて考えちゃって」

　まるっきりの嘘《うそ》ではないので、案外すらすらと言葉が口から出た。

「うちらが越してくる前からだから、もうずいぶん長いこと行っておいでよね。そろそろ目処《めど》が立ってもよさそうに思うけど……。うちらも可南さんのお父様、お母様に、早いうちに一遍ご挨拶しておきたいわ」

「父は何だか他所事《よそごと》で気もそぞろになっていて、いつになるやら。あ、仮にでも戻ってきたら、すぐに挨拶に伺わせますので」

「他所事って何？」

「一家の財宝探し。くだらないんです。笑わないでくださいね。名家でも名門でもないし、榊家にそんなお宝があるはずがないのに。何だか父はそっちの方に一生懸命みたいで」

「あら、それ、大事なことよ。一家に伝わるものは大事にしないと。お父様、お偉いわ」

さすが千二百年超えの家系の末裔――そうとしか言えないと思いながら、「そういうもんですかね」と、可南はやや曖昧に頷いた。

「わ、もう一時間以上。すっかり長居をしてしまってすみません」腕の時計に目を落として可南は言った。「それに、いつもリリーがお邪魔をしまして。――あの、何もない家ですけど、姫子さんもよろしかったらうちに遊びにいらしてください」

「わあ、ほんま？　そう言うてくれるだけで、うち、ぶち嬉しい」

思いがけず顔に花が咲き開き、姫子は瞳を輝かせて言った。

「今さっき言うたみたいに、私はどうも留守番役を仰せつかることが多いんよ。それに、これまでもお隣さんって、あまりに近過ぎるせいか、遊びにいったことがあんまりなくて。ほんまに遊びにいってても構わんの？」

「ええ。でも、本当にごくふつうの家ですよ。元気盛りのリリーがいることもあって、お通しするリビングも大概散らかっていて、こちらの応接室とは比較にもなりませんけど」

「ごくふつうの家……何か憧れるわ」

恐らく姫子は物心ついた頃から、天子家という特殊な家と部屋の設《しつら》え、装飾、そして問答無用のしきたりのなかで生きてきたのに違いない。それを思えば、至極当たり前の家に憧れを持つのもわからなくない。

「ご馳走《ちそう》さま。本当にお邪魔をしました」

「いえ、こちらこそ自家製の糠漬けを仰山いただいて。ご馳走さま」

そんな会話を最後に交わして、可南は天子家を後にした。

(詳しくは聞けなかったけど、やっぱり蠱毒壺は持ってた。どんな壺なんだろう。ちょっと見てみたかったな)

そんなことを考えながら歩いていると、玄関口でばったりと、ＣＯＭＯＮでのパート帰りの紫苑と行き合った。

「ああ、お疲れ」

「ああ、お帰り。可南、天子さんの家から出てこなかった?」

紫苑に問われて、可南は素直に頷いた。

「糠漬けを持っていったのよ。で、ちょっと上がって、姫子さんと話をしてた」

「ふうん」

何故だかそう言った紫苑の顔が、もうひとつサエなかった。

「どうした?　何かあった?」

「ＣＯＭＯＮのレジやってたんだけど、男性客に訊かれたのよね、天子さんのこと」

「え?」

「ほら、ＣＯＭＯＮって、そこそこ本格的で美味しいベーカリーが入ってるじゃない？　値段はちょっとお高めだけど」

「ああ、『エリゼ』」

「エリゼ」は、定番の食パンやバゲットもだが、サンドウィッチや惣菜《そうざい》パン、菓子パンも美味しいので、おひる用、或いはおやつ用のお土産に買っていく人も結構いる。

「『エリゼ』でお土産用の買い物をしたお客さんなんだけどね」

それは九州弁と思われる訛《なま》りが言葉にある四十代後半の男性客だったという。少し躊躇《ためら》う様子を見せた後、紫苑にこう尋ねてきた。

「あの、お忙しいところ、まことに恐縮ですけど、この辺りに、天子さんという家はありませんですかね」

「ありますよ。店の出口右手の割と広い道を真っ直ぐ行って二本目の道を右に。曲がったら二十メーターというところです。近いですよ。ちょうどこの店の裏手という感じになります」

「右手の道、二本目を右ね。ありがとう。助かりました。住所は知っとう。でも、この辺りは初めてなもんで、危うく迷いよるところでした。何せ東京自体がまだようわかっとらん田舎者ですもんで」

天子家の場所がわかると、男は目を輝かせて、ウキウキとした足取りで、ＣＯＭＯＮを後にしたという。

「で、何買ったの、その人？」

「『エリゼ』のお土産セットってところかな。惣菜パンあり、菓子パンあり、みんなそのまますぐにいけそうなパン。それにクッキー」

「でも、そんなお客さん、天子さんちに来なかったよ」

「約束の時刻にまだ間があるから、ぐるっとその辺を回って、もう一度ＣＯＭＯＮの前に戻って、迷わないように行くって言ってた」

「継子さんがそろそろ帰ってくるみたいだったから、継子さんのお客さんかもね」

「うん……」

「何？　何よ、そのサエない顔」

「べつにサエない顔はしてないよ。ただ私、美女軍団の一人とも行き合ってさ」

「ああ、お祭りの時の」

「店に忘れ物して取りに戻ったの。その時、天子さんちの方に向かう美女Ａを見たのよね」

「へえ、でも、私がいる間、天子さんちには誰もやって来なかったよ」

言ってから、可南は「あ」と気がついた。天子家には離れがある。裏門から入れば、母屋に寄ることなく離れに入れる。紫苑が見たという美女Ａは、そうして離れに入ったのではないか。だから姫子と母屋の応接室で話をしていた可南は気づかなかった。

「ま、それだけのこと」紫苑は気分を切り換えるかのように明るくさっぱりと言った。「案外人の出入りの多い家なのかなって、そう思ったのみ」

「あ、一昨日《おととい》私も会ったよ。福岡楓《ふくおかかえで》さん。あの長い髪の毛をちょっと内巻きにしてたお姉さん」家にいたちっちゃいのが、また大人の話に参加してきた。「天子さんちの裏。裏門の前辺りだね。男の人と一緒だった」

「福岡楓さんって、何であんたフルネームで知ってんのよ？」

「私が『隣の榊梨里です』って、フルネームで挨拶したからじゃない？　お姉さんもにこっとして『福岡楓です』って。前にも安芸《あき》楠《くすのき》さんと会った。それは天子さんちの庭で。やっぱりお祭りにきていたショートカットのお姉さん」

「報告が遅い。リリー、そういうことは、その日に言ってくれなくちゃ」

「そうなの？　べつにたいしたことじゃないじゃん」

「しかし、楓に楠ねえ」腕組みをして可南は低い声で言った。「何しろ男が松竹梅だから、恐らくそれも本名じゃなくて通称でしょうね。残りは桜だったり椿《つばき》だったり？　苗字《みょうじ》も何気に偽名っぽいし」

言ってから、可南は改めて梨里の顔を見て言葉を続けた。

「で、安芸楠さんは一人？　男の人と一緒じゃなかったの？」

「まあね。一人と言うたら一人やね」

「何なの、その中途半端な答え」

「庭の神社にお参りして、それから離れに入っていった。その時は一人。でも、その後男の人が庭に入ってきて、おんなじようにお参りしてから離れに入っていった。じゃけえ、楠さんがずっと一人だったかどうかは、うちにはわからん」

聞けばなるほど納得の答えだったが、可南の顔は曇る一方だった。

祭りの時にやってきていた美女軍団が、時々それぞれに天子家を訪れている。それも裏門から入ってお参りした後、母屋には寄らず離れに行っている。ＣＯＭＯＮで紫苑に天子家の場所を尋ねた男性、福岡楓が一緒だったという男性、安芸楠に遅れてやってきて離れに入ったという男性……美女軍団だけではない。彼女たちに釣られた魚のように、男どもも出入りしている。いったい離れでは何が行なわれているのか。

「うーん」

可南は唸った。

「何よ、腕組みしたまま唸っちゃって。何か言いたいことがありそうね」

「ある。でも……」

可南は梨里にちらりと目を走らせた。梨里の前ではしたくない話――その意味合いはすぐさま紫苑も汲《く》み取って、話を夕食のおかずの話題に切り換えた。

「今日はいい鯵《あじ》が入ってたから、鯵の塩焼き。それにお浸しと豚汁もどきってとこかな。ツルムラサキのお浸しは可南作ってよ」

「いいよ」

「私は？」

「リリーは支度の手伝いはいい。後片づけを手伝って。夏休みの宿題あるんでしょ？　夕飯までに、少し宿題やっちゃいな」

「あいよー」

子供ながらその場にいてはいけない空気を感じ取ったのか、梨里としてはおとなしく、自分の部屋に入っていった。梨里の部屋は一階だ。その方が紫苑も家事をしていても目が届くし、二階には可南の部屋もあれば、康平と美絵が寝室に使っている広めの部屋もあって余裕がない。なので、一階はキッチン、リビング等の共有部分を除くと、紫苑と梨里が使っている。

「可南、何が言いたい？」

梨里が消えると紫苑が尋ねた。

「歩き巫女って、〝旅芸人〟〝遊び女〟とも呼ばれてたのよ。〝遊び女〟……つまりは遊女だね」

「ちょいちょい。美女軍団や天子姉妹が現代の遊女だと？　そう言いたいわけ？」

「その可能性がゼロではない」

「まさか。三姉妹には松竹梅、ちゃんと旦那さんもいるんだよ。旦那がいるのに離れで男とってことはないでしょう」

「だけど美女軍団はその可能性ありそうじゃない？　どうも男がくっついている」

「遊女ってさ、今の言葉で言ったら売春婦でしょ？　組織売春って罪になるんじゃなかったっけ？　まさかだよ。悩める男性の話でも聞いてあげてるんじゃないの、天子市子様と一緒に」

「天子市子は離れにいるらしいから、その可能性も否定はできないけど」

「ほれ。でしょ？」

「でも、客人がみんな男性っていうのがねえ、やっぱり何やら気になる」

ここは一応屋敷町だ。そこに売春宿ができたというのでは堪《たま》らない。しかも隣も隣。

「証拠もなしに決めつけない」すぱっと紫苑が言った。「ことに外では口にしない。おかしなことを言うと、名誉毀損《きそん》で訴えられるよ。訴えられないまでも、お隣さんとの関係性が悪くなること請け合い」

「売春の場合、動かし難い証拠として現場を押さえるってのが難しいからなあ」

「可南、何を考えてるのよ。もうやめよう。で、夕飯の用意をしよう。可南はどうもお隣さんを悪者にしたがってる」

「悪者にしたがってるんじゃなく、正体が知りたいだけ。何てったって蠱毒壺まで持ってる家なんだから」

「うわ、出た。その壺の話は勘弁して。一度聞いただけでもうたくさん。ただの言い伝えだよ。仮に壺があっても、本当に獣や虫を戦わせた訳じゃない。骨も何も入っていない」

「ならいいんだけど」

少し前に話をした姫子の顔を思い浮かべながら、可南は小さな息をついていた。姫子も紛れもない美人だ。男を誑《たら》し込むことなどお手のものといった色香の持ち主。継子や亜子、それに市子だってきっとまだ現役だ。何しろ市子は六十八歳という年齢が信じられないほどに艶めいているし、独特のカリスマ性がある。世間では熟女クラブが商売として成り立っているぐらいだから、あの手の女に心惹かれる男がいてもおかしくない。

「天子市子様は、ある意味一家で君臨しているんだよ。その人がまさかそんな」

まさかがまさかで終わらない。それが天子家という感じがして、可南は天子一家が恐ろしかった。

2

二階の物干しから注意して見ていた結果、可南は隣家・天子家は、人の出入りの多い家だという確信を得た。それもやはり母屋よりも直接離れに入っていく人間が多い。かと思うと、御社……今では近所で早くも神社と言われるようになっているが、その神社にお参りだけして帰っていく人間もいる。お参りにくる人のなかには、近所の見知った人間もいて、祭りには参加していなかった露木家の主婦の舞も後藤田家の悦子とともに神社を訪れたりしていた。悦子は舞以外の人間とも、時折神社を訪れているし、一人でもやってきている。松男に雨樋を直してもらった一件もあるし、恐らく祭りでも心奪われるものがあったのだろう。そのお参りは頻繁だ。近所の人で、思いがけない人がリピーターになっていたりして、見ていて「えっ」と驚く。一方で、「ああ、信仰ってこんなものか」「人はこんなふうに信心していくんだ」と、可南は改めて思うようでもあった。それにはやはり象徴となる建物やら何やらあった方がいい。だからこそ、天子家は御社を作り、鳥居も建てたのだろう。二度ほど地主の大場家の主婦、澄香の姿も見かけた。だが、澄香はほかの人たちとは違って、お参りをして帰っていくでもなく、庭を少しうろついたり、離れや神社を眺めたり……どちらかというと可南と同じく、様子を見にやってきている感じがした。可南が見たところでは、その顔色はどうもサエない。大きな意味での店子《たなこ》だから、可南同様、何をしているやら、何を始めるやらという、恐れにも似た懸念のようなものを抱いているのかもしれない。

「リリー、明日の月曜は二学期開始直前の全校登校日だったわよね」紫苑が梨里に言った。「せっかくみんなが顔を合わせる機会だから、四年生はその後ちょっと社会科見学みたいなことするんじゃなかったっけ？　お弁当は要らないんだよね？」

「そうだよ。登校日。お弁当は要らない。向こうで出る」

「社会科見学？　どこに行くの？」

母子の会話に口を挟む恰好で可南が訊いた。

「バスでチャチャッと浅草の浅草寺《せんそうじ》に」

「へえ」

「浅草寺のお坊さんが少し話をしてくれるみたい。たださ、紹子ちゃんが——」

「ん？　紹子ちゃんが？」

「浅草寺には行かないし、登校日に学校にも行かないって。行けば、山室に拉致《らち》られて、バスに乗せられて連れていかれかねないからって」

「紹子ちゃん、何で浅草寺に行きたくないの？　行ってみたらいいのに。浅草寺は東京の観光名所でもあるんだよ」

「浅草寺だよ。お寺じゃん。紹子ちゃんはお寺には足を踏み入れないってか、踏み入れちゃいけないことになってるらしい」

日頃浅草寺のことなど気にしたことがなかったので、可南はスマホを手に取り浅草寺を検索してみた。浅草寺は、聖観音宗《しょうかんのんしゅう》という天台《てんだい》宗の一派で、山号は金龍山《きんりゅうざん》。したがって、金龍山浅草寺というのが正式名称になるのだろう。

六二八年、川から示現《じげん》した観音像を祀ったのが始まりとされている。本坊は伝法院《でんぽういん》。川から観音様が見つかってそれをお祀りしたという起源に関わる話は、可南も耳にしたことがある気がした。その肝心の観音様が、本当にあるやらないやらというオマケ話もだ。しかし、六二八年――思っていたより古い。

「天台宗か……じゃあ、最澄だ」

検索した後、可南は呟いた。それから改めて紫苑に言った。

「空海ではないものの、時代は一緒だ。二人は一緒に唐に行ってるもの。空海と最澄は仏教界の双璧」

「だから？」

「紹子ちゃんが行かない、行けないというのも無理はないような。紹子ちゃんのうちは、バリバリの神道、巫女筋だもんね」

「またそこと結びつける」

「だってそうでしょうよ。――ねえ、リリー、紹子ちゃんは、例えば明治神宮《めいじじんぐう》とか、神社や神宮なら行けるの？　明治神宮なら、祭神は明治天皇。それに確か明治天皇の奥さんの皇太后の二人。天皇家ならＯＫのはずだけど」

「そんなことまで知らないよ」

梨里は眉を顰めて言った。そういう時梨里は、九歳ながら大人びた顔になる。

「とにかく浅草寺には行けないし、お寺には行けないって。それだけ」

「先生も、それ、知ってるの？」

「知ってるよ。だからプンプン。何を言ってるやら訳わからんって感じで。だいたい山室は、紹子ちゃんのことがあんまり好きじゃないんだ」

「どうして？」

「うーん、いちいち突っかかるからかな」

「突っかかる？」

「特に社会科、歴史。『それ、違うと思います』とかはっきり言って、テストでその問題が出ても、答えがわかっているのに違うことを書く。それで山室はご機嫌斜め」

「ははあ、ありがち。さすが天子家の末裔」

「何を言ってるのよ」可南に向かって紫苑が言った。「いろいろな子がいる。それだけの話。大袈裟に考えるのはよそう」

「だけど、隣、どんどん神社化してるよ。わざわざお参りにくる人がいるんだから。なかには、もう天子市子にお伺いを立てたりしている人もいるかもしれない」

「いいじゃない。近くにいつでもお参りできる小さな神社ができて。それと、天子市子、天子市子って呼び捨てにするのやめない？」

「えっ」可南はぎょっと目を見開いた。「なら、何て呼んだらいいの？」

「市子様とか市子さんとか。とにかく呼び捨てはよくないよ」

「――」

「いいじゃん、ノノ様で。愛称みたいなものなんでしょ？」

「ノノ様……それもねえ」

「まあ、学校では綽名《あだな》で呼ぶのは春から禁止になったんだけどさ」

梨里が言った。

「そうなの？　何で？」

「変な綽名がついちゃう人がいるじゃんか。三組で言うと、田淵《たぶち》はチブタ。真名瀬春香《まなせはるか》ちゃんは一年生の時お漏らししたから、ババチョ」

「うーん、それは傷つくかもね」

「だから禁止」

「今時の小学生は、花いちもんめも禁止なら綽名も禁止。何かと制約があるのよ。平等公平と人権の名の下に。私からすればやり過ぎ。そう思うけどね」

紫苑が言った。

「じゃあ、みんな何て呼び合うの？　例えば紹子ちゃんのことは？」

「校内では紹子さん。紹子ちゃんも私のことは梨里さん。外に出たらお互い〝ちゃん〟づけに戻すけど」

「めんどくさ」可南は言った。「じゃあさ、学校では綽名は禁止なのに、隣の天子家家長のことは、天子市子じゃなくて、なんでノノ様って綽名で呼ばなきゃいけないの？」

「ノノ様は綽名じゃないんじゃないの？　尊称に近いものだと思うけど」

「尊称。これまた凄い話。何で隣の家長を様づけ、尊称で呼ばなきゃいけないのかしらね。天子市子様はもちろんのこと、ノノ様っていうのも、私はちょっと乗れない気分だけど」

「可南は何としてもお隣さんをいかがわしい一族にしたがってる。あれこれ調べてはおかしな話ばっかり私に聞かせる。何か不愉快」

「だって、事実そうなんだもの。史実では」

「何が史実だか。可南は、結局どういう人が越してきても気に食わなかったんだと思うな。きっと何やらケチつけた。本当はずっと隣が空家のまま、誰もいなくて静かだった方がよかったと思ってる。本音はそれ。でしょ？」

紫苑にそう言われると、きっぱりとそうではない、そんなことはないとは言い切れない。来栖家が消えて、隣が空家になった分、不用心という思いはあったものの、誰に気を遣うこともなく気楽だったことは事実だ。だが、いつかは誰かが越してくることはわかっていたし、その時はそれがどんな人間であろうと、おとなしく受け入れようと観念もしていた。よもや天子家のような特殊な大家族が越してこようとは思っていなかったからだ。特殊な大家族——要注意一家。

「今日は紫苑の当番。べつにこれといって特に手伝うことはないんでしょ？　なら、私、上に行くけど。いい？」

このところ毎度お馴染《なじ》みといった感のある紫苑との遣り取りに疲れて、可南は言った。

「行けば。行ってまた物干しに出て、お隣さんでも見張ってればいいんだわ」

少々厭味《いやみ》な捨て台詞——そう思ったが、可南は敢えて反応、抗弁することなく、そのまま黙って二階に上がった。

（お父さんに送らないにしても、自分のための覚書として、浅草寺の件も含めて、一応リポートだけは作っておこう）

部屋に入ると、メモったノートをデスクの上に開く恰好で、可南はパソコンでの入力作業を始めた。が、三十分ほどして気がついた。

(あ、打ち出そうにも、もう用紙がないんだった。秋田の家にパソコンはない。お父さんに送るには紙が要るし、私も打ち出した文書を、一応ファイルにしてまとめておきたいもんな)

肝心な時の用紙切れ、インク切れ、よくあることだ。面倒臭いという思いはあったが、夏場で日も長い。可南はまだ明るい夕刻の街に、A4の用紙を買いに出ることにした。一番近くの文具店は潰れてしまったが、駅ビルまでは歩いて十分。そこまで行けば、パソコン周りのものは大概揃う。

ごく簡単に着替えを済ませ、ほぼすっぴんで外に出る。台所の紫苑に「ちょっとパソコンの用紙を買いにいってくる」と、家を出る前に声だけはかけた。「行ってらっしゃい」の返事——つまりは、紫苑の側に可南に買ってきてもらいたいものはないということだ。

外に出ると、わざわざ天子家の前や裏を通らなくてもいいのに、ついでの偵察、可南は一旦天子家の周囲をぐるっと回る恰好で駅まで行くことにした。すると、そこでばったり大場家の主婦、即ち天子家の地主夫人の澄香と行き合った。裏門から天子家のなかに入るか入らないか、少し迷って足を止めているといった感じだった。

「あ、こんにちは」

可南が言うと、「こんにちは」と澄香が返した。歳は五十五、六、美絵より少しばかり下といったところだ。大場家は、昔からのこの辺りの地主で、名前は忘れたが、先代の夫婦が亡くなる少し前から、息子の清志《きよし》と妻の澄香がその役割を引き継いだ。たぶん、すべき法的手続きも、その時に済ませたと思う。したがって、目下の正式にして正当な地主。ほかにも鵜木《うのき》家の土地屋敷も持っていたのだが、鵜木家が転出ということになって、ここ一年ほどは次の住人待ちで鵜木家は空。百五十坪ぐらいある土地なので、そうそう簡単に借主は見つからないようだ。大場家は、駅の近くに「ライラ」という小さなブティックもやっていて、店は三十五、六歳の女性店員にほぼ任せているが、社長は清志で、店長は澄香のはずだ。澄香がしっかりメイクとお洒落をして、たまに店に出ているのを見かけることもある。馬子にも衣装と言っては失礼だが、澄香がそれなりの恰好をして店長然と構えると、それはそれで絵になる。美絵に比べて、「ああ、まだ若いんだな」と思う。

「可南さんも天子さんのところへ？」

澄香が可南に声をかけてきた。

「いいえ。私は駅ビルまでちょっと買い物に。あ、べつにこっちを通らなくてもいいんですけど、何かわざわざ遠回りしちゃった」

「遠回り……というと、お隣さんのことが気になって？」

図星を指されたものの、素直に「はい」と言って頷くことが躊躇われ、「いや、そういうことでもないんですけど……」と、可南は曖昧に濁した。それでいて澄香に問うていた。

「大場さんは、天子さんのお宅に？　天子さん、大場さんの新しい店子さんですものね。時々様子を見にくる必要はありますよね」

「まあそうではあるんだけど……」返す澄香の言葉もはっきりしなかった。「何だか神社まで出来ちゃって、天子神社にお参りに通う人まで出てきちゃったもんだから」

「天子神社？　天子さんちの御社、そう呼ばれているんですか」

神社と呼ばれていることは知っていたが、天子神社とは。早くもそんな名前がついているのかと驚いて可南は言った。

「どうやらそう呼ばれ始めているみたいよ。御社を作るだの、神社の体裁にするだの、そんな話は全然聞いていなかったから、ちょっと戸惑っていて。っていうか」

その先を続けかけてから、念のためといった感じで、澄香は可南の顔に目を据え、可南の瞳を覗き込んだ。

「あの、おかしなことをお訊きするようだけど、可南さんは天子さんのシンパ？」

「いえ、べつにシンパということは。一応お隣さんなので、いろいろ知っておきたいという気持ちはあって、一番歳の近い姫子さんとは、時々お話しさせていただいていますけど」

「そう。じゃあ、シンパではないのね」

そこははっきりさせておきたいというふうに、澄香は念押しをしてきた。

「リリーは天子さんのところの紹子ちゃんと同級生だということもあって、しょっちゅう遊びにお邪魔していますし、姉の紫苑はシンパとまではいかなくても歓迎派、そんな感じです。だけど私は……そうですね、ニュートラルかな。何しろまだよく存じ上げないので。お祭りや鳥居に御社――天子神社には度肝を抜かれましたけど」

「そう。可南さんは、三姉妹の一番下の姫子さんとは、割とよくお話しなさっているのね」

「そうですね」

「だったら、ご存じないかしら。来栖さんのこと」

「え？」

「来栖さんが今どこにいらっしゃるかとか」

「え？」

可南は同じ顔をして、「え？」と同じ言葉を口にしていた。些かぽかんとした顔。

「聞いていらっしゃらない――」

「あ、はい。来栖さん、前の住人のかたというか、前の大場さんの店子さんですよね」

「ええ。前の借地、借家人と言うのが正しいのかもしれないけど」

「その来栖さんが何か？」

「これから私が言うこと、可南さんの胸の内だけに納めてもらえる？」

「はい。何でしょう？」

「うち、天子さんに土地や家を貸した覚えはないのよね」

「えっ！」

似たような言葉でも、今度は大きな声を出して可南は言っていた。思わずそういう声が出てしまったのだ。

「それ、どういうことですか」

「来栖さんがね、天子さんに借地権と借家権を譲渡してしまったの。実はそれでうちも困っていて──」

澄香によると、大場家の了解なく、来栖資朗が天子市子に、隣の土地と家の借用の権利を譲ってしまったのだという。

「それって、又貸しってことですか」

可南は尋ねた。

「それが又貸しじゃなく、まとまったお金で売ってしまったみたいなのよ」

「えー。大場さんに無断で？　そんなのアリですか」

「ナシよ、ふつうは。だから、弁護士も立てたし、肝心の来栖さんの行方を探してもいるんだけど、どこかに雲隠れしてしまって。天子さんは天子さんで、正式な譲渡の契約書を持っていて、善意の第三者だって主張するし、実は主人も私も困っているの」

「そうだったんですか。しかもそこに神社まで建てられた日には」

「そうなの」言いながら、澄香はこくりと頷いた。「人の出入りも結構あるみたいだし、土地は本来うちのものだし、家もそう。だから、放ってはおけなくて」

「当然です。だけど、酷いなあ、来栖さん」

「酷いでしょ。もしも姫子さん辺りから、来栖さんの話が出たら、私に教えていただけないかしら」

「はい、わかりました。この際だから言っちゃいますが、私、本当のところ天子さんはあんまり……」

「え？　アンチなの？」

「どっちかっていうと」

「ああ、よかった」

可南の顔色、表情を目にして、自分の味方と感じたのか、安堵《あんど》したように澄香は言った。

「資朗さんに代替わりした時点で、借地、借家人契約を打ち切るべきだったわ。何しろ資朗さんの曽《ひい》お祖父さんは、押しも押されもせぬ天下の大谷組の創始者でしょ？　その頃からのおつき合いだし、資朗さんのお父様、お母様も至極まともなかただったから、資朗さんが大谷組にお勤めではないと知りながらも、ついつい油断してしまったのよね」

「そんな事情があったんですか」

「今のところは可南さんの胸の内だけに納めておいてね。こちらもこれからどう闘うか、その対策を模索、検討しているところだから」

「はい」

しっかりと請け合うように、可南はきっちり返事をして頷いた。

「で、何かご存じのことやお知りになったことがあれば、何でもいいの。私に教えていただけない？」

「わかりました」

「ごめんなさいね。急に込み入った話をお聞かせしてしまって。駅ビルにご用事があるところ、すっかり長話をしてしまってすみません」

「いいえ、とんでもありません。そのお話、お聞かせいただいておいてよかったです。あの、折を見て、またお話しできませんか。私も天子さんご一家については、お話ししたいこともあったりして」

「ああ、よかった。歓迎よ。主人とは、当然この件についてはさんざん話をしているんだけど、何か憤懣《ふんまん》が咽喉《のど》につかえたみたいになって、どなたかわかっていただけるかたにお話ししないことには窒息しそうになっていたの。可南さんが、どちらかというとアンチ天子家側でよかったわ。そう理解してもいいのよね？」

「シンパかアンチかで言えばアンチです」

ここは認めざるを得まいと、可南も言った。

「可南さんとお話しができて、胸のつかえが少し下りたから、今日は私も天子さんのうちは覗かずに、このまま家に帰るわ」

「はい。じゃあ、私は駅ビルまで」

「またお話しさせてね。よろしくお願いします」

「こちらこそよろしくお願いします」

天子家の裏手で澄香と別れて駅ビルに向かう。西陽《にしび》が後ろから射《さ》して、背中や首筋が少し暑かった。

立ち話をしているうちに蚊にも刺されたらしく、手脚のあちこちが痒《かゆ》くてイラついた。

(善意の第三者だってことを楯に、借地、借家人の権利を主張？　で、こそこそするでもなく、御社や鳥居は建てるし、お祭りもする？)

駅ビルに向かいながら、少しばかり険しげな顔をして、可南は心で呟いた。時々思い出したように腕を掻く。

(来栖さんも来栖さん。もちろん、来栖さんが一番悪い。だけど、天子さん、性質《たち》が悪いよ。土地や家の正当な所有者は大場さんだと知りながら、お金に困っている来栖さんから土地と家を譲り受けた……いや、買い取った。お金あるんだ。お金はあるから、それにものを言わせた)

いくら呟いても、次々その先の呟きが湧いてくる。

(で、堂々と御社と鳥居を建てて、天子神社？　冗談じゃないな、名前までついちゃって。出入りしている美女軍団も、それに釣られたような男たちも、何か気味悪いっていうか、やっぱりいかがわしげ。そもそも何なのよ第三十一代天子市子って。千二百年、いや、千二百年前？　西暦八一〇年からの家柄？　現代に於いて何でそんな。しかも何だってここにやってきたのよ。歩き巫女の一族が。安芸の宮島で、巫女らしく厳島神社に仕えていればいいものを)

真っ黒だ！——最後に心で叫んで、可南は駅ビルへと入っていった。

(灰色どころじゃない。黒もいいとこ。大場さんの土地屋敷を一家十人で占拠しちゃって。真っ黒じゃない)

この話は紫苑にもできない。何故なら紫苑は天子家派だし、可南は自分の胸の内だけに納めておくと、澄香と約束したからだ。

(でも、いずれはお父さんにだけは話さないと)

秋田で呑気にお宝探しに熱を上げている康平が、可南には何とももどかしくてならなかった。

（お父さん、定年迎えて自由になったもんだから、お気楽もいいとこ。困ったもんだ）

描いていた設計図通りに六十で宮仕えから解放されて自由――それは楽しいだろう。その気持ちはわからないでもないが、榊家家長だというのに、頼りにならないのでは大いに困る。

「頼むよ、お父さん」

可南は心で康平に言っていた。

3

ぼやぼやしていた訳ではないものの、実質ぼやぼやしていたのも同じと、可南は自分で溜息交じりに思わずにはいられなかった。言ってみれば、天子家に割と根深い違和感と疑惑を抱きながらも、これといって何を為《な》すでもなく気づけば早いもので九月を迎えていた。梨里も夏休みが終わって、元通り学校に通い始めた。同じクラスとあって、登下校は隣の紹子と一緒のことが多い。帰ってからの遊び相手も紹子。紹子が榊家に遊びにくることもある。紹子は躾《しつけ》のよくできた折り目正しい少女だ。寺だの何だのの問題を除けばだが。梨里は聡《さと》いので、紹子の前でその種のことを口にするのを避けている。その点に於いては、紹子が厳格そのもので、決して主張を譲らないのを心得ているからだろう。まだ九つと小さくても、立派な天子家の一員――そんな感じだ。

澄香の口から耳にしたことを、可南は律儀に約束を守って、自分の胸の内にだけ納めていたが、それでは何も変わらないと、康平にだけは話す決心をした。秋田の康平に電話をしたのは、三日ほど前だったか。

「ああ、可南、どうかした？」

康平のケイタイに電話を入れたが、まず最初に電話にでたのは、またしても美絵だった。

「お父さんのケイタイにお母さんがでた。ということは、お父さんはまだ物置に入ったり押入れを覗いたりしているってこと？」

「うん、そうね。お宝探しにはもういい加減見切りをつけましょうって、口を酸っぱくして言ってるんだけど」幾らか倦《う》んだ声で美絵が言った。「もう九月も一週目が終わっちゃった。今のところは秋田もまだ暑いけど、こんなことしてるとたちまちのうちに秋が来て、雪が降るような季節になっちゃう。それは何としても避けたい。となったら、結局来年の春まで持ち越しってことでしょ？　勘弁してほしいわ」

「やれやれだね」

可南は美絵に言ったが、可南自身がやれやれといった気分でいた。

「やれやれはまだほかにもあるのよ」

「何？」

「喜一さんのところの栄太さんが秋田の家に来てね、お宝のことを何やらかにやらグタグタ、ガタガタ」

「お宝のことって、どういうこと？」

「悪いことに、喜一さんが康一お祖父ちゃんが書画、骨董の蒐集《しゅうしゅう》をしていたことを思い出しちゃって、栄太さんに何か言ったみたいなの。そうなると人間変わるわね。これまでは秋田の家なんかに関心がなくて、ただ厄介物なだけって感じで知らん顔していたのにちょくちょく偵察にやってきたり、お宝と言えるようなものがあれば喜一さん、ひいては自分にも権利があるんじゃないかとか言い出したりもして。栄太さんが来るたびお宝を隠したり……もう面倒臭いったらありゃしない」

「そんな。康太郎さんはお祖父ちゃんより早く亡くなったんだよね。だから息子の喜一さんにも孫の栄太さんにも権利はない」

「そこはことを分けて話したのよ。そうしたら、『形見としてほしい』とか言って。あー、やだやだ」

「とにかく権利はないんだから、無視だよ、無視。お父さんがいつまでも秋田の家にいるもんだから、喜一さんも『あれ？』ってきっと思い出したんだよ。もういい加減にしないと」

「今、お父さんを探してケイタイ渡すから、可南からもいい加減にするように言って」

「わかった」

前回と同じく、七、八分待たされたろうか、ようやく康平が電話にでた。

「お父さん、もう三ヵ月以上だよ。そろそろ見切りをつけて、業者さんを頼んだら？」

べつに美絵の意向を酌んでという訳ではないが、いの一番に可南は康平に言った。対する康平の返答ははっきりしない。「まあ、もうじき」といった感じだった。

「季節の移り変わりは早いよ」可南は康平に言った。「こっちはこっちで、お父さんに帰ってきてもらわないと困るんだな。榊家で最も客観的で現実的な目を持っているのはお父さんなんだから。ぜひともお父さんの判断を伺いたいのよね」

「また隣のことか」

「大事なことでしょうが」

言ってから、可南は大場家の澄香から聞き込んだことを、かい摘《つま》んで康平に話した。

「え？　来栖さんが地主の大場さんを飛ばして、勝手に借地借家権を譲渡した？」

「そうなのよ」

「それは酷いな。悪いのは来栖さんのところの資朗さんだけど」

「だけど、それとわかっていて、土地や家の権利を買い受けた天子さんにも大いに問題があるとは思わない？」

「確かにな。よろしくはない」

「でしょ？　お父さんは私の杞憂って言ったけど、神社だとかノノ様だとかは、私の想像の範囲だった。永松先生の見立てもあったし、史実や歴史に照らしてみてね。でも、さすがに家や土地の件は、私の想像を超えていた。まさかそんなかたちでうちの隣の家屋敷に入り込んできたなんて、大場さんの奥さんから聞くまでは、考えてもみなかったもの。一事が万事よ。そう思わない？　あの人たち、やっぱり問題ある。だからこそお父さんに、一度こっちに帰ってきてほしいの」

　来栖家を介した大場家と天子家の一件は、さすがにもともとはリアリストでありモラリストでもある康平の胸に刺さったようだった。

「神社だ何のは言ってみれば白だ。問題ないと言えば問題ない」電話の向こうの康平は唸ってから言った。「だが、借地借家権の一件はグレーだな。違法性のある可能性がある」

「グレー？　黒よ、私に言わせれば。大場さんにとってもたぶん黒」

「大場さんは、ざっと百年は、隣の土地屋敷を来栖さんに貸してきたはずだ。もっとかもしれない。古くからの大地主である大場さんを困らせているとなると、今のところこれといった被害が出ていないうちとしても、知らん顔はしていられないな。大場さんは康一祖父ちゃんの時代からの大事なご近所さんでもある。先代ご夫婦もだけど、大地主なのに威張るでもなし、清志さんも奥さんもいい人だし」

「だよね。私もそう思う。だからこそ、一遍お父さんに帰ってきてほしいのよ。お隣さんに偵察がてら挨拶に行くとともに、大場さんのところにも行って、詳しい事情を聞いてきてほしいの。きっといろいろと入り組んだ事情があるんだろうけど、私じゃ大場さんもすべてを語ってはくれないと思うの。女だし、頼りないし、何の力もないからね」

「わかった。二、三日東京に帰るよ」

「わ、ほんと？」

「うん、一度帰る」

「そうこなくっちゃ」

思わず可南は目を輝かせて言った。

「問題はお母さんをどうするかだけど」言ってから、康平は思案するように一度言葉を途切らせた。「お母さんを一人秋田に置いて帰る訳にもいかない。しかし、一緒に東京に帰ったら最後、もう秋田には行きたくないと言い出しかねないから、些か厄介だな」

「まあできればこの際、お母さんにもお隣の鳥居や御社は見てもらっておいた方がいいと思うし、夫婦二人で隣に挨拶にいって、天子家の面々に会っておいてもらった方がいいと思うのよね。たぶんその方が後々話が早い。どう？　お母さんも連れて一回二人で東京に帰ってきたら？」

「東京に帰るのは三日ほど。それでまた秋田に帰るのが絶対条件——予めそう因果を含めて、お母さんも連れて帰るか」

「そうしてもらえれば、こちらとしても有り難いわ。お母さん、何だかんだ文句を言いながらもお父さんの言うことは聞く。だからきっと大丈夫よ。で、お父さんも今度秋田に帰った時は、お宝探しにはキリをつけて、モードチェンジをして片づけ、家終いに専念する、と。事前にそんな約束をしておけばなおのこと、お父さんの言うこと聞くと思うな」

「それで何とか納得させるか」

「そうして。で、とにかく冬が来る前には、この家に二人で引き揚げてきてよ」

「確かに雪が降りだすと厄介だからな、秋田は」

「秋田が厄介なのと同じく、隣も厄介。私はこのまま冬を迎えたり越したりしたくないのよ。何か気持ちが悪くて。だって天子神社よ。あっという間に近所に浸透しちゃった」

「わかった。日取りを決めたら電話する」

「了解。必ずよ。なるべく早く帰ってきてね」

「うん、わかったよ」

　ようやく康平の帰京の約束を取りつけて、可南は少しばかりの安堵を得た。繰り返しになるが、やはり「百聞は一見に如かず」だ。天子神社と天子一家を康平の目で見てもらい、加えて大場家の清志からでも澄香からでもいいから、借地借家権譲渡の詳しい事情を聞き出してもらいたい。それで康平なりの危機感を覚えてくれればこれ幸いだ。借地借家権に関する詳しい事情は、可南としてもぜひとも知りたいところだ。

　これでひと安心と、可南は自室を出ると、物干しに出た。どうもここから隣家を眺めるのが、可南の日課になりつつある。誰が頻繁にお参りにきているかも含めて、隣が何だか気になってならないのだ。

（やっぱり賑々《にぎにぎ》しい。派手な鳥居）

　思って見ていると、一人の女性が天子家の庭にやってきて、まずは神社に参ると、それから離れに入っていった。

（え、嘘？）

可南は心の内で声を上げた。

(紫苑?)

可南が他人とほかでもない自分の双子の姉、紫苑を見紛《みまが》うはずがなかった。

(紫苑ったら、お参りしてから離れに入っていった。何で?)

しばらく物干しから見守るように眺めていたが、紫苑は離れに入ったきり、なかなか姿を現さない、出てこない。

(何で紫苑が? そんなこと、何も言ってなかった。なのにお隣に。何の用事よ。しかも母屋じゃない。天子市子のいる離れ)

阿呆《あほう》のように物干しからいつまでも下を眺めている訳にもいかず、可南は一旦自分の部屋に戻った。そして考えた。

(紫苑は隣に神社があるのはいいことだとか言って、歓迎してた。天子神社にお参りに立ち寄るまではわかるし譲れる。だけど何で離れ? 離れに遊びにいったリリーを迎えにいくため? だったらリリーを連れてすぐに出てくるのがふつうじゃない。でも出てこない。もしかして紫苑、天子市子に会いにいったの? まさかだけど)

考えてるうちにじっとしてはいられなくなって、可南は階下に下りた。確認すると、梨里は自分の部屋にいた。

「あ、リリー、いたんだ」

可南が言うと、学習机に向かっていた梨里が振り返って言った。

「算数と理科、宿題二つ。すっかり忘れてた。明日提出だった」

「それで在宅、お勉強か。——紫苑……ママちゃんは?」

「隣じゃない？」あっさりと梨里は言った「この前も亜子おばさんと話しに隣にいってたから。今日もたぶん隣」

「亜子おばさんと、何か話すことがあるの？」

「そこまでは知らない」

「亜子おばさんは、母屋で寝起きしているんだよね。竹男おじさんや紹子ちゃんと一緒に」

「うん」

「――」

こうなったら、紫苑本人に訊くしかない。リビングでテレビを観ながら、可南は紫苑の帰りを待ち受けた。階下に下りて小一時間ほどした頃だろうか。紫苑が「ただいま」と帰ってきた。

「お帰り。紫苑、どこに行ってたの？」

「お隣」

誤魔化すでもなく、いともたやすく紫苑は言った。

「隣。何の用事があって――」

「この間、ちょっと相談がてら亜子さんと話をしてみて、この際一遍ノノ様にお伺いを立ててみるのもいいかと思ったからよ」

「ノノ様――紫苑、天子市子に会ってきたの？」

「うん」

「何で？」

「松井よ。正則のことで」

松井正則。紫苑の前夫、梨里の父親。

聞けば、このところ正則が近所をうろついていて、梨里も二度ほど学校帰りに声をかけられたのだという。

「少しばかりの養育費を支払う――それだけがあいつの務めよ。稼ぎがないくせして生意気によそに女を作った男。リリーの親権は私にある。リリーに会う権利も与えていない。半年に一度、リリーの写真をスマホに送る。そういう約束だっていうのに」

正則は、紫苑の言う〝よそに作った女〟と再婚したはいいが、どうやらその女性との間には子供ができず、それで一粒種の娘の梨里のことが、恋しくも気になってならなくなったようだ。そして梨里の下校時を狙って、時々姿を現すようになった。

「いまさら自分が父親だとか何だとか、リリーに余計なことを言ってほしくないし、リリーに纏《まと》わりついてほしくないのよね。リリーが正則の子供であることは事実だけど、現実的には無縁。何の関係もない。リリーに父親はいない。あの子だってそれに慣れてる。そのことをちゃんと受け入れてるんだから」

「まあねえ。本当にいまさらではあるよね。リリーが物心つくかつかないかの時に別れたんだから、もう六、七年だよね。正則さん、リリーの周りをうろうろして、いったいどうしようっていうんだろう」

「リリーに自分が父親だってことを、認知、認識してほしいんじゃない？　できれば『お父さん』とか『パパ』とか呼んでほしい。懐《なつ》いてほしい。勝手よね。子供の気持ちも考えずに。しかも私には何の連絡もなしによ。リリーはしっかりしているから大丈夫だろうけど、子供だって混乱、困惑するかもしれないっていうのに。小四の女の子の好みなんて全然わかってないくせして、変なプレゼントを持ってきてうろうろして」

「変なプレゼントって？」

「大きな熊か何かのぬいぐるみだったみたい。リリーはもうその種のものに興味がないのにね。もちろんあの子は受け取りを拒否したけど。『知らない人からものはもらえない』って言って」

来月、十月の二十三日、梨里は十歳になる。正則は、誕生日のプレゼントに何がほしいかと梨里に尋ねたらしい。

「リリーは何と答えたの？」

「ベンツ、本物のメルセデス・ベンツ」

「言うねえ、リリー」

「免許はまだ持ってないけどね」

「はは」

つい笑ってしまったが、思いがけず松井正則の名前がでて、話が本筋から逸れてしまった。そこを軌道修正するように可南は言った。

「で、何で亜子さん？　天子市子？」

「正則がうろついていると知って、下校時、私も見張ってたというか周辺パトロールをしてたというか。その時偶然亜子さんと会って、つい事情を話して愚痴をこぼしちゃったのよ。そうしたら、その話、ゆっくり聞きたいんで、一度うちに遊びにいらっしゃいって言うから、この前一遍お隣に行ったのよね」

その時は、紫苑も例の母屋の応接室で亜子と話をしたらしい。すると、話の終わりに亜子は言った。

「その男、今となっては紫苑さんやリリーちゃんからすれば、厄やね、厄。疫病神の疫と置き換えることもできる。となったらノノ様に相談して、厄祓いをしてもらうに限るとうちは思うわ。ノノ様にきっちりバリアも張ってもらって、リリーちゃんを護《まも》るんよ」

「私もね」紫苑は可南に向かって真顔で言った。「試しにと言ったら失礼だけど、リリーを護ってもらえるなら、一度ノノ様に会って話をしてみるのも悪くないかな、なんて思って」

「それで会いにいっちゃったんだ」可南は心持ち顔を曇らせながら紫苑に言った。「その前に私に相談してくれればよかったのに。リリーは私にとっても娘も同然、ほかの誰より可愛い存在よ。リリーを護るためなら、全面的に協力したのに」

「男女間の問題となると、可南はあんまり頼りにならないからね。笹《ささ》野《の》流星《りゅうせい》君って言ったっけ？　歳下の彼氏ともこの頃全然会ってないみたいだし、そのうち自然消滅かという危機的状況。違う？」

違わない。流星は五つ歳下の二十九歳。紫苑に言わせれば、五つぐらいの歳の差なんてどうということはないということだが、どうも可南は流星にものを言うのに遠慮をして一度呑み込んでしまう。歳上の女が上から目線でものを言っていると思われるのが嫌だからだ。一方、言いたいことを言わずに呑み込んだ分ストレスが溜まり、べつに努力や我慢をしてまで会いたい相手ではないと思ってしまったりする。結果、顔を合わせる機会が減っていき、関係性も希薄になってしまった。紫苑が言う通り、このままだと自然消滅になりかねない。流星にお金がないということも影響している。デート代のほとんどが可南の払いというのでは、やはり女として楽しくはない。

「かもしれないけど、いきなりノノ様、天子市子っていうのはねえ」

「やっぱりそれなりの人よ、ノノ様。ノノ様にお祓いしてもらったら、私、凄くすっきりしたもの。何なら正則が近辺をうろうろしている間は、私とリリーの二人で、離れの一室で寝起きして過ごしていても構わないって。もしも向こうがストーカー紛いの真似をしてこようものなら、実力行使。然るべく追い払う。天子家には三人の男性がいるし、いわゆる顧問弁護士もいる。怖いことは何もない。

ノノ様、そう言って」顔に薄い笑みを滲《にじ》ませながら紫苑は言った。「近くで会ってみて、お祭りで見た時よりもきれいな人だし、何て言うか、人を圧倒するオーラの持ち主だってことがよーくわかったわ。松竹梅にお出ましいただかなくても、正則なんて天子市子様に一喝されたらしょぼん、尻尾《しっぽ》を巻いて退散するんじゃないかな」

「そんなに凄かった？」

「凄かったわね。あの人は頼りになる人よ。神様を味方につけている人って、こういうオーラを放つんだなって、私思ったもの」

何だか嫌な話の流れになってきた——可南は顔の曇りを濃くせずにはいられなかった。恐らくこうやってみんな取り込まれていくのだ。そう思ったからだ。

「もうすぐお父さんたちが一遍家に帰ってくるから」可南は言った。「それまではノノ様……天子市子頼みはよしたらどう？　悪いこと言わないから、少し待ちなよ」

「帰ってくるの、お父さんとお母さん？」

「うん。だから、その判断を待とうよ」

「どういう意味？」

「お父さんたちは、天子市子はじめ、隣の一家、一族をどう見るか、どう思うか。その判断を仰ごうよ。私が承知している限りでは、お隣さんは少々問題含み。警戒感なしに親しくするべき相手ではないという判断になるんだけど」

「可南は最初からそう。お隣さんを嫌ってた。私はさ、リリーが紹子ちゃんや承子ちゃんたち、それに亜子さんにもよくしてもらってるから、有り難いと思ってる。いくら神様、お稲荷様を祀っている一家だからと言って、悪く思う気持ちはこれっぽっちもないんだけどね」

「それが逆に怖い」

「また可南は」今度は紫苑が顔を曇らせて言った。「お隣さんの件に関しては、私たちどうも平行線ね。気持ちが交わることがない」

「――」

「私も可南とやり合いたくないわ。だから、お隣さんに関しては、それぞれ独自の判断で。そうしない？　話題にしたり議論したりするのはやめましょうよ」

「そういう訳にも……。紫苑にはまだ話していなかったけど、土地や屋敷の手に入れ方にしても、お隣さんは問題ありなのよね」

「どういう問題？」

「それは……お父さんが帰ってきてから」

可南のはっきりしない言葉を耳にして、紫苑はチッとうんざりしたような舌打ちをした。鼻の付け根にも小皺が寄っていた。不機嫌な時の紫苑の顔。

「宿題終わったー」

そう言いながら、そこに梨里が飛び込んできた。算数と理科、不得意な科目二つの宿題を終えたので、梨里は晴々とした顔をしていた。可南がもう戻ることも取り戻すこともできない子供の笑顔。こういう梨里の顔を見ると、ほだされると同時に、「いいなあ」と思ってしまう。

「ちょっと隣行ってくる。紹子ちゃんと答え合わせしてくるね」

「うん。行ってらっしゃい」

即座に紫苑が許可をだす。

「え、また隣？」

可南は言った。

「紹子ちゃん、理数系得意なんだよ。歴史もだけどね」

「あ、リリー、裸足《はだし》は駄目。ソックス履いていきなさいよ」

「はーい、ママちゃん」

リリーはたちまちのうちにソックスを履くとスニーカーを突っかけ気味にして、隣家へと家を出ていってしまった。

（あーあ。うちは本当に二人向こうに奪られちゃったよ）

可南は心の内で溜息をついて、嘆かない訳にはいかなかった。

（お父さん、手遅れにならなければいいんだけど）

可南は康平たちの帰宅が待ち遠しくてならなかった。

4

九月の二十一日、土曜日の昼過ぎに、康平と美絵が帰宅した。およそ三ヵ月ぶりに見る康平と美絵の顔。何だか懐かしい感じがした。秋分の日で祝日でもある二十三日が明けた火曜日の朝には、再び秋田に戻るという。わが家に帰った美絵はご機嫌だった。

「いいわねえ、やっぱりうちは。寛《くつろ》げる。好きだわ、この家。今夜は何か美味しいものが食べたいわね」

「その前に、お父さんと二人で新しいお隣さんに挨拶にいってほしいのよね」可南は休む暇を与えずに言った。「お隣の天子さん。長女の継子さんのご主人の松男さんに、『今日の午後、家長の榊康平とその妻で私たちの母である美絵がご挨拶に伺いますので』って、私、言っちゃったから。向こうもそのつもりで待ってると思う。総勢十名。なるべくたくさんの人と会ってきてよ。ことに家長の市子さんとはぜひ会ってきてほしいな。家長と家長の妻としてきっちりご挨拶をして、ちゃんと見てきて」

「わかったわよ。着替えてしまう前にご挨拶に伺うわよ。まあ、お隣さんには感謝しなくちゃね。だってそれがなかったら、まだ私はここに帰ってこられなかった訳だから」

「言っとくけど、あくまでも一時帰宅だからな」釘を刺すように康平が言った。「二十四日の朝には、何があろうとここを出るぞ」

「わかってますよ。その代わりお父さんも秋田に戻ったら、今度はしっかり片づけに取り組んでくださいよ。それが約束ですからね」

「わかってる」

「栄太さんの問題は片づいたの？」

可南は尋ねた。

「まあ一応は」

「まあ一応はじゃなくて、権利がないことをきっちりと言い含めて、ちゃんとカタをつけて帰ってきてよ。この家にまで押しかけてこられたら困るから」

「わかったよ。ちゃんとカタをつけてからこっちに帰る。任しとけ」

「頼むよ、本当に」

先に紫苑が「父と母がこれから伺いますので」と、亜子に一本電話を入れ、三時半近くなってから康平と美絵は、天子家に挨拶に向かった。

「天子市子、ノノ様はいるって？」

「いらっしゃるって。亜子さんそう言っていた」

紫苑からそれを聞いて可南も安心した。やはり女系家族の砦の主、肝心要の天子市子に、ここはぜひとも会ってもらっておきたかった。事前に康平は松男が持ってきた家族構成の紙を見て、言わば事前学習をしていた。

「十人、やっぱり多い。一度には覚えきれないな。それにしても、松男、竹男、梅男って、男性陣は形なしだな」

「だからそういうお宅なんだって」

「ま、男性陣についちゃ、覚えなくて済むから楽だけど。松竹梅とは考えたもんだな」

「変なことに感心してないで行ってらっしゃい」

「ああ」

二人は榊家家長の夫婦として挨拶に出向いた訳だが、四時を過ぎても四時半を過ぎても、家に帰ってこなかった。康平が帰ってきたのは五時十分か十五分前、但し美絵は伴っておらず、康平一人きりだった。

「お帰りなさい。挨拶にしてはずいぶん長かったわね。気を揉んじゃった」

ひとり帰ってきた康平に可南は言った。

「姫子さんはお出かけとのことで不在だったけれど、残り九人と挨拶がてら話をしてきた。だから、まあそれなりに時間はかかった」

「だけど九人のうち三人は子供じゃない」

「承子さんはもう大人だよ。それにリリーがお世話になっているから、紹子ちゃんにも挨拶をして話をしてきた。しっかりしたお嬢さんだな、紹子ちゃんは。いいお嬢さんだ」

「で、お母さんは？」

「天子家の女性陣四人と話し込んで、『おい、そろそろ失礼するぞ』と言っても腰を上げようとしない。待っていたらいつになるかわからないから、お母さんは置いて帰ってきた」

「初めて会ったのに。お母さん、会った途端にいったい何を話し込んでるの？」

「何だかあれやこれや質問していたな。それに家長の天子市子さんの話に聞き入っていた。庭にできた神社にもお参りしていたし」

美絵が天子市子の話に聞き入っている――可南はあまりよい兆候とは言えないような気がした。嫌な予感。

「お父さんも見たのよね、いうところの天子神社」

「可南が言った通り、小さいけれど本格的だな。あれは立派なもんだ。単なる御社じゃなくて確かに神社。立派な鳥居と御社、それに池がうまくマッチしていた。あれはどの位置に御社を建てるか、鳥居を建てるか、きっとずいぶん考えてから作ったんだろうな。近所の人でもお参りする人がいるのがわかるよ」

「近所の人だけじゃなく、うちにもお参りにいってるのがいる」

「それ、私のこと？」すかさず割って入ってきて紫苑が言った。「私はただお参りにいってる訳じゃない。同い歳の子供を持った亜子さんと話をしにいってるのよ」

「ついでにノノ様にお伺いを立てたりしているくせに」

「ついでには失礼でしょ」

「ちょっと紫苑は黙っていてよ。夕飯の支度の途中なんでしょ？　今日は紫苑の係だよね。久々に家族五人分の食事、よろしくね」

紫苑に口を挟まれると話が本筋から逸れかねないので、可南は言った。紫苑はちょっと口を尖らせて、「私の番とはいったって、可南も手伝ってくれたっていいのに」とかぶつぶつ言って、肩を竦めながらも台所へと戻っていった。

「で、天子市子の印象は？　お父さんはどう思った」

「まあ可南の言う通りだ。あれはただ者じゃない」

市子は、白に赤の巫女の装束で二人を迎え、短い祝詞も上げてくれたという。

「見た目は実年齢よりずっと若いな。しかもかなりの美人ときている。声も通るし、祝詞を上げている姿は、何だか神々しいようだった。うっかりすると引き込まれてしまいそうで、私は心で自分に『いかん、いかん』と言っていた」

「でしょう」

「娘さんやお孫さんたちも、それぞれ個性があるが、一家揃って美人。紹子ちゃんももう少し大きくなったら、お母さんの亜子さん似の美人さんになるんだろうな」

「姫子さんも都会的な美人よ。美人が七人。それだけでも迫力。おまけに天子市子さんはカリスマ性まで備えてる。カリスマ性、感じなかった？」

「感じたよ。だから、お母さんは巻き込まれてまだ話をしている。そうなんじゃないかな」

「置いて帰ってこない方がよかったんじゃないの？　うちじゃ既に紫苑とリリーがほぼ虜状態だから。お母さんも一遍で魂抜かれちゃわないとも限らない。心配だな」

「かといって、私もいつまでも隣にいる訳にもいかない」

「ま、それはそうだ」

「お祭りでは、あれにさらに美女軍団六人が加わった訳だ。そりゃ壮観だったろうな」

「演奏、それに歌と踊り。キレッキレだった。やっぱり見てほしかったわ、お父さんにはお祭りを。とにかく圧倒的なパワーだったんだから」そこまで言ってから、可南はやや顔を康平に近づけて、声を低めて言った。「そのメンバーがね、そう美女軍団。隣の離れに時々出入りしているのよ。それもどうやら追っかけみたいな男性との待ち合わせで。何か怪しいと思わない？」

「お前、隣の離れが昔の『待ち合い』みたいになってるって言いたいのか」

「何？『待ち合い』って？」

「今で言うラブホテル」

「うーん。もしもお金を取ってるとしたら、『待ち合い』よりも遊廓《ゆうかく》、売春宿かな」

「可南、凄いこと言うな」

「紫苑には、滅多なこと言うな、名誉毀損に当たるとか言われているので、私もよそではそんなこと言わないよ。お父さんにだけ」

「風変わりな一家であることだけは確かだな。何て言うか……母、娘、孫、血が濃い感じがした」

「私もそう思う。とにかくあそこは女の子じゃなきゃ駄目なのよね。男は女の子を産ませる種馬」

「種馬。これまた凄い表現だな」

「だってそうなんだもの。姫子さん、梅男さんがもしも種なしだったら離婚だって」

「私は松男さんってのが、案外食わせ者のような気がしたな。田舎出の朴訥《ぼくとつ》なお人好しのオッサンのように振る舞っているけど、それに安心して心を許すと間違いが起きる」

「さすがお父さん。私もそう思うよ。お父さんに帰ってきてもらってよかった。お隣さん、やっぱりどこか怪しげだと思うでしょ？」

「そうだな。でも、まずは事実確認だ。明日は大場さんのお宅に行ってくるよ。水面下での天子家とのトラブルの話、できるだけ詳しく聞き出してくる」

「ありがとう。お願い」

思わず可南は手を合わせていた。榊家でもずっとアウェイできた。ようやく味方を得た思いだった。

「およそ千二百年前、西暦八一〇年からの一家ねえ。本人たち、大真面目にそう語っているし、実際時代を超えたことをしている感じがする。お母さんは感心していた様子だけど、あの『掛巻《かけまく》も～』っていうのも何だか」

「ああ祝詞ね」

「『掛巻も～恐《かしこ》き……恐み恐みも白《もうさ》く』って、あれ要約するとどういう意味だ？」

可南も漠然としか理解できていなかったので、市子が上げる祝詞を一生懸命記憶して、一番短いものの意味を、古語辞典を当たって調べてみた。調べてみると、
口にするのも憚られるほど尊い稲荷様、その大神様の御前に、畏《かしこ》まり畏まりながらも申し上げたく。大神の皇祖神様の霊、魂に縋《すが》り……

と、宇迦之御魂大神に、一家の安泰と繁栄を祈る文言になっていた。

「近所じゃもう天子神社と言われるようになっていて。祭神は市寸島比売命とともに宇迦之御魂大神。前にも言ったけど、伏見稲荷大社系のお稲荷様よ」

「神主はいないけれど、今日も市子さん、巫女姿だったもんな」

「変な一家。っていうか、今時ないような一家、一族だよね。日本中転々と、なんて面倒臭いことしてさ。ふつうどっかに定住するでしょうに」

「うーん」

康平がうーんと唸ったところで、玄関から「ただいまー」という美絵の声が聞こえた。時計を見ると、時刻は既に五時四十五分になっていた。

「お帰りなさい。お母さん、いったい何をやっていたのよ。お隣にご挨拶に伺って二時間。いくら何でもご挨拶としては長過ぎない？」

「天子市子様とお話ししていると面白くて」美絵は言った。「それにお茶を立ててくださったもんだから、お薄《うす》とお菓子をいただいて、それで少し長くなっちゃったのよね」

「面白くて――」

「ええ。何を尋ねても迷いなく、間、髪を容《い》れずに答えてみせるのよね。凄いと思った。何に関しても揺るぎない感じがして頼もしかったわ。同じ女性として憧れるわね、ああいう強くてきっぱりとした女性。神様がついている人ってああなのかしら」

「お母さん」

可南は眉根を寄せて言った。

「松男さんもよく気がまわる人よね。面白いかた。『双子でも悪いことはありません。何せお嬢さん二人じゃけえ。けんど、もしも三つ子を産んでおられたら、もっと言うことなしじゃった。ひょっとしたらアータがわしらの長《ちょう》になっとったかもしれんとこじゃ』なんて言って」松男との遣り取りを思い出したのか、美絵は咽喉の奥でくすくすと笑った。「私が天子市子様になるなんて到底無理な話なのに。だって私、霊感の類はさっぱりだもの。いずれにしても、悪い人たちじゃない。紫苑の言うように、お隣に神社があるって、悪いことじゃないと思ったわ」

「仮に離れが売春宿でも？」

「何、それ？」

「まあ、現段階では憶測だから、それについて語るのはやめておきますよ」

「ねー、お隣さん、みんな面白い人たちじゃろ？　家のなかも面白いし」

いつの間にか梨里がやってきていて、口を挟んで言った。子供のくせに。

「そうじゃね。離れの市子様の部屋には御簾《みす》まであって。今時御簾なんて、ふつうの家にはないけんね。お香の香りもして、まさにやんごとなきっていう感じ」

「ちょっと、ちょっと」些か慌てて可南は言った。「ないけんねなんて、お母さんまでいきなり変な広島弁喋るのやめてよ。何か向こうに取り込まれちゃったみたいで気になる。しかもたったの一遍で」

「毎日お参りして、それで一家安泰、いいことがあるんだったら、すぐお隣だもの、毎日お参りに行ったって悪いことはないと思うわ。きちんとお願いすれば、願いは叶うんですって。それもほかでもないお隣のうちのこと、常に初穂料《はつほりよう》は千円でいいって。千円で願い事が叶うんだったら、安いものよ」

「ほーら」今度可南は、顔を康平に向けて言った。「凄い伝播《でんぱ》力、吸引力なのよ。そんな人のところにお母さん一人残してきたりするから。また一名あっちに持っていかれる」

「とにかく二十四日の朝にはここを出て秋田に向かうからな」

康平が真顔で美絵に言った。

「わかってるわよ。だけど秋田に戻ったら集中して片づけを終わらせなきゃね。今度こそよ。市子様は、旧家のお宝探しも悪いことじゃないって仰《おつしや》ってたけど、私、ますます早くこの家に帰ってきたくなったわ。秋田の家にもう目ぼしいものはないわよ、お父さん」

「――」

「一遍会っただけで、人の心を鷲摑《わしづか》みにするって、そんなことできるのは詐欺師ぐらいじゃない？」

可南は康平に言った。「お父さん、お隣さんのこと、しっかり調べようよ」

「とにかく大場さんの話を聞いてだな。それで、天子家の大方の正体が見える」

「明日の何時に行くの？」

「昼過ぎ。一時半」

「お父さん、頼んだわよ。土地に纏《まつ》わる事情を確《しか》と聞き込んできてね。六十年、この地に住んできた榊家の家長として。これから先も私たちは、何十年もここで暮らしていくんだから。榊家の拠点」

可南は真顔で康平に言った。想定の範囲ではあったものの、美絵には少々がっかりしたが、ここは後は康平に託すのみだ。可南はそんな思いで康平の顔を見ていた。

5

一時半に大場家に着くように家を出た康平は、三時半頃家に帰ってきた。およそ二時間の大場家での滞在、聞き込み。

「お母さんが一緒だと、秋田の家の片づけの愚痴だの世間話だの、どうせそんな話に花が咲いて、肝心なことを聞き損なう」

せっかくだから、この機に会えるだけ近隣の人に会っておきたいからと、美絵も一緒に大場家に行きたがったのだが、康平はそう言って美絵の同行を認めなかった。美絵は少々膨れていたが、それは正解だったと可南も思う。

一人で大場家に出向いて家に帰ってきた康平だが、その顔色はどこかサエなかった。

「お父さん、どうだった？　話は聞けた？」

「ある程度」康平は言った。「全部を聞けた訳じゃないが、可南の言った通り、些か事が入り組んで、面倒臭いことになっている様子だな」

一番の問題は、本来大場家が借地借家人として契約を結んでいる来栖資朗の所在が知れないことだ。資朗抜きでは前に進む話も進まない。大場家としても、一方的に天子家を責め立てる訳にもいかない。次いでの問題は、天子家側は大場家が所有している榊家隣の土地屋敷の正当な借地借家人として、この先も長く住んでいきたいという意思を示していること。つまりは、大場家に、借地借家権を返上するつもりはないということだ。仮に大場家側が、天子家が資朗に支払ったのと同じ金額を提示したとしても、それに応じる気持ちはないと、市子は清志に言ったようだ。さらなる問題は、来栖家との間の契約が古い借地借家法に従ったもので、借地借家人の権利が強いこと。となると土地屋敷を返してもらうには、大場家側が相当の金額を積まなければならない。

「今は空家になってる鵜木さんの土地屋敷も大場さんの持ち物だからな」康平は言った。「あそこもただ鵜木さんが出ていっただけじゃない。権利をきちんと取り戻すために、大場さんは止むなく大金を積んだみたいだ。しかし、このご時世、次の借り手が容易に見つからない。大場さん、土地はずいぶん持っているものの、実のところお金がないって、そう言うんだな。土地持ちには土地持ちなりの苦労があるって訳だ」

「そうなんだ。前に佐川さんが住んでいたところも、確か大場さんの土地よね？」

「そう、元はな。但し、今は大場さんのものじゃない。それぞれの住人が所有者だ。あそこは先代の一清《かずきよ》さんが亡くなった時、たいそうな額の相続税を支払わなければならなくて、不動産業者に売って金にしたそうで。つまりは、今住んでいる人たちそれぞれに売った訳じゃなく、一括して企業に売った。その土地を企業が分割して家を建てた。そういうことになるな」

「相続税作りのため……。それじゃ売ったお金は大場さんの懐には入らずに、国税に持っていかれたってこと？」

「そういうこと」

「新宿までＪＲ中央線で十一分。環八裏の住宅地の広い土地だもの、かなりの額だったでしょうに」

「それでも足りなくて、銀行から借り入れをしたとか」

「わ、土地も持ってりゃいいってものじゃないのね。ここも売ろうと思ったら、かなりの金額になるはず。下手したら私たち、お父さんとお母さんが死んじゃったら、ここには住んではいられなくなる可能性がある訳だ」

「だな」

「何にしろお金が要る」

「大場さんが破格と言える金額を提示すれば、ひょっとしたら天子さんも手放してくれるかもしれないけど、それは今の大場さんには無理。それで困り果てていた。今回の件では、資朗さんにお金は渡っても、大場さんには一銭も渡っていない訳だから」

「まったく」他人《ひと》ごとながら、可南は唇を尖らせた。「諸悪の根源は資朗さんだ。借りている土地や家の権利を勝手に売っ払って、挙げ句に行方を晦《くら》ましちゃった訳だから」

「あ、いや、一銭もは違うな」

「どういうこと？」

「天子さんは、月々支払うべき借地借家料を、大場さんのところに持ってきたとか。大場さんが『来栖さんに貸したものだから受け取れない』って拒絶したら、勝手に大場さんの口座に振り込んでくるようになったと言ってた。ま、月々合わせて九万だけどな」

「あれだけの屋敷と土地が月九万！　安っ！」

「信兵衛さんの頃からのつき合いだから、来栖さんならと、ずっとその安い賃料で貸してきたらしい」

「勝手に振り込んできたって、振り込み先は？　どうやって知ったわけ？」

「来栖さんから聞いたんだろう。逃げ隠れしていても、天子家とは連絡を取ってるってことだな」

「逃げ隠れ……」

「資朗さん、天子家から得た金だけじゃ借財がきれいにならず、どうやら借金取りからも逃げてるみたいだから」

「何、それ。資朗さん、最低」

「ハンティング・ディーラーシップって言ったっけ、資朗さんの会社？」

「うん、私はそう記憶してる」

「ずいぶんと負債を抱えての倒産だったみたいだから」

「天子さん、資朗さんからいったいいくらであの土地屋敷の権利を買い受けたの？」

「具体的な金額までは……。金に関することは、言ってみればマル秘事項。軽々に他人に話していいことじゃないからな。向こうがなかなか口にしたがらない以上、こっちも突っ込んでは訊けなかったよ。でも、相当な金額、億単位じゃないかな」

「億——それは大変だ」

言ってから、思わず可南は息をついていた。億を超える金など、そう簡単に工面できるものではない。見方を変えれば、天子家はそれだけの金持ちということになる。大したものだが、どうやってそれほどの金満家、資産家になったものやら。今は古物商を家業としているということだが、たかだか古物の売買で、それだけの金が得られるとは思えない。かなりの売り上げを上げているとしても、何せ総勢十名だ。十人が食べていくだけでもそれ相応の金がかかる。

「天子さん、そこが大場さんの土地、屋敷だってことがわかっていて、資朗さんに大金を支払って、その権利を譲り受けた訳よね？」

「だろうな。登記簿を調べれば、本来の所有者が誰かはわかることだし、天子さんが手に入れたのは、所有権じゃなく借地借家権だから」

「うーん。手強《てごわ》い」

可南は唸った。

「大場さん側も昔からつき合いのある弁護士さんに相談はしているらしい」

「私も奥さんからそんなような話は聞いた」

「綿貫《わたぬき》先生と言ったっけな。その人が大場家側の弁護士。ところがその種の係争の用心のためか、天子さんサイドにも弁護士がついていて、今はすべてその弁護士を通してとのこと。天子さんは大場さんから直接の話は、もはや聞いてもくれないようだ。天子家側の弁護士は不破《ふわ》とかいって、この不破先生とやらが食えないうえに腕っこきの弁護士らしい」

「食えないうえに腕っこきって、それ、悪徳弁護士じゃないの？」

「まあそう言っていいのかもしれない」

「悪徳弁護士を雇ってるって、お父さん、やっぱり問題ある一家だよ、お隣さんは」

可南は眉根を寄せた顔を康平に向けて言った。自然とそんな曇り顔になっていたのだ。

「こうなったらお父さん、秋田の家の始末なんかさっさと終わらせて、とにかく早くこっちに本格復帰してよ。お隣さんの問題点になんかまったく目も向けずに、魅入られちゃってるのがうちにももう二人いるんだから。お母さんも、早くもその候補だね」

「だな」

「となると五人中三人。多数決で負ける。お父さんが帰ってくるまで、私も見張っておくけど、現段階でさえ、私が承知している範囲で、ご近所さんでも後藤田さんはじめ天子シンパが何人かいる状態なんだから」

「放っておくと二派に分かれて、近隣問題に発展しかねない状態か」

「最悪。嫌だなあ。ご近所さんを巻き込んでのシンパかアンチかの争いになったら、何か私、勝てる気がしない。あの強者《つわもの》たちに」

「なるべく早く秋田を引き揚げて、こっちに帰ってきた方がよさそうだな」

「よくぞ言ってくれました。それでこそ、榊家の家長」

「可南、隣が歩き巫女の一族だっていうのに間違いはないのか」

「たぶん。私はそう確信しているけど」

「私が帰ってくるまでに、また永松先生に話をして、その裏づけと詳しい稼業のありよう、金の稼ぎ方なんかを、聞いておいてくれないかな」

　康平は可南の言うことを信じ始めている。いい流れになりつつある。そう感じて、可南は大きく頷いた。

「了解。私で調べられることは調べておくし、都度都度報告入れるから。お父さんは早く家終いを終えて、この家に帰ってきてね」

「うん、そうする」

やっと味方ができた——喜びたいところだが、味方が一人できただけで喜んではいられない。美絵は早くもあちらに持っていかれそうになっているのだから。

「あ、そう言えば、家長の天子市子という人は、べつの名前を持っているみたいだね。大場さんが言っていた」

「べつの名前？」

「調べたところ、本名はべつにあったとかで。八百と書いて〝ヤオ〟というのが戸籍上の名前のようだよ。振り込み人の名義も、天子八百になっていたとか」

「八百で〝ヤオ〟。それまた凄い名前のような」

考え得るのは、今の天子市子もまた、天子家の正統な血筋の女性ということもあるだろうが、女の子を三人続けて産むことで、職制としての天子市子の名前を継承した女性だということだ。だから、第三十一代天子市子。千二百年前から連綿と受け継がれている歩き巫女の頭《かしら》。

その晩のうち、可南は永松に電話を入れた。永松によれば、蠱毒壺を持っていることだけで、既に歩き巫女確定、その裏付けになるとのことだったが、続けて永松は可南に言った。

「神君、また一度、遊びがてらうちに来ないか。私も追加事項をちょっと整理して、神事舞太夫《しんじまいだゆう》のことなんかも書き留めておくから」

「シンジマイダユウって、何ですか」

可南は尋ねた。

「神様の神に事件の事。それに舞うに太夫で神事舞太夫」

「神事舞太夫」

呟きながら、可南はメモした。

「榊君のうちのお隣さんは九州、宮崎の出というから、榊君のお隣さんとはルーツが違うように思うが、神事舞太夫というのは、歩き巫女のことであり、歩き巫女の元締めを指す言葉ともされている」

「歩き巫女の元締めですか」

「もっと言えば、大売春組織の親玉。この話も、少しは参考にはなるんじゃないかな」

「ぜひお聞きしたいです。私、また先生のご都合のいい日、いい時刻に伺います」

「それじゃ、来週の火曜日、二十四日はどうだろう」

「大丈夫です。この前と同じく、午後二時頃にお邪魔しようと思いますけど、先生、お時間のご都合はいかがですか」

「うん。二時頃なら都合がいい。有り難い」

「では、来週伺いますね。よろしくお願いいたします」

そう言って可南は電話を切ったが、大売春組織と耳にして、さもありなんと、若干の興奮を覚えていた。三姉妹もだが、加えてのあの美女軍団。全部合わせたら九人。そこに天子市子が加われば十人だ。まだ姿を見せていないが、ほかにも美女軍団の仲間がいるとすれば、もっと大きな数になる。売春だけでそう大金は稼げまいが、ひとつの稼業としている可能性は大いにあると可南は思う。

(でも、現段階では、まだまだ推測に過ぎないな。憶測。そんなんじゃ駄目。一個一個、きちんと事実を押さえて、裏を取っていかなくちゃ)

可南は真面目な顔をして、心で意を決するように呟いていた。

第四章　歩き巫女／天子軍団

1

●可南リポート／歩き巫女・追記

※神事舞太夫と歩き巫女軍団

長野県祢津《ねつ》の歩き巫女たち

長野県祢津＝現長野県東御《とうみ》市

かつて長野県祢津を拠点に、歩き巫女の軍団が全国各地を渡り歩いていた。美女が多いことで知られ、逆に言うなら、祢津の歩き巫女になるには、美人であることが条件とされていた。

全国各地を渡り歩く組織であったことから、一説に「くノ一」＝「くのいち」の集団とも言われている。一方で、大売春組織とも言われていて、祢津の歩き巫女たちは、他地方の歩き巫女と同じく、行く先々で託宣、卜占、口寄せをするとともに、諜報と売春、双方を行なっていたと見られている（売春は活動資金を稼ぐとともに、神事舞太夫に納めるために行なったもの。情報を得る手段としても。さらに言うなら、その情報、金は、結果的に寺社奉行に渡った）。

神事舞太夫……祢津を拠点とする歩き巫女全体を指すとともに、祢津の歩き巫女たちの元締めをも指す。元締めは男性で、姓は田村《たむら》。田村は寺社奉行の配下の人間で、要所要所に設けられていた関所はフリーパス。田村が元締めだったので、祢津の歩き巫女たちも関所で留め置かれることなく、自由に全国各地を行き来することができた。

田村なる神事舞太夫、元締めは、浅草の浅草寺に居住していたと伝えられている。

再び国立の永松の家を訪ね、永松から耳にしたことをパソコンで文書としてまとめながら、可南は息をついた。

「長野県祢津を拠点とする大組織だったことからして、榊君のお隣さんと同じルーツとは考えにくいけど、その役割には近いものがあるんじゃないかな。歩き巫女としてのね」永松は言っていた。「歩き巫女はその土地に住む人の悩みを聞いて託宣なり口寄せなりをした訳だから、そこの土地のかなりの情報通になっただろうことは想像に難くない。ほかの人には話せなくても、巫女になら話せたという人たちもきっと多かったろうから。どっちみち、いずれは去っていく人間だしね」

売春にしても同様だ。寝物語という言葉が今でも残っているように、枕をともにした相手だからこそ、ふつうは他人に話さないような秘密も、つい口にしてしまう。人間というのは、実は秘密を誰かに打ち明けたいという欲望を、みな心のどこかに持っているのかもしれない。と同時に、肌を合わせた相手への信頼、油断から、迂闊《うかつ》に秘密を口にしてしまうケースもある。歩き巫女たちはそうして得た情報を、元締めである田村に上げる。多くの情報を握っている人間が強いというのは、今も昔も変わりない。浅草寺に居住していた田村は、自分は全国各地を歩くことなく、各地の豊富な情報を持ち、それを寺社奉行に報告していたものと思われる。それで自身の地位、安泰も保てた。

「浅草寺ですか」可南は永松に言った。「天子家の紹子ちゃんは社会科見学の時、自分は浅草寺には行けないと言って拒んでいたみたいなんです。私は、天子家は完全なる神道の家柄なので、仏教に従う寺には行けないものと思っていましたけど」

「やっていることは同じでも、まったくべつの団体、組織だったんだろうな。紹子ちゃんが浅草寺に行きたがらなかったのは、浅草寺が名前の通り寺であるとともに、ライバル軍の親玉のいた寺だったからかもしれない。神仏習合、行ける寺もあるんじゃないの？」

「で、祢津の歩き巫女って、全部で何人ぐらいいたんですか」

可南は訊いた。

「数十名だろうね。恐らく四十人から六十人というところ。私はそう考えている」

「結構多いですね。やっぱり大売春組織だ。でも、それだけの数の美人を集めるって大変じゃありませんか」

「そうでもないんじゃないかな。だって榊君のお隣の天子さんも、まず市子さんが美人だし、三姉妹も美人で、その娘さんたち三人も美人。加えて少なくともメンバー六人は美女だったという話だよね。全員合わせると既に十三名が美人。あと二、三十人集めるぐらいは可能だろう」

「言われてみれば」

「各地を渡り歩く傍ら、行く先々で見つけた美女をスカウトすればいい訳だから」

「各地でスカウト……なるほどね。美女軍団の人たち、偽名や通り名だと思うんですけど、名前を福岡楓、安芸楠とかいうんですよね。地名が苗字になっている。つまりはそこが彼女たちの出身地。彼女たちはそこでスカウトされて天子軍団のメンバーになった。そう考えていいんでしょうか」

「榊君の想像、そう的を外してはいないと思うよ。その地域地域には、必ず美人がいるはずだから。美人の産地と言われている土地もある。なかにはお金に困っているうちもあったろうしね」

「そうお聞きすると、何か凶作、飢饉の後の東北美人を連想しちゃいますね。遊廓にお金で売られてきたという。それは江戸時代のことでしょうが」

「寺社奉行という役職があったことや関所を自由に通ることができたということから、祢津の歩き巫女や元締めの田村が暗躍したのも江戸時代だと思うよ。専門範囲じゃないんで、年代までは私も特定しかねるけど。だからまあ、どちらが先でオリジナリティが強いかといえば、天子一族ということになる」

確か浅草寺の起源は六二八年だった。だが、それから天台宗の一派・聖観音宗の寺として今のかたちになるまでは、有為転変、いろんなありようをしたのではないか。

「浅草寺が聖観音宗となったのは、戦後、昭和二五年のことだ」

「ひょえー。創建から千三百年以上の時が経ってる。その間のことは想像がつきませんね」

天子市子を長とする天子一族は、いずれにしても空海、最澄が登場した八一〇年頃、平安初期に渡り歩きを始めている。江戸時代ではなく平安時代。永松の言うように、どちらが先かというなら天子一族だ。歴史から言っても、天子一族は、田村が率いる祢津の歩き巫女軍団とはまったく異なる組織だった可能性が高いと言えるだろう。

「そう言えば榊君、天子市子さんにはべつに本名があると言っていたね。八百《やお》だっけ？　それもまた天子市子という名前や役割が、長年引き継がれてきたことの証と言えるけど」

「およそ千二百年前からって、信用してもいい話なんですかね」

「本人たちもあまりに長いこと引き継がれてきていて、正確な年代はわからないのかもしれないね。明文化されたのが八一〇年頃で。しかし、くどいぐらいに第三十一代と言うからには、やはり今の市子さんは本人たちが言う通り、恐らく三十一代目の天子市子さんなんだろう。それにしても戸籍上の名前が八百とは、何だか凄いね」

「六十八歳、昭和の生まれですよね。えーと、昭和だと二十六年生まれになるのかな。もう戦後。その時代に八百という名前は、やはりちょっと珍しいかも」

「八百万の神の八百。嘘八百、八百長の八百なら詐欺師。かたや神様、かたや詐欺師、まるで白と黒だ。そのどちらなのかで、意味がまったく違ってくる。市子さんは、生まれた時から一族の期待、希望の星だったのかもしれない。でなかったら、なかなか八百なんて名前はつけないだろうから」

「母も一度会っただけで骨抜きにされました」

「榊君は祭りで一度市子さんの姿を目にしただけ？」

「はい」

「改めてもう一度市子さんと差しで会って、どういう人かを、榊君なりの目で見極めてみたら？」

「えーっ」この永松の提案には、可南もつい声を上げてしまった。「やだなあ、私。何か怖い」

「表向きは悩み事の相談とか、そういうのがいい。榊君にも悩みらしきものがあるだろう。それを市子さんに相談してみる。それで彼女や彼女の力が、榊君にもよりよくわかるんじゃないの？」

「うーん」

「まったくの嘘っぱちよりは、本当の話がいいね。市子さんがすばり図星を指してきたら、相当な霊的能力の持ち主とわかるから」

脳裏に流星の顔が思い浮かんだ。仕事ではこれといって悩みもないし、もし相談するとしたら、流星とのことになるだろうか。

「欲張り過ぎてはいけないけれど、その時、蠱毒壺を使ってもらう、或いは見せてもらえると、申し分ないんだけどな」

「先生」情けなげな顔になって可南は言った。「ほんと、欲張り過ぎですよ、それは」

(参ったなあ)

永松との遣り取りを思い出して、可南は心で呟いた。

(この私が天子市子に悩み事を相談にいって、託宣なり卜占なりしてもらわなきゃならないなんて。それも、ある程度は本当のことを話さなきゃならないとは。まあ先生の言う通り、多少なりとも真実に基づいた話じゃないと、天子市子の力がわからないもんなあ)

憂鬱な面持ちで心で呟く一方で、可南は自分は間違っていなかったと、時に目を輝かせてもいた。まだ天子軍団が売春をしているという確証までは得られていない。けれども、永松の言った祢津の巫女軍団、彼女たちが田村に率いられる恰好で、各地で売春行為をしていたことは史実と言ってよさそうだ。やはり歩き巫女とはそういうものなのだ。

(確かに名前も破格よね)

続けて可南は心で呟いて言った。

(八百——滅多につけるような名前じゃない。先生の言うように、八百万の神に傾くか嘘八百に傾くか、それで天と地ほどの違いが生じる)

「多少話が逸れるかもしれないけど」永松はこうも言った。「天子一族の故郷は、宮崎県祖母留《そぼる》郡福《ふく》良村《らそん》。蘭一基《あららぎひともと》と言ったよね。祖母留には、人が生活するところ、居ついて生活するところという意味がある」

「じゃあ、蘭一基は？」

「蘭はふつう阿良々岐と書いたりする」永松はメモに記してそれを可南に見せた。「アララギというのは忌詞《いみことば》で塔を言い換えたものとも言われている。塔というのは卒塔婆《そとば》、或いは死者を埋めたところに建てられた多重構造の塔のこと。天子一族の発祥は、元は墓場、死者を葬るところだったのかもしれないね」

「墓場……何か笑えない。一基はどうなんですか」

「たぶん一本の木のことだろう。想像だけど、何か大きな木があったんじゃないかな。ご神木《しんぼく》のような。忌詞では、僧侶を『髪長』と言ったり死を『なおる』と言ったり。少し面倒臭いけれど、婉曲を好む日本古来のものと言っていいだろうね。とはいえ、なかなか一般の人は使わないから、神道での言い方と言ってもいいかもしれない」

「忌詞、ほかにもたくさんありそう。私もちょっと調べてみようかな。しかし、どんな名前にも意味があるんですね。塔を蘭と置き換えている時点でもう巫女筋だという証拠を得たようなものって感じ」

「地名だからね。それを置き換えたのは、大昔にそこに住んでいた人だろう。歩き巫女なら、やはり蠱毒壺だよ、榊君。それではっきりする」

しかし、いかに隣人とはいえ、一回目の面談でいきなり蠱毒壺には至れまい。回数を重ねて初めてでてくるもののように思う。となると可南は何度か市子に会いにいかなくてはならないことになる。市子が恐ろしいのか、それともミイラとりがミイラになることが恐ろしいのか、可南は自分でもよくわからなくなっていた。

（まずは姫子さんに話をして、天子市子につないでもらおう）

ようやく心を決めて、可南はワードのウィンドウを閉じた。

2

心を決めたはずが、永松と会ってから二週間余りもぐずぐずとしていて、可南は姫子に話をしてみることをしなかった。だが、ぼやぼやしているうちに、たちまち月も十月に替わってしまったので、今度こそ意を決して、姫子のケイタイに電話を入れた。十月十一日の金曜のことだった。天子家の面々のなかでは、姫子と一番親しい。可南からすれば、表面上のことだが、その関係性は、ぎりぎりまで保っておきたかった。可南の貴重な情報源。

「べつに大したことじゃないんですけど、姫子さんにちょっとご相談というか、お願いがあって」言ってから、可南は慌てて言葉をつけ足した「あ、大したことじゃないなんて言ったら、ノノ様に失礼に当たるか。すみません」

「何じゃろ？　お願いと言ったり急に『すみません』と謝ったり。うちでできることだったら何でも」電話の向こうの姫子は明快な口調で言った。「うちも可南さんと話がしたかったんよ。どう？　またうちにコーヒーでも飲みに。今日は継子姉さんと松男兄さんがおるけど、二人とも庭。台風の後片づけかな。ついでに植木の枝を詰めてみたり、何やら庭仕事をしとる。家には私一人みたいなもんだから、気楽にお茶しにどうぞ」

姫子に誘われるままに、早速可南はまた天子家を訪れ、いつもの応接室に腰を下ろした。可南を迎え入れた姫子はいつにも増して機嫌がよさそうな様子だった。にこにこと笑っていて、見るだに嬉しげだ。

「姫子さん、何かいいことでもあったんですか」

自分の話をする前に、可南は問うた。すると姫子はくすぐったげに笑った。姫子の瞳のなかで光が弾ける。

「やっとよ。やっと私もママになれそう。うちのお胎《なか》に入ったのは、まず間違いなく女の子じゃね。これでようやく亜子姉ちゃんと肩を並べることができるわ」

「えっ。姫子さん、もしかしておめでた？　赤ちゃんができたんですか」

「うん」

姫子は瞳を輝かせたまま、笑顔で大きく頷いた。

「じゃあ、ご主人は種なし……いや、子種がない訳じゃなかった――」

「まあ、そこんとこは少々曖昧なんだけど」

「少々曖昧？」

「ほかならぬ可南さんだ。言っちゃおうかな。父親は梅男とは限らんの」

「えと、それは？……」

「うちも考えたんよ。梅男はこの家のしきたりにも詳しいし、それをちゃんと受け入れてくれている。何度も言うようだけど、人の好さから言ったら抜群だわ。だから、子供ができんからといって、梅男と離婚するのは勿体《もったい》ない。子作りは子作りで、間違いなく種のある男とすればいい。うちもやっとそのことに気づいてね」

ひょっとして姫子は自分相手に凄い打ち明け話をしてはいないか――そんな思いにぎょっと目を瞠りながら、可南は真顔で姫子に問うた。

「それじゃお胎の赤ちゃんのお父さんは梅男さんじゃない。べつの人ってことですか」

「秘密よ。誰にも言わんでね」姫子は可南に顔を近づけてやや低声で言ったが、その顔はやはり楽しげで嬉しそうだった。「これは女に子供を産ませる男だ――そう断言できるような人が見つかってね。あ、これは、梅男のためでもあるんよ。ノノ様も今年辺りが見切り時じゃないかと言っていたから。子供さえできたら、梅男がこの家から追い立てを食らうこともない」

「それってもしかして、ご主人も承知なさっていることなんですか」

「うん。知ってる。でも、べつにごたごた文句は言わんよ。いいんよ、戸籍上は梅男が子供の父親になるんだから。あの人も、生まれた子供を間違いなく可愛がってくれる」

「今、何ヵ月ですか」

「四ヵ月は過ぎた。予定日は来年の三月末ぐらい。生まれてくるのが今から楽しみ」

「変なことをお訊きするようですけど」可南は可南なりの勇気を振り絞って姫子に尋ねた。「その赤ちゃんの本当のお父さんって、どこのどなたなんですか。あ、立ち入ったことをすみません」

「いいのよ。うちに出入りするようになった人のなかから、〝これは〟という人を選んだ。そんなこ。女の子を産ませた経験と実績の持ち主」

今日はこの話だけで充分。そう思ってしまいそうな姫子の打ち明け話だった。

「そういう相手が見つかったから、私は続けて女の子を身籠《みご》もるだろうし、女の子の母親になる。合理的だわ」

もしかして姫子が言っているのはこういうことか。言わば〝客〟のなかに女の子を産ませることを得意とする男を見つけた。女の子の種つけをすることにかけてはある意味名馬。種つけ馬。それで姫子はその男と関係を持って、望み通り女の子を身籠もった。

「ええと……ノノ様はそれをご存じというか、お認めになったんですか」

「ノノ様に隠し事はできんもの。話す前からお見通しだったわ。一家のためには、それも悪い方法ではない――そんなお考えだわね、ノノ様は」

「間違いなく女の子なんですか」

「まず間違いないわね」

「名前とか、もう考えていたりなんかして」

承子、紀子、紹子と、もうずいぶん天子市子の末裔に相応しい名前はついている。ほかに何が考えられるのか、可南としても興味を惹かれるところだった。

「うふ、さすが可南さんやね。幾つか考えてるよ」姫子は両の口角《こうかく》を持ち上げて言った。「基本の基に子供の子でモトコ。譲るに子供の子と書いてユズコ。これは読みに少々無理があるかも。女の子の名前としては可愛くないし。それか蘭に子でランコ。これが一番いいような気もしてるんよ。基子も蘭子も、故郷に因んだ名前」

「ああ、祖母留郡福良村蘭一基」

出た、と思いながら可南は言った。アララギ。

「でも、その人は、親権を主張したりしてこないんでしょうか。実の父親として」

「ないね。家庭持ちなんよ。そこに女の子が二人。おまけによそにも女の子がいる。これ以上養育費のかかる子供なんて、ほしいとは思ってもいない。またできちゃったか――そんなところやね」

開けっ広げな姫子と姫子の話に、思わず可南は目をぱちくりとさせていたらしい。

「ああ、ごめん、ごめん」姫子が可南に謝った。「えらいびっくりさせてしまったみたいやね。忘れて。うち、子供、それも女の子を初めて身籠もって、何だか浮かれてしまって。今日は可南さん、何か話があってみえたのよね。それなのに、私ばっかり喋ってごめんなさいね」

「いえいえ、私の話なんて」可南は小さく首を横に振って言った。「多少驚きはしましたけど、何て言ったらいいか……ご懐妊、おめでとうございます」

「ありがとう。で、可南さんの話って何？」

妊婦が飲んでいいのだろうか、姫子はコーヒーのカップを口に運びながら言った。

「つまらない話です。べつに敢えて今日しなくてもいいような」

「嫌だ。何か私が驚かせて黙らせてしまったみたい。ほんまごめんね。気にせず何でも話して」

「一度ノノ様とお目にかかって、ご相談したいと思ったもので。ほんと、思いつき程度に思っただけで、実際些細《ささい》な悩みです。悩みと言えるかどうかも怪しいような」

「可南さんの歳だったら、仕事の悩みか私的な悩みか、そのどっちかよね。異性問題？」

「まあ、言ってしまえばそういうことになります」

可南はごくかい摘んで、自分に歳下の交際相手がいること。五つほどの歳の差だが、それを可南自身が乗り越えることができず、もはや自然消滅の危機にあることなどを、姫子相手にざっくりと話した。事実、姫子の打ち明け話に比べたら、小さな問題もいいところで、話しているうちに可南は何だか恥ずかしくなって、声も尻すぼみになっていた。そもそも流星とのことは、可南はもう諦めていて、悩んでさえいない。

「もっと詳しく話を聞かせてもらって、何ならうちが相談に乗ってもいいけど。でも、それじゃ、何だか世間話みたいになってしまうし、可南さんの悩みもすかっと解決しない」

「いえ、姫子さんに相談に乗っていただいても構わないんですよ」

「ううん、やっぱりノノ様がいい。ノノ様と話したら、可南さんの迷いなんてすいっと消えるから」

「すみません。本当につまらないご相談ごとで」

「悩みというのはそういうものよ。傍の人間からすれば小さなことに思えても、それで測れるものじゃない。本人にとっての重さが問題なんだから」

「はあ」

いつの間にか嘆息するような相槌になっていることに気がついて、可南は自分でも情けない気持ちになった。正直、ノノ様、こと天子市子との約束を取りつけず、このまま家に帰りたいような心地だった。敵はさるもの、男を、種つけ馬と考えている人種、一族だ。あまり闘いたい相手とは言えない。

「どうかご無理のないように」

できれば逃げだしたいという思いで可南は言った。

「ほかならぬお隣さんのこと、ノノ様だって知らん顔はせん。幾らでも時間は作ってくれるわよ」

「こんなことお伺いするのも何ですけど、ぶっちゃけ、相談料はお幾らぐらい包んだらいいんでしょうか」

「お気持ち次第。それが基本だけど、お隣さんだもの、一件につき千円でいい」

お気持ち次第——可南の苦手とする言葉だった。嫌いな言葉と言っていいかもしれない。一件千円と明確に言ってもらえたのは大いに有り難かったが、近隣の天子信奉者たちは、いったい幾ら包んでいるのだろうかと、可南は胸の内で考えたりもしていた。三千円、五千円、それとも一万円——いや、もっと?

「で、可南さんはいつがご都合いいの?」

「時間なら私、かなり自由が利きます。土、日、祝日だと確実ですけど、平日でも時間は作れますから、ノノ様のご都合に合わせます」

「わかった。じゃあ、今日私がノノ様と話してみて、日時を決めて可南さんに報せるね。それでいい?」

「はい」

「一件千円。うちが言うのもどうかと思うけど、これはお値打ちよ」

「そうですよね。何だか申し訳ないみたいです。金額を明示していただけるのも助かりますけど、千円という安い料金で見ていただけるのも、本当に有り難いです。助かります」

「ほな、今晩にでも、可南さんのケイタイに電話入れるわ。留守電になってたら、吹き込んでおく。ああ、その時はショートメールで報せた方がいいね。もしもその日、可南さんのご都合が悪いようだったら、その旨連絡ちょうだい。また調整するけえ」

「はい。ありがとうございます。お手数をおかけしますが、よろしくお願いします」

天子家から戻って、姫子から電話があった夜の八時半頃まで、可南は何とも憂鬱で落ち着かない気分でいた。

「来週の土曜の午後はどう？　それだとノノ様の都合がいいみたいなんだけど」

姫子からのそんな電話で、市子との面談は来週末の土曜日、午後二時と決まった。

(しかし、永松先生も無理言うよなあ)

姫子から電話を受けた後も、可南の憂鬱な気分はすっきりとは晴れていかなかった。もちろん、市子に会うのも気が重いが、何だか姫子を騙《だま》しているようで気が引けたということもある。可南は相談ごとがある訳ではない。市子のこと、天子家のことが探りたくて、市子と会おうとしている。それが偽らざるところなのだから。

しかし、日時はもう決まってしまった。こうなった以上は、覚悟を決めて天子市子に会うしかない。

(歩き巫女の証、蠱毒壺ねえ……。初回じゃやっぱり無理だ。私、そこまで踏み込めそうにない。いきなりこっちからそれを言うのも妙な話だし。警戒されるのは得策とは言えない)

「いいか、榊君。冷静かつ客観的な目で見てくるんだよ。取材だと思って」

可南を家から送りだす時に永松が言った駄目押しのような言葉が、自然と思い出されていた。

3

十月十九日の土曜日、約束の午後二時少し前に、可南は天子家を訪れた。地がクリーム色のカットソーにロング丈のグリーンのスカート。まあまあ失礼のない恰好をして訪ねたつもりだ。可南が最初に訪ねたのは母屋だ。まずは姫子がにこやかに可南を迎えてくれた。

「いらっしゃーい。ノノ様は離れにいるけん、うちが一緒に離れまで行くわ。そこで私の役目は終わり。あとは可南さん、ノノ様と二人でゆっくり話して」

「何せ千円です。時間制限とかあるんでしょうか」可南は訊いた。「たとえば四十五分とか一時間とか」

「べつに決まってないわよ。ノノ様が話すべきことを話したら終わり。そんなところやね。人や相談ごとによっても違うし、込み入った事情があるような相談ごとだと時間もかかる。たとえば口寄せをお願いするとなると、どうしたって長くなる。そういう場合は、事前にその旨、ある程度は言ってもらわないと」

「そうなんですね。わかりました」

かくしていよいよ離れの市子の居室に入った。和室だ。香が焚《た》かれているのかいい匂いがした。美絵が言った通り御簾があって、その向こう側の少し高いところに巫女姿の市子が、やんごとなき人の如く座っていた。御簾の向こうなのに、ぼんぼりが灯ったように姿がこちらの目に見えるのが不思議だった。

「今日はお忙しいところ、お世話をおかけいたします。私、隣の榊です。紫苑の双子の妹の榊可南です」

可南が簡単な挨拶をすると、御簾が上げられ、市子が姿を現した。

（うわ、髪の色も瞳の色も真っ黒。濃い～）

艶やかな長い髪と黒い瞳。ことにその瞳は深く、漆黒《しっこく》の闇を覗いているような心地になった。じっと見つめてはならない種類の目。そんなことをしたら、忽《たちま》ちのうちにその瞳の奥に引きずり込まれてしまう。きれいだが、怖い瞳でもあった。そして彼女はやはり白い。肌の色もだが、からだの周りに白い光を纏っているかのように見える。

（オーラ。そう言うしかほかにないよね）

可南は心で呟いた。

「可南さんにはお祭りの時に一度お目にかかったかと。改めまして、わたくし、第三十一代、天子市子でございます」

畳に両手の指を軽くついて、少し頭を下げながら市子が言った。

「ご丁寧にどうも。今日はどうぞよろしくお願いいたします」

「可南さんは、今、おつき合いなさっている歳下の男性とのことで、何やら相談があるとか。そこまでは姫子から聞いております」

市子が低く通る声で言った。

「何と言うか、実はもう半分諦めていて、市子様にご相談するようなことでもないんですけど」

つい本音が口から漏れる。

「その男性の姓名、生年月日をその紙に記してください。可南さんの生年月日も」

「はい」

流星と自分の生年月日を記し、その紙を市子に渡す。

「まずは祝詞を上げて邪気を祓い、霊視の準備に入ります」

そう言うと、市子は「掛巻も〜」から始まる祝詞を唱えたが、中盤、後半は、前に聞いたものとは違っていた。この時可南は胸の内で舌打ちをして後悔した。どうしてICレコーダーを持ってこようと思いつかなかったか。スマホのレコーダーアプリをオンにしておかなかったか――後の祭りもいいところだ。

そう長い祝詞ではなく、可南がそんなことを考えているうちにそれは終わった。

「流星さんと呼ばせていただきますけど、可南さんと流星さんは、五つ歳が違うんですね。可南さんが五つ歳上。流星さんは今年二十九歳」

「はい」

「私の見立てによれば、五つばかりの歳の差を、気にかける必要はどこにもない。アータは流星さんに対して、自分の思ったことを忌憚《きたん》なく口にすればいい」

「私、困ったことに、彼の粗《あら》ばかりが気になってしまうんです。正直にそれを彼に対して口にしたら、歳上女の上から目線のもの言いになりそうで」

「それはアータが思っとること。向こうはそれほどとは思っておらんよ」

「そうでしょうか。時々ちょっと気に障ったような顔をして、黙ってしまったりしますけど」

「二十九歳、これがいけんのよ」

「え？」

「あと七ヵ月かそこらじゃね。流星さんが三十になったら、同じ三十代同士、どうということもなくなる。三十であろうが三十五であろうが、同じ三十代。流星さんも三十の誕生日を迎えたら変わる」

「どう変わるんでしょうか」

市子によれば、「俺も三十になったんだ」「そろそろ一人前の男にならなければ」といった覚悟が流星の側にもできて、可南と対等という意識で話をするようになる――。

「そうでしょうか」

「そんなもんよ。男の二十九は微妙じゃけんね。恐らく流星さんはまだ二十五、六の気分や気持ちでおるんじゃろ。だから、可南さんの言ったことに、たまにカチンとくる。でも、根は浅い。怒り、不愉快の根ね。流星さんは可南さんのことが好きだわ。少し待ってあげたら、関係性は緊密に近づいていく」

「はあ」

「可南さん、声にはださず、心のなかでいつものように彼の名前を三回大きな声で呼んでみ。いい？大きな声でよ」

「はい」

可南は市子に言われるままに、心で「流星君、流星君、流星君」と大きな声で叫んだ。流星君――知り合った時が二十六歳だったので、その時の呼称を引きずったまま、可南はまだ彼を流星君と呼んでいる。

「流星君ねえ」可南の目をじっと見つめて市子が言った。「その呼び方、変えられん？　肝心のアー夕がそう呼んでいるうちは、歳の差が消滅せんから」

これには可南も少しばかり驚いた。市子には可南が心で「流星君」と呼んでいる声が聞こえたのだろうか。

「加えて言うなら、流星さんの親御さんは、何で流星なんぞという名前をつけたんじゃろ。私はそこに少々引っかかる。流れるという字は名前に使わない方が無難なんよ。多くのことがかたちにならずに枝分かれしたり流れてしまうことになりかねない。可南さん、それと同じように、大事な人から真珠や珊瑚《さんご》はもらったらいけんよ。海のものは海に流れる。その人との縁も流れる」

「はい、気をつけます」

「それに、流れ星は願いを叶えるとも言われるけど、どちらかというと凶兆なんよ。あまりいいものではない。箒星《ほうきぼし》がそのいい例だけど。私なら、息子に流星とはつけんね。芸名ならべつだけど」

流星は、二度会社を変わっている。三度目に就職した会社に勤め始めて二年というところ。来年三十になろうというのに、まだぺえぺえだ。腰が定まらないからそういうことになる。そこも当たっているような気がした。

「何を言ったところで、ご本人さんは改名まではしないだろうから、可南さんが流星さんを呼ぶ時は、心のなかで『隆星』とイメージして呼んだらいい。隆盛《りゅうせい》の隆《りゅう》、西郷隆盛《さいごうたかもり》の隆がいいじゃろう」

「心でイメージ。それで変わるものですか」

「ま、無言の言霊《ことだま》じゃね」

「言霊……なるほど」

言ってしまってから、段々市子の話の流れに乗りかけている自分に気づいていてわれを戒めた。永松の言葉を胸で呟く。冷静かつ客観的に。これは取材——。

「彼の気持ちはまだ可南さんにある。私には、問題は可南さんの側にあるように思える」市子が言った。「可南さん、流星さんのこと、好き？　私に伝わってくるものは何やら薄い。もうそれほど好きでもないんじゃないのかいね。だったら私は、彼が三十になるのを待たずに、新しい人を探すことをお薦めするけど。可南さんは賢いし、しっかりもしている。おまけに美人さんじゃ。相手なんて幾らでもおるじゃろ。対等にやり合える男性が、アータを待っている気がする」

流星にさほど愛情を覚えてもいなければ未練もまたない——それも見透かされたような気がした。

「だとしたら、アータが終止符を打たんと。流星さんの方はいつまでもぐずぐずしとって、自分からは行動を起こさんよ。『さよなら』を言うのは可南さんの役目じゃわね」

「でも、対等にやり合えるような次の人が、そう簡単に見つかるものでしょうか。私、あんまり自信がないんですけど」

「見つかる、見つかる。何なら私が見つけてやってもええし」

「えっ」

結婚相談所か仲人のような真似までするのかと可南はびっくりして言った。

「アータに相応しい人。どこかひとつ、可南さんが尊敬できるような人やね」

「具体的には……」

「可南さん、アータ、お父様が好きじゃろ？　お母様よりお父様を信用しとるし敬愛しとる。それはお父様が何かひとつ、アータが尊敬できるようなものを持ってるからじゃない？」

これまたズバリだ。現実的で、物事を客観的に見ることのできる康平を、或いは康平の目や判断を、可南は美絵のそれより信用している。投資におけるいわゆる相場勘もなかなかたいしたものだ。だから可南も紫苑も月に二万しか家にお金を入れずに済まされている。加えて、もともと可南は康平とは気が合う。康平は、現実派でありながらも、昔は歴史にも詳しくて、榊家では唯一その種の話が通じる相手でもある。かたや紫苑は美絵と仲がよい。二人ともペチャクチャと、気楽なお喋りを長々とするのが好きなのだ。双子というのはおかしなものだ。

「すみません、何か溜息でました」可南は言った。「言い当てられてるなと思って」

「今日はもうひとつだけ言うておく。アータ、神を試したらいけんよ。キリスト教でも聖書に書かれとるじゃろ。悪魔は人を試すことをしても、神は人を試すことはしない。人間は神を象《かたど》って作られたもの。人や神を試せば、アータは悪魔になる」

これは些か無理のあるこじつけにも思えたが、可南には市子を試そうとして、こうして会いにやってきたという負い目がある。そこを突かれたような気持ちになったことは事実だった。

「今日のところは浅い霊視。この一件、可南さんが本気でないけえ、託宣も卜占も意味がないよって」

市子はあっさりとそう言った。怒っているふうはまったくなかった。終始背筋を伸ばした姿勢に凛《りん》とした表情。顔だちがよく、何やら輝いていて本当に美しい人なのだ。それに何と言っても市子の瞳。漆黒の闇を思わせるとともに、暗闇の先にある世界を想像させる。だんだん可南は、六十八歳の市子の容貌と瞳だけでも大きな意味と価値があるような気持ちになっていた。しかも、市子は的外れなことはひとつも言っていない。的をそこそこ大きくするならば、かなり当たっていると言ってもいい。

「またよーく考えて、何か答えのでないことがあったら、いつでもおいでなさい。——ああ、それから姫子のこと。あれはちょっとお喋りが過ぎるところがあるんで、姫子がアータに話したことは、ほかの人には話さんようにして。悪い子じゃない。何しろうちが産んだ実の娘じゃけえ。だから、これからも姫子と仲ようしてやってな。あの子は可南さんのことが好きじゃから」

「こちらこそよろしくお願いしますと、頭を下げたい気持ちです」

「そう？　ならよかった。じゃあ、今日の面談はこれで終わりとしましょう。可南さんは母屋に寄って、姫子とお茶でも飲んでお帰りなさい」

「あ、はい。そうさせていただきます」

可南はごく自然に市子の言葉を受け入れ、それに従っていた。

(市子さん、それなりに霊感の類はあると言っていいんじゃないかな)

離れを出て母屋に向かいながら、可南は心で呟いていた。

(あの人の前に出たら、嘘なんかつけない。っていうか、嘘なんかあの目ですぐに見透かされてしまいそう。いや、見透かされた感じがした)

一方で、これこそ市子の罠《わな》なのではないかと思ったりする冷静さを、可南は完全には失っていなかった。自分の容姿、瞳、声……それが人に与える印象、影響を、市子はよくよく承知している。だから、人を魅了することもできれば操ることもできる。相手によってやり方、話の道筋を変えて誑《たぶら》かす。

(それにしても圧倒的なオーラ。白いんだもの。白いひと)

可南はまた溜息をついていた。凄いのが隣にやってきたぞ——。

4

可南は市子との面談を終えた後、市子に言われたように、姫子と三十分ほどお茶をしてから家へと戻ってきた。

「どうだった、ノノ様との話は？」

姫子に訊かれて、可南は一度唸ってから言った。

「市子様、存在感がもの凄く強くて。白い。それに瞳。真っ黒で深いですねえ。あの目で見つめられたら――」

「うふふ」それを聞いて姫子は笑った。「嘘なんかつけんような心地になるじゃろ。うちら家族だってそうよ」

「何か輝いてますよね」

「天子市子になると、なぜかああなる。もしも継子姉さんが天子市子を継いだら、継子姉さんもだんだんあんなふうになるんじゃろうね。白く光って見えるような感じに」

「じゃあ、姫子さんが継いだとしたら？」

「うちもそうなる。それが天子市子というものなんよ。人の目を惹きつけて逸らさない」

訳がわかったようなわからないような話を姫子から聞いてから、可南は家に帰った。家に上がると紫苑に話しかけられたが、「ごめん。私、今、ちょっと考えごと中」と言って二階に上がってしまった。

姫子が夫以外の男の子供を身籠もったこと。お胎の子供は女の子だと確信していて、非常に喜んでいること。このことは夫の梅男もだが、市子も承知していること……。いろいろと康平に報告すべきことがあったが、可南はまだ話せていなかったし、すぐには康平に電話をしようという気持ちにもなれなかった。だって市子は可南に言った。

「ああ、それから姫子のこと。あれはちょっとお喋りが過ぎるところがあるんで、姫子がアータに話したことは、ほかの人には話さんようにして」

公のようでいて秘密。それは現代社会のモラルに背《そむ》く種類のことだし、聞いた人全員の理解を得られることでもないからだろう。姫子は可南が好きだから話した。可南ならわかってくれるし他人にも話すまいと思ったから打ち明けた——。

（あー、それを軽々に人に話す訳にはいかない。でも、私は知っちゃった。秘密を抱えてるって、結構キツい）

　頭を抱えるような気持ちで心で呟いてから、可南は何かが間違っているような気持ちになった。もっと言うなら可南自身の思考の軸自体に間違いが生じかけている。天子市子に会って、可南は彼女に何か特別なもの、ふつうの人とは異なるものを感じた。あれこれ言い当てられたようで、ある種の恐れさえ覚え始めている。客観的に見るなら、それが可南の実状だ。

「二十九歳、これがいけんのよ。……流星さんも三十の誕生日を迎えたら変わる。……恐らく流星さんはまだ二十五、六の気分や気持ちでおるんじゃろ」

「流星君ねえ。その呼び方、変えられん？　肝心のアータがそう呼んでいるうちは、歳の差が消滅せんから」

「流星さんの親御さんは、何で流星なんぞという名前をつけたんじゃろ。……流れるという字は名前に使わない方が無難なんよ。多くのことがかたちにならずに枝分かれしたり流れてしまうことになりかねない」

「可南さん、流星さんのこと、好き？　……もうそれほど好きでもないんじゃないのかいね」

「可南さん、アータ、お父様が好きじゃろ？　お母様よりお父様を信用しとるし敬愛しとる」

「アータ、神を試したらいけんよ。……人や神を試せば、アータは悪魔になる」

……

（あー、やだなあ。やっぱり言い当てられている気がする。参ったな、まったく）

可南は市子の言葉を頭で反芻して、溜息をついて項垂《うなだ》れた。しかし、そこに間違いがある。自分は溜息をついたり項垂れたりしていてはいけないのだとも思った。市子が口にした言葉は当たっている——そう思ってしまったら、可南は市子の思う壺。プチ信者になってしまうし、彼女に操られてしまう。そんな呪縛の罠にはまってはいけないし、そこに市子の作為があることを、ゆめ忘れてはならない。

（でも、何で私が「流星君」と呼んでいることまでわかるかなあ。そこにも何か仕掛けがある。そういうこと？）

可南は心で自問した。

（相手はただ者じゃない。大変な嘘つきにして詐欺師。そうとでも思ってかかっていかなきゃ、こっちが呑み込まれちゃう）

そして、自答、自分なりの答えを心で呟く。可南にはまだそのからくりの仕組みが見えていないのだが、頭から疑ってかかるぐらいでないと、市子、それに天子家の面々とは太刀打ちできない。負けてしまう。意識的に可南はそう思い直した。何しろ相手は千二百年前から続く一族、頭に超の字のつくほどの海千山千だ。人を上手に取り込むことで暮らしを営んできたと言っていい。姫子は自分に好意を抱いてくれているというのに、喋れば姫子を裏切ることになるとか、市子から「ほかの人には話さんようにして」と釘を刺される恰好で口止めされたからとか、向こうは可南が考えそうなことを先に読んで言ってきているし、そういう流れに持ってきているのだ。自分の思考回路を切り替えてギアチェンジを図らねば、あちらの策にはまってしまう。

（リリーはともかく、お母さんも紫苑も、それでハマっちゃった。早い話が、実は心理を読まれて操られているのよね。しかし、一度かそこら会っただけで虜になるとは、お母さんも紫苑も情けないよ）

「可南さん、アータ、お父様が好きじゃろ？　お母様よりお父様を信用しとるし敬愛しとる」

また耳に市子の言葉が甦《よみがえ》って、ジレンマに陥りかける。いかんいかんと言って市子の言葉をはたき落とそうとするように、可南は頭を続けて横に振った。

可南が最初に話すとしたら康平――それも読んだうえで、市子は可南にそう言ったと考えるべきだ。

「絶対操り人形にはならないこと！」

声にだして自分に言ってから、可南はスマホを手に取った。決めたからには即実行。そうでもしなかったら、またあれこれと市子の言葉が思い出されて邪魔をされ、うじうじと時を過ごしてしまう。可南としても間を置きたくなかったのだ。悪い方、悪い方に考えよう――可南は思った。市子は可南に康平と相談や話をしてほしくなくて、敢えて釘を刺した。即ちそれは、市子の側も、榊家で自分たちの敵になる人間がいるとしたら、それは家長の康平だと思っているということだ。可南はまだまだナメられている。あちらは康平を最も警戒している――可南はそう思うことにした。

「あっ、お父さん。よかった、今日はすぐにお父さんがでた。ということは、もうお宝探しは切り上げたってことね。それは何より。私、お父さんにいろいろ話したいことがあるのよ。実は私、今日、天子市子と差しで会ってきてね。それよか姫子さんがご主人とはべつの男の人の子供を身籠もった話を先にしようかな。しかし、それにしても天子市子って、やっぱりたいしたタマだと思ったわ。白いのよね。それに瞳が漆黒の闇のように真っ黒」

「可南、可南、まあちょっと落ち着け」電話の向こうの康平がいなすように言った。「話がごちゃ混ぜになってる。整理して話しなさい。でないとこちらもついていけない」

「あ、ごめん、ごめん。何しろ、さっき市子さんに会ってきたばかりなもんだから。その印象が強烈なもんで」

「まあちょっと落ち着け」という康平の言葉を繰り返すように、可南は自分に向かって「落ち着け、落ち着け」と言っていた。事柄を分けて整理して康平に話そうというよりも、康平に話すことで可南は自分の頭の整理したかった。

「じゃあさ、まずは姫子さんの件から話すね。天子市子のことは、その後に。姫子さんの一件は、実は天子市子から口止めされてはいるんだけど」

「ほら、またごちゃ混ぜになってる」

「ああ、ごめん。まずは姫子さんの話ね。私は彼女本人から聞いたんだけど、姫子さんご懐妊との由。四ヵ月過ぎたんだって。姫子さん、赤ちゃんは女の子だと確信していて上機嫌。それが何と、どうやらご主人の梅男さんの子供じゃないらしいのよ。父親はべつの男性なんですって。姫子さん、悪びれるでもなく、私にはしゃあしゃあとそう打ち明けた」

姫子が妊娠しているという話をするだけでも、十分ほどを要しただろうか。それは話の途中途中に、「びっくりした」だの「驚くなかれ」だの、可南なりの感情を伝える言葉が何度も加えられたということも手伝ってる。

「それじゃご主人の梅男さんも、天子家家長である市子さんも、姫子さんが梅男さんとは別の男性の子供をお胎に宿したことを承知している訳だ」

「そういうこと。母親である市子さんにはこっそり話すにしても、ふつう自分の夫にそんなこと言える？」

「まあ、本人がそう言うんだから、言ったんだろうな。梅男さんはそれを受け入れるし、それに甘んじるという確信のもとに」

「だらしないよね、梅男さん」

「その姫子さんのお胎の子供の実の父親だけど、三姉妹や例の美女軍団に釣られた魚のなかから選んだんだろうか」

「私はそう思う。客のなかの誰か。女の子を産ませることを得意としている人」

「こんなことを言うと、昔ならば不敬罪に問われるところかもしれないが、天皇家にしたってそうだし、武将にしたってそうだ。いわゆる側室を持つことで、自分の血筋をつないだ訳だから。千二百年以上も続く女系の家柄なら、現在に至る過程で、そうしたことはあったんだろう。前例がさ」

　血筋を保つということに関しては、昔の方が開けっ広げだったとも言える。現代社会のモラルには反する話だが、姫子にしてみれば言わば男の側室、夫以外の男の種を宿したなどという話は本当のところ、べつに秘密でも何でもないのかもしれない。

「それで姫子さんも私に、そんな秘密をあっけらかんと話したのかな」

「そこだ」康平は言った。「そこを考える必要がある」

「どういうこと？」

「可南は、姫子さんが自分に親しみを覚えていて、だからこそ、ほかの人には話すことができない秘密も話してくれたと考える。姫子さんとの関係は親密。その秘密を誰かに話せば、姫子さんの信頼を裏切ることになるし、親密な関係を壊すことにもなる」

「うん。一度は私もそう思った。だから、実のところお父さんに報告するのにも、少しばかり迷ったのよね」

「それがあちらの狙いだとしたら？」

「えっ」

「姫子さんもだが、むろん市子さんは、可南が姫子さんと友だち関係になりたくて姫子さんのところにやってきているのではなくて、本当のところは天子家に関する情報が得たくてやってきていることに気づいてるんじゃないか」

「――」

可南が秘密の共有者となって、ある意味姫子の側に立ち、ものが言えなくするのがあちらの狙い。康平はそう仮定してみせた。

「さすがお父さん」

可南は言った。

可南は、ほぼ手放しで天子家の転入を歓迎している紫苑や美絵とは違う。だから、市子は、紫苑や美絵たち天子シンパに対するのとは異なったやり方で可南を取り込む策にでた。

「もう私の本心は市子さんに見透かされている訳だ。あの人、やっぱりふつうの人とは違うからね。天子市子との差しでの遣り取りについてはこれから順に話すけど、あの人には私の心の声が聞こえてるんじゃないか、事実、ある程度は人の心を見通す力があるんじゃないかと思わせるものがあるのよね」

「そう思う時点で、相手に負けている。取り込まれている」

「だって、姫子さんにも話してもいないようなことも言い当てるのよ。例えば……」

可南は、笹野流星の件をひとつの例として康平に話したし、美絵より康平を信頼していることも指摘されたと話した。

「お父さんに報告するには、私もとにかく頭を切り換えて、あの人は大嘘つきで詐欺師なんだと、自分自身に言い聞かせなきゃならなかった」

電話の向こうの康平が、「うむ」と大きく頷いたのが、こちらでスマホを耳に当てていてもわかった。そして康平は、そうでなくてはならないと、強めの調子で可南に言った。

「可南が言うように、お隣さんが歩き巫女の一族、それも千二百年以上も前からの歩き巫女の一族で、今の天子市子が家長となってからも、全国各地を転々としてきたとすれば、宮崎、福岡、秋田、広島……行く先々で、巫女本来の務めを果たす一方で、人を欺き誑かして生きる糧を得てきた可能性も否定できない一族だ。そもそも私は、口寄せだの託宣だのを信じていない。巫女としてそれをやるだけで、私からすれば詐欺に等しい。とにかく、敵はさるもの、そう思ってかかった方がいい。天子市子も詐欺師なら、美人三姉妹も詐欺師、それに連なる夫たちも詐欺師。ぽろっと本当のことを口にするのは、紹子ちゃんと言ったっけ、リリーと同級生の一番歳下のお嬢さんぐらいのもので、もう十八にもなるお嬢さんは、大人並みに考えた方がいい。十五歳のお嬢さんにしたって油断ならない」

「何かやっと私の危機感を共有してくれる人が見つかったみたいで嬉しい」

可南は自然と顔に笑みを浮かべていた。ああ、お父さんに電話してよかった――。

それから可南は、市子が自分に何を言ったか、もっと言うなら、どんなことを口にすることで可南に自分の心やありようが見透かされていると思わせたかを、康平に語った。

「私たち一般人にとってもそうだが、そういう人間たちにとってはもっと、情報は命。情報が命運を握り、勝ち負けを分けると言ってもいい」可南の話をひと通り聞いてから康平は冷静な口調で言った。「先方の情報キャッチ欲求と能力は、私たち以上、いや、遥かに強いと思った方がいいな。そう考えれば、答えのでないことでもない」

「答えがでないこともない？　どういう答え？」

「例えば、可南に関する情報源は紫苑、そう仮定して考えてみたらどうなる？」

「紫苑が私の情報をリークするなんて。私は紫苑にもリリーにも、私がお隣さんを疑ったり探ったりしていることは絶対に秘密、私を裏切らないでよねって、きっちり釘を刺してあるのよ」

「紫苑は、自分が可南の情報をリークしていると気づいていない可能性もある」

「ん？」

思わず可南は額の辺りを翳らせて眉間《みけん》に皺を寄せた。また「例えば」の話になるけれど、と前置きしてから、康平は電話の向こうで紫苑と亜子の会話を再現してみせた。


「紫苑さんはバツイチのシングルマザーだけど、可南さんは？　結婚なさったことは？　……ああ、ないんだ。この先、その予定とかあるの？　紫苑さんそっくりの美人さんだから、つき合う男性に不自由することはないと思うんだけど」

「可南は歳下の男性とつき合っているんですけど、その人と結婚はしないんじゃないかと。私はそう見てます」

「どうして？」

「たった五つの歳の差なんですけど、当の可南がそれを乗り越えられずにいるような有様で。未だに彼のことを『流星君』『流星君』って呼んで。自分で歳の壁や落差を作っちゃってるんです」

「リョウセイ君……」

「いえ、流星。流れるに星で流星」

「ああ、流れ星の流星君」

「可南の場合、べつの人を探した方が、事は早いんじゃないかと。このところその流星君ともあまり会っていない様子だし、可南も彼にそれほどの思いはないみたいなんで」

「ふうん。なら、どういう人がいいんだろうか」

「そうですね。次は結構歳上の人がいいかもしれません。可南は少しファーザーコンプレックス気味のところがあるので」

「な？　これだけの会話で、流れ星と書いて流星という名前の歳下の交際相手がいて、可南は彼を『流星君』と呼んでいること、流星君との結婚の見込みはないし、可南の思い入れも大してないこと。それに、父親である私を信頼してまあ慕っていること。一遍に幾つものことがわかる」

「うーん」可南は唸った。「しかし、お父さんもよく自分で言うよね。ファーザーコンプレックスだなんて。お父さんのことは好きだけど、私はファザコンじゃありませんからね」

「ま、話だ。話の流れとしてはそんなかな、と」

康平は、相手は紫苑の言葉の端もしっかりと捉えて、情報は残らずキャッチするに違いないし、何よりも大切な情報を、決して忘れることなく記憶するだろうと可南に告げた。

「リリーがお隣さんに遊びにいっていろいろ話したことだって、一言一句、捉えて忘れずにいるよ、きっと」

「わ、リリーも情報源？」

「子供の方が正直だし、子供の他愛のない話のなかに、その家の情報や実状はいっぱい詰まってるからな」

「参ったな。それじゃ私が紫苑たちと違って、天子家を手放しで歓迎している訳じゃないこともバレているって考えた方がいいんだ。姫子さんと親しくしているのも、実は上辺《うわべ》だけのことで、天子家を探るのが本当の目的だってことも」

「たぶん。だからこそ、市子さんはお前に言った訳だよ。『アータ、神を試したらいけんよ。……人や神を試せば、アータは悪魔になる』って。つまりは自分たちを本物かどうか試したら駄目だと言っている。自分たちは神とつながっているんだから、天子市子はじめ天子家の人間を、神のように信じなさいと」

「うわ」

現段階ではあくまでも康平の推測に過ぎない。でも、可南は、康平はそう間違ってはいないし、情報の入手手段は、きっとそんなようなことだったに違いないと思った。

「情報には非常に敏感だし、一度目にしたこと、耳にしたことは、確《しか》と捉えて記憶する」

「恐るべし天子一族。現代版稗田阿礼《ひえだのあれ》だね」

「稗田阿礼とは、可南はまた思い切り古いことを言うな。それ、『古事記《こじき》』の話だろう」

「うん。それにしても、獅子身中の虫みたいな話だよね。紫苑はその意識もなければ悪気もなく、情報を漏らしてる。このうえお母さんが家に帰ってきて、ちょくちょくお隣さんに行くようになったら、うちの情報はただ漏れだ。お母さんは呑気なお喋りさんだから」

「はは。確かにお母さんは無警戒にべらべら喋るだろうな。注意しても駄目。あれは癖だから」

「笑いごとじゃない。頭痛いわ。お母さんには帰ってきてほしいようなほしくないような。――で、結局のところお父さんたちは、いったいいつ帰ってこられそうなの？」

「墓終いまで済ませて、十一月の半ばには帰る」

「ということは、もう一ヵ月ないわね。よかった。それなら何とか頑張れそう。私は向こうの術中にはまった振りをして、諜報活動を続ける」

「しかし、今時千二百年前からの歩き巫女の一族ねえ。私にはまだ夢物語のように思えるけど」

「だからこそ、なるべく早く帰ってきてもらって、実態を把握してほしいのよ」

もしもこの康平との遣り取りを、紫苑の前で正確に再現してみせたとしても、紫苑の気持ちは揺るぐことなく変わらない気がする。紫苑が言うことならわかっている。

「お隣さんがうちに何かした？　何もしてない。そうでしょ？　だったら何の問題もないじゃないの」

実際そうだしその通りなのだ。今のところ榊家の被害は、何ひとつとしてない。寧《むし》ろ放課後の梨里の遊び場がお隣という近くにできて、紫苑も可南も安心していられるようになった。だから紫苑が言うことにも一理ある。とはいえ、古くからの住人で、隣の地主でもある大場家にとっては、天子家は甚《はなは》だ迷惑にして厄介。極めて困った存在であることは、動かし難い事実だ。

(私の心配のし過ぎとは言えない。何をしでかすやらわからない人たち。うちにとっても、いつ厄介な存在になるかわかったものじゃないわよ)

ここはやはり長年の住人、大場家側につくべきだし、隣家の胡散臭さをしっかりと把握しておくべきだと、可南は自分に言い聞かせるように心で呟いた。

(お父さんのように考えれば、だいたいの謎は解ける。大したからくりじゃない。うかうかとあの人たちに誑かされては駄目よ)

紫苑からすればより理解不能だろうが、何故自分がそれほど天子一族を警戒し嫌うのか、実のところ可南は自分でもよくわかっていない。それでも言えることはある。

(天子市子の有無を言わせぬオーラを凌駕《りようが》するほどの圧倒的な違和感)

可南は改めて自分の思いを確認するように心で言った。

どうあっても無視できない自分のなかの強くて大きな違和感——可南のなかに厳然としてそれがあることだけは間違いなかった。

5

※後藤田悦子――

「前に、越してきたばかりの松男さんがうちの樋を直してくれたって話はしたでしょ？　それだけじゃないの。年寄り二人きりの世帯だと知って、以来ちょくちょく顔をだしてくれてね、この間の台風十九号の前日には、自分からやってきて、庭の植木鉢の取り込みだのなんのをしてくれたし、窓にも養生テープをバッテンに貼ってくれた。物干し竿《ざお》も固定してくれたし。今度は板が反ってしまった勝手口の戸を、竹男さんと二人で直しにきてくれるって。そんなの申し訳ないから、いっそ一時間幾らとか一件幾らとか金額を提示してもらって、ちゃんとお金を支払った方がこちらとしても気が楽だと言ったら、松男さんはぎょっとしたような顔をしてから、にこにこ笑って『何を言うておられるやら。お隣さんといったら、親戚も同じ。何も気ィ遣うことはないんで、でんとしとってください。そもそもわしらが勝手にやっとることじゃけえ、気にしてもろうたらわしらが困るよって』って、そう言って。

松男さんだけじゃない。継子さんもだけど、承子ちゃんや紀子ちゃんも、時々顔を見せてくれるのよ。『クッキーを焼いたんで』とか『いただきもののお裾分け』とか言ってね。これといった用事もないのに、学校帰りに寄ってくれることもある。主人は八十六、私は八十三よ。十代の若い子が寄ってくれるような家じゃない。それなのにあの子たちは『おじさん』『おばさん』と懐いてくれて。改めて思ったけど、若い子って瑞々《みずみず》しくて本当にいいわね。うちにも孫はいるけど、息子のところの子供たちは、お嫁さんの家のお祖父ちゃん、お祖母ちゃんにただ甘やかされて、すっかりあっちに行っちゃった。向こうについていた方が居心地がいいから、今じゃ私たちなんかには洟《はな》も引っかけないわよ。で、娘は札幌でしょ。娘が帰ってこないんだから、孫が帰ってくる訳がない。そこにもってきて、何か急に可愛い孫たちができたみたいな感じ。

いいお隣さんに恵まれたことを、私は神様に感謝したい気持ち。向こうが受け取らないからお金で支払うこともできないのが、少しばかりもどかしいし申し訳ないけれど。松男さん、言うのよね。『時々御社にお参りしてもろうたら、それでいいです』『ノノ様にお伺いを立てる時だけ、千円ほどいただきますけんど、それ以外は一切要りませんけえ』って。だから、私、時々天子神社にお参りするようになったの。

まだノノ様にお伺いを立てるほどのことはないけど、これから主人が病気になるか私が病気になるか、揃って年寄りだから何が起きるかわからない。そんな時はノノ様に、當病平癒《とうびょうへいゆ》のお願いをして祈禱をしてもらうつもり。それに、できれば寝たきりなんかにならずにぽっくり逝きたいわねえ。もしも癌《がん》や悪い病気でも見つかったら、そんなお願いもしてみようかな、なんて思ったり。八十半ばの年寄りが考えることなんてそんなものよ。

神社と考えると規模は小さいけど、あそこは霊験《れいけん》あらたかな感じがするわ。お参りするとすっきりするし、夢見がいいのよね。こんなこと言ったら、何を馬鹿なことをと思われるかもしれないけど、あそこに行くようになってから、時々予知夢みたいなものを見ることもあって。何か起きても、ああ、知ってる、知ってる、夢で見たもの、なんて。

私はほかの人たちにも、そこに霊験あらたかな神社ができたことを知ってもらいたくて、夏のお祭りには来なかった露木さんの奥さんなんかを誘ったりしてみたり。天子さんとお知り合いになっておいて悪いことはないと思うもの。うちなんか、本当に助けられてる。最初は多少不審げだった主人も、最近では散歩の帰りにお参りしたりしているのよ。次のお祭りは十一月二十三日の新嘗祭ですってね。皇室では一世一度の大嘗祭《だいじょうさい》よね。令和になって初めての五穀豊穣祭だから。そういうことも、天子さんとお知り合いになって初めて知ったの。皇室では十一月十四、十五日にその行事を行なうそうだけど、天子さんは例年通り十一月二十三日にお祭りをするって。十一月のお祭りには、松男さんが何と言おうと、それなりの額を玉串料として包んで、お父さん――主人と一緒に、お祭りに参加させてもらおうと思っているの。十一月二十三日って言ったら、もうそんなに遠くないわね。きっと新嘗祭には、夏祭りの時よりもたくさんのかたが見えるわね。私、時々天子神社にお参りにきている近所のかた、何人か知っているもの。あ、天子神社でも、今回は大嘗祭って呼ぶのかしら。今度訊いてみよう。もちろん可南さん、榊家の皆さんも、ご参加なさるでしょ。新嘗祭って、大切なお祭りみたいよ。そのうち案内があるでしょうけど、参加されると神様のご加護が得られるから、必ずいらした方がいいわよ。やっぱりいいわねえ、神社は。お寺は自分か主人のお葬式の時にお世話になるだろうから、何だか気が塞ぐけど。何せ私と主人はその日が近いからね」

※袴田洋美《ひろみ》――

「そうよ、天子神社には、時々お邪魔して手を合わせているわよ。可南さん、よくご存じね。ええ、宇迦之御魂大神様を祀るお稲荷さんだってことも知ってるわ。亜子さんだったかな、三姉妹のどなたかから教えてもらった。何でもお稲荷さんって、ほかの神様よりも具体的でわかりやすいご利益《りやく》があるんですってね。目に見えてわかるご利益とでも言ったらいいか。ああ、そうね、現世《げんぜ》利益と言うのね。金儲けなんて神様にお願いしたら罰が当たりそうだけど、お稲荷さんの場合はそんなこともない。遠慮せずに何でもお願いしていいし、それが叶うっていうんだから、いいことずくめ。それにあそこ市寸島比売命《イチキシマヒメノミコト》もお祀りしているでしょ。市寸島比売命も商売繁盛の神様。どちらも現世利益にぴったり。

ええ、市子様にもお目にかかったわ。べつにこれといった悩みはないんだけど、うちは七十代の夫婦で、年金暮らしでしょ。子供もいない。夫婦二人、あまりお金のことを気にせずに、死ぬまで食べていければそれでいいの。さほど節約もせずにゆったりとね。一年に一度ぐらいは、そこそこ豪華な旅行にもいきたいし。それができるかどうか……というよりも、そんな生活ができますようにとお願いにいったというのが正直なところかしら。

何をお願いしてもお隣さん価格というのも有り難いわよね。千円なんて、本当にささやかな経費よ。それで願いが叶うのならば万々歳。

それにしてもおきれいなかたよね。何とも言えない艶と輝きがあって。からだはそう大きくないのに、どこかどっしりしていて貫禄がある。声も影響しているのかしら。対座していて『この人なら』と思っちゃった。何か頼れる感じがするのよね。主人も一度卜占っていうのかしら、未来を占ってもらいに伺うことになってるの。最初は少し渋っていたけど、会って話してみなければ、市子様が千里眼《せんりがん》の持ち主だってことが、実感としてわからないでしょ。だから、私が薦めたのよ。私なんかあれこれ見透かされちゃってどきどきしっ放しだった。

近所に守護神がやってきた——まるでそんな感じじゃね。三人の娘さんもおきれいだし、そのお子さんたちもきちんとしてらっしゃる。一番下の小学校四年生のお嬢さんまで礼儀正しくて。で、お婿さんたちは皆さん話しやすくて親しみが持てるし、おまけに何でも手助けしてくれるっていうじゃない。こんな便利で役に立つご近所さんも珍しいと思って。——あ、何か欲得ずくでおつき合いしているみたいで強欲だと思われそうね。べつにそういうことじゃなく、うちは榊さんのところも頼りにしているのよ。これまでは、何か相談にいくなら榊さんだなって思ってた。お父様、お母様は？　もうお宅に帰られたの？　もう少し？　そう。なら、新嘗祭には間に合うわね。大事なお祭りだから、大々的にやるって松男さんが。もちろん私は参加するわ。お祭り自体、今じゃどこもそれほどでもなくなっちゃってね、寂しい限りよ。簡略化されちゃってるというか地味というか。縁日にもこれといってべつに何もしないし、お祭りに露店もでない。私の子供の頃は、そう大きくない神社でも、お祭りをしていたし、それなりに非日常感やわくわく感があったわ。

小さいとはいえ、こんなお近くにしっかりとした神社ができるとはね。由緒正しい神社よ、あそこは。

え？　ご利益はあったのか？　――ふふ、まあね。何がどうとはお教えできないけど。とにかく大したかたよ、市子様は」

※茅野由香《ゆか》――

「あら、可南さん。こんにちは。久しぶりにお顔見た。このところ、ちょっとお見かけしなかったから、いよいよお嫁にいかれたのかと思ったりしてた。でも、違ったのね。まだ実家におられるんだ。まあねえ、女は結婚して子供を産めばいいってものじゃない。亭主選びを間違えて、シングルマザーになっても、苦労するばっかりだものね。自分ばかりか子供たちを食べさせるため、女が働くっていうのは大変なことだから。しかも子育てをしながらじゃ。どうせかなり切り詰めても暮らしはかつかつ。それじゃあしあわせとは言えない。ま、お姉様の紫苑さんは亭主選びは間違えたかもしれないけれど、出戻れるご実家があっただけ恵まれてるわね。そう言えばおチビさん、この間お見かけしたわ。お元気そうだし大きくなられたわね。親はなくても子は育つ。ああ、失礼。紫苑さんの場合は、片親だけでも子は育つか。

来栖さんのところには、ようやく新しいかたが入られて……。ちょっと変わったかたたちみたいだけど、空家のままよりはいいわよね。空家は何かと不用心だから。来栖さんも、よもや資朗さんの代で傾こうとは思いもしなかった、世のなか、いえ、人や家系ってわからないものね。来栖さんといえば、天下の大谷組の創業一族よ。それがひょっとしたら今じゃ、ネットカフェ難民になってるかも。一家三人でネットカフェは無理か。隠れるようにして安アパートででも暮らしてるのかしら。

おお、嫌だ。考えただけでご免。歳いってからの安アパート暮らしなんて考えられない。どうせ壁が薄いだろうから、隣の部屋の物音は聞こえるだろうし、狭苦しい。おまけに夜中にゴキブリなんかでようもんなら、私、卒倒しちゃうわ。

うちの主人、元銀行マンだったじゃない？　だから、こうなる前から危ない、危ないって言ってたのよね。資朗さんのやってる投資や投資会社のこと。元銀行マンからすればちょっと考えられないような、常識から外れたこと、そうね、まるで博打《ばくち》みたいなことをしているって。そのうち大変なことになる——よく言ってたわ。ま、うちの主人の言った通りになった訳だけど。

ああ、可南さんの勤めてらっしゃる会社、雑貨やコスメの輸入販売をしているのよね。ヨーロッパだと、どちらのブランド？　ええ、コスメ。えっ？　ドイツのハイマンとイタリアのカミラ。……知らない。やっぱりゲランやエスティローダーなんかは扱ってないのね。後は麗、レイ？　それって中国ブランドでしょ？　使えないぃ〜、私。一遍で肌荒れしちゃう。

あらあら、長話になっちゃった。今夜は主人と銀座に夕飯食べにいくことにしていて。『アルテミス』、ご存じ？　小さいけれど、若手天才シェフの話題のお店。創作料理というけれど、ま、イタリアンだわね。お水も三千円とお高いけど、美味しいわよぉ。あ、私、急いで帰って着替えなくちゃ。

こんな恰好じゃ、とても恥ずかしくて行けやしない。可南さんもCOMONのお惣菜とかの夕飯ばかりじゃなく、たまにはいいお店のディナー、目と心と舌で楽しんだ方がいいわよ。何と言ってもお肌にいいから。

え？　天子神社？　知ってる。でも、私は特段お参りにはいってないわ。またお祭りのご案内があったら、その時は伺うかもしれないけど。その時次第。

ああ、ごめんなさい。もうお話ししている時間が……。銀座の店、予約してるもんだから。それじゃあね。シングルマザーのお姉様にもよろしく」

※榊紫苑——

「うん？　ああ、昨日、行ってきたよ、お隣さん。亜子さんと学校や勉強のことで、いろいろと話があるのよ。相談。どうだろ、リリー、塾に通わせた方がいいかな。

ほらね、可南は子供がいなくて学校のことも小四の学習内容がどの程度かも知らないから、返事ができない。こういうことは、同じ歳の子供を持つママ友同士じゃないとね。まあ私は、ママ友って言葉はあんまり好きじゃなくて、使わないようにしているけど。雑魚《ざこ》ほど群れる、みたいな感じあるじゃんけ、ママ友って言葉？　そう思わん？

わかってる。余計な話はしてないわよ。家のことも可南のことも。リリーの話が中心。そりゃあ、前に、可南には歳下の交際相手がいるっていうことは、話のついでにしちゃったかもしれないけど……。鬼みたいな顔した可南にきつく注意されたから気をつけてる。あなたが鬼みたいな顔すると、私も怒った時はそういう顔しているんだろうなって思って、何か落ち込むのよね。そういう時、双子ってやだなと思う。

え、ノノ様？　いざとなったらお伺い立てるわよ。前にも一度、リリーのこと占ってもらった。リリー、案外強い星の下に生まれて、たとえ父親がいなくたって大丈夫だって。何よりもあの子の個性を大事にすることが一番。ただ、勉強はしっかりさせた方がいいらしい。もうさほど学歴社会じゃなくなってきているけど、基本はしっかり学んで、そのうえでパソコンだのＩＴだの早いうちから学習させれば、将来食べるに困らないけんって。だから、通わせるならふつうの塾じゃなくてパソコンスクールかなと思ったりもして、亜子さんとそんな相談も。リリー、学校の勉強にはついていけてるみたいだから。

うん？　それぐらいなら可南でもアドバイスできるって？　でもさ、何せ千円よ。うちはまさにお隣さんで特別価格で安いから、この際ノノ様に訊かなきゃ損ってもんでしょ。お隣って立場を、ある意味利用しなくちゃ勿体ないじゃん。また的を射たことを仰るのよね、ノノ様は。リリーは正則に会わせない方がいいだろうって。正則って、本来自分が庇護《ひご》者なのに、リリーで自分の寂しさを埋めたり自分の立ち位置を確認したり、どっちかっていうと、逆に精神的にリリーに凭《もた》れかかってるって。そういう父親は却って邪魔。それが結論。一刀両断、気持ちいいわねえ、そう言ってもらえると。さすが千二百年の歴史、第三十一代だけあるなあと感心するわ。亜子さんも継子さんも本当にいい人だし。いつも歓待してくれるんだけど、こちらに余計な気を遣わせないように、ちゃんと考えてくれてる。いいお隣さんよ。ケチつけることは何もない。

何？　壺？　そんなもの、見とらん。可南はさかんに『壺』『壺』と言うけど、本当のところ、あるかどうかもわからない。なのに、伝来の壺を見せてくださいとは言えんでしょ。それも……蠱毒壺だったっけ？　そんなの何か不気味で、あったとしても私、べつに見たくない。

あ、可南、茅野さんの奥さんに会ったんだ。どうせまた皮肉っぽいこと言いながらこっちを貶《おとし》めて、最後は自慢話をしてお終い――そんなところでしょ。察しがつくわ。お母さんが傘で顔を隠すのもわかるわよ。私もあの人と立ち話したくないもん。後に不愉快な気持ちが残るだけ。じゃろ？

安田さんの旦那さんにも遭遇したくないな。住宅地なのに、値段だけは高そうなマウンテンバイク乗ってすっと飛ばして、『オラオラーッ！』とか『どけよっ、コノヤローッ！』とか、私たち住人相手に暴言吐くんだもの。怖いよ。自転車も頭も言葉も何もかも、みんな暴走しているとしか思えない。あの人、お父さんより歳上でしょ？　六十六、七？　いい歳してまったく参るね。確か元証券マンだったよね。大手証券会社の営業マン。その頃のストレスが溜まってるのかもしれないけど。証券会社の営業マンって、客商売だしノルマもきついっていうから。しかし、それを近隣住人相手に発散されても困るよねえ。ゴミの捨て方も、相変わらず酷いんだって。安田さんちの向かいの小林《こばやし》さん、困ってた。安田さんのせいでカラスの餌場になって夜明けにカアカア起こされるし、道にゴミが散らかって汚いって。安田さん、旦那さんも奥さんも、自分ちのゴミが道に散乱してても平気らしい。だから、結局小林さんか飯野《いいの》さんが箒とチリ取り持って片づけなきゃならない。一遍町内会かなんかで吊《つ》るし上げなきゃ駄目だね、あの人。でも、後が怖いか。頭のネジ、二、三本飛んでるから。奥さんは表に出てこないで引っ込んでるけど、自分ちのゴミ掃除ぐらいには出てきてもよさそうなもんだ。あそこ、息子さんと娘さんがいなかったたっけ？　私たちと割と歳の近い。二人とも私立に通っていたから接点なかったけど。二人の姿、全然見かけないよね。まあ、あんな父親と一緒に暮らしたくはないわね。あの勢いで毎日怒鳴り散らされた日には敵わないもん。きっと出ていっちゃったんでしょうよ。安田さんのこと、誰かノノ様に相談してみたらいいのに。

はい、はい。本当に気をつけますよ。余計なことは言いません。リリーにもちゃんと言い聞かせてあります。でも、子供だから多少はね。そこはしょうがないじゃんか。大目に見てやって。

え？　『じゃんか』とか『じゃんけ』とか言ってる？　べつに気にすることないじゃん。それを基準に、私やリリーが洗脳されてるとか判断するのはやめてよ。言葉の癖ぐらい、多少は伝染る。それだけのこと。

リリー？　リリーならお隣。紹子ちゃんと一緒に宿題やってる。そのうち帰ってくるでしょう。だから、敢えて今、迎えにいく必要はない。可南は、リリーにもお隣さんと距離取らせたいのね。長くなるようだったら迎えにいきますよ。それでいいでしょ？　これ以上ガタガタ言わないで。もう私、聞かないよ」

※永松舎人――

「現代版稗田阿礼――榊君、相変わらずユニークな見方をするし、捉え方をするね。いやいや、あながち間違いではない。太安万侶《おおのやすまろ》が『古事記』を編纂《へんさん》するに当たって、その口述役を務めた稗田阿礼は、一度目にしたり耳にしたことは正確に記憶して忘れないという特技を持っていたというからね。優秀であったばかりか、そういう特殊な能力があったと言った方がいいかな。

私の名前は舎人、つまりは天皇の下で雑務に当たる下級役人を指す名称だけど、稗田阿礼は舎人だったという記述が残っているらしい。ふつう舎人は男の仕事なんだけど、稗田阿礼というと、何故か女性を思い浮かべるんだよね。――ああ、榊君もそう思ってたか。それもまたあながち間違いとは言えない。

阿礼――これも舎人と同じく、ある役職を指す名称なんだ。それが何と巫女なんだよ。驚いた？　だから稗田阿礼は、その能力を見込まれて、特別に舎人に抜擢《ばってき》された女性、巫女という見方が強い。私も稗田阿礼は女性だったと思うよ。神々のことに通じていたことからしても、たぶん巫女さんだったろうと思ってる。稗田阿礼の祖先は天宇受売命《アメノウズメノミコト》だったとか。そう、天《あめ》の岩屋戸《いわやど》に籠もった天照大御神を古代版ストリップで誘い出した天宇受売命。きっと神懸かりのストリップだったろうなあ。

巫女侮《あなど》るべからず。本当に神懸かりになるだけじゃなく、情報にはとりわけ敏感。大事にする。それは祢津の歩き巫女のことを思い出してもらえればわかると思うけど。だから〝くのいち〟なんて言われるんだね。事実、そうだったかもしれないし。

そうか。蠱毒壺に関しては、榊君はじめ、まだ家族のかた、どなたも見ていないんだ。それはちょっと残念だね。前にもさんざん言ったけれど、蠱毒壺は歩き巫女の証と言えるものだから。ま、エヴィデンスだな。必ず市子さんの居室にあるはずなんだけどなあ。

榊君、三種の神器は言える？　鏡、剣、勾玉《まがたま》？……まあ正解だけど、もっと正確に言うならば、八咫鏡・ヤタノカガミと、草薙剣・クサナギノツルギ、それに八尺瓊勾玉・ヤサカニノマガタマだ。それが正統な天皇、天皇家であることの証という訳だね。この三種の神器なくして天皇家は名乗れない。それぐらい、伝来の特別な品は強いというか、証、エヴィデンスになるんだね。だから私も蠱毒壺にこだわるんだよ。本人たちの話からも、榊君が見たところからも、天子市子が歩き巫女で、天子家が歩き巫女の一家であることに間違いはないと思う。でも、駄目押しというか、やっぱり蠱毒壺の存在は確認しておきたいところだよね。

え？　そりゃあ、蠱毒壺を持っていない歩き巫女もいるだろう。でも、第三十一代を名乗り、千二百年前からの一族と自分で言っている以上、その依り処となる蠱毒壺はあって然るべきだし、三女の姫子さんだっけ？　彼女もあると榊君に言ったんだよね。ならばぜひ、その目で本物を見てもらいたい。本当言うと、私が現物をこの目にしたいぐらいで。さすがに私も本物の蠱毒壺を見たことはないからね」

　このところの周囲の人間との会話を思い出して、可南は難問を考えでもするように少し頬を膨らませた。そして心で呟く。

（後藤田さん、袴田さんは天子家歓迎組、シンパ。もちろん紫苑やリリーも。茅野さんは今のところ中立派って感じだけど、仮にあの人がアンチになったとしても、その仲間にはなりたくないし、仲間としてカウントしたくない。紫苑の言う通りだよ。あんなややこしくて不愉快な人はご免。困ったもんだ）

　可南は鼻の付け根に小さな皺を寄せて頭を掻いた。

（残るはいよいよ東京に帰ってくるお父さんとお母さんだけど、これは恐らくアンチとシンパに分かれるな。うーん、なかなか厳しい状況。ご近所を見回して考えてみても、どうも多数決で勝てそうにない。そもそも天子家は十人。一家だけで数が多い）

　それに美女軍団……と思いかけたが、ここはご近所の問題として考えるべきと、彼女たちは勘定にいれないことにした。

　仮に康平と美絵がアンチとシンパに分かれるにしても、やはり二人の早い帰宅が望まれるところだった。とにかく康平には、早く帰ってきてほしいと可南は願う。

（新嘗祭か）

　続けて可南は心で呟いた。もちろん可南も新嘗祭には、康平とともに参加するつもりだ。そこで康平と一緒に目配りをすれば、目下、近隣で誰と誰が完全にシンパかが特定できる。康平ならば、トランス状態だか集団ヒステリーだかになることなく、冷静に状況を捉えてカウントし、判断を下してくれることだろう。

〈私が話したこともないような近隣住人が、思いがけずもう大勢天子側についていたりして〉

そんなことを考えていると、その邪魔をするかのように、ピコンとLINEの着信音がした。流星からだった。

〈近頃ちょっと会ってないよね。たまにはどう？　夕食を一緒に？〉

そんな誘いのLINEを見ただけで、何やらげんなりしてしまった。それは取りも直さず可南に流星を想《おも》う気持ちがもはやあまりないことの証だろう。

〈そうだなあ。夕食って？　たとえばどこで？〉

〈銀座のステーキハウス『WATANABE』とか、じゃなきゃ鮨。鮨なら同じく銀座の『三汰《さんた》』がいいな〉

その流星のLINEを見て、なおさら可南は気持ちがどんよりとなった。可南からすれば、双方、頭に〝超〟の字がつく高級店だ。流星は、給料が安いということもあるが、可南が五つ歳上だということを楯《たて》にするみたいに、飲食の支払いも可南に頼りがちだ。可南は安居酒屋で全然構わないので、流星が自分がご馳走すると言ってくれれば気持ちがいい。なのに『WATANABE』に『三汰』――どう考えても流星には自分が支払う気持ちがない。

〈私、今、給料七割支給だし、この先どうなるかわからないのよね〉

可南は試しにそんなLINEを返してみた。

〈久しぶりに美味《うま》いものが食いたかったんだけどな〉

〈奢《おご》りなら行く〉

思い切って可南はそう打ってみた。

〈わ、そりゃ無理だな。やめとくか〉

案の定と思いながらもムカついて、別れの言葉のつもりで可南は流星にこうＬＩＮＥで告げた。

〈私、さんざん奢ってきたよね。流星君、男なんだから、デート代ぐらい払う器量を見せたら？『ＷＡＴＡＮＡＢＥ』や『三汰』を指定してくるならなおのこと。その気持ちがないんだったら、もう連絡してこないで。悪いけど、私は何かがっかりしちゃうばっかだから。じゃあね〉

流星との遣り取りを終えて、くさくさしながら階下に下りて行こうとすると、「ただいまー」という梨里の元気な声が聞こえた。

「お帰り、リリー」

一階に下りて可南は言った。

「あ、可南、ただいま。宿題全部終わった。紹子ちゃんと協力してやっつけたった」梨里は愛嬌たっぷりの顔で言った。「ぜーんぶ片づけて、すっきりとしてええ気持ちじゃー。おやつは隣で食べたけえ、特に要らんよ」

この子、完全に染まってる――可南は梨里が使う言葉を耳にして、暗澹《あんたん》たる心地で顔を曇らせて、肩を落とさずにはいられなかった。が、続けて梨里が口にした言葉を捉えて、まるでスイッチがまた入り直したかのように可南の背筋は伸び、目もぱちりと開かれた。

「今日は離れを探検したんよ。凄かったよー、離れのお部屋。赤でだいたい統一されててさ、とにかく派っ手ー。それにでっかいベッドがあってね、天蓋《てんがい》っていうのかな、天井から布がかかっていて、なーんかエッチなの」

幾らか興奮気味に梨里は可南に語った。

「リリー、離れの部屋に入ったんだ」

「うん。紹子ちゃんは『お母さんやノノ様に叱られるから駄目。やめとこう』って言ったんだけど、この際だもん、探検しちゃったよ。三つお部屋見たけどさ、二つはそんな。何であんな派手な寝室が二つもあるんだろう。市子様の部屋ではないって紹子ちゃんは言うし……。もっと探検しようと思ったんだけどさ、継子おばさんと横手《よこて》柊《ひいらぎ》さんに見つかって怒られちゃったよ。『子供が入る部屋ではありませんっ！』って。ああ、知らないおじさんも一緒だったな。その人、私が部屋いるのを見て、何かきょとんとしてた」

「横手柊さん……」

「うん。あの人、夏のお祭りの時に来ていたかなあ。私、よく覚えてないんだよね。長くて黒い髪を垂らしたきれいな人だったよ。男の人は、言うたらただのおじさんやね。あのケバい寝室で、何しよるんじゃろかねえ」

「何しよるって……リリー、あんた、どうしてまたフルネームで知ってるの？　その長い黒髪のお姉さんの」

「ああ、後で紹子ちゃんから聞いた。『あの人、誰？』って言ったら、『横手柊さん』って紹子ちゃんが」

「――」

可南は考え込むように黙してしまい、ついつい険しい顔をしていたようだ。それに反応して梨里が言った。

「あー、可南、また怒らんでね。紹子ちゃんたちと話せば話すほど伝染るというか……私もママちゃんも、なーんかあの人らの使う言葉にツボってまうのよ」

「ツボってまう……まあ、それはいいけど」

「いいけど、何？」

「探検は面白そうだから大いに薦めたいところだけど、やっぱり子供は離れはやめておいた方がいいかもねってこと。何か大人だけの禁断の領域っぽいから」

「まあねえ。初めて継子おばさんにあんな顔して怒られたから、しばらくはやめとくか。もしも出禁になったら、私、嫌だもん」

そんなことを呟きながら、梨里は一階の自分の部屋に入っていった。

逆スパイ——子供、それも、ほかでもない姪の梨里に対して使うには不適切な言葉かもしれない。でも、可南の頭には、そんな言葉がひとりでに浮かんでいた。

下手をすると、梨里は榊家情報のリーク元になりかねない。一方で、子供ならではの大胆さ、図々しさ、素直さで、今日のように離れに探検に入り込み、恐らくは客となる男を連れ込むためと思われる部屋を目撃してきたり、思いがけない情報収集とリークをしてくれたり……それが期待できる存在という訳だ。

(これからは、リリーの話を、もう少し注意深く聞くことにしよう)

可南は心で自分に言っていた。

(今日、リリーが見たド派手な赤い寝室は、まず間違いなく売春部屋よ。あの子はこれからもどんな情報をもたらしてくれるかわからない。うん、使える。ひょっとしたら蠱毒壺を一番最初に見るのもリリーだったりして)

梨里を道具として使おうとしている——そのことに、幾許《いくばく》かの罪悪感を覚えつつも、可南はその手段の行使を、諦められない気持ちだった。だって姫子にしたって、可南に心を許してあれこれ話してくれているようでいて、「可南さんだけに話す」「可南さんの胸の内だけに納めて」的なことを言って、逆に可南の口と動きを封じて、紫苑や梨里の懐柔とはまた違ったやり方で操ろうとしている節がある。

そのことからもわかるように、あちらは相当な手練《てだれ》なのだ。となればこちらも、常識外の手段を取らざるを得ない。

（リリーがこんなふうに使えるとは）

大人では無理だ。子供の特権。

（子供も侮れない。何てったって自由だもん）

ついほくそ笑みかける。萎えかけていた可南の気持ちも、いつしか自然と少し持ち直していた。

《インターミッション》

天子市子とその一族——

天子家の母屋の茶の間で、市子と対座する恰好で、継子、亜子、姫子の三姉妹と、松竹梅とその夫たち松竹梅三人の計七人が集まっていた。

「新嘗祭《にいなめさい》が近づいてきた。今年の十一月十四、十五日は、宮中では天皇さん一世一度の大嘗祭《だいじょうさい》じゃけど、うちらはどう行なうか、今日はその確認といつもの連絡事項で顔を揃えてもろうた」

大嘗祭を執り行なえるのは帝《みかど》、それも新しい天皇ただ一人だけ。従って天子家では例年と同じように、新嘗祭として祭りを行なう。確認も兼ねて、市子がそれを六人に伝えた。

「楽曲は『祭り』『恋歌』『あほんだれよ』の三曲。——いや、『あほんだれよ』よりも『アマテラス』の方がええかね。どうじゃろう、みんな？　四曲は多かろうかと」

「『アマテラス』もええけど、静かで厳《おごそ》かというか、盛り上がりには欠けるかと」継子が言った。

「うちは『あほんだれよ』を二曲目に持ってきて、『恋歌』で締めるのがええと」

「じゃけど、新嘗祭よ。多少厳かであっても構わないんじゃない？　大きな祭りじゃけえ」

言ったのは亜子だった。

「そやけど、うちらはここに越してきてまだ日が浅い。『アマテラス』は新年の祭りにとっておいて、ここは三曲ともがつんと聞く人の心を捉えて離さんような曲の方がええと思う」

「うん、なるほど。そう、そうじゃね」言ってから、市子が小さく二度頷いてみせた。「『祭り』『恋歌』『あほんだれよ』の三曲にして、順序を入れ換えるのがええな。つまりは、『恋歌』は最後に持ってきて、『あほんだれよ』を二曲目にする。――松竹梅、わかったね」

「へえ。わしらは如何ようにも致しますしできますけえ、ご心配なく」

松男が言い、竹男も梅男も頷いた。

「で、新嘗祭には女の子たち、何人ぐらいが集まれるじゃろうか」

市子が松男に向かって言った。

「ざっと十五、六人は」

「数は多いに越したことはない。その方が迫力がでる。松男さん、女の子たちみんなにちゃんと連絡して、なるべく祭りに来てくれるよう言っておいてな」

「へえ、承知しました」

「まあ、新嘗祭は何遍も経験してきておるけん、心配はないじゃろ。いつも通りで頼むわ。後は連絡事項。近所の人たちのことを、松男さん、アータからちょっとみんなに話して」

「はい」

「御意《ぎょい》」とばかりに言ってから、松男は書類のようなものを取り出して話し始めた。近隣住人担当は、常に長女の婿の仕事だ。つまりは松男の仕事。

「後藤田悦子さん、並びにご主人の保さん。露木舞さん。袴田圭《けい》さん、並びに奥さんの洋美さん。それに小林佳子《よしこ》さん。能瀬光代《のせみつよ》さん。飯野英治《えいじ》さん。鎌ヶ谷不二子《かまがやふじこ》さん。赤荻十和子《あかおぎとわこ》さん、並びにご主人の一郎さん。それに野々山《ののやま》家ご夫妻や仙崎《せんざき》さん……この辺りは、天子神社に何度もお参りいただいておりますし、正式な手順を踏んでノノ様にお伺いを立てにいらしたかたが延べにして十七人。数としてはまだまだではありますけんど、徐々にこの地に浸透しつつあるのを感じている次第でございます。だからこそ、今度の新嘗祭が肝要。新嘗祭には市子様もお出ましになられるし、近隣のかたがたの注目と信頼を集めるええ機会ですけえ、そこで中間派を取り込めればと思うちょる次第です」

「中間派って誰？」

「近くですと、御手洗《みたらい》さん、西本《にしもと》さん、藪中さん、それに茅野さん、安田さん辺りですかのう。しかし、ちと問題も。藪中さんは問題なしでええんですが、どうも茅野さん、安田さんは、ご近所さんの評判が芳《かんば》しくのうて。あの人らを取り込んだら、逆にわしらは反感を買うかもわかりません」

「評判が芳しくない……それぞれどないな人なん？」

「茅野さんは高慢ちきな自慢屋で、ご夫婦揃って、言うことといちいち鼻につくといったような噂で。自慢するのはええけれど、人を見下す態度が我慢ならないというかたも多いみたいです。どうやらご主人が大手都市銀行で勤め上げた元銀行マンということで、つまらんことこのうえない自尊心やら優越感やらを持っておられるようで」

「ふーん。で？　安田さんは？」

「元証券マンのご主人の陽一郎《よういちろう》さんの評判が、途方もなくよろしくないですなあ。いつも訳のわからん怒号をぶちかましながら、近辺をマウンテンバイクでブンブン飛ばしまくっちょるとか。自家用車もお持ちじゃけど、どうしてこんなところに駐めとるんだろうと不思議に思うような場所に斜めに駐めてあったり、人様のガレージの前に駐めてあったり。それで皆さん往生しとるようです。宅配便のトラックも通れんかったりで、宅配便のドライバーさんも困っておられるとか。ゴミの捨て方も酷くて、向かいの小林さんや飯野さんが、いつも安田家のゴミの後始末をしているような有様で。これはわしらがお助けせにゃと思っとるところです。困ったことに、ご夫婦揃って相当な変わり者らしくて、あの人らと関わりになるのはご免だと、皆さん口を揃えて仰っとります」

「元銀行マンに元証券マン。お金を数字で見とった人間たちやね。この手の人間は厄介。安田さんは言うまでもなく、茅野さんも考えものじゃわ。余程悲惨な目にでも遭わんかったら、目が覚めん。人柄はそう簡単には変わらんものじゃけえ」

「元大手都市銀行勤めとか、元大手証券勤めとかって……それが何なる？　もう昔の話じゃ。自慢にも何にもならん」

亜子が言った。

「近所の皆さんもそう思っちょるから敬遠しとるんじゃろ。天子家としても両家は要らん。近寄られたら、ややこしい思いをするだけじゃろうから」

「はい。では、安田家、茅野家は排除の方向で」

ひとつ頷いてから松男が言った。

「あや。松男さん、アータの話、肝心な榊さんが抜けとるね」市子が言った。「榊さんはまさにうちのお隣さん。要となるご一家よ」

「ああ、榊さん。榊さんはまだ家長の康平さんと奥様の美絵さんが、正式には秋田からお帰りになっておられんもんで」市子に応えて松男は言った。「紫苑さんによれば、来月半ばには、お二人ともお帰りになるし、新嘗祭にもお越しいただけると。榊さんに関しては、それからの判断にはなりますが、紫苑さん、梨里ちゃんはわしらを諸手《もろて》を挙げて歓迎してくれておりますし、梨里ちゃんは紹子のええお友だちでもありますわ。奥様の美絵さんも一度ノノ様に会《お》うて以降、ノノ様のファンだとか。わしの見たところでは、榊さんは、皆さん捌けた常識人で、言うたら〝良き隣り人〟というところですな。ほぼ文句なしですわ」

「紫苑さん、梨里ちゃん」市子は口のなかで二人の名前を呟き、それから改めて松男に言った。「双子の妹さんの可南さんはどうなん？　ああ、可南さんは、姫子の担当じゃったね」

「はい」松男から引き継ぐように、今度は姫子が返事をして言葉を続けた。「可南さんも紫苑さんと同じく、現代的なええおなごさんですわ。賢いし、物事ようご存じでらっしゃる。慶明女子大の民俗学科の出身だとかで、話していても楽しいかたです。ただ、まあ、前にも報告しましたけど、知り過ぎておられるのが難点と言うたらええか」

「そうじゃったね。前にもアータ、そないなことを言うとったね。姫子の言うこと、何かわかる気もする。うちのところにもお伺いを立てにみえたけど、あれも探りと言うたら探りだったかもな」

「ええ。永松舎人なる大学の民俗学の先生もついているようで、巫女のことやら何やらもよう知っとられる。そじゃけえ、逆に千二百年を超える脈々たる巫女の血族——そんなものに恐れを抱いとるし、警戒もしとる。平静を装っておられるけれど、何やうちにはそう思えて。そやからうちは、なるべく可南さんと話をするようにしとるんです。あの人の心、もう少し探らねばと思うて」

「そやったね。姫子は可南さんと可南さんの心を探る——そういう役回りじゃったね」

「可南さんを味方につけたら、恐らく榊家は一気にうちにドミノ倒しじゃろうけど、可南さん、敵にまわすと少々厄介な気もしとって」

「つまりは可南さんの知識と賢さが仇《あだ》となるということかいね」

「はい。そやからうちはうちのやり方で、微妙に牽制《けんせい》しながらおつき合いをしとります」

「まあ、家長の康平さんと奥さんが帰ってきてからのことじゃろうけど、可南さんさえうちらを歓迎してくれたら、榊さんはうちの本当にええお隣さんになりそうじゃね」市子が言った。「苗字もええ。榊……真榊《まさかき》……神様にお供えする木じゃ。それに三つ子ではないものの、美人さんの双子の姉妹。どう考えても、うちらの側につくはずのお隣さんじゃ。当面、可南さんのことは引き続き姫子に任せるけん、うまいことやっといて」

　姫子に言ってから、市子は今度は竹男に目を向けて言った。

「不破先生の係は竹男、アータじゃったね。不破先生とはよく連絡を取って、今後の対応策についてしっかり相談しといてな」

「はい、わかりましたしわかっとります」

「大場さんのとこの弁護士は？　名前を何と言うたっけ？」

「綿貫《わたぬき》です。綿貫泰裕《やすひろ》」

「ああ、その綿貫ちゅう弁護士が、そのうちまた何か言うてくるじゃろ。うちはここが気に入った。何年かはここを拠点に天子市子の仕事がしたい。うちが気に入った、長くいたいというのは、うちの好き嫌いといった好みや我儘《わがまま》とはまたべつじゃ。そうしたものとは異なる要素があるということは、みんなちゃんとわかってくれとるね？　うちは、この地の人に必要とされとる。だからこそ、ここに来ることになった。大方のご近所さんはまだそのことに気づいておられんじゃろうけど、うちはこの地の人に求められてやってきたし、ここで人を助ける仕事をすることになる」

「はい、ようわかっとります。言わば守護神――」

「それはちょっと言い過ぎじゃけどな」

「とにかくわしはそれを念頭に置いて、抜かりなくやりますけえ」

「よろしく頼んだよ。来栖さんには、それなりのものは払ったんじゃけえ、うちらはここで暮らす権利がある。その来栖さんが問題含みじゃけどな。何やら面倒ごとでも起こされたら堪らん。じゃけえ、来栖さんの居所も、常に確と把握しておくようにしておいてな」

「はい」

竹男は請け合うような返事をしたが、それを待たずして市子は立ち上がっていた。今日はこれまで――その後ろ姿と長い黒髪がそれを告げていた。

第五章　新嘗祭《にいなめさい》と近隣住人

1

十一月十六日の土曜日の晩、ようやく康平と美絵が家に帰ってきた。本格的な帰宅だ。

「泥のようにくたびれたわよ」美絵は言って、リビングのソファに背を凭れかけさせた。「泥じゃなくて綿のように疲れたか。もう泥のように眠りたいわ。やっぱり自分のうちが一番ね」

「あはは。オーマ、結局泥だ」

久しぶりの祖父母との再会にはしゃぐ梨里が纏わりつく。そんな梨里に康平の顔にも美絵の顔にも笑みがこぼれる。こういう時、子供は本当に無邪気で可愛いものだと可南も思う。

「お疲れさま。墓終いまで終えて帰ってきたんだよね。喜一さんとこの栄太さんの件も片づけて」二人を労《ねぎら》うと同時に確認するように可南は言った。「だから、もう秋田に行くことはない。だよね？」

「私はね」美絵は言った。「お父さんはもう一回、荷出しに二、三日帰るだろうけど。でも、栄太さんには参ったわ。あの人、結構しつこくて。お金が絡《から》むと、人って変わる……っていうか、本性がでるわね。あの人が突然参戦してきたせいで、秋田滞在が長引いた」

「でも、栄太さんも自分に権利はないし、形見に受け取るほどの品はないと納得した訳だ」

「させたのよ。何とかね」

「二、三日で済むなら、もはや終わったも同然。お父さんもお宝探し、どうもお疲れさまでした」

多少茶化すように紫苑が言う。

「荷出しというのはそれよ。いい品はそれなりの梱包をして、ちゃんとした運送業者を手配しなくちゃならないし立ち会いが必要なの。私は赤字にならないことを祈るのみよ」

「何が赤字になるもんか。おい、可南、康一祖父ちゃんの象牙の十二支の根つけを見せてやる。細工がいいんだ。時代も古い。可南ならきっとよさがわかる。小さいものだから、それは持って帰ってきたから」

「象牙の根つけは見せてもらう。でも、それよかさ。――まあ、よかったよ。約束通りに新嘗祭までに帰ってきてくれて。やっぱりお祭りを見てもらわないことには天子家の凄さがわからないから」

可南は康平に言った。

「ああ、一週間後よね」美絵がソファから少し身を起こして言った。「何だか面白そうだから、結構楽しみにして帰ってきたのよ、私。なかなか本格的なお祭りなんでしょ」

「お母さんはとにかく冷静に。それを忘れないように」

可南は釘を刺した。おのずと厳しげな真面目な顔になっていた。

「新嘗祭は一週間後だけど、その前に、一度挨拶にいった方がよくない?」紫苑が言った。「何せお隣さんは前触れを含めると、都合三回も引っ越しの挨拶にやってきたんだから」

「確かに」これには可南も頷いた。「明日、二人揃ってご挨拶にいってきてよ」

「ご挨拶なら、一時帰宅した時に、もう一遍済んでる。市子様にも、一度はお目にかかってるんだから」

「正式に戻りましたというご挨拶に。日曜だから、何人かは家にいるでしょう」

「明日？　何か面倒臭いけど、まあしょうがないか、お隣さんだから」

「オーマ、髪、染めた方がよくない？」

梨里の言葉に、美絵は顔を顰《しか》めた。

「ヘアダイまでやってらんない。今夜は寝る。髪は来週のお祭りの前に染めるわよ」

疲れの方が勝っているらしく、挨拶を面倒がっている様子の美絵だったが、結果的には翌日の日曜日の昼下がりに、康平とともに美絵も隣家に挨拶に出向いた。そこでまた在宅していた三姉妹と四方《よも》山話《やまばなし》に花が咲いたとみえ、帰ってきた時にはもうご機嫌だったし、美絵は盛んに「祭り」「祭り」と言い始めた。

「何だか心配。っていうか、お母さんの方向性はもう見えた感じがするな」可南は康平相手にぼやいた。「どっちかっていうと、お母さんには新嘗祭に参加してほしくない気分」

「そういう訳にはいかないよ。お母さんはもうすっかりお祭りモードに入っちゃっているんだから」

「やれやれ。私の心配はいつだって当たる。残念なことに、杞憂じゃないんだな、これが」

「可南でも、お母さんの暴走は止められない。これが案外暴れ馬というかじゃじゃ馬で」

「知ってますよ」

康平とそんな会話を交わして、新嘗祭の前から心配していたし予想もしていたが、一週間後、新嘗祭に参加した直後の美絵といったら、紫苑のそれを上回るような興奮ぶりだった。

「聞きしに勝るとはまさにこのことね。いやあ、盛り上がった、盛り上がった」

「ざっと目視でカウントしただけだけど、途中、多少出入りはあったものの、全部で六、七十人の人が集まっていたんじゃない？」

「一番人が集まった時は、もっといたんじゃないか。何しろ天子さんとうちを合わせただけで、既に十五名だ。美女軍団を入れると二十六、七人」

「やっぱりあれだけの広さの庭があるお宅じゃなきゃ無理ね。お隣なら離れもあるし、十人でも暮らせるし。天子さん、いい土地、屋敷を選んだわよね」

美絵の言葉に、可南は眉根を寄せて口のなかで呟いた。

「そこがまた問題含みなんだけどな」

祭りには、大場澄香も姿を見せていた。明らかな偵察だ。可南と澄香は目と目で合図を送り合うようにして、「天子家不審派」「天子家懐疑派」の意思確認をした感じだった。澄香の陰鬱に翳った困り顔。八《はち》の字になった眉毛の尻が下を向いていた。

「私、どれかと言われれば、『祭り』が一番好き。『あほんだれよ』『恋歌』も悪くないけど、『祭り』はよくできた楽曲よね。盛り上がる」

「べつにどれが好きかなんて、お母さんに訊いてないんだけど」

可南はむくれ気味に言った。

「『あほんだれよ』は初めて聴いたけど、乗れる曲だったわよね」

紫苑が言った。

「ふふー、〝あほんだれよ、あほんだれよ。さあさあ、さあさあ、あほんだれよ。Go on, go on. Hey!　もっともっと！　もっともっとー！〟」早くも新しい楽曲、『あほんだれよ』を覚えた梨里が、その一節を歌いながら跳ね踊る。「〝Go on, go on. Hey!　もっともっと！　もっともっとー！……さあさあ、さあさあ〟　うちもあの歌、好きー」

「〝Ｇｏ　ｏｎ，ｇｏ　ｏｎ．〟もそうだけど、煽るんだよね。さあさあ、さあさあと迫ってきて、もっともっとー！って。あれがねえ」

　可南はよくない意味で言ったつもりだ。しかし、それを受けて紫苑が言った。

「ほんまツボるよねえ。一発でイカれてもうたわ、私。しかもあの三曲だけじゃない。『アマテラス』とかいうまだ披露していない楽曲があるっていうんだから、そこらの路上ミュージシャンの上行ってるよ、松男さんがたと三姉妹。誰が作詩作曲したんだろ？　訊けばよかった。お母さんが言うように、ほんま曲もよーう出来とった」

「ほらまた。お父さん、これよ。紫苑はお隣さんに行くと、すぐにおかしな広島弁になる」

「それは私よかリリーじゃろが」

「じゃろが……言ってるじゃない」

「可南、いちいち眦《まなじり》を吊り上げて論《あげつら》わない。お隣さんに関しては、可南はほんと神経質なんだから」

「ところで紫苑、ペットボトルにいつ赤いビニールテープなんか貼ったの？　松男さんからはそんな指示はなかったと思うけど」

「亜子さんが、できたら赤いテープ巻いてきてって言ってたのよ。やってみてわかった。赤テープを巻くだけで、ふつうのペットボトルが楽器に変わるね」

「ほんま、ほんま」

　また梨里が跳ねる。

「お父さん、助けてよ。これ、どう思う？」可南は情けなげな顔を康平に向けて言った。「うちはウエルカム派が大勢《たいせい》を占めるからまあいいものの、もしそうじゃなかったら、今日のお祭りにしたって、音量だけでもかなりなものよ。楽しめれば音楽だけど、じゃなければ、ただの騒音」

「まだ断定的な判断はしかねるところだけど、変わったご一家であることは間違いないな。御社を建てたばかりか、一家で盛大な祭りを執り行なうなんて、ふつうはない。それと大場さんの問題」

「そう。そこを冷静に考えてみたいところよね」

「何だか知らないけど、可南はお父さんと勝手に喋ってたらいい。——お母さん、お茶でも飲む？　十一月も後半だっていうのに、今日は本当に祭り日和とでも言ったらいいか、時刻がきたら穏やかで暖かな晴天になったわね。私、何だか咽喉渇いた」

まあ、あれだけ声を張り上げて歌って踊りまくれば、咽喉も渇くだろうと、可南は祭りでの紫苑のはしゃぎようを思い出して、醒めた眼差しをして冷やかに思った。

「お父さん、まだ見せてない資料がある。私の部屋に来ない？　それを見せたいし、じっくり話もしたいから」可南は言った。「ここじゃ三人、祭りの興奮醒めやらぬといった状態だから、落ち着いて話ができない」

「おう。じゃあ、何か飲み物でも持って可南の部屋に行くか」

「何がいい？　何飲みたい？」

「水でいい、水で。ミネラルウォーター」

「了解」

そんな話がまとまって、二階に行きかけた時、不意に美絵が言った。

「三女の姫子さん、お胎に赤ちゃんがいて身重だったはずよね。なのにあんなに跳ねて踊ったりして大丈夫なのかしらね」

子供を産んだ経験がないものだから、可南は美絵に言われて初めて気がついた。

「もう六ヵ月に入ったんじゃない？　もっとかも。だとしたら安定期」紫苑が言った。「それに皆さん、もともとからだが丈夫そう。そんなことではへこたれないような感じ。女も人によっていろいろだけど、姫子さん、お腹も目立たないし。そういうタイプなんだと思う」

「小さく産んで大きく育てる」

なけなしの知識で可南は言った。

「そうそう」

「だけど、そう言えば今日のお祭りでも、市子様の旦那様の姿は見当たらなかったわね」またしても不意をつくように美絵が言った。「天子家は総勢十名……と言うことは、市子様に旦那様はいない。そういうこと？　数からすればそうなると思うんだけど」

「言われてみれば」振り返ってしばらくしてから可南は言った。「今まで考えてみもしなかったけど、天子家のどのメンバーからも、市子さんの旦那様を紹介されたことはないし、姿を見かけたことはもちろん、話を聞いたこともない。本当だ。もしも旦那さんがいたら、総勢十一名だ」

「旦那様に先立たれたのかしら」

市子は三人の女の子を産んでいる。見事市子に三人の女の子を産ませたのだから、梅男がその危機にあったのと同じように、夫が市子に離婚されたということはないだろう。だとすれば、美絵が言うように死に別れということになるのだが、それもまたもうひとつしっくりとこない感じがした。

「べつに同じ男でなくてもいい訳だ」

不意に康平が言った。

「えっ？」

「姫子さんのお腹の子供の父親は、梅男さんじゃないんだろ？　だとしたら、天子三姉妹は、必ずしも同じ男の子供でなくても構わない。現代社会のルールに合わせて、戸籍上の父親さえはっきりしていれば問題ない訳だから」

「ということは、腹違い……いや、三人それぞれ違う父親、違う男の種かもしれないということ？」

「うん。市子さんの子供でありさえすれば構わない。そういうことじゃないか。大昔の神様たちや天皇家の人間たちは、案外奔放で性に関しておおらかだったから。『古事記』で語られている何ていう皇子《みこ》と皇女《こうじょ》だったっけ、それも父親が同じという兄妹の恋愛であればまったく問題なかったが、母親が同じだったので、関係を持った兄妹は不埒《ふらち》、破廉恥《はれんち》とされて、皇子はどこかに流されて引き離された。今で言う近親相姦の図だな。ま、不面目な行為。結果、皇子は後を追ってきた皇女と心中した
──そんな話、確か『古事記』にあったよな？」

「ああ、あった、あった」可南は虚空に視線を投げながら、頭のなかの記憶を辿《たど》るようにして言った。「お父さん、よく覚えてるね。やっぱりもともとはお父さん、私よりも歴史に通じてる。ええと、あの皇子たちの名前は……駄目だ、私も名前までは思い出せない。でも、間違いなくあった、そういう話。──わ。それじゃあの三姉妹、三人とも市子さんに似た美人さんだけど、それぞれ父親が違う可能性もある訳だ」

「あくまでも可能性の問題だけどな。となると誰を夫、配偶者に据えるかが悩ましい。だから、死に別れではなくても、市子さんに夫はいない。そもそも天子市子さんは、神格化されそうなカリスマ的存在だ。亭主なんて現世的で生活臭いものは、いない方がいいんじゃないか」

「じゃあ、もしも継子さんが天子市子を継いだら、逆に松男さんは追い出されるかもわからないんだ。気の毒に」

「それもあくまでも可能性の問題、憶測に過ぎないけどな」

話していて可南は改めて、康平と美絵に帰ってきてもらってよかったと思った。視点が増えると新しい発見がある。

「オーパ、キンシンソウカンって何？」

すると、梨里が耳聡《みみざと》く康平の言葉を捉えて言った。

「あー、駄目だ。お父さん、この先は私の部屋で話そう」

慌てて可南は言った。

「そうだな。そうしよう。いいか。リリー、今のオーパの言葉は忘れなさい。誰かに言ったり訊いたりしても駄目だからね」

「――」

「紫苑、何か話をつないどいて。この場はほかの言葉でリリーの頭を溢れ返らせよう」

「もう。そういう時ばっかり私に言うんだから」たちまち紫苑は膨れた。「迂闊なんだよ、お父さんも可南も」

「ウカツ？」

梨里が紫苑に顔を向けた。

「いかにも子供が食いつきそうな禁忌の言葉を不用意に口にするんだから」

「キンキ？　それって近畿地方のこと？」

また梨里が言う。

「そうそう、その調子。いいじゃん。いいじゃん。いい感じじゃん」

「あ、可南も『じゃん』『じゃん』って言ってる」

「駄目だ。お父さん、やっぱりここは退散。上に行こう」

「うん、そうだな」

梨里がとりわけ言葉に敏感な子供だということを、可南もついつい忘れていた。

可南と康平は梨里の耳を避けて、連れ立つように二階へと上がっていった。

2

「しかしまあ」

可南のベッドに腰を下ろして、康平はペットボトルの水を飲んだ。その目は眼前の現実に向けられていない。先刻の可南と同じく、頭のなかの記憶を辿るか何かを思い浮かべているかのようだった。

「今日、じっくりと市子さんのお顔を拝んだけど、髪が黒くて艶やかなだけじゃなく、目の色が見事なまでに黒いなあ。真っ黒、漆黒だ。あんな真っ黒な瞳、日本人でも珍しいんじゃないか」

「かもしれない」

「おまけにきらきら輝いて。漆黒の闇が光を放つ——あの目でじっと見据えられたらちょっと……」

康平はかすかな吐息をついた。「どうなんだろう。ああいう目を千里眼の目と言うのかな。人はすべてを市子さんに見透かされているように思うんじゃないだろうか」

「千里眼って、お父さんまで。そんな人、滅多にいるもんじゃない」

「だけど多くの人は、あの人の言うことを信じてしまいそうな気がするなあ」

「まずはリスト作ろうよ。一緒に思い出してさ」

「何のリスト？」

「ご近所さんの天子家シンパ、市子さん信者の炙《あぶ》り出しとリスト。ついでに天子家アンチリストも作っておこうか」

「よっしゃ」

それから可南は康平と額を合わせるようにして、今日の記憶を辿りながら、天子家関連リストを作り始めた。町内会名簿と照らし合わせながらそれを作るのに、三十分以上を要したろうか。いや、もっとかかったかもしれない。

●天子家シンパリスト

1. 後藤田保・悦子夫妻……計2名
2. 露木舞……計1名
3. 袴田圭・洋美夫妻……計2名
4. 飯野英治・靖子《やすこ》夫妻……計2名
5. 鎌ヶ谷不二子……計1名
6. 赤荻一郎・十和子夫妻……計2名
7. 小林佳子……計1名
8. 能瀬光代……計1名
9. 野々山夫妻（夫妻の名前は不詳）……計2名
10. 仙崎夫人（夫人の名前は不詳）……計1名
11. 品川義之《しながわよしゆき》・真理《まり》夫妻……計2名
12. 都築誠《つづきまこと》・美智《みち》夫妻……計2名
13. 堂島壮介《どうじまそうすけ》・直子《なおこ》夫妻・聡美《さとみ》……計3名

14. 富士見《ふじみ》勲《いさお》・夏江《なつえ》夫妻……計2名
15. 多田《ただ》夫妻（夫妻の名前は不詳）……計2名
16. 浦沢晴男《うらさわはるお》・摂子《せつこ》夫妻……計2名
17. 榊美絵・紫苑・梨里……計3名

●天子家アンチリスト

1. 大場清志・澄香夫妻・裕太《ゆうた》……計3名
2. 吉川卓也《よしかわたくや》・乃愛《のあ》夫妻・日路《ひろ》……計3名
3. 古池聖也《ふるいけまさや》・美咲《みさき》夫妻・百合香《ゆりか》……計3名

（4. 榊康平・可南……計2名）

両派のリストを作成して、「はあ」と可南は疲れたように溜息をついた。

「私の見たところとお父さんが見たところ、シンパは十七軒、計三十一名。お母さんや紫苑、それにリリーはカウントしたくなかったけど、もはやシンパと言っていいでしょう？　何せあの調子だもの。どう？」

「だな。アンチは私と可南を入れても四軒。計十一名か」

「それでも十一名いる。健闘している方かもよ」

「そういや蘇我《そが》さんご夫婦もいらしたな。あのご夫妻、どっちかというとシンパじゃないか。手を合わせて市子さんを拝んでいたぐらいだから」

「ああ、蘇我さん。忘れてた。18．として加えよう。とすると、足すことの二で三十三名」

「そこに本体の天子さんご一家を加えたら、四十三名だ」

「19．として、天子家のことも（ ）つきで書いとく？　とにかく現段階で既に多数決では圧倒的に負けているし、たかだか半年足らずで、天子家は十八軒もの家を取り込んでシンパにしたってことになる。それって大したもんじゃない？」

「ちょっと待て。手帳を見る」そう言って、康平はジャケットの胸ポケットを探って手帳を取り出した。「西本さん、藤原《ふじわら》さん、酒井《さかい》さん、吉岡《よしおか》さん、神宮《じんぐう》さん、浅岡《あさおか》さん、それに村木《むらき》さん。この辺りもお祭りに来ていたな。御手洗さんも。久しぶりに見かけた顔もあったよ。何だか懐かしいような思いだった」

「わ、その八軒もシンパ？」

「いや、現段階では見極めがつかない方のページに書いてある。言わば中間派、中立派かな。この八軒は判断保留としよう。この先の動きを注視ってところかな」

「つまりはどっちに転ぶかわからない人たちね」

「あと、藪中さんと安田さんに茅野さん。この人らが、ちょっとわからないところだな」

「藪中さんは、私はどっちかって言うとシンパになりそうな気がする」

「近いしな」

「うん。天子さん、まず周辺から固めてくるでしょうから」

「そう言えば小林さんの奥さん、最近安田さんちのゴミの始末をしなくて済むようになったって言ってた。『あれ？　今日はゴミの日なのにきれいだわ。片づいてる』と思ったら、惨状を見かねた天子さんの婿さんのうちの誰かが掃除をしてくれるようになったとか。小林さんの奥さん、嬉しそうな顔してた」

「そういうのは効くよねえ」可南は溜息交じりに言った。「人んちのゴミの始末とか、人がどうしたって厭《いと》わしく思うような作業を肩代わりしてくれたら助かるもん。私だって、やっぱり嬉しいと思う。カラスに荒らされた後なんて酷いから、ゴミの日のストレスから解放されただけで感謝しちゃう。天子さんは、よくもまあそういうところをしっかりと押さえていること」

「天子家男子も侮るべからずだな」

「そうよ。松男さんなんて、特に人誑《たら》しだと私は思うもの。姫子さんも結構食わせ者。人のウケがいい人は要注意だわ」

「シンパの皆さんは、たぶん大場さんのお悩みを知らないんだろうな」

「そうね。大場さんの一件を知ったら、見方が多少変わるはずだものね」

「可南、お前、今日は大場さんの奥さんと話をしたか」

「ううん」康平の尋ねに、可南は首を横に振って言った。「間に何人もの人がいて、少し距離が離れていたから。今日は目を見交わして、互いの立場を確認し合ったのみってところかな」

「私はほんの数分だったけど話をしたよ」

「大場さん、何て？」

「弁護士と相談している真っ最中だって。来栖さんの居所が容易に摑めないのが悩みの種だとか」

「つまりは全然進展してないってことじゃない」

「向こうの弁護士さんとは、弁護士さん同士で話はしているようだよ」

「向こうの弁護士さん……天子家側の弁護士さんか」

「そうそう。前にも少し聞いたけど、何でも億の金が絡む話になるとかで参ってらした。仮に訴訟を起こして勝ったとしても、土地、屋敷を取り戻すのに金は要るわ弁護士にも二十パーセントだかの費用を払わなくてはいけないわ、どっちみち経済的に大打撃だって嘆いていた。奥さん、話しているうちにすっかり萎《しお》れちゃったんで、それ以上は私も訊けなかったよ。歌や踊りも始まっちゃったしね」

「やっぱり億かー」

ぽかんと口を開けるような顔になって可南は言った。

「二百坪はある土地だからねえ。新宿まで十一分という最寄り駅から歩いて十分。車なら、環八にもすぐに出られる土地だ。好立地だね。その分、値段も高い」

「それで月九万。もともとが破格の安さだよねー。信頼していればこそだったろうに、お気の毒に。大場さんの奥さん、顔をどんより曇らせて、眉尻下げてたもんなあ」

「それにしてもまあ」

そう言って嘆息した康平を見る。康平は、可南の作ったリポートを捲《めく》り、字を目で追っていた。

「よくぞここまで調べたもんだな。東大寺の奈良の大仏様まで出てくる。その果ての空海か。神道派にとってののどでかい脅威。それで天子一族も四国は避けている、と」

「ネタ元はだいたい永松先生よ。私が調べたことなんて高が知れてる。私はそれを打ち込んだだけ」

「歩き巫女……巫女さんねえ」

「まだ蠱毒壺は目にしてないけど、私はまず間違いなく天子家は歩き巫女の一族だと思ってる。神社の家系というのは、姫子さんも認めたところだし」

「巫女……ミコ……卑弥呼《ヒミコ》。そういや市子さん、卑弥呼に似てないか」

「卑弥呼に似てないかって、まるでその辺にいるか知り合いみたいに……。お父さんこそ、一気に遡《さかのぼ》り過ぎだよ。いったいいつの話よ、それ。大昔もいいところじゃない」

「西暦二〇〇〇年ってところだろ。一万二千年前の縄文時代となると何だけど、西暦越えてりゃどうってことない」

「お父さん、前はせいぜい江戸ぐらいまでしかついていけないって言ってなかったっけ？」

「可南の影響で、私も覚醒した。芋蔓《いもづる》式にあれやこれや昔調べた日本史を思い出してきて。で、いざ思い出してみたら、どれもみんなそう遠くない時代に思えてきた。戦国時代なんてつい五百年ぐらい前の話だ。それから安土・桃山時代や江戸時代になって明治になる。明治、大正、昭和、平成、令和。私は昭和の生まれだから、江戸なんて近い、近い」

「私だってぎりぎり昭和の生まれだわ。それにしたって卑弥呼は遡り過ぎじゃない？　おまけに市子さんと卑弥呼が似ているだなんて、他人が聞いたらトンデモ話」

「あれ？　知らないのか。卑弥呼は巫女だったと言われているんだよ」

「えっ、そうなの？」

天宇受売命が巫女だったのではないかという話は聞いたことがあるが、それは可南も初耳だった。

「うん。卑弥呼は鬼神を祀って操り、人を惑わすことを生業《なりわい》としていた巫女、特殊な力を持った巫女と言われていた」

「そうなんだ」

「卑弥呼の後、男性が日本の……倭《わ》の国の王になったけれど、混乱が生じてどうしてもそれを収めることができず、結局卑弥呼の血を引く台与、トヨが女王となって国をまとめた。一台二台の台に与えるでトヨ。台与は旧字の壱《いち》に与えると書いてイヨとも言われているけど。まあ、台与にしても壱与にしても、卑弥呼と同じく、不思議な力を持った巫女さんだったそうだ」

「何だかますます巫女さんが怖くなってきた。鬼神を祀って操り、人を惑わすって……それって本来邪道じゃない？　なのに女王になって、堂々魏《ぎ》とも交流していた。凄いね」

「市子さんにそれに等しい力があるとしたら、こりゃあえらいことだな。国や都、杉並区全体までは無理としても、この地域一帯は、市子さんの支配下になりかねない」

「恐ろしいこと言わないでよ」

「可南、お前、もう少し天子家のことを探って事実を摑め」

「大変なミッションだ。早くも疲れてきた。些か重荷だなあ」

「だけど、榊家家長の私、男の私が探ろうとしても、無理があるだろう。やはり同じ女じゃないと」

「うーん」

可南は唸った。

「ことに私は可南に組織売春の件を探ってほしいな。天子家の女性たちと、その配下のような美女軍団は、本当に売春で金を稼いでいるのかどうか、その辺りを入念に調べてくれ。本当に組織売春を行なっていて、その組織の元締めを務めているのが市子さんだとすれば、それは犯罪、市子さんは犯罪者っていうことだ。土地取引の問題もだが、その件は私も見過ごせないね」

「お父さんは、法に従う超常識人だものね」

「但し、気をつけてな。無茶はするなよ。まあ、向こうもそう滅多なことはしてこないと思うが」

「了解」

「とにかく違法行為を働いている証拠を摑んでおけば、人を説得することもできる。そういうことだ」

「確かに。誰しも犯罪には加担したくない。だけど、紫苑はそれを嗅ぎつけているし勘づいているのに、どうして未だに天子家シンパなんだろう。女たちが男を離れに連れ込んで事に及んでお金を稼いでいるなんて、私はリリーの教育にも甚だよろしくないと思うんだけど。あの子、それ用のド派手な寝室まで見ているのよ」

「リリーは、誕生日を迎えてもう十歳になった」

「うん？　だから？」

「女の子はあっという間に娘になって女になる。十五、六でもう大人みたいなもんだ。性の営みというのがどういうものかも、じきに知る。紫苑は、どうせいずれは……って、そんな諦め半分の気持ちでいるんじゃないのかな」

「もう十歳……まだ十歳とも言えるよ。その姿勢、母親、女親としてどうなんだろう」

「紫苑の気持ちは、結婚して子供を産んで、挙げ句に離婚してシングルマザーになった人間にしかわからないよ、きっと」

「何か私、自分が女としては負け組、惨めな気がしてきた」

「そんなことはない。可南はこれからだ」

「どうだかねえ」康平に慰められて、可南は口をへの字にして肩を竦めた。「結婚も出産もしないいま、もう三十半ばになろうとしている」

「そんなことは気にするな。いずれにしても調査続行。私の方は、なるべく大場さんと連携が取れるように動いておくよ」

「了解。よろしくお願いします」可南は言った。「私はお父さんの仰せの通り、諜報活動を続けるけど、どういうやり方をしたらよりいいか、お父さんも考えておいて相談に乗ってね。榊家での唯一の味方なんだからさ」

「よし、わかった。考えておく」

康平がどんな案を捻《ひね》り出してくるやら、可南としては見物《みもの》というところだった。可南が思いつく策は、やはり姫子。彼女との会話のなかから、事実を拾っていくというこれまでと同じ作業だ。しかし、さすがに売春の件は、姫子も口にしないだろう。では、どうすればいいか。

康平が部屋を出ていった後も、可南は小首を傾げるようにして、次の一手を考えていた。

3

祭りの威力というのは、可南が思っていたよりもずっと強いものだった。新嘗祭以降、物干しから見ているだけでも、天子神社に参拝する人が確実に増えたのがわかった。可南は、現代人は案外祭りに飢えているのかもしれないと改めて思ったし、三社《さんじゃ》祭に祇園《ぎおん》祭、それに岸和田《きしわだ》のだんじり祭……神輿《み こし》担ぎとなると血が騒ぐ人たちがいるのもまた事実と言えた。

(さすがに天子さんも、お神輿までは出さないでしょうけど)

今回の祭りで初めて市子の姿を目にした人も少なくなく、なるほどあれが噂の市子様かと、生の市子を見て得心した人もいたようだ。元々のシンパである後藤田夫妻を初めとして、富士見夫妻に浦沢夫妻……高齢の夫妻がシンパか信者になっているのも特徴的と言えるかもしれなかった。みんな七十は過ぎているし、八十代の夫婦もいる。そこまでいくと、怖いものは病気か死ぐらいしかなくなる。今、確かに縋れるのならとばかりに、市子を頼り始めたようだった。もう迷っている時間はない——。

(心配なのは自分たち夫婦の老い先のみか)

可南は心で呟いた。

(いくら息子や娘がいたって、頼りにならないとなったらなおさらよね)

その考えは康平も同じだった。

「この辺りもずいぶん高齢夫婦二人のお宅が増えたからな。まだ独居老人が少ない分、いい方かもしれない」

康平は言った。

この地域は戸建ての家が多く、マンションやアパートが少ない。だから一人で暮らす老人の数は、たぶん少ないだろう。もちろん、どこと比較してという問題はあるが。

「ま、遠くの親戚より近くの他人——そういう気持ちになるのもわからなくはないな。しかも、その他人には神通力のような特殊な力があって、現実的にも頼りになる男性陣がついているとなると余計にだ」

「……だよね」

可南はややくたびれ気味の相槌を打たずにはいられなかった。止むを得ない必然と言うべきか。

「そうなると、私が中間派として手帳に書いた藤原さん、酒井さん、吉岡さん、神宮さん……この辺りが、天子シンパに加わるのも時間の問題だな。みんな歳がいってる」

天子家に通うご近所さんのうちの誰かが、これこれこういうご利益があったとか、市子様の卜占だの託宣だのがこんなふうにずばり当たったとか、具体的なことを口にし始めてたら、まるで雪崩《なだれ》現象を起こしたみたいに、一気に何軒もの家と人間が天子家シンパになりかねない。康平と可南はそう見ているし危惧している。

「これまでノーマークだった鳥羽《とば》さん、石動《いするぎ》さん、松原《まつばら》さんなんかも危ないね」

可南は言った。

事実、物見遊山《ゆさん》に近い気持ちでだったかもしれないが、可南は石動家の妻が、天子神社にやってきたのを物干しから目撃した。継子と少し立ち話をして立ち去ったが、またやってきそうな感じがしたし、そんな人間たちが、まだほかにも何人かいるに違いない。

「どうなんだろう。私たち、もっと危機感を持った方がいいかもしれないね」

「だけどなあ。大場さんは、間に来栖さんを挟みはするものの、明らかな被害者と言っていいだろうけど、うちはこれといって具体的な被害が出ていない。何の迷惑も被っていない。そこが説得力に欠けるところだな」

「お母さん、紫苑、リリーは天子シンパだし、ご近所さんでも私のことを、天子シンパだと思っている人が結構いるかも。私が姫子さんと親しげに話したりしているもんだからさ。やだな」

「でも、可南は目下、姫子さんとなるべく親しくつき合って、姫子さんを秘密の入口の突破口とするしかない立ち位置にある」

「そうなんだよね。いくら考えてもそれしか思いつかないから往生してる。悩ましい」

そこで康平が捻り出した案が、姫子を通す恰好で正式な手続きを踏み、可南が市子に蠱毒壺を使った本格的な祈禱なり託宣なりをしてもらうということだった。

「前にもそれに似た手は使った」

つまらなそうに可南は言った。

「でも、まだ肝心な蠱毒壺とやらは目にしていない」

「――」

「可南が歩き巫女の証として注目しているその壺を、やっぱり可南自身の目で見ないとならないんじゃないか」

康平は言う。だから市子さんにする願い事や悩み事の内容は、よくよく考えてリアリティのあるものでなければならない――。

「たとえでっち上げでも、それなりの信憑性《しんぴょう》がなけりゃ」言ってから、康平は首を横に振った。「いや、でっち上げはまずいな。万が一、それを市子さんに見透かされたら厄介だし、まったくのでっち上げだと、市子さんの祈禱だか託宣だかが、本当に功を奏したり当たったりしているかの判断もつかない」

「私の願い事に悩み事ねえ……ま、考えてみるわ。私、結構お気楽に生きてるから、こういう時困るのよね。康一祖父ちゃんのお蔭《かげ》で、クララ貿易がなくなっても無職になる心配はないし、お父さんにもお金の面では大目に見てもらってるし。で、組織売春の件は？　どうやって探ったらいいわけ？」

「実際に売春を行なっている美女軍団のうちの誰かと親しくなって、その人から率直なところを聞ければそれに越したことはないんだけど」

「また無茶はするなよと言いながら無茶なことを」

「だけど、まさか寝所《しんじょ》に踏み込んで、客の男との金銭授受の現場を押さえる訳にもいかないだろう」

「そりゃそうだ」

康平の言うことは尤《もつと》もだとは思うものの、可南が知っている美女軍団の面々の顔を思い浮かべてみても、「この人」と思えるだけのターゲットがまだ見つからない。長崎檜《ながさきひのき》、福岡楓、安芸楠、横手柊……可南が名前を知っているのがこの辺りで、ほかの女性は名前と顔が一致しないし、まだ名前も知らないような有様だ。

「総勢三、四名ならともかく、次から次に出てくるからなおさら覚えられない」

それに可南が自分から近づいていけば、向こうも警戒するだろうし、そうそう簡単に彼女らの誰かと一気に正直な打ち明け話がしてもらえるほどの関係になれるとは思えない。時ばかりを要してしまう。結局は姫子狙い——それしか手はないが、向こうに操られている振りをしながら、こちらの求める事実を摑み、証拠を得るというのは、なかなかの大仕事に思えた。それでも可南はやらねばならない。榊家の一員としての使命感からだけではない。可南自身が、その本当のところを知りたいからだ。

「ああ、可南さん、いらっしゃい」明るい笑顔で可南を出迎えて姫子が言った。「いちいち事前に電話くれんでもいいのよ。ほら、うち、お胎に子供がおるでしょ。どうせ当面はうちが、留守番役で家にいるから」

姫子は二度ほど榊家にも遊びにきたが、目下、天子家の留守番役を仰せつかっているので、家を空けられない。姫子と会うには、こちらが天子家を訪ねていく方が早い。

「だんだん寒くなってきたので、おからだには呉々《くれぐれ》もお気をつけてくださいね。十二月に入ってから、朝晩の冷えが強くなりましたから。私にはよくはわかりませんけど、やはり冷えるとよくないんでしょう」

「ありがとう。今日は温かいレモネードでも飲む？　少し生姜《しょうが》を入れて」

「いいですね。温まりそう」

ソファに座って可南と話をしていても、時々自分の腹を愛《いと》しげに撫でて、傍目《はため》にも姫子はしあわせそうだった。

「早く会いたいわ。どんな女の子がうちのお胎に宿ってるんだろう。どんな女の子が生まれてくるんだろう。楽しみー」

「女の子だということは、もうはっきりとわかっているんですね？」可南は念押しをした。「お医者様にも請け合っていただいて」

「お医者さんも間違いないだろうと言っているけど、何よりもノノ様が女の子だと言っているから間違いない。ノノ様は、私のお胎に女の子が宿りますようにと、願掛けもしてくださったから」言ってから、さらに姫子は目を煌《きら》めかせて続けた。「前に可南さんに訊かれた時は、おかしな名前を言っちゃったけど、うち、いい名前も思いついたんよ」

「いい名前……何て名前ですか」

「愛媛《えひめ》の媛に子と書いて媛子《ひめこ》。姫子と媛子でちとややこしいけど、これもなかなか悪くないと思って。じゃけど四国じゃからね、愛媛は。なもんで雛子《ひなこ》——どう？　お雛様の雛。可愛らしか名前やろ？」

「うん」可南は大きく頷いた。「雛子ちゃん、可愛くていいと思います」

「うちは家系的に、女の子の名前には子がつかないけんの。それが決まり。特例はあるけどね」

「特例？」

「生まれた時点でこの赤ん坊は特別と思われた時は、その時のノノ様が決まりに縛られずに子に相応しい名前をつける」

なるほど、それで今の天子市子の戸籍名は八百かと、可南は内心納得した。

「大昔からの家系だから、子のつく名前といっても主立った名前はもう出尽くしているような具合だけど、かなり昔の名前であれば、べつに重複していても構わないんよ。雛子は……確かいなかったと思うんだけどな」

「いろいろと決まりがあるんですね」

「何せ古いうちじゃけえ。で？　可南さん、今日は何かお話があってうちにいらしたんじゃなかったっけ？」

「ああ」と頷いてから、可南は、自分も一度は結婚したいし、子供も産んでみたいのだと、姫子に話した。

「双子なのに、私には紫苑の気持ちがもうひとつよくわからない。それは、私が一度も結婚したことも なければ子供を産んだ経験もなく、女のしあわせも苦労も知らずにいるからだと父から言われたも ので」

「ふうん。でも、一卵性の双子さんであっても、それぞれ個性というものがあるだろうから。まあ、考え方から好みから、何から何まで一緒という双子さんもおられるけどね」

「父に言われて、私もなるほどと思ったし、何か考えちゃったんです。べつに紫苑の気持ちを理解したいというだけじゃなく、女としてのしあわせも苦労も知らないと言われたのが応えて。そんなの、せっかく女に生まれてきたのに寂し過ぎる」

「しあわせはともかく、苦労は知らんでもいいかもしれんけどね」

「姪のリリーは可愛いですし、私も自分の子供というのをぜひ持ってみたいんです。多少の苦労はあったとしても」

「その可南さんの気持ちはうちもようわかる。っていうか、うちの方がその思いは強かったんじゃないかしらんね。子供がほしい――」

「私も来年、三十五です。昔なら○高《マルコウ》という年齢……。流星君とは終わりにしました。婉曲《えんきょく》な『さよなら』でしたけど、向こうもわかっていると思います。だから、誰かべつの人との出逢いがほしいし、それも結婚できるような相手との出逢いがほしいんです。で、なるべく早く、その人との間に子供がほしい」

「まあ、言うたら何だけど、三十半ばになって、焦りも出てきた。そんなところ？」

「はい」可南は頷いた。「あの、市子様にそんな願掛けって依頼できるものなんですか。できれば確実にそういう出逢いを恵んでいただきたいし、子供も授けてほしいんです。私も真剣にお願いします、ちゃんと正式な手順を踏んで。市子様に本格的な祈禱や願掛けをしていただきたいんです。新嘗祭に参加してから、その気持ちがますます強くなって。なので、まずはとにかく姫子さんに正直に相談してみようと」

「今日はそれでうちにいらした――」

「はい」

力強く可南は答えて言った。

「正式にね。正式なノノ様への依頼……わかったわ」

「あの、こんなことをお訊きするのは失礼ですけど、子宝を授けていただくということまで、本当にお願いできるものなんですか」

そう尋ねたのは、十一年もの間、姫子が梅男との間に子を生《な》すことがなかったということがひとつにはあった。それは姫子もすぐさまピンときたようだ。

「ああ、私のことがあるからやね」姫子は二度ほど続けて頷いた。「それには理由がある。もともと梅男はそれには向かんと、ノノ様からは言われてたんよ。つまりは子を生すには向かん。誰かほかの男を選びなさいと。なのにうちは梅男を選んだし、自分では一生懸命祈ってはいたけど、ノノ様には願掛けや祈禱をお願いしなかったんよ。だからやね。なかなか身籠もることができなかった」

「どうしてノノ様にお願いしなかったんですか。こんなに近くにおられるし、実のお母様なのに」

「そんなの、何か自分の負けや過ちを認めるみたいで嫌じゃない？　やっぱりうちが梅男を選んだことにそもそもの間違いがあった――そう認めることじゃから」

「ああ、なるほど」

可南も頷いた。

「実のところノノ様は、お胎に子を宿らせることもできれば、子を流すこともできるんよ。流すとなれば、それは呪詛《じゅそ》やね。うちのノノ様は、呪詛は滅多にやらないけど、その力は充分あるんよ。それぐらいのことができんと、天子市子にはなれない。天子市子ではない」

聞いていて、何だか可南は背筋が寒くなった。「ノノ様相手に嘘でもついてみろ。恐ろしいことになるからな」と、脅されたような気分になったのだ。

「可南さんのことは、うちが確かにノノ様に伝えておくわ。そうやね、数日中には、いついつと、具体的にお返事できると思うわ。ちょっと待っとって」

「はい。ありがとうございます。どうぞよろしくお願いします」

実際は些か及び腰になりながらも、可南は姫子に頭を下げた。

その時だ。姫子のケイタイが鳴った。電話の着信音。

「あや、峰《みね》さんからだわ。ちょっとごめん」

一応可南に断ってから、姫子は電話を取った。

「……うん、……うん。アータの気持ちはよーうわかるよ。アータは精力旺盛な男さんだから、そりゃあ持て余しもするでしょうよ。でも、うちは今、ご存じのように身籠もってる。赤子第一で、無事女の子を産んで身二つになるまでは、滅多なことはできんのよ。……うちに代わるおなごねえ。――あ、宮崎桂《みやざきかつら》さんはあかんよ。峰さん、一遍桂さんのとこに行ったら、もううちのところには帰ってこんような気がするから。わかっとる？　アータには、この先まだうちのお胎に女の子を宿らせてもらわにゃいけんのだから。……え？　タイプが違う？　つまり、桂さんは峰さんのタイプじゃない。アータも贅沢《ぜいたく》言うね。たいそうな美人さんやのに。桂さんは正統派の美人さんじゃ。……うん、うん……ショートカットですかっとした現代的な女性……」

そこで姫子はちらっと窺うように可南の顔に目を走らせた。瞬間、何故だか可南は嫌な予感に見舞われて、思わず身構えていた。姫子はといえば、視線をまたよそに戻して電話での会話を続けた。

「待っとって。ちょっと女の子の目星をつけとくから。それまで奥さんで誤魔化せん？　え？　奥さんは怖がってる？　あはは、アータとしたら、また身籠もりかねんからねえ」

峰なる人物、恐らくは姫子のお胎の子供の父親であろうと思われる人物との会話を終えてから、やれやれとばかりに、姫子は冷めてしまったレモネードに口をつけた。それから何事もなさそうな顔をして、再び可南の顔に視線を置いて、可南に尋ねた。

「さっきの可南さんの話だけど、アータ、結婚したいの？」

「えっ？　はあ、まあ……」

「結婚しないで子供を産むというのはナシ？」

「あ、いや、ただ手順としては、やはり結婚して子供を産むのがふつうかと」

「ふうん。花嫁衣装とかウエディングドレスが着たいとか？　そういう願望があるんかいね？」

問われてみると、可南は自分が花嫁衣装を着たところもウエディングドレスを着たところも、どちらも想像したことがないことに気がついた。結婚式もだ。紫苑は松井正則と、質素で簡易な結婚式を挙げた。白のウエディングドレスらしきものは着たものの、安い貸し衣装で、丈も引きずるほどには長くなかった。確か紫苑は言った。「勿体ないからこれでいいのよ。式に何百万もかけるなんて馬鹿げてる」――。

「……ないですね。でも、結婚しないで子供を産むというのも、私の頭にはなくて」

「正式な結婚、ましてやその果ての離婚なんて、ただ面倒臭いだけじゃない？　子供がほしいなら、子供だけ産んだらいいとうちは思うけど」

「……」

さらに姫子は、可南は紫苑の気持ちがもうひとつわからないと言うが、今の紫苑は独身だ。独身でありながら梨里という子供がいる。ならば可南も、結婚・離婚はすっ飛ばして、独身で子供を産んだ方が紫苑と肩を並べ、その気持ちを理解するには早道ではないか――そんな言葉を続けた。

「結婚願望が強いというのならべつだけど、話を聞いている分には可南さん、結婚願望はそう強くないみたいだし」姫子は言った。「未婚で子供がいたって、今はどうということもない。大丈夫、そんなことで差別はされないから」

「それはそうかもしれませんが、一足飛《いっそくと》びに母親になるというのも私には」

「おぼこいことを言うね。あーあ、駄目か。残念だわね」あっけらかんとして姫子は言った。「確実に女の子を身籠もらせてくれる男さんなら、何も正式にノノ様に頼まんでも、うちが今すぐにでも紹介できるんだけどな」

電話での遣り取りといい、恐らく姫子は峰なる男のことを言っているのだろうと可南は察した。とたんに可南の二の腕の辺りに鳥肌が立った。しかし、そこから一歩踏み出して訊かないことには確信が得られない。勇気をだして可南は言った。

「ひょっとしてそれ、今、お電話でお話しなさっていたかたですか」

「さすが可南さん！」まったく悪びれることなく、姫子はきらきらとした輝きを放つ目を見開いて、可南に言った。「そうなんよ。お金はあるし、悪い相手じゃない。心配せんでも、養育費ぐらいうちがちゃんと払わせるよ。男なんて、まあ人にもよるけれど、手がかかるばかりじゃん。その点、うちにしても姉ちゃん、姉さんにしても、手がかからなくて働き者の婿さんを取ったけど。これ、当たり外れがあるけんね」

「え、と……何か凄い話の展開で私――」

本心困惑しながら可南は言った。しかし、姫子は、そんな可南の気持ちなどには一切頓着せず、身を乗り出してきた。

「その人、可南さんみたいにショートカットで、話をしていて面白くて、サバサバした美人さんが好みなんよ。ああ、話をしていて面白いというのは、知識もあれば機転も利くという意味だけど。つまりは頭がいいということやね。可南さんならぴったり。惜しいなあ。どうしても無理？　あかん？　駄目？」

「思い切り立ち入ったことをお伺いしますけど、その男性って、ひょっとして姫子さんのお胎の赤ちゃんのお父様なんじゃありませんか。違ってたらごめんなさい」

「そうそう。そうよ」可南の問いかけに、姫子は何の屈託もなく頷いてみせた。「うちが身籠もったんだから、太鼓判捺《お》せる。可南さんも女の子を身籠もって、紫苑さんと同じく、女の子の母親になれるよ」

「――」

「紫苑さんなんて、亭主がおらんでも、毎日楽しそうに暮らしておられるじゃない。梨里ちゃんは父親なんかおらんでも、元気で明るく育っとるし。今時珍しいよ、あんな朗らかで楽しいお嬢ちゃん。紫苑さん母娘、しあわせだし楽しそうに見えるけどねえ。それって、私の思い違い？」

「いえ、紫苑たちは毎日を楽しく暮らしていると思います。ことにリリーは」

「でしょ？　なら、可南さんだって」

「ちょ、ちょっと待ってください。仮に私がそのかたとおつき合いをして身籠もって、子供を産んだとしたら、その子は姫子さんのお胎の赤ちゃんとは腹違いの姉妹ということになりませんか？」

「そうよ」

平ちゃらな顔をして姫子は言った。

「それはいくらなんでも……」

「遠い親戚より近くの他人なんてよく言うけど、うちらはお隣さんでありながら、本物の親戚になれるんよ。これって一挙両得だと思わない？」

うわ、それじゃ本格的に天子家に取り込まれちゃう——そんな恐れを覚えて、身と心を震えさせながらも、可南は姫子に問うてみた。

「一挙両得……もしかしてそれは、私も美女軍団……いえ、お祭りに見えていた女性陣に加わるということでもあるんでしょうか」

「うちと親戚という見方ができると同時に、そういう見方もできることはできるね」

「だとしたら、私は……たとえば杉並榊とか？」

可南は恐る恐る言ったつもりだ。が、かたや姫子は、それを耳にしてケラケラと声を立てて実に愉快そうに笑った。

「悪くないねー、その名前。宮崎桂、福岡楓、長崎檜、それに柊、槙《まき》……まだ榊はおらんけえ。まさか東京という苗字にする訳にもいかんから、杉並も悪くないし。くくく、うちが見込んだ通り、可南さんは賢くて、受け答えが当意即妙。間違いなく峰さんも気に入ると思うんじゃけどなあ。惜しいわ」

「もしかして、宮崎桂さんは宮崎県で、福岡楓さんは福岡県で……皆さん、そんなかたちで、各地で天子さんがスカウトしてきた女性なんですか。行く先々でと言ったらいいか」

「スカウト」ぷっと姫子は噴き出した。「あの娘たちがノノ様を信じて慕って、自分からノノ様の行く先々までついてきてくれるようになったんよ。有り難いことよね。ノノ様になるおなごは、そうでなくては」

「そうでなくては？……」

「ノノ様のためとあらば、自分の身を惜しまぬおなごたちよ。そのおなごたちを魅了するだけの神通力や輝き……カリスマ性と言うた方がわかりやすいかもね、ノノ様にあるのは」

確かに、市子には姫子にはない近寄り難さと、抗い難い吸引力がある。つまりは、特殊なオーラとバリア、加えてのカリスマ性。

「せっかくですけどそのお話、やはりなかったことに」

可南は言った。幾ら事実が知りたくても、まさか可南自身が売春組織に加わる訳にはいかない。姫子と同じ男の子供を産むのも真っ平だ。

「どう考えても私には無理です。ですから、最初にお願いしたように、私は正式に、市子様に願掛けなり祈禱なりをしていただきたいと思います」

「残念じゃねえ。うちからすれば、メンバーと親戚、腹違いの女の子、一挙両得どころか一度に三役得られて、言うたら一挙三得の妙案に思えたんだけど」言ってから、きりっとした面持ちに切り換えて、姫子は可南を見据えて続けた。「ほな、今の話は全部忘れて。ええか。これはうちと可南さんの間の秘密よ。誰にも言うたらいけん。うちは可南さんのことを信用して話したんだから。もしもそれを破ったらアータ、えらいことになるよ。ノノ様も黙ってはおらん」

最後は脅し、恫喝《どうかつ》だった。

下手な返事をしていたら、天子家の親戚にされるわ美女軍団に入れられて客を取らされるわ、それこそえらい目に遭うところだった。可南は顔の上、半分ぐらいに翳を落とし、肩まで落として隣の自分の家に帰った。康平は出かけていて留守だったが、康平が秋田から帰ってきていてくれて、本当によかったと思った。可南がこの話をできるのは、康平よりほかにいない。

（どこに行ったんだか知らないけど、お父さん、早く帰ってきてよぉ）

自分の部屋でぐったりとなってベッドに俯《うつぶ》せで身を預けながら、可南は心の内で情けない悲鳴を上げていた。

4

当たり前の話だが、康平が可南を裏切る訳がない。もともと親子だが、今や可南と康平は同志である。可南が天子家に関わるどんな話をしたとしても、それを誰彼構わず話すはずはなく、康平に話す分には、外に漏れることを心配しないで済む。

「お父さん、ちょっと聞いてよー」

康平が外から帰ってくるなり、可南は康平の腕を摑んで二階の自分の部屋に連れていき、その日の姫子との遣り取りを、再現するように話して聞かせた。

「それはまあ、大変な話の成り行きだったな」康平は言った。「姫子さんもまたいきなり無体《むたい》なことを。可南に自分の子とは腹違いの子を産ませて親戚にしたうえ、美女軍団にも加えようなんてとんでもない話だ。ぶっ飛んでる」

「でしょ？」

「しかし何だな、姫子さんというのは、実に正直というか、ずいぶんとあけすけな人だなあ」

「正直かもしれないけど、最後に脅すことを忘れない。私だってこんな話、幾らしたくたって、お父さん以外には誰にもできないよ。だって、怖いもん、市子様」

「市子様が怖い——そうやって、お前も市子様の特殊な力の、ある意味信者になっていく訳だ」

「……」

言われてみればそうかもしれない。いつの間にか市子の力を信じて恐れている。「市子様」と呼んでいる。可南は黙らざるを得なかった。

「人の心の喜びも恐怖も操れる。相手の心に恐怖を植えつけるというのも、人の操縦法のひとつだ。それができるのが天子市子」

「怖……いや、不快にして不愉快。——で、お父さんは？　今日はどこに出かけてたの？　また大場さんのところ？」

「いや、中野に行っていた」

「中野？」

「中野のブロードウェイの『ｂｕｙ＆ｓｅｌｌ　ＡＭＡＫＯ』を見にいってみたんだ。ブロードウェイの天子さんの店には、まだ可南も行ってないだろう？」

さすがに可南もまだ中野の店にまでは行っていない。康平によると、天子家が中野で経営している古物店は、幕末頃のものと思われる有田焼の染め付けの茶碗や皿もあれば、古九谷《こくたに》の飾り大絵皿もあり、また古布の着物なども取り揃えていて、なかなか本格的な店のようだった。明治の時代に出た着物は、案外派手で洒落ているらしい。

「竹男さんと五十絡みの男性が店にいた。日下《くさか》さんと言ったっけな。どうやらその日下さんが、店主を務めているらしい」康平は言った。「私は竹男さんと話をしたりしながら、小一時間ほどは店にいたかなあ。その間にも、ちらほらお客さんが入ってきて、その男性がお客さんと話をしていた。その遣り取りを小耳に挟んだ分には、日下さんは古物には目が利くし、何だか詳しそうな感じだった。

「ふうん。じゃあ、まあまあ売れてるというか、そこそこ物が回転していそうな店ではあるんだ」

「そうだな」康平は言った。「ただ、今日覗いてみて、ひとつ驚いたことがある」

「何？」

「『ｂｕｙ＆ｓｅｌｌ　ＡＭＡＫＯ』では、神棚も扱っているんだよ。店には見本の神棚があって、その下に、『神棚ご注文承ります』と書いた紙が貼られていた」

見本の神棚はそう大きなものではなく、幅で言うと、せいぜい七十センチほどではないかと康平は言う。白木の造りの見事な神棚で、価格は三十三万円＋税となっていたそうだ。

「三十三万。高いんだか安いんだか」

「造りもちゃんとしていれば、細工も見事だから、あの大きさで三十三万円は安いんじゃないかな。宮大工だか何だか、いずれにしても、本職の人間が作ったことは間違いない。見ただけですぐにわかったよ」

「でも、神棚は古物ではないでしょう。どこかのお宅で使われていた神棚なんて、ふつう誰も買わないわよ。神棚や仏壇のリユースなんて聞いたことがない」

「たぶん天子さんは会社を作る時に、古物の売買以外にも、あれこれと業種を記しておいたんじゃないかな。だから、神棚も作れるし売れる」

秋田の家の神棚は大きかったので、止むなく専門業者に処分してもらった。でも、家に神棚はほしいものだと、康平はしみじみと言う。

「客の注文を受けてのことだから、『ｂｕｙ＆ｓｅｌｌ　ＡＭＡＫＯ』なら、見本よりも、もっと小さい神棚だって作ってもらえる」

「ちょっと、ちょっと、お父さん」可南は眉根を寄せて康平に言った。「まさか天子さんに頼もうなんて考えているんじゃないでしょうね、神棚を」

「べつにそこまでは考えてはいないが、そそられるものはあった」

「勘弁してよ」

「神棚の注文は結構あるって竹男さんは言っていたよ。この地区でも二、三軒は、もう注文があったかもしれないね」

「後藤田さんは頼んだかも。袴田さんも危ないな。お父さんでさえ、そそられたっていうんだから」

今や事務所に必ず神棚を置いているのは、右翼かヤクザぐらいではあるまいか。それと相撲部屋か。家に神棚があるというのは、可南も悪くないとは思うが、もうひとつ乗れない気分だった。恐らくここは美絵も可南も同意見で、そんな扱いの面倒なものを、軽々しく家に置けないと言うことだろう。そんなことを思いながら康平の顔を見ると、目が現実から離れて泳いでいた。

「お父さん、何を考えてる？」

「うん？　ああ、北秋田の家のお宝も、あの日下さんとかいう人に出張鑑定してもらったら、その価値がかなり正確にわかるかもしれないと思って」

「お父さん！」

可南は頬を張って目を覚まさせるような強い調子で言った。

「悪い、悪い。そんなことはしない。安心してくれ」

「当たり前です」可南は言った。「しかし、会社も持ってれば店も持ってる。何かにつけてあちらは組織的ね。売春にしてもそうだし。そう考えると、何か個人が戦う相手じゃない感じがしてきた。無謀な戦《いくさ》」

「べつに戦わなくたっていい。ただ、相手のことはちゃんと承知しておくべきだし、場合によっては天子さんの意向とは逆の動きもしなくちゃならない。そういうことだ。ここ、ここが、この先も平和で平穏な住宅地として存続するために」

この地は、やはり康平の故郷であり、この家は康平の生家なのだ。だから、できればこのまま守りたい。その気持ちは可南も同じだった。

「数日中には、姫子さんから連絡があるでしょうよ。こうなったら仕方ない。私も覚悟を決めて、市子様に祈禱だか願掛けだかをしてもらってくるわよ」

可南はきっぱりとした口調で康平に告げた。

しかし、その口調とは裏腹に、心は陰鬱に翳っていた。

市子様、怖い――。

市子に恐怖で支配されてはならないと思いながらも、可南は市子を恐れ始めていた。

5

二日ほどして、姫子から可南のケイタイに電話が入った。

「この間の件だけど、ノノ様にちゃんと話をつないでおいたよ」姫子は言った。「けど、このところ、ノノ様のご機嫌がもうひとつ芳しくなくて……。部屋でひとり何やら考え込んでおられる。新嘗祭の頃からそうじゃったんだけど、十二月に入ってからなおさらじゃろうか。ともあれほかならぬ可南さんの頼みとあれば、万難排してお引き受けするからとのことだったわ。だから安心して」

「あらま。何でご機嫌斜めなんでしょう、ノノ様は？」

「それがわからん。何とももどかしいところよ。でも、きっと近々何かが起こるんじゃろう。それを感じて考え込んでおられる。うちはそう見てる」

「何か――」

「何かって何ですか、とか訊かないでね。最初に言うたように、ノノ様の心の内はうちにはわからんし、とにかく可南さんのことはちゃんと頼んでおいたけえ」

「あ、はい。どうもありがとうございます。何かお取り込み中みたいで、申し訳ないような気持ちです。私のことなんかで、市子様を煩《わずら》わせて」

「ええんよ、ええんよ。それこそ、ほかならぬ可南さんのことだから。で、土曜の昼前、午前十時半は、ご都合いかがじゃろ？　ノノ様が、お願い事は午前中の方がいいと言うんで」

「大丈夫です」

「ほな、前みたいに十時半になる少し前に母屋に来て。そしたら、うちが可南さんを離れのノノ様のところに案内するけえ」

「十時半になる少し前に母屋に伺えばいいんですね。わかりました。どうぞよろしくお願いします。姫子さんまで煩わせてすみません」

「そんなことは気にせんで。ノノ様には心の内を正直に打ち明けてね。嘘偽りなく」

嘘偽りなく――また最後に釘を刺されたと思った。可南が今思い悩んでいることがあるとすれば、それは天子家のことであって、実は自分のことではない。けれども、まさかそれを市子に言う訳にもいかない。

（私、結婚したいのかな。子供を産みたいのかな）

可南は自問する思いだった。

（ま、私だって一度は結婚したいし、リリーみたいな子供もほしい。その気持ちに嘘はない。三十四の女がするお願い事としては、話の筋道に無理はない）

一瞬、流星の顔が脳裏に浮かんだが、それはすぐに消えていった。以来、流星からも連絡はない。アイツとは終わった――それが現実だ。紫苑は、可南の方が五つばかりの歳の差を気にしていると言っていたが、デート代も実はほぼ可南が出していたと打ち明けたら、紫苑のこと、「駄目だ。やめとけ、そんな男」のひと言だろう。

（土曜日まで、真剣にそう思おう。それを願おう。そうしたら、市子様にもきっと見透かされないで済む）

そして可南が願い、市子が特殊な力を発揮して祈り願ってくれたように、もしも然るべき人との出逢いに恵まれて、その人とめでたく結婚することになったら……。

（あれ？　そうなったら、私、どうするんだろう？　やっぱり市子様のお蔭だと感謝して、市子様のシンパになるのかな）

何だか誤った策を取ろうとしている気もしないではなかったが、乗りかかった船というか、もう船は港を出てしまった。いまさら引き返すことはできない。

かくして、可南は問題の土曜日を迎えた。お隣価格で一件につき千円と言われているが、祈禱と願掛けだ。二千円包もうかと考えた。でも、それも何だか中途半端なので三千円、いや、五千円にした。一万円ではなく五千円……本気度を見せるには足らない気もしたが、二千円よりはマシだと思い、可南は五千円ばかり包ませていただいたと姫子に告げて、ポチ袋に入れたそれを預けた。

「おやま。ほなこれは確かにうちからノノ様に」

そう言って姫子はそれをすんなりと素直に受け取った。想像の範疇《はんちゅう》ではあったが、そんな姫子の様子から、近隣の人たちはお願い事をするのに、五千円なり一万円なりを包んできているのだろうと可南は思った。

離れの市子の居室に連れていかれ、いよいよ市子による祈禱と願掛けが始まった。畏まって市子の下座に当たる場所に正座をして座る。

一段高いところにいる市子の傍らには壺があった。巫女姿の市子は片手をその壺に当てて、一、二分目を閉じた。

(わ、あった。見た。蠱毒壺だ。古色蒼然《そうぜん》、相当な時代物！)

可南は心で叫んだ。

「アータの願いはだいたい姫子から聞いとる。佳《よ》き人との出逢いと、その人の子供を産んで母となること。そうじゃね？」

「はい」

「アータ自身の口から、もう一度今の自分の思いを、包み隠すことなく話してみんさい」

市子に言われ、流星とのことも多少絡めて、可南は自分の願いを手短に市子に話した。

「ふむ」

言ってから祝詞が始まり、祈禱となった。よく通る朗々たる市子の声は相変わらずだ。御幣《ごへい》を振って市子は祈る。が、途中でそれが途絶えた。

「ああ、アータのお父様のお父様、つまりはお祖父様《じい》が降りてこられたわ」

「えっ！」と驚いて言うべきところ、あまりの思いがけなさに、可南は声も言葉も出なかった。

「お祖父様も健康のコウの字がつくお名前なんじゃね。……康一さんだろうか」

「はい」

市子の言葉に戦《おのの》きながら頷く。

「今からうちの口を通して、康一さんの言葉を伝える」そう前置きしてから、改めて市子は喋り始めた。「可南、結婚する気があるのなら、お前は嫁にいくのではなくて、婿を取りなさい。榊家は男系の家だ。だから、跡取りはやはり男の子がいい。お前がこの先産むであろう男の子。その子に康平の後を任せて、ゆくゆくは榊家を継がせなさい。婿といっても、ちゃんとした稼ぎがあって、経済的にも頼りになる男でなくては駄目だよ。そんな男との出逢いが、遠からずきっとある。この男だと思ったら、逃しては駄目だ。榊家の婿に入ってくれるよう説得して、きちんと納得させたうえで、その人と結婚しなさい」

　そう可南に告げた市子の声は、いつもの市子のそれとは違っていた。気のせいか、何だか確かに康一の声や喋り方に似ている気がした。

　市子はといえば、それだけ言うと「ふう」と大きく息をついてから背筋を正した。あたかも元の市子に戻ったと言わんばかりだった。そして、その黒く深い目で、可南をじっと見つめた。市子の視線に射抜かれる。

「お祖父様は、子供の名前についても思いがおありのようじゃった。康の字は入れてほしいみたいじゃね。ただ、康一や康平のように、頭に康の字がつくのじゃのうて、ツグ康だとかマサ康だとか、康の字が下につく名前がええと。康一、康平に、康太や康介では、みんな康でややこしいからやろうな」

「はあ」

「ほな、また祈禱と願掛けに戻る。よろしいか」

「はい」

市子は可南に背を向ける恰好で、祝詞を上げながら背後にあった四角い火鉢のようなものの上で御幣を右に左にと大きく振り始めた。恐らく埋火《うずみび》のように火種が予《あらかじ》め用意されていたのだろう。御幣の風を受けて炎が上がった。また、市子が途切れなく口にしている言葉は、可南にも聞き取れず、意味もわからなかったが、呪詛かと思うような得体の知れない勢いがあった。それが数分続いたろうか。市子は再びからだを可南の側に向けて言った。市子と対座する恰好になる。

「アータがアータの伴侶となる人と出逢うのは、春先から夏……うん、梅雨時じゃろうね。その人とは、可南さんが今やっておられる仕事の関係で知り合う。歳は四十から四十二、三。一度結婚したことがあるものの子供はおらん。家督を継がねばならんような立場にもないので、説得すれば、必ずや榊家の婿となってくれるじゃろう」

そんなことまでわかるのか——市子に訊いてみたいところだったが、さすがに控えた。

「アータは一度家を出てもええよ」

市子はぽんと言葉を投げるように言った。

「え？」

「その人のところで暮らしたり、マンションの部屋を借りて新婚生活を送ったり……榊家を一度出てもいいということよ。そうこうするうち、きっと紫苑さんの方に動きが生じる。恐らく紫苑さんは梨里ちゃんを連れて、榊家を出るじゃろう。そんなことを言いだす。その時にアータはご亭主とここの榊家に戻ったらええ。それでお父様、お母様とまた一緒にお隣で暮らしたらいいわ。その頃には、男の子も生まれておるじゃろ。お父様もお母様も大変お喜びで、その子をたいそう可愛がってくださる。可南さんは子供を預けて働きにでることもできるよ」

紫苑が梨里を連れて家を出る——正直、ないことではないと思った。紫苑はこうと決めたらそうするし、その決心はやや唐突で、可南たち家族には阻《はば》み難いものがある。早い話が、一度言いだしたら言うことを聞かない。

「再婚することにしたわ。だから家を出る」

紫苑ならば、いきなりそんなことを言いかねない。それもどうということもなさそうに。

「私、梨里を連れてここを出ることにするからさ」

「祈禱、願掛けはこれにて終わり。もし誰かと出逢って、この人が自分の伴侶になる人かどうかに迷ったなら、その時はその時で、改めてまたうちに伺いを立てにきたらええ」言ってから、「あれ？」と市子は小首を傾げた。「お祖父様がまだ何か言っておられる。……ああ、象牙の十二支の根つけは自分が気に入っていたものだし、価値あるものだから大事にせえと。それから、二百五十年ぐらい前、江戸時代後期の五枚揃いの染め付けの皿、それはええものじゃと。縁に抉《えぐ》れのある皿。それと、秋田の家に香炉があったようじゃね。共箱に入った香炉。それは家宝として後を継ぐ者が持つようにと仰っとる」

知らないうちに、可南は腋《わき》の下の付近に冷や汗を掻いていた。どちらかというと、嫌な汗だった。できることなら、この場に康平を引っ張ってきたいところだった。康一の名前ならば、調べれば簡単にわかるだろう。しかし、象牙の十二支の根つけのことは、どうして市子は知ったのだろうか。恐らく康平には、五枚揃いで、縁に抉れのある染め付けの皿にも、共箱入りの香炉にも、心当たりがあることだろう。これを康平はどう考えるか。

（市子様、怖い……）

心で呟きながらも、「どうもありがとうございました」と、可南は畏まって市子に頭をきっちりと下げた。

そこで市子は立ち上がったが、不意に風に煽られたかのように頭をふわっと後ろに動かし、その場にゆっくりと座り込んでしまった。軽い眩暈《めまい》でも起こしたような感じだった。

「大丈夫ですか」

可南は慌てて側《そば》に寄り添って言った。

「ああ、大丈夫」座ったまま、市子は言った。「ごめんなさいね、びっくりさせてしもうて。けんど、うちはこのところ、どうも嫌な気がしてならんよ。それで毎日祈り続けておるものじゃけえ、少しばかり疲れてしもうたみたい」

「嫌な気……」

「可南さんのことではないよ。言うたら大魔《だいま》じゃ」

「ダイマ？……」

「大きな魔だわね。大きいに魔物の魔。どうなんだろう。大きな天災、半端ない異常気象、若しくは人災、疫病……そういった大きな魔が、そこまで迫ってきているような気がしてならんのよ。もしもそんな大魔に見舞われたら、うち一人が祈ってどうなることではもはやない。うち一人どころか、巫女が百人、坊主が千人護摩焚きをして祈ったところでどうもならん。そげなことにならんとええと、うちは祈り続けてるんじゃけれども……」

「――」

予言だ。それも、恐ろしい予言。可南はそう思った。何故か身は竦まず、逆に背筋が伸びていた。

「まあ、また夜っぴて祈り続けるわ。うちにはそれしかできんから」

「それはお疲れでしょう。あまりご無理なさらないように。そんな大変な時とは知らずに、私如きのことでお力を振るっていただき、申し訳ありません」

「いや、謝らんでいい。ほかならぬ榊さんのことじゃ。榊さんとはお隣さんじゃけえ」

「はあ。本当にどうもすみません。それに、本当にどうもありがとうございました」

それだけ言うと、可南はもう一度市子に頭を下げ、その実、ほうほうの態《てい》で離れを後にした。あそこは魔界だ。

帰りに母屋にも寄って姫子に挨拶し、市子が手を添えていた壺が蠱毒壺であることだけは、抜かりなく確かめた。それを見たいがために、こんな危険な策にもでた。

「ああ、そうよ」姫子は軽い調子で頷いて言った。「蠱毒壺は、祈禱や願掛けには欠かせん道具じゃから」

「蠱毒壺は、歩き巫女の霊力の依り処と聞いたことがありますけど……天子家は……」

「うん、歩き巫女。それが何か？」

姫子の答えは、拍子抜けするぐらいにあっさりとしていた。

それにしても市子様、どうしてわかるの？　知っているの？　あれだけ自信を持って言い切れるの？——。

家に帰るまでにも、頭のなかは疑問符つきの言葉で溢れ返り、可南は混沌《こんとん》のなかに転落したような思いだった。

6

家に帰り、事の次第を康平に報告すると、康平は「うーん」と唸ったきり、黙り込んでしまった。

「いつも紫苑を疑って何だけど」康平の沈黙に焦《じ》れて可南は口を開いた。「象牙の十二支の根つけの件は、紫苑もその場にいたから聞いている。紫苑が天子さんのどなたかに喋ったと仮定しましょう。問題は江戸後期の有田の皿と共箱入りの香炉。それは私もまだ見ていないし聞いてない。秋田からの荷物、まだだもんね。そんな皿や香炉は本当にあったの？　染め付けの皿で、縁に抉れがあるって市子さんは言っていたけど」

「……あった」

康平は言った。大きな声ではなかった。

「染め付けの皿？　それとも香炉？」

「両方」

「――」

「五枚揃った染め付けの皿には、確かに縁に抉れがあって、一枚一枚その抉れが違う。表には松と竹が描かれていて、『あれ、梅は？』と思うと、裏にちゃんと描かれているんだな。めでたい品だ。五枚揃っているから、売れば四、五十万にはなるかなと思ってべつにしておいた。事によるともっと価値あるものなのかもしれないね」

「香炉は？」

「共箱もあれば箱書きもあった。康一祖父ちゃんのメモも残っていて、いっときは豊臣秀吉の許《もと》にあったことのある唐物《からもの》だと書かれていた」

「豊臣秀吉！」

「ひょっとしたら、あの箱書き、豊臣秀吉か利休が書いたんだったりして」

「さながら歴史絵巻。だとしたら、まさにお宝。『鑑定団《かんていだん》』に出しても恥ずかしくない品だね。唐物の香炉にどれだけの値がつくかわからなくても、秀吉か利休の箱書きがあるなら、それだけで値がつくもの。それも相当な高値」

「あれが榊家一番の家宝か……」

そう言った康平は、何やら感慨深げだった。

「困った」しかし、可南は言った。「市子さん、何でそれを知ってるんだろう。お父さん、中野の店、『buy&sell AMAKO』に行った時、そんな話をしなかった？」

「してない。骨董にまるで目の利かない人間だと思われたら癪《しゃく》だし、恥ずかしいと思ったから」

「じゃあ、何で？　何で市子さんは知っているの？　あ、もう一人候補がいた。お母さん。お母さんなら知ってるんじゃない？」

「象牙の根つけや若冲の色紙のことは知っているけど、お母さんも香炉のことまでは知らない。染め付けの皿のことは言ったかもしれないが、香炉は大騒ぎをして大外れなら馬鹿にされるだろうから、私も黙っていた」

「それじゃ、これ、どう考えたらいいわけ？」

「市子さんには、その程度の力はある――そういうことかもしれない」

「えっ。やだ。市子さんは本当に、お父さん言うところの千里眼の持ち主だってこと？」

「千里眼や神通力という言い方は、少々古いかもしれないな。言うとしたら、透視能力だろうか」

「それに康一祖父ちゃんまで出てきたんだよ」

額に翳を落として可南は言った。本当に泣きだしたいような気分だった。

「それってお父さん、口寄せ……降霊じゃない？」

「その種の力もある程度はある――そう見た方がいいのかも」

「お父さん――」

これまでの歴史を当たってみても、そういう特殊な能力の持ち主はいるし、平安時代辺りまでの日本人は、祟りを真剣に信じていた。だから、菅原道真《すがわらのみちざね》だの平将門だのは今でも祀られている——康平は言う。

「となるとお隣さん、大変な人じゃないの。あれこれ見透かされるわ祖父ちゃんまで降ろされるわじゃ敵《かな》いっこない」

「まあ、こっちも肚《はら》を括《くく》ってかからなきゃならない相手であることは事実かもしれない」

「困るよ、そんなの」可南は言った。「そういう特殊な能力の持ち主がお隣さんじゃ困る。こっちもおちおちしていられない。この地域にいてもらっても困る。それだけの力が本当にあるのなら、縋る人、信心する人が出てきたって不思議はない訳だから。ここ、特殊な地域になりかねないよ。何とか真理教《しんりきょう》のサティアンがあった村みたいに」

「この地域の、変わらぬ平穏と平和は守りたいよな。それに心の平安」

「そうだよ」

「それで可南、お前は今日、注目の蠱毒壺とやらは見たのか」

「見た、見た」無意識のうちに目を大きく開いて可南は言っていた。「私が見た壺が蠱毒壺かどうかも、姫子さんに訊いて確かめた。そうだし、自分たちは歩き巫女だって、姫子さんったらあっさり」

「どんな壺だった？」

可南が目にしたのは、高さにしてせいぜい三十センチといった大きさの壺だ。古色蒼然としていて、見るだに古いものだということはわかった。でも、もっとおどろおどろしい壺を想像していたので、「ああ、これか」と、やや拍子抜けしたように思ったことも事実だ。

「地味なんだ。触った訳じゃないけど、肌はざらざらとしていて、磁器ではないね。備前《びぜん》焼の壺を、もっと黒くしたような感じ。そう大きな壺じゃなくて、箱に入れたら、一人で抱えられる程度の大きさだったよ」

「備前焼みたいな肌理《きめ》の壺……」

「でも、備前焼ではない。平安時代から手から手へと受け継がれていたら、備前焼ならてかりがでると思うから。今日見た壺には、そういうてかりがまったくなかったね」

「ふうむ」康平は腕を組んで息をついた。「敵はさるもの。とはいえ、天子さんは、来栖さんちの資朗さんを挟んだ大場さんとは問題含み。信者の女性を巻き込んでの組織売春も見逃す訳にはいかないな」

「でしょ、でしょ」身を乗りだすようにして言ってから、今度は膝を打つようにして可南は続けて言った。「そういえば市子様、おかしなことを言ってたな。大魔がどうのって。――ねえ、お父さん、菅原道真や平将門が起こした祟りって、どういうものだったの？　人が神社を建てて祀ったりして、神様に縋らざるを得なかったような類のものなんでしょ？」

大変な天変地異……例えば地震、干魃《かんばつ》、火山の噴火などの天災、どでかい火球の飛来、それに加えての飢饉、疫病……康平は、ひとつひとつ思い出すように言った。

「やだな。じゃあ、近々地震でも起きるのかな。東京直下とかの地震」

「どうして？」

「市子様の力がある程度本物だと仮定してのことだけど、市子様、このところお籠もり気味で、ご機嫌麗しくないみたいなのよ。私にも、大魔がそこまで迫ってきているようで、嫌な気がしてならないとか何とか。自分一人の祈りでは到底足らない。巫女百人、坊主千人が祈禱しても無理かもっていうようなことが起きそうだとか言ってたよ」

「ダイマ……ダイマって何だ？」

「大きいに魔物の魔だって。それで大魔」

「ああ、昔は天魔と言ったやつか」

「天魔って何よ？」

「だから、私がさっき言ったみたいな天変地異や飢饉、疫病。民を繰り返し襲って苦しめてきたものだ。それが天魔」

「ふうん。市子様はそのうちのどれかが、近いうちに起きそうな予感がしているらしいよ。それで何やら考え込んでいるし、夜っぴて祈ったりしている。お疲れみたいで、祈禱と願掛けが終わったら、ふらっとされてたわ」

「天魔のうちのどれかが起きる……そいつは困った。となれば大事《おおごと》だ」

「やだな。お父さん、もう市子様のこと信じてる」

「可南だってそうじゃないか。市子様のことを信じているからこそ、大魔が起きるんじゃないかと恐れている」

二人とも既に蛇に睨まれた蛙《かえる》、言ってしまえばそんなところだった。

「近隣の人たちも、近々大魔が来るかもしれないって話、市子様から聞いているかもしれないね」

「それが近隣住人の口にのぼって噂になって広がると厄介だな。大魔が本当に来るとしても来ないとしても」

「来ないとしても厄介って、どうして？」

「デマの段階で、早くも人は狼狽《うろた》えて、思いがけない行動にでたりするものだからだよ。また、それに付和雷同する人間たちがでてくるし。デマに尾鰭《おひれ》がついて巷《ちまた》に広がると、空気ボンベを買い占める人がでたりして」

「空気ボンベ？　何、それ？」

「明治時代の話だ。大きな箒星《ほうきぼし》が地球に激突して、地上から空気がなくなるというデマが広がって、人は空気ボンベを買ったりタイヤを買ったり、大騒ぎをした。明治時代なんて可南、つい最近もいいところだ。百十年とか百二十年とか、それぐらい前のことでしかない。人間の恐怖と、それに伴う行動っていうのは、いつの時代であれ、変わらないものなんだな」

「タイヤ？……」

「空気がなくなった時に死なないよう、タイヤのなかの空気を吸おうとした訳だよ」

「何とまあ」

今だから呆《あき》れるかもしれないが、これまでに経験したことのない危機に瀕《ひん》した時の人間の行動など、そんなものだと康平は言う。

「困ったね」

「困ったな」

いっそ噂なりデマなりが広がって、それが大外れしてくれれば、結果的に市子はただの嘘つき、人騒がせな存在、信じる人はめっきり少なくなるのかもしれない。しかし、それがかする程度であっても当たってしまったら――。

「こうなったら外れることを祈るしかないけど、市子様にある程度の力、特殊な能力があるってことは、私たちが身をもって知ってしまったようなところもある訳で」

「そうだな。こうなると、天魔のうちのどれがいつ頃起きそうなのか、お隣さんに時々通って、市子様に尋ねてみたくもなる。情報の後追い」

「だね」

言ってから、改めて可南は康平の顔に目を据えた。父・康平が、この先どういう行動にでようとしているのかが、可南には摑めないような気持ちになっていた。その気持ちは、康平も同じだったかもしれない。つまり、可南はどういう行動を取ろうとしているのか——。

康平が考えてみたところで無理な話だった。何せ可南本人が、わからずにいる。何だか迷路にはまってしまったような心地でいるからだ。

「ただひとつ、言えることがある」可南は言った。「そんなややこしいお隣さん、やっぱり越してきてくれなきゃよかった」

「それは言えるな」

「お父さん、お互い隠密行動はやめようね。常にちゃんと情報交換して、行動しよう。相談しながら動こう。私たち、一応同志なんだから」

「同志ねえ」

その言葉が、もうひとつピンと来ない様子ではあったものの、康平も可南に隠密の行動は取らないと固く約束した。

それに少しばかりの安堵を得ながらも、可南の頭を占めているのは、大魔のことだった。

嫌だな、何が起きるんだろう——。

本物の同志と言えるかどうかはべつにして、恐らく康平の頭を占めているのも、可南と同じことであるに違いなかった。

《インターミッション》

新嘗祭後・天子市子と一族郎党たち――

新嘗祭を終えた天子家の母屋の茶の間、そしてそれに続く襖《ふすま》の開け放たれた和室八畳に、天子市子を上座に置く恰好で、三姉妹とその夫、それに子供たち三人に加えて二十人ほどの女たちが集まっていた。天子家の女たちは巫女姿、女たちは派手で奇抜な衣装のままだった。それが祭りの名残りを感じさせるようだった。

「今日はいつもの連絡事項、報告事項を簡単に済ませたら、新嘗祭の慰労会じゃ」市子が女たちに向かって言った。「今日はみんなよう集まってくれた。よう頑張ってくれた。ありがとうな。みんな本当にお疲れさま」

市子の言葉に、女たち、天子一族が軽く頭を下げた。

「毎度の営業数字の報告から言うと、人気と言うたらええか成績と言うたらええか、とにかく一番数字がええのは宮崎桂じゃね。安芸楠もよう頑張ってくれとるけど、桂さんが断トツ」市子は、手元の書類に目を落としながら言った。「今月も二人、新規の客、それもなかなか太い客を獲得した。これはこの先も続く客になるじゃろうね。上客じゃわ」

女性たち何人かが小さな吐息を漏らし、そのうちの何人かがささやかな拍手を桂に送った。それに応えるように、長い黒髪をした桂が心持ち頭を下げてみせた。桂は前髪も揃えて切っている。その前髪がかすかに揺れる。

「桂さんに倣えば、男なんか楽々手玉に取れるということやね」

亜子が言った。

「まあねえ。でも、からだの違いもあるだろうから」姫子が言った。「男の持ち物は見た目ですぐにわかるけど、女の持ち物のよさは、見てもようわからんものやけえさ」

くすくすという抑え気味の女たちの笑い声が、部屋を静かに浸す。

「姫子は何ともえぐいことを……いや、下品なことを平気で言うな。慌てるわ」

そう言ったのは継子だった。それでいて継子は続けて言った。

「ま、確かに、男が――いや、男のあそこが、虜になってもうて忘れられんからだというのはあるんじゃろうけど」

「それ、名器というやつ？」

「これ、姫子。紹子たちもおるけえ、ええ加減にしときなさい」

市子が姫子を軽く睨んだ。

「はーい」

「姫子はようやく胎《はら》に女の子が宿って、近頃少々浮かれとるんじゃわ」市子が言った。「まあ、その気持ちは、うちもわからんでもないけど。その客……峰克郎《かつろう》さんを見つけてきて、自分の客にする前に、姫子と引き合わせてくれたのも桂さんじゃったね。この人なら、間違いなく女の子を孕ませると見込んで。おまけに峰さんは自分で建築屋をやっとって、人手もお金も持っとる」

「ほんとよかったわよ、桂さんとする前で。もしも桂さんとした後だったら、あの人、もうすっかり桂さんに骨抜きにされてしもうて、うちに見向きもせんかったかもしれんもの」

「いやいや、峰さんはもともとうちみたいな長い黒髪の女より、すかっとした現代的美人が好みだったんですわ。つまりは、姫子さんは峰さんのタイプ、それもほぼど真ん中。長い黒髪は陰気だとか、ぶつぶつ言うてましたけん」

姫子の正式な配偶者である梅男が同席していることなどお構いなしに、女たちはあけすけに話を続ける。

「だけど、釣り上げたのは桂さん。柴崎《しばさき》とかいうお医者さまも、桂さんに夢中なんでしょ。開業医で、今は二代目の息子が主に診療に当たっているから、お金と時間はたっぷりあるっていう、これもまたうちらにとっては文句なしの上客」

「でも、歳はそこそこいってますよ。先生、今年、もう六十六ですけん」

「今の六十六は若いですよ。――あの、桂さんはどういう手管《てくだ》というか、技みたいなもんを用いておられるんでしょうか」やや控えめにだが、それでいて至極率直に長崎檜が桂に尋ねた。「秘訣《ひけつ》があるのなら、ぜひ教えていただきたいです。リピーターがつくような」

「初めての客が続くと、確かに疲れるよね。馴染みの客の方が、うんと楽」横手柊が言った。「秘訣は私も知りたいところだわ」

「べつに秘訣というようなたいそうなものは何も」桂は言った。「ただ、うちは毎回本気でやっとるだけで」

「毎回本気？」

「本当の恋人とするような気持ちで事に臨むとでも言うたらええか。なもんで、恥も何もなかとです。恋人としとるのと同じやけん、うちも一生懸命楽しむし、相手をいい気持ちにもさせれば、その分うちもええ気持ちになる。そんなところですかいね」

桂は事もなげに言ったが、なかなかそうはいかない。檜も柊も黙り込んでしまった。

「うちは男じゃないけえ、桂のからだのよさはわからん。けどな、桂は客を前に、踊りながらだんだんに服を脱いでいったり秘所をちらちら見せたり、当たり前にそんなことができる。言うたらショーでもお客を楽しませる。目での前戯じゃね。じゃけえ男は、桂とする前から気持ちが盛り上がるし股間も盛り上がる」市子が言った。「しかも男と交わって、この娘は本当にイク。イッて桂は恍惚《こうこつ》となる。これはやっぱり男には嬉しいことじゃろうね。男というのは、また桂を抱いて、この女を恍惚たる境地に連れていきたい——そう思うもんじゃろうから」

「本当にイク……」

「そやからうちは、一日に二人の客は、よう取れんとです。取っても、二人目の客に気づかれかねんし」

「気づかれる？」

「もう既に一遍誰かとやって、イッてしまったこと」

「はあ、なるほど」

「一日二人とはようせん。なのに、数字はやっぱり桂さんが断トツ？」

「それは天子の皆さんのお蔭で、安心してできるし、事に没頭できるからやと。ここの離れじゃなくて出張先でも、そのホテルやマンションのすぐ近くで、松男さん、竹男さん、梅男さんのうち誰かが待機してくれると思うと全然違う。こりゃあかん客だ、危ない、と思ったら、連絡すればすぐに駆けつけてもらえる。おなごが一人でこげな仕事はようできん。一人で商売しとると思うたら、向こうもナメてかかってきよるし。誰か男衆か、それを束ねる親方がおらんと。お金も取りはぐれかねない。うちらの場合、親方言うたら市子様やね。そもそも男を手玉に取って虜にする手管や秘訣なら、うちより市子様の方が断然上やわ。市子様に訊くのが一番の早道」

桂のある種の褒め言葉に、市子は照れるでもなく平然とした面持ちをしていた。それからやや低めの声で言った。

「恐らく桂も、うちと同じく、もともと巫女筋なんじゃと思うわ。本来の巫女は、自然と舞い踊れるし、うまいこと着物を脱いで男心をそそることもできる。自分が神懸かりにもなれれば相手を神懸かりにさせることもできる。いわゆる忘我の境地やね。うちも桂も、天宇受売命の血筋なのかもしれんね。猿女《さるめ》の人間の血を引くおなご。生まれながらの巫女。もしも桂がうちの実の娘じゃったら、アータを第三十二代天子市子に指名しとるとこじゃわ。ま、桂は今、避妊しとるけえ、子供はできんけど、アータのからだじゃったら、その気になったら女の子の三人ぐらいポンポン産めるじゃろ」

「うわ、恐ろしいわ」継子が言った。「うちもはよう三女を産まにゃ、桂さんに取って代わられる」

「うちかて負けてはおられん」姫子が言った。「峰さんという絶好の相手が見つかったからには、一年ごとにでも続けて女の子を産んで、姉さんや姉ちゃんに追いつかな。天子市子の名前は、何とか天子一族でつなぎたいけえさ」

「そうよ」亜子も言った。「千二百年の系譜を、むざむざと誰かに譲り渡す訳にはいかん」

「姫子はまだ若いけえ、うまくすれば立て続けにいけるかもわからんね」

「とはいえ事は面倒よ。立て続けに三度の出産は、うちでもきつかろうかと」

「いざとなったらうちは、第三十二代として、桂を指名するかもわからんよ」幾分娘たちを脅すように市子が言った。「広い目で見て考えたら、桂かてうちの一族。そもそも天子というのは苗字であって苗字でない。天子市子でひと続き。それはみんなもようわかってると思うけど。平民が苗字を持つことが許されたのなんぞ、つい最近のこと。なのにうちらは、千二百年以上も前から、天子市子を名乗ってきた」

「ほんじゃうちは、正しくは天子市子継子かいね」

「アータが天子市子を継いだら、継子は消える。アータは天子市子じゃ。今も天皇さんのところは苗字がない。今上天皇さんは徳仁《なるひと》。上皇さんは明仁《あきひと》。苗字がないというのは、これ、ある意味名誉なことよ。いずれにしても、天子市子を継ぐには、女の子を三人産んでもらわにゃ」

「うー、プレッシャーじゃわ」姫子が言った。「うちも榊さんとこみたいに、女の子の双子で数を稼ぎたい」

「ああ」何かを思い出したかのように、不意に市子が言った。「誤解がないように言うておくけど、うちは数字を追いかけて、宮崎桂が断トツなんぞと言ったりする。じゃけど、数字、数字と数字ばかりを追いかけて、お金をお金とも思わんようになったら、次に見るのは地獄じゃからね。来栖さんがそのいい例じゃ。この先、何事か起きても、アータらのことはうちが何とかする。お金に困った人間がおったら言いなさい。ほかの困りごとでもな。アータらのことはうちが護るしうちが助ける。お金の管理も、竹男がしっかりやっとる。ほんじゃけ、『お金、お金』と追いかけんように。アータらがうちについてきてくれたこと、ついてきてくれ続けていること、本当に嬉しう思っとる。アータらあっての天子家じゃ。じゃけえ、これからもうちらにしっかりついてきてな」

女たちに向かって、澄んだよく通る声で市子は告げた。その言葉に、何人もの女たちが「はい！」としっかりとした返事をした。

「話はこれで終わり。みんな、ほんまにお疲れさま。うちは席を外すけんど、みんなゆっくり飲んで食べて帰ってな」

市子が言って立ち上がった。

「あ、あの、市子様」そんな市子に長崎檜が声をかけた。「市子様こそお疲れでは？　何やらお顔の色がサエんような」

「そうじゃね。みんなにもう少し言うておかんとね」市子が言った。「松男の口を通して耳にしたかと思うけれど、うちは何か嫌なものを感じとって、どうも落ち着かん。このところ祈禱を続ける毎日じゃけど、今度襲ってくる大魔は……。これからどえらいことが起きて、大変な世の中になるやもしれん。じゃからなおのこと、うちらは絆をしっかり結んでおかんといけん。さっきも言うたけど、何があろうと起きようと、アータらのことはうちが護る。それを忘れんでな。アータらはうちの可愛い娘じゃ」

「うちの可愛い娘」――その言葉に酔うように、何人かの女性がふわふわとからだを揺らした。

では、うちはこれで――口で言うことはなかったが、そんな様子で着物の裾をわずかに翻して、市子は黙って静かに部屋を後にした。

「今日は皆様がた、ありがとう。ほんま、お疲れさまじゃった。そろそろお腹も空《す》いた頃じゃろう」姿を消した市子に代わって松男が女たちに言った。「大きな祭りを無事終えた宴《うたげ》じゃ。今、酒や料理をだすけえ、飲んで食べて言いたいことを言うて、すっきりとして楽しく帰ってな。何の心配も要らん。アータらには市子様がついとるけえ」

宮崎桂、横手柊はじめ、幾人かの女たちは、市子と出逢って人生まで変わったとさえ言っている。市子様にはそれだけの力があり、これは奇跡かと思うような経験を何度かした、と。自分たちがしていることは売春、金で男にからだを売るということかもしれない。だが、集まった女たちには、それとは違った使命感と彼女たちなりのしあわせがあった。

「かわいそうに。この世界のほとんどの人間たちは、しあわせを知らない。しあわせの正体は、それを見たことがある人でないとわからんけんね。アータらはしあわせじゃ」
そんな継子の言葉に、ほとんどの女たちが頷いていた。

第六章　疫病

1

　クリスマスを一日過ぎた十二月の二十六日のことだ。晩方、松男が心持ちサエない顔をして、榊家へとやってきた。手には、コピーだろうが、毛筆で墨濃く書かれた紙を持っていた。聞けば、三十一日・大晦日《みそか》の大祓《おおはらえ》は中止、日付と年が替わる深夜の年越しは、裏門も含めて家の門を閉じているので、初詣はできない。三箇日《さんがにち》も同様に門を閉じ、これといった新年の祝いは執り行なわないし、天子神社に参ることもできないという。

「すんませんのう。例年じゃったら、大祓も新年の祝いもしとるところじゃったのに」

　曇らせた顔をして松男は言って、その旨書かれた紙を差し出した。

「念のため、これば置いていきます」

「あらま。何か寂しいですね。元日には、またお祭りをする予定じゃありませんでしたっけ？」

　そう言ったのは紫苑だ。

「はい。そのつもりでおりました。新年の祭りでは、まだ皆さんに披露していない歌舞もお目にかけようと考えたりしとりました。じゃけど、ノノ様が『このたびは何もやらん。自粛じゃ。うちは居室に籠もって祈りを捧《ささ》げ続けるけえ、祭りも何もできん』と言うもんで」

「残念。とっても楽しみにしていたのに……」紫苑が言った。「母も、『お隣に神社があって初詣ができるなんて素敵！　おまけにお祭りまで』って、心待ちにしていたんですよ」

「ほんま、すまんこってす」松男は思い切り眉尻を下げ、情けない顔で言った。「何しろノノ様の決めたこと、仰ったこと。わしらがどうこう言えることではないもんで。でも、楽しみにしてくださっていたとのこと、嬉しい限りですわ。ありがとの。ノノ様に伝えます」

「何でやらないんですかー」

梨里が玄関口に現れて松男に尋ねた。ちょっと唇を尖らせて、不服そうな面持ちをしていた。

「ノノ様は、何やら嫌な気配を感じておられるようで。気配……兆候、兆しですかいのう」

「前にお邪魔した時にも仰っておられましたけど、それって大魔ですか」可南は松男に質《ただ》した。「市子様が全身全霊で祈り続けていても、避けられないような大魔。もしかしてそんなものが襲いかかってくるんでしょうか。起きるんでしょうか」

「あ、大魔。その言葉は、浦沢さんだったかな、それに富士見さんからもちらっとお聞きしたような」

紫苑が口を挟んだ。可南は明確に把握、認識していなかったが、紫苑の口ぶりからするに、大魔の件は、既に近隣の人の口にのぼっているようだ。

「残念ながらそのようです」松男は言った。「どうやら世のなか、上を下への大騒ぎになるようで。これはいかにノノ様であっても、止めようがない」

「いったい何が起きるんです？　地震？」

「わしがノノ様と話した限りにおいては、今回の大魔は、恐らく疫病ではないかと。瘡《かさ》とか言われた天然痘、ペストにスペイン風邪、それにＳＡＲＳ……折々人類は疫病に見舞われておりますけえ。榊さんには、この際じゃから言ってしまいますが、ノノ様は全身全霊で祈禱を続けとりますが、今回ばかりはとんでもない難敵じゃと。二〇二〇、来年の東京五輪なんぞは吹っ飛ぶと」

「えっ。ペストやスペイン風邪みたいな疫病？　それに来年の東京オリンピックも中止？」

びっくりして可南は言った。

「へえ、ノノ様の見立てでは」言ってしまってから、松男は少しばかり慌てたように目を見開いて続けて言った。「あっ、このことは、ほかの皆さんにはまだ黙っといてくんさい。皆さんが無闇に慌てたり怖がったり……ざわざわと動きだすと収束できんようになって困りますんで」

「ざわざわと動きだす……」

「ほれ、オイルショックの時は、トイレットペーパーの奪い合いになりましたし、何でだったかで、米を行列を作って買うような事態になったこともありましたでしょう。ま、デマですわ。それでも人は慌てふためき、付和雷同してしまう。人間というのは、そげな生き物なんでしょうねえ」

「わかりました、お許しがでるまで黙っています」可南は言った。「新年のお祭りの件は残念ですけど、仕方ありませんね。ただ、何か凄く心配」

「大魔のことですか」

「ええ」

「その正体がはっきりとわかりましたら、榊さんにはいの一番に報せにきますけえ。早めに買《こ》うておいた方がええものも、お報せします。ですから、それまではいつも通り、ごくふつうに過ごしていてください。正体のわからんものを怖がりだしたら、これ、キリがありませんけんのう。ほんじゃあの、今日はこれでわしは失礼致します」

松男が帰ってしまってから、夕飯で使った食器の片づけに紫苑と台所に戻ったが、二人理由は異なれど、同じようなサエない顔をしていたと思う。可南は、もしも市子の見立て通りに疫病が流行って、近隣住民、それに自分までもが右往左往することになることを想像して、憂鬱な気分に見舞われていた。かたや紫苑は、楽しみにしていた新年の祭りが行なわれないことにがっかりして、もの憂い顔をしていたのだと思う。

「なーんだ、お祭りやらないんだ。つまんなーい」

梨里が台所に入り込んできて言ったが、恐らく紫苑の気持ちは、梨里と一緒でなかったか。

相談のうえというほど大袈裟なものではなかったが、松男が伝えにきたこととその内容は、美絵には紫苑が、康平には可南がそれぞれ伝えることになった。

「あらー、つまらない。お祭りやらないのね。楽しみにしていたのに。おまけに三箇日の初詣も、お隣の神社ではできないなんてがっかり。仕方ない。こうなったらお父さんと、明治神宮にでも初詣にいこうかしら」

美絵は言ったらしい。美絵は不動。常に能天気でお気楽だ。可南は思った。

一方、康平は腕を組んで低く唸り、可南の話にすっかり考え込んでしまった。待っていても、なかなか言葉を口にしない。そのうちに可南は焦れったくなって康平に言った。

「松男さんによると、疫病だってよ。でも、昔とは違って、流行り病《やまい》で人がバタバタと死ぬなんてことはないわよね」

「そうなのかな」

ようやく康平が口を開いた。

「『そうなのかな』って何？　私の言ってること、違う？　間違ってる？」

「いや、ペスト、スペイン風邪……松男さんの言うように、人類は疫病と闘ってきた訳だけど、スペイン風邪の時は、確か収束するのに足かけ三年ぐらいかかったな、と思って。言ってしまえばただのインフルエンザなのに」

「でも、今は医療が格段に進んでいるし」

「……」

康平の顔色はぱっとしなかった。

「お父さん……」

「ま、私ら凡人は、市子様の読みが当たらないことを祈るばかりだな」康平は言った。「本当に杞憂で終わればいいんだけどな。でも、松男さんがまた何か言ってきて、備えておいた方がいいと言ったものは、一応買っておくべきかもしれない。たぶんそうした方がいい」

二〇〇〇年を迎える時、公的機関、及び民間機関のコンピューターが、二〇世紀・一九〇〇年代に対応した設定になっているので、一九九八年なら、'98、若しくは００９８で対応できるが、'00年となると一九〇〇年を指してしまい、二〇〇〇年となると同じ'00年となって対応ができない可能性がある。そんな話が、人々の間に真《まこと》しやかに流れ広がった。可南はよく覚えていないが、電気や水道が止まった時の用心に、康平はミネラルウォーターやガスカセットコンロを買い込んだ覚えがあるという。

「蓋を開けてみたら、各機関のコンピューターは、ちゃんと二〇〇〇年にも対応できるようになっていて、何ひとつとして困ったことは起きなかったんだけどね」康平は言う。「今回もそうであってくれればいいけれど。買ったミネラルウォーターやガスのカセットボンベは無駄にはならなかったから、べつに損したとも思わなかったし」

「今回もその類のものであれば、買っておいた方が無難ということか」

「そうだな」

そんな話をしているうちに、新しい年、西暦二〇二〇年・令和二年がやってきてしまった。

榊家では、例年と変わらぬ大晦日に正月。大晦日には年越し蕎麦を食べて、元旦にはみんなでお屠《と》蘇《そ》をいただき、雑煮を食べる。それからは、大人たちはお節《せち》をつまみに宴会だ。百年かそこら、変わることのない年越しと正月の風景。しいて言えば、違うのは、着物までは着ていないことぐらいだろう。親類縁者、特に誰が年始に訪ねてくるという家ではないので、大人は昼前からだらだらと酒を飲んでテレビなど見ている。二日も似たようなものだ。梨里などはたちまち退屈してしまって、外に遊びにいったりしていた。

三日の日には、康平と美絵は連れ立って、夫婦で初詣に出かけた。七福神巡りをするとかで、一日がかりの初詣だった。梨里もついていきたがったが、どうせ子供のこと、二つ三つ神社を回っただけで飽きてしまい、ぶつぶつ文句を言って足手まといになりかねないので、二人は梨里に因果を含めて家に置いていった。

「薄情」置いていかれた梨里は拗《す》ねて言った。「オーパやオーマは、孫が可愛くないのかねえ」

「リリーのことを思ってじゃない?」

可南は梨里の機嫌をとるように言った。寒風のなか、神社など幾つも回ったところで、恐らく子供にはちっとも面白くあるまい。

「まあまあまずまず平穏なお正月、令和二年の幕開けだね」

康平と美絵を送り出した紫苑は言ったし、可南もそう感じた。また、そうであり続けてくれと願った。

紫苑が亜子から聞いたところでは、もし何事も起きなければ、天子家では、二月三日の節分には鬼遣《や》らいをして、四日の立春には改めて新年の祭りを執り行なうとのことだった。但し、市子様のご機嫌麗しくないことに変わりはなく、亜子からすれば、何やら天子家は「暗雲垂れ込め」といった具合で、波乱含みの年越し、年の幕開けになりそうな感じがするとのことだった。

松男が真面目な表情をして、榊家にやってきたのは、一月も末のことだったと思う。玄関口で応対に出た康平と可南に向かって、少し肉のついた朴訥そうな顔をした松男は言った。

「オイルショックの時のことをご存じじゃろか。あの時はトイレットペーパーがなくなるというデマが流れて、みんなスーパーや薬局に買いに走り、えらい騒ぎになりました。覚えておられますかいのう」

やや情けなげな面持ちをしていた。が、よくよく見るなら、多少顔に肉がついていることが、松男の本心を窺わせにくくしていることに気がつくだろう。そのことには、可南も最近になって気がついた。この人、案外心が読み取りにくい——。

「トイレットペーパーは奪い合い。店頭からは消えました。まあ、言うたら、今回も『歴史に学べ』ですな。本当にトイレットペーパーが不足するということはありません。じゃけど、そういうデマは流れるでしょうし、いっとき巷からは消えると思った方がええ。ですから、ネットでええんで、少しまとめて買うておられた方がよろしいかと、お節介ながら。ついでにティッシュペーパーやマスクも買うておかれた方がよろしかろうな」

「マスク……」

「大魔が疫病なら、やはりみんなマスクをするようになるでしょうからの」

「どれも紙製品ですね。あ、マスクは紙じゃないか」

「まあトイレットペーパーというやつ、これは実に厄介ですわ。これを使わないという人はまずおらん。なければぶち困る。ティッシュで代用しようとしたら、詰まってしまいますしな」松男は言った。

「それにトイレットペーパーは、いつかは使うし腐るものでもないので、何十パックあろうが困ることもなければ無駄にもならん。だからいの一番にトイレットペーパーの買い占めが起きる。まあ当然にして必然の道筋ですわ」

松男の話を聞いた康平の判断はというと、今のうちにドラッグストアでいつもより余分にトイレットペーパーを買っておいて、ネットでも段ボール箱二箱分ぐらいは購入しておこうということだった。

「ふうん、松男さんに従うんだ？」

松男に従うというよりも、どちらかというと自分は「歴史に学べ」だと康平は言った。

「で？　マスクはどうする？」

「春が近くなれば、花粉症で私も何枚でも使う。だから、ここは、トイレットペーパーをネットで注文するついでにマスクも百枚かそこらは買っておこう。二百枚でもいいな。余れば来年分だ」

「わかった。今日にもトイレットペーパーをネットで注文しとく。トイレットペーパーは、一パック一ダース入りを二パックでいい？」

「いや、四パックにしておこう」

「ティッシュもマスクも同じショップで売ってるでしょう。念のため、一緒に多めに注文しておくね」

「うん、頼んだ。金は私が払う」

「ありがとう」

康平と可南は、榊家ではアンチ天子家派の人間のはずだった。ところが、お互いはっきりとは認めないものの、松男を通した市子の言葉を信じている。松男の薦め通りに、トイレットペーパーをはじめとする紙製品を購入しようとしている。

実のところ、それだけではない。帰り際、見透かしたように松男は可南に囁いたのだ。

「お父様は投資をしとられるという話を、前に小耳に挟んだような」

「はあ」

やや曖昧に可南は頷いて言った。

「投資は続けてよろしかろうと。わしにはようわからんのですが、たとえ疫病が猛威を振るっても、いっとき株価は大幅下落するでしょうが、日経平均、TOPIXはのちに逆に上がるとか。そうノノ様が……。よろしかったら、お父様にそのようにお伝えくださいましな」

「あの、父はトレジャー・トレーディングという貿易会社の大株主なんですが……」

わが身の心配もあって、つい可南も訊いていた。

「貿易は一旦大きく値を崩すでしょうが、心配ありません。また上がります」

そのことは、当然康平に伝えた。その途端だ。康平はいきなりスイッチが入ったようになって、「疫病など何ほどのもの」といった感じの元気を取り戻した。おまけに「もう少し詳しく聞いておくか」と、隣にまで出かけていったので、それには可南も驚いた。

結局、アンチのはずの私もお父さんも、市子様や松男さんを信じて頼りにしている──。

よくよく考えてみるならば、何だか奇妙な話であり行動でもあった。

2

松男は、榊家のみならず、同じく隣の後藤田家、それに露木家、藪中家、袴田家と、ごくご近所をまず真っ先に回り、それから高齢夫婦が二人で暮らしているような家を何軒か回ったようだった。自分たちがトイレットペーパーなりティッシュペーパーを無事確保した時点で、この種の話は周囲に広がりだすものと相場が決まっている。いち早くその噂を聞きつけた人たちは、スーパーやドラッグストアで、通常よりも頻繁にトイレットペーパー等を買ってくるようになった様子だ。片手が空いていたら一パック。そんな具合に。

「榊さん、ここだけの話だけど、ご存じかしら？　一時的にだけど、トイレットペーパーが店頭からなくなるみたいよ」

浦沢家の妻、摂子から言われた時は、ああ、もうこの話はかなり広がっているのだと、可南は改めて思わざるを得なかった。そして内緒話は伝言話のように、さらに周囲へと広がっていく。因《ちな》みに浦沢家は七十代の夫婦二人の家だ。後藤田家の悦子も可南に言った。

「トイレットペーパーやティッシュペーパーは嵩張《かさば》るんで、私たちみたいな年寄りには、買い物のついでに買うのには案外荷物なのよ。うちにパソコンはあるにはあるんだけど、あんまり使ってなくて……。通販で物は買っても、ネットショッピングはちょっとね」悦子は言った。「そうしたら、松男さんが承子ちゃんを寄越してくれて、ネットショップのアカウントっていうのかしら、それを設定してくれたの。その時、トイレットペーパーやティッシュの購入手続きもしてくれて。おまけにネットスーパーの登録も。だから、今じゃCOMONに行かなくても、お米でも水でも何でも届けてもらえて、ほんと、助かったわあ」

あんな呑気な顔をしていて、松男が人誑しなのは知っている。加えて高齢者を狙い目にしていることも。だから、可南はどちらかというと苦々しい思いで悦子の話を聞いたが、トイレットペーパーやティッシュペーパーの購入……自分たちも同じことをしていることは間違いないので何も言えなかった。袴田家では「buy&sell　AMAKO」で見本を見てから、小さな神棚を購入したという話も、可南は悦子の口から聞かされた。

「ああいうものは、小さいから安いって訳でもないみたいね。細工が細かくなるからかしら。袴田さんの奥さんも、値段まではっきりと仰らなかったけど、消費税を入れて四十万まではかからなかったみたい。お祀りの仕方は、松男さんか天子家のどなたかがやってきて、一から教えてくださったそうよ」

悦子の口ぶりは、何だか羨ましげで、自分たち夫婦も購入を考えていると匂わすようでもあった。

(どんどん侵蝕していってる。……いや、侵蝕されていってる)

可南は内心、危機感を深めた。

「COMONでも、もしかするとうちの店舗だけかな。何だか最近、トイレットペーパーなんかが売れてる」紫苑も言った。「松男さんのお触れの影響かな。私も今日、パートに出た帰りに、残っていたのを二パック買ってきちゃった。その噂が噂なんかじゃなくて本当だったら、うちは早いうちに一年分かそこら確保できて助かったよね。ほんと、天子さんがお隣さんでよかった。そういうことになる。でしょ?」

みんな、天子家の良い方ばかりを見ている。誰しも美女軍団やその客と思《おぼ》しき男性のことは口にしないし問題にしない。紫苑は知らんぷりを決め込んでいるが、ほかのみんなは、きっと知らないのだ。また、仮に彼女らのうちの誰かや連れの男性を見かけたとしても、よもや売春とまでは想像してみないのだと思う。可南だって、永松から「遊び女」「売春」と聞いていなければ、また、姫子と腹を割った話をしていなければ、まさかそんなことをこの住宅地でしているとは考えもしなかったのではないだろうか。可南は、天子家のダークサイドも知っている。その点で、悦子たちと大きく違う。周囲の人たちにも、天子家の良い面、悪い面、双方を知ってほしいと思う。ことに悪い面は。

「あの人たち、あの家で組織売春を行なっている節が窺えるんです。ほら、お祭りに若くてきれいな女の人たちが何人も見えていたでしょう？　あの人たちを使って」

「姫子さんなんて今、旦那さん以外の男の人の子供を身籠もっているし、産もうとしているんですよ」

……

実のところ可南は、誰かに言いたくて言いたくて仕方ない。しかし、言うに言えない。姫子に口止めされていることだ。回り回って姫子の耳に届いてはまずい。

（あー、何かもどかしくてしょうがない。イラつく）

そうこうするうちにも時間だけがどんどん過ぎてしまい、時の流れとともに、天子一族を好ましき隣人と思う人たちが増えてしまう。そう思うと焦る。

（それはまずいよ。何とかしなきゃ）

「バーローがっ！　テメエらだろ、おかしな噂を流してるのは。デマだ、デマ！　そのうちテメエら火ィ点《つ》けて皆殺しにするぞっ！　オラッ！　出てこいっ、天子っ！」

しかし、見回してみるに、天子家に対して明らかな敵対的な態度を取ってみせ、あからさまにものを言う人間は、安田家の陽一郎ぐらいのものだ。けれども、陽一郎を味方とは考えたくないし、陽一郎が天子家に向かって罵声を上げて暴言を吐けば吐くほど、陽一郎の評判はますます悪くなり、かたや周囲の天子家擁護の気運が高まる。まったくもって皮肉な話だった。

（要らない人が、堂々天子家アンチ派になってさ……却って邪魔。迷惑なんだよ）

可南は心で嘆かずにいられなかった。

（後藤田さんや袴田さんに話したいことがあっても、軽率に口にするのは絶対によくない。下手すれば逆効果だ。お父さんとよーく相談して、どう伝えるかを決めてからでないと）

　願わくは、大場家の澄香か夫の清志が、土地屋敷の賃借権のことを、もっと多くの人に公にして、声高に話してくれればいいと思う。しかし、大金が絡むことでもあるし、大場家にも大場家の戦術、戦法のようなものがあるだろう。滅多やたらに他人に話していいことでない。だから、大場家はやや遠巻きにといった感じで、静かに天子家に視線を向けている。

「どうやら資朗さん一家は、川口市内のどこかのアパートかコーポに潜伏しているようだ。そこまでは、大場さんの弁護士も摑んだみたいなんだけど」康平は可南に言った。「どこの何というアパートかまでは、まだ特定できていないらしい」

「川口市って、埼玉県の川口市でしょ？　結構広いじゃない。それじゃまだまだ雲を摑むような話だわ」可南は言った。「見つかりそうだと思ったら、どうせまた資朗さんたちは行方を晦ますだろうし」

「資朗さん、そんな人には見えなかったんだけどな」

「お金が面白いように儲かって、人がハネている時って、見た目にも元気そうに見えるし、輝いている感じがするからね。私たちが見ていた資朗さんは、きっと幻だよ。今会ったら、『えっ、こんな人だったたっけ？』と思うかも」

「何だか平氏《へいし》を思い出させるな。栄枯盛衰、落ちぶれるとなると人間早いし、ハネ上がった分、底まで落ちちまう。人の凋落《ちょうらく》というのは、傍目にも哀しいもんだよな。詐欺師か地面師みたいな真似をしたかと思うとなおさらのこと、資朗さんには会いたくないな」

「うちはそれで済むけれど、大場さんは大変よね。当面は、まだ資朗さんとの鬼ごっこ、追いかけっこだ。決着がつくどころの話じゃない。そのずーっと手前」

「大場さんは、松男さん情報を知ってるんだろうか」

「うん？　ああ、疫病の話？　それに伴って、トイレットペーパーや何かがいっときなくなるっていう」

「うん」

「松男さんも資朗さんを間に挟んだ一件があるから、大場さんのところにはお報せにいかなかったんじゃないのかな」勝手な想像に過ぎないが、可南は言った。「ほかの誰かの口から耳にした可能性はあるけれど」

「いざという時は、大場さんにトイレットペーパーやティッシュの支援をしないといけなくなるかもな。支援物資。その分も買っておくか」

「これ以上また？」

可南は目を見開いた。そしてその後、鼻の付け根に小皺を寄せた。

「もう仕舞っておくところがないよ。人目についてもいいと言うんなら、そこらに置いておいてもいいけど」

「毎日見たくない気はするな」

「でしょ」

大山鳴動鼠《ねずみ》一匹ということもある。いざとなれば分けてあげれば済むことだからと、康平と可南は、大場家のことを考えてさらにトイレットペーパーの類を買い足すことまではしなかった。但し、康平はより投資に熱心になり、時々天子家を訪れては、情報を仕入れてくるようになった。

「疫病騒ぎでいっとき株価が下がったら、どうやらそこが〝買い〟のタイミングらしい。日銀の金融緩和と、疫病収束後は必ず株価が上がるという読みから、外国人投資家も〝買い〟に回るし、株価はバブル時ぐらいに跳ね上がるみたいだ。おかしなもんだなあ。後はどのタイミングで〝売り〟に転じるかだな。それにしてもまー、市子様っていうのは株価の予測までできるんだから大したもんだ。こりゃあ〝売り〟のタイミングも指南してもらった方がよさそうだな」

康平は言う。「お父さんってば、まったくもう」と思いながらも、可南も言われた通り、トイレットペーパーなどの備えをしているのだから、康平に文句はつけられない。

バタバタしていると、たちまちのうちに節分、立春も間近に見えてきた。しかし、お腹の大きくなった姫子は可南に言った。

「残念だわね。今年は鬼遣らいは一家だけで。四日の立春にも、新春の祭りはこれといってせんからってノノ様が」

新春の祭り――即ち立春の祭りは、行なわないということだ。新型肺炎の話が出始めても、姫子本人は差し迫った危機感は覚えていないらしく、ここに越してきて日も浅いことだし、近隣住人ともっと親しくなるためにも、祭りはぜひとも執り行ないたかったようだ。しかし、ノノ様、こと市子様は、相変わらずの不機嫌で、首を縦に振らない。常より口数も少なく、姫子によれば、日々斎戒沐浴《さいかいもくよく》のうえ物忌みまでして、ろくろく眠りも取らずに居室で祈り続けているという。物忌み――肉食を避け、ネギ、ニンニクといったいわゆる五葷《ごくん》も口にしないということだ。僧侶でもないのに物忌みまでするとは、さすが巫女の親玉、念が入っている。

「祭りはうちらの肝なのに、ノノ様は何を恐れておられるやら」

姫子は気だるそうに言った。

「天子一族で、天子市子様の実の娘である姫子さんにも、市子様のお心は計り知れないものなんですか」

率直に可南は尋ねた。

「正直、うちにノノ様ほどの力はないし、うちはお胎にやや子がおるけえ、なおさら今は、やや子のことしか考えられんのよ」

力の差は最初から認めるといった具合で、姫子の答えは正直で実にあっさりとしたものだった。

ちょうど姫子とそんな遣り取りをした頃だった。

「おい、可南、ちょっと来い」とリビングから康平の可南を呼ぶ声が聞こえた。「こっち来て、テレビ見てみろ」

行くと、康平はテレビのニュース番組を見ていた。可南に見せようと、聞かせようとした肝心のニュースは短くて、あっという間に終わってしまったようだ。画面は既に気象情報に移り変わっていた。

「何？　何のニュースだったの？」

可南は訊いた。

「中国の武漢《ぶかん》市で、新型肺炎が発生したのが、正式に確認、発表されたとか」康平は言った。「新型ウイルスによる感染症だと言ってる」

「そうなの？」

その危機感がもうひとつ共有できず、幾らかぽかんとして可南は言った。

「発生したのは去年の暮れだな。今は武漢で大流行しているみたいだぞ」康平は続けた。「WHOも何だかぐずぐずしていたが、ようやく新型肺炎の感染症発生と公に発表した」

「WHOが？」

WHO——WORLD HEALTH ORGANIZATION、「世界保健機関」。

「WHOも大国である中国対応でか、なかなか慎重だな。まだ詳しい内容の発表まではしていない。

ただ、この感染症、感染力は破格に強そうだ。武漢市は今、危機に瀕している模様だぞ。海鮮市場をはじめ、公的機関、民間機関、すべてクローズになっていると、やっと中国が認めた」

「それが日本にまでやってくるっていうの？　ＳＡＲＳやＭＥＲＳも中国由来。確か中国が発生源だったわよね？」

「ＭＥＲＳは中東じゃなかったか」

「騒ぎにはなったけど、日本じゃＳＡＲＳは流行しなかったじゃない」

「その頃とは時代が違う。今は、がんがん中国人が日本にやってきていて、観光だの爆買いだのをしている時代だ。中国人は、いうところのインバウンド消費の立役者」

「その武漢発の新型肺炎だかが、市子様が大魔と言っている感染症だって言いたいわけ？」

「まだ推定の段階だ。でも、その可能性は充分にある」

康平によると、ＳＡＲＳは台湾、韓国の手前で止まって上陸しなかったのが、日本にとっては幸いしたらしい。一方で、日本の防疫態勢は進まずに終わったという弱点も残した。因みにＳＡＲＳのワクチンは、まだ出来ていない。

「とにかく武漢は大変なことになっているみたいだぞ。それだけははっきりしている」

「武漢……武漢市ねえ」

もうひとつピンとこずに可南は言った。

「湖北《こほく》省・長江《ちょうこう》中流域にある大都市だよ。武漢は杉並区なんて規模じゃない。武《ぶ》昌《しょう》、漢陽《かんよう》、漢口《かんこう》の三つだったたっけかな。その三つの大きな市が統合されて、今の武漢市になったんだから」

「ふうん」

可南の腑抜けた様子が気に入らなかったのか、康平はごそごそとスマホを取り出して、スマホに向かって「中国武漢市の面積と人口を教えてください」と喋りかけた。

〝中国・湖北省・武漢市の面積は、八千四百九十四平方キロメートルです。人口は、一千百八万人です〟と、女性を模したコンピューターの回答音声が、康平のスマホから聞こえてきた。

「ほら。東京以上の広さで、人口は東京の方が少し多いぐらいだ」

康平は言った。

「東京の面積って？　どのぐらいだっけ？」

「確か二千二百平方キロメートルとかそのぐらいのはずだ。となると、武漢市は、東京の四倍近くの広さがあることになる。ま、あっちは土地には不自由しないからな」

「人口は、一千百八万人か。東京は、一千四百万人ぐらいだから、お父さんが言うように、ほぼ同じと言っていいね。大都市だ。その都市が、公的機関、民間機関、みんなクローズ。人々の日々の暮らしに欠かせない市場もクローズ」

「海鮮市場があるのは、恐らく昔、漢口と言っていた地域だろう。港があるんだよ。商船の出入りする商港が。だからあそこは海の幸が豊富」

「武昌や漢陽は？　どんな都市だったの？」

康平は、自分が承知している限りのことだがと前置きしてから、可南に告げた。

「武昌や漢陽は、地形的に自然の要塞と言っていいような都市で、日本で言うなら城下町のような都市だったと思ったけど」

「ふうん。城下町っていうと、山口県の萩《はぎ》市とか、こぢんまりとした印象があるけどな」

「お前は自分が行ったことのあるところの印象でものを言ってる。日本とは、何もかも規模が違うと思った方がいい。向こうの方がひと桁もふた桁も上だ。たとえば三峡《さんきよう》ダム、こいつがなあ」

三峡ダムは湖北省にあるダムで、面積や貯水量を数字で聞いても、あまりに桁外れ過ぎて想像がつかないぐらいに馬鹿でかく、建設当時から、「あんなもの作ったら、地球の軸が狂う」と言われていた悪名高きダムらしい。ナイル川やアマゾン川には負けるかもしれないが、長江《ちようこう》にしても、世界最大最長の川と言っていい。もしも三峡ダムが決壊したら、雲南《うんなん》省、安徽《あんき》省、それに重慶《じゆうけい》市、武漢市、上海《シャンハイ》市が水没してしまうと言われているほどの規模だという。

「それ、いつ出来たの？」

可南は訊いた。

「確か二〇〇九年だったと思うよ。今からだいたい十年くらい前だ。これまでも、報道されないだけで、きっと浸水、冠水といった水害は出てたんだろうな。それにしても――」

「それにしても何？」

「過去を振り返るに、悪い話となると、何かにつけて出てくるのが武漢市だと思って」

「そうなの？」

「私の記憶と印象ではね。あそこには国の感染症研究所があって、そいつがまた実に怪しい」

「怪しいとは？」

「新しいウイルスの研究をしている。研究と言えば聞こえはいいが、私に言わせれば新しいウイルスを作っているってことだ」

「生物兵器かあ」

「いよいよ武漢の名前がテレビの報道番組でも口にされるようになってきたとなると要注意だ。ケイタイの地震警報のアラームが、けたたましく鳴ったも同然。厳重警戒だな。武漢市で目下流行中の新型感染症は、今後、要注意、要ウォッチングだ」

「それ、お父さんの予言？」

「まあな。私が断言するからには、そこそこ自信がある」

「そう言われると怖い。事実、お父さんのその種の予言は当たることが多い。それは私も知っているから」

これまでの経験から可南は言った。

武漢市発の新型肺炎、新型感染症――それがこれから長い期間、日本に暮らす人々を脅《おびや》かし、その行動を制限するものになろうとは、その時の可南は思ってもいなかったし、想像すらできずにいた。可南はよくわからずにいたが、それが新型コロナウイルス感染症・感染症名ＣＯＶＩＤ―19――その感染症のパンデミックの幕開けだった。その恐ろしさを、可南や人々が思い知るのはこれからだった。

よく出来たウイルス。厄介このうえないウイルス――。

3

春末《ま》だき――空気の芯に冬の寒さが残っているうちに、松男が報せにきた通り、まず真っ先に、巷でトイレットペーパーの買い溜め、買い占めが始まった。スーパーを取り巻くように並ぶ人々、ドラッグストアに開店前から長い行列を作る人々……それでようやく買えても一人一パックまで。そうなると、誰しも心もとない気持ちになる。それは、無理からぬところだ。幾らトイレットペーパーは、材料の多くが国内からのもので、中国からの輸入はないので材料に事欠いていないと言われても、購買行動は変わらない。皆がこぞって買い占めに走りさえしなければ、供給量も充分だからとテレビで聞いても、なかなかじっとしていられるものではない。トイレットペーパーは、なければ本当に困るものだし、潤沢《じゅんたく》に出回るまでには時間を要するだろうと皆が読んで、買い占めに走ったことを愚か者の所業と嗤《わら》うことはできない。榊家は、松男のお蔭で優に一年分は確保できていたので、慌てふためくこともなければ付和雷同もせずにやり過ごせたが、でなかったら、一家五人、いったいいつまでもつだろうかと、トイレットペーパーを憂鬱な眼差《まなざ》しで眺めつつ、同じく買い溜めに走っていたことだろう。トイレットペーパーに先駆けて、マスクが品薄となり、除菌用品も手に入りづらくなった。

「ほら、松男さんの言った通りだ」紫苑などは得意げでさえあった。「言うことを信じて、事前に買っておいてほんとによかったよね。充分な備蓄量。五人でも余裕だね。そういや、東日本大震災の時も、トイレットペーパーが店頭から消えたね。何事か起きた時、まず真っ先に人が買い漁《あさ》るのはトイレットペーパー。相場が決まっているんだね。今度こそ私も学んだ」

「トイレットペーパーやティッシュはあるし、マスクもある。次は何を買っておいたらいいのかしらね」夕飯の席、のほほんと箸で煮魚を口に運びながら、美絵も言った。「差し当たり、水やお米は備蓄しておく必要はないって言っていたわよね、松男さん」

「次ねえ……トイレットペーパーについては学んだけど、次となると、私はさっぱり見当がつかないわ。また松男さんに訊いてみようか」美絵に応えて紫苑は言った。「それが一番の早道じゃない？」

「そうね。それがいい。それにしても、頼りになるわね、お隣さん、市子様も私たち近隣の人間に災いが降りかからないよう、巻き込まれないよう、日夜お祈りしてくださってるんでしょ。気持ちのうえでも心強いわ」

「紹子ちゃんとその話をしたけど、紹子ちゃんはアルコールとか言っとったな」

梨里までもが口を挟む恰好で話に加わってきた。

「アルコール？　子供はお酒なんか飲まないでしょうが」

「違うよ、オーマ。飲むやつじゃない。消毒用のアルコールだよ。うちもだけど、紹子ちゃんちも人数が多いから、何本も買ってあるって」

「ああ、そういったら、病院で採血する時なんかには、必ず針を刺すところをアルコール綿で消毒するね。あれを日常化する訳か」紫苑が頷いて言った。「ほかにも除菌剤はあるけれど、やっぱりアルコールが一番いいのかな。リリー、あんた、もう少し詳しく紹子ちゃんに訊いておいてよ」

「了解でーす」

梨里がご機嫌な笑顔で、右手を高く挙げて応える。

可南にしても内実、助かった、松男に助けられたという思いはある。とはいえ、三人のそんな遣り取りを耳にしていると、頭痛がしてくるような思いでもあった。三人は、松男や市子、つまりは天子家の人間たちに、あまりにも無防備で無警戒過ぎる。笑顔で両手を大きく広げて彼らを歓迎している。その流れに可南が逆らってみても、また、三人の思いとは相反する意見を口にしてみても、こんなふうに言われてしまえばぐうの音も出ない。

「可南だって、松男さんのお報せ通りに、トイレットペーパーやティッシュを買ったじゃないの。それにマスクまで」

「お父さんにしろ可南にしろ、何だかんだ言いつつも、お隣さんの言うことを信じる行動を取ってる。それが事実。お父さんなんか、天子さん情報を得て、ますます投資熱に火が点いちゃってる」

悔しいが、その通りであるだけに反論できない。

それが榊家に限って起きていることであればべつにいい。が、そうではない。松男から、市子が、こういうことが起きるのを予め知らされていた近隣の人たちは、みんな松男に感謝している。市子が、近隣の人たちの安寧《あんねい》を願い、日夜祈りを捧げてくれていることにも、感謝の思いを口にする人が少なくない。ここに来て、ぐっと天子家シンパの人数と勢力が増したし、それに伴って自分がシンパであることを隠そうとする人が減った。今やこの辺りでは、可南が懸念していた雪崩現象が起きていると言っていいだろう。人は実害にも敏感だが、実利にも敏感だ。実利・実益があるということは、即ちご利益があるということ。そうなると、いやでも天子市子の信者は生まれてくるし増えてくる。

「前にリストを作ったけど、そのリストに天子家シンパとして名前を挙げた人たちはこの一件で、さらに完全なシンパになったと考えていいんじゃない？」康平と改めてすり合わせをするに当たって、可南は手元にリストを用意し、それに目を落として言った。「後藤田さんご夫婦、露木さんご夫婦、浦沢さんご夫婦、富士見さんご夫婦。この四組のご夫婦は、シンパというよりもはや信者。後藤田さんも遂に神棚を購入したみたいだし、皆さん熱心に天子神社にお参りしている。日参している人もでてきたみたい」

「ま、予言の的中だからな。よもやの新型感染症の流行で、トイレットペーパー騒動になるなんて、恐らくは誰も予想していなかったろうから」

「こんなこと言っているのを聞かれたら、また紫苑に『ほら、可南だって市子様を信じている』と馬鹿にされそうだけど、市子様には本当にそういう力があるっていうこと？　今回のことはその証と考えていいわけ？」

「あるにはあるんだろうな。っていうかさ、この世のなかには、そういう特別な力を持った人たちが、何人、いや何十人か何百人はいるんだろうな。そのなかの一人がうちのお隣に来たぐらいだから、たぶん結構数多く」

「市子様はそのなかの一人か。あーあ、何だかむざむざと自ら敗北を認めるような気分」

「もうひとつの可能性は、私たちが思っていた以上に、天子一族は情報通だったということかな。市子様たちは、中国・武漢で新型肺炎が流行しているのを、昨年のうちから知っていたのかもしれない。いち早くそういう情報を得ていた――」

「でも、姫子さんは、立春のお祭りもできないなんて、と嘆いていたわよ。自分には、ノノ様が何を恐れているかわからないって。姫子さんは天子一族の一員、それも実の娘なのに」

「それ、額面通りに受け取っていいものなのかな」

「え？」

「姫子さんの言葉。可南は、姫子さんが自分に本当のことを言ったと思っている。その前提に誤りがあるとしたら？　姫子さんは知っていて惚《とぼ》けたのかもしれない。伝令役は松男さん。自分が先に可南にそのことを言ったらまずいから」

「駄目だ」可南は頭を抱えた。「私って、何て人が好いんだろう。姫子さんは天子側の情報をリークすることで私を操っているし、時に偽情報を流して翻弄《ほんろう》もする。私、すぐにそのことを忘れちゃうのよね」

「その素直さが、可南のよさでもある。可南がそういう人間だからこそ、姫子さんも話をする相手として、可南を選んだのかもしれない」

「そうは言ってもねえ、何か情けないよ」

「しかし、リストを作っておいてよかった」康平もリストを眺めながら言った。「御手洗さんご夫婦も、もはや完全なシンパだぞ。ご夫婦揃って天子神社にやって来られたところを、私は何度も見かけている。飯野さんご夫婦、小林さんご夫婦も、安田さんちのゴミ問題から解放されたのみならず、今回の件で助けられたものだから、完全に天子家シンパになった。私の目にはそう映る。いつの時代でも同じだが、人にとっては何よりも情報が一番有り難い。金と情報、どちらが上にくるかは微妙なところではあるけれど」

「お金に困っていない人たちにとっては、情報の方が価値があるし有り難い――」

「それは言えるな。間違いなしに」

「で、みんな続々とシンパや信者に……。かたやアンチは……」

可南の呟きは、知らず陰鬱なものになっていた。

「アンチに数えていいのは、大場さんのところの裕太君を含めた三人。裕太君は大場家の次期当主だから、当然自分たちの権利を侵害している天子家をよく思っていない。それに吉川さんご一家三人、古池さんご一家三人。現時点ではっきりしているアンチはそんなところかな。後は安田陽一郎さんに茅野さんご夫婦」

康平がつけ足すように言った最後の一人と一組の夫婦の名前を耳にして、可南の顔は陰鬱どころか、夕立ち前の雲を纏ったかのようにどんよりと曇った。

「安田さんに茅野さん……その仲間になるのかと思うと、考えただけで気が塞ぐ。アンチのメンバー、それぐらいしかいないの？　頼りにならないな。もっとまともな人がほしい。まあ、吉川さんや古池さんは、あまりおつき合いはないけれど、真っ当な常識人だとは思うけど」

「吉川さんも古池さんも五十代のご夫婦。若いし元気なんだ。両家とも、確か娘さんがいたな」

「そうそう」

「ご夫婦も自分の頭で判断できるし、まだ歳若い娘さんたちが、ご夫婦が天子家に傾くストッパーになってるんじゃないか」

「吉川さんのところのお嬢さんの日路さんは、コンピューター関係のお仕事をしていると聞いた覚えがあるわ」

康平の推測だが、息子や娘がまだ歳若くて、たとえば日路のようにコンピューター関連、広く言ったらＩＴ関連の企業に勤めていると、巫女だの神社だの祈禱だの……その種のものは信じないし、人によっては嫌悪するのではないかということになる。

「言えてるような気がする。スーパーコンピュータ富岳《ふがく》と巫女、ＩＴ関連の人間ならば、きっと富岳を信じるでしょうよ」

「娘さんたちからすれば、市子様がやったり言ったりしていることは、言わば迷信のようなものだし、仮に当たっても気味悪いだけ。自分の両親にも、天子家のような家に出入りしてほしくないと思うだろうし、そう言うだろうな」

「だね」

「だから、松男さんもそういう家は、一番には回らない。後回し」

「あの人たち、周りの人たちの家族構成や暮らしぶりを、ほんとによく見ているわね」

「そう。それで老夫婦を狙う。恩を売る」

「あくどい！」

思わず可南は声を上げた。

「でも、老夫婦は、実際に助かってる、助けられてる」

「そこが何とも厄介なのよね」

人に恩を売っておいて、後々騙して金を取るとか何とか、詐欺に等しいことでもすれば、松男たちはあくどいし、好ましからざる隣人ということになる。法廷に引きずり出すことだってできる。だが、彼らは金銭はもちろん、自ら何を求めるでもない。やっているのは、人が勝手に信者になって、自分から進んで天子神社や天子家に通うようになって、市子に祈禱なりお祓いなりをしてもらうようになる道筋を、じわじわと整えていくことだけだ。

「不動産屋が持ってるような、戸別に名前が書かれている地図でも入手して、赤と青で色分けしていこうかな。そうすると、この地区の明確な勢力図ができるしわかりやすいから」

「赤と青、どっちを何色にするんだ？」

「そりゃあ、天子さんが赤でしょうよ」

「赤ねえ」

言われてみると、可南も何か違うような気がしてきた。

「黒、黒なんだ！」膝を打つように可南は言った。「私からすれば、天子家は黒」

「でも、黒で塗り潰したら、地図上の戸主の名前までもが見えなくなる」

「じゃあ、グレーにでもする？」

「うーん、それも何だかなあ」

康平にもだろうが、可南にもわかっている。上に真っ白い装束をつけたりしているが、天子家はやはり黒なのだ。灰色ではなく黒。

「それをどうやって近所の人たちにわかってもらったらいいんだろう」

可南は幾らか力なく言った。

やり方を間違えたら、可南たちは天子家に関するよくない噂話を流して、彼らの評判を落とそうとしている一派と受け取られかねない。周囲が市子や松男を信じて頼れば頼るほど、それに抵抗する可南たちは悪者になる。

困った事態に陥った——可南は思う。

けれども、紫苑の見方はまったく異なる。単に可南が勝手に自分で困っているだけ。天子家のすべてを受け入れさえすれば、安心だし安泰。ここでこれまで通りに平和に暮らしを営んでいける。それなのに、なにゆえいちいちぶつぶつと文句を言うのか、懐疑的、敵対的なことばかりを口にして、頑《かたく》なに反天子のポジションを守ろうとするのか――。

どちらも間違ってはいない。だからこそ、可南は思い悩んでいた。

4

可南は天子家のこと、つまりは天子家のダークサイドをもっと知りたいし、その証拠を摑まねばと考えている。康平も同じ目的で、大場家とより密接な関係を築く手だてを考えていた。しかし、令和二年も三月になると、可南も康平も天子家の問題に終始してはいられなくなった。スーパーやドラッグストアからトイレットペーパーやティッシュがなくなっただけでなく、武漢発の新型肺炎の感染力の強さと毒性の強さが、続々ニュースやワイドショーで報道されるようになったからだ。大型豪華客船の〝ダイヤモンド・プリンセス号〟が、船内で感染者が出たという理由によって、乗船している客たち、クルーたちの下船が許されず、横浜港に横づけされたままだというニュースが流れているうちはまだのんびりしていた。それはある意味、対岸の火事だったのだ。〝ダイヤモンド・プリンセス号〟の一件は、いわゆる水際作戦と言っていいだろうが、〝ダイヤモンド・プリンセス号〟一隻停《と》めたところで、人が海外から入ってこない訳でもなければ、ウイルスが入ってこない訳でもない。〝ダイヤモンド・プリンセス号〟も悲惨を極めたが、いつしかウイルスはべつのルートで日本に上陸して、我がもの顔で広がり始め、日本を席巻し始めていた。当たり前だが、東京の感染者が四十七都道府県中では、当然のように多かった。

　ようやくWHOが、新型ウイルスの概要と言えるものを発表するに至ったが、遅きに失しているとの批判の声も多かった。WHOがCOVID-19と名づけた新型感染症は、どうやらペストやスペイン風邪……これまで人類が経験してきたどの感染症よりも手強いということが日に日に明らかになっていく。人類はこれまで何度となく襲われてきた疫病に打ち勝ってきたのだから、COVID-19にも打ち勝てる――しかし、それまでに相当な時間を要することは、もはや自明だった。感染を防ぐのに、今やマスクは必須。やっとトイレットペーパー騒動が落ち着きを見せ始めたかと思いきや、日本中ではマスクの争奪戦がまだ続いている。どこもかしこもマスクは売り切れ。入荷の目処も立たないという有様になった。

　COVID-19とは、2019年に発見確認されたCORONAVIRUS DISEASEのこと。ただのコロナウイルスならいい。ふつうの風邪だってコロナウイルスが原因のひとつだ。しかし、これは新型。つまりは未知のコロナウイルスということになる。早い話が、未だその正体がまるで摑めていない。敵がわからずにいる以上、これは戦いようがない感じがした。

　武漢市は都市封鎖されて、外から内へもだが、内から外へも出られない。それどころか、市民は決められた食料調達の日以外、一歩も家を出られないという徹底ぶりだということも報じられるようになった。当然、武漢の街からは、市場の活況も人の姿も消えた。息を潜めるように、ひたすら閑散とした武漢の街。

「東京のロックダウンも間近」「東京は武漢と同じように都市封鎖になる」……そんなことが囁かれる一方、「近いうちに政府から緊急事態宣言が発出される」「政府は緊急事態宣言を発令すべきだ」「既に後手後手にまわっていて、日本政府は対応が遅い」……さまざまなことを口にする人たちが増えた。いずれにしても、日本中、上を下への大騒ぎ。感染したら最後、劇症肝炎のように急激に悪化する酷い肺炎を起こして、人はバタバタ死んでいく――そんな噂や情報に、人は実のところCOVID‐19がどういうものかわからないままに、この感染症を恐れ、脅えた。そして、COVID‐19という名前は、何故か日本では浸透せず、みんな「新型コロナ」とも言わずに、とにかく「コロナ」「コロナ」と言うようにもなった。

そんな頃だ。松男がまた榊家を訪ねてきた。

「えらい騒ぎになってしもうて」可南は松男の善人面にも飽きてきたが、松男は思い切り眉尻を下げて言った。「こんな時に何じゃけど、うちの竹男が記者発表のようなことをするもんで、そのお報せに罷り越しました。母屋や離れの部屋でという訳にはいかん。まだ寒い日もあるんで屋外というのはちと辛《つら》かろうが、庭でコロナの講話か講習のようなことを。榊さん、おいでにならんかのう」

「？」

記者発表、講話に講習……応対に出た可南は言っている意味がよくわからず、黙ったまま小首を傾げた。

「今度の土曜の午後二時に、わしらが摑んだ限りのことではありますけんど、コロナについての情報を、近隣の皆様がたにお伝えしようと思いまして」

「ああ」

やっと得心して可南は頷いた。

「無闇に恐れても意味がない。ある程度コロナのことを知っていただいて、正しく恐れていただこうと思い至りまして」松男は言った。「わしらからするに、今は皆さん、どうもようわからんままに右往左往しているように思えるもんですけえ。もうご存じのことも多いとは思いますが、よかったらお越しください。――ああ、当日は、マスク着用でお願いします。それと、できれば一軒一名、若しくは二名でお願いしますわ。庭が人で混み合っては、これまた望ましくない事態となりますけえ。このたびのことは、わしらが勝手にすることじゃのうて、天子市子も承知、許しもちゃんとでておりますけえ」

この松男の話を家族全員に伝えると、康平はもちろんのこと、美絵も紫苑も、果ては梨里までもが行きたがった。

「お父さんは決定でしょう。榊家の家長だし、物事を一番客観的に判断できる人だから」可南は言った。「残るは一枠。それは私にさせてくれないかな」

「えー、それじゃ不公平じゃない？」紫苑は言った。「お父さんと可南は、言わばニコイチだもの。視点が同じ。違った視点で見るには、お母さんはともかくとして、私が参加するのがいいと思う」

筋が通っているので、可南も紫苑を退けることはできなかった。

「わかった。じゃあ、うちはお父さんと紫苑の二人」止むなく可南は言った。「私は、話はお父さんから聞くわ。紫苑は聞いてきたことを、お母さんとリリーに話して」

「うちは行けんのー？」

梨里が、いかにも不服そうに言った。

「あんたはｕｎｄｅｒａｇｅだから駄目」紫苑が梨里に言った。「紹子ちゃんなら、竹男おじさんから聞いて、いろいろ知ってるんじゃない？　リリー、あんたは紹子ちゃんから聞きなさい」

ちぇっと舌打ちしつつも、母親の紫苑に言われて梨里は口を閉じた。こういう時、母親の言葉は強い。

土曜になると、昼食の後ひと休みして、康平と紫苑は連れ立って隣へと出かけていった。

「お父さん、できればメモを取って、しっかり聞いてきてね」康平を送り出すに当たって可南は言った。「で、帰ってきたら、詳しく私に教えて」

「ああ、わかった」と、可南の言葉に康平も大きく頷いてみせた。

「メモを取る必要はなかった」

一時間か一時間半ほどで隣から帰ってきた康平が、いの一番に可南に言ったのがそれだった。

「何で？　それほどの話でもなかったの？　それにしては時間が結構かかったような気がするけど」

「ほれ」

康平は可南に、A4用紙五枚ほどの文書のコピーを差し出した。竹男も抜かりない。そこで自分がみんなに話す内容を、入力したうえ打ち出して、事前に何十部か用意していたようだ。

「わ、資料がちゃんとあるんだ」

それを手にして可南は言った。

「こういう作業は、竹男さんの専門分野かも。天子家の経理担当者だから、事細かに記すことは得意なんだろうな」

●もはや新型肺炎とは言えない新型ウイルス感染症・新型コロナ感染症（COVID-19）●

・ウイルスの型（タイプ）……RNA型コロナウイルス。遺伝物質を増殖させコピーする形で、爆発的かつ急激に増殖する。

・コロナは通常の肺炎とは異なる……肺には左は上葉、下葉、右は上葉、中葉、下葉と、合わせて五つの葉（部屋）がある。一般の肺炎は、どこかひとつの葉に炎症を起こすが、コロナは五つの葉全部に炎症を起こすし、逃れ難い呼吸不全を引き起こす。急激に重症化するのもその特徴（前日にはレントゲンで影が確認できなかったものが、翌日には五葉すべてに炎症が起きているケースも）。
・もはや肺炎とは言えないコロナ……感染者各人の弱いところを攻撃する。例：糖尿病の持病があれば、糖尿病患者は血管が弱いので血管に。腎機能障害等であれば、当該臓器、及び周辺の血管に炎症が起きる。※血管があるところならばどこにでも炎症を起こす。心臓、脳もまた然り。
・生活習慣病や肥満も持病のうち……持病のある人は、もともとその臓器の血管に炎症が起きている状態。肥満は脂肪組織に炎症が起きている状態。コロナは、そこを突いてきて、さらなる炎症を引き起こす。ゆえに、基礎疾患のある人は、コロナに罹患《りかん》すると重症化する確率が高くなる。
・血管に炎症が起きることの怖さ……1．その炎症（損傷）を抑えようと血小板が集まる。↓2．損傷にかさぶたができる。↓3．かさぶたが大きくなったり、あちこちにかさぶたが出来たりすると、血管内に流れ出し、血栓となる。↓4．結果、あちこちの血管に詰まりが生じ、脳梗塞、心筋梗塞等、命に関わる症状を引き起こし、後遺症を残す。
・治療薬……目下のところ、アビガン（インフルエンザ治療薬）、レムデシビル（エボラ出血熱治療薬）、アクテムラ（リウマチ治療薬）、イベルメクチン（抗寄生虫薬）、セファランチン（白血球減少症治療薬）、ネルフィナビル（抗ＨＩＶ薬）等、いわゆる転用薬ばかりで、コロナそのものが特定できていないため、その治療薬、特効薬がない。また、アビガンはじめ、現段階でコロナの治療薬として使われているものには、注意すべき副作用がある上、未承認。
・コロナの注意すべき点……1．これまでにない感染力の強さ。徹底した消毒とマスクはじめ防護用具、防護服等が必要。2．遺伝物質を増殖させコピーする形で爆発的な増殖を遂げるのでミスコピーが起きる。即ち、コロナは変異を繰り返し、ひとつの薬でそれぞれに対応することを難しくさせる。ワクチンもまた然り（変異に対応できるかが不明）。

●鍵を握るワクチンとワクチンの作用●
・人が抗体を持つということ。↓・免疫ができる。※しかし、免疫が活性化し過ぎると免疫暴走（サイトカインストーム）を起こし、問題ある細胞のみならず、一般細胞、よい細胞まで攻撃して炎症を起こし、持病を悪化させてしまう。

……

康平が持ち帰った資料に目を通しながら、可南は何度か溜息をついた。

資料には、それに続けて現在開発中の幾つかのワクチンについて具体的に製薬会社の名前を挙げて記されており、また、抗体の種類や、いつどこで発生したと考えられるか……そうしたことがかなり事細かに記されていた。未知のウイルス――そんな訳のわからないものに関して、よくぞ今の段階でここまで調べて整理したものだと感心するぐらいによく書かれてはいた。但し、読めば、コロナが悪い意味で非常によく出来た性質《たち》の良くないウイルスだということが改めてわかるばかりで、救いはなかった。現在、アメリカやイギリスの製薬会社を中心に急ぎ開発されているワクチンも、最終段階となる第三段階までの臨床試験が済まないことには承認されないという。この第三段階が肝心なのだ。要は、まだワクチンはいつ出来るやらわからない。

「それに、臨床試験はアメリカ人やイギリス人を中心に行なわれているから、日本人に効くかどうかは、日本人での臨床試験が必要だって書いてあるね」

「対象は、アングロサクソン、ネグロイド、ヒスパニック……そんなとこか。確かに今の段階では、仮にワクチンが出来たとしても、日本人に確実に効果があるかどうかはわからないな」

「それに日本にワクチンが回ってくるのは、ラッキーにラッキーが重なって、二〇二一年冬って書いである。日本の製薬会社は何をやってるんだろうね。日本のワクチン研究って、思っていたよりもずっと遅れてる」

「そこには書いてない。竹男さんもこれは噂話だけれども、という前提で言っていた。アメリカや中国は、インド、ブラジル辺りでさかんに臨床試験を行なっているとか」

「何で？」

「テストだからだよ。効果があるかどうかわからないし、重い副反応が生じるかもしれない。だから、いわゆる発展途上国で試している」

「それも酷い話だね。ワクチンなんかで死にたくない」

「でも、コロナでも死にたくない」

「確かに」

可南は物干しから覗き見をしたので知っているが、竹男の話を聞きに、隣の庭には六、七十人ぐらいの人が集まっていた。出来れば一軒につき一人ということだったから、四、五十軒の家の人間が集合したということか。

「〝ダイヤモンド・プリンセス号〟を長々港に留め置いた日本の水際作戦なんて、今となっては笑止千万だね。肝心の国際空港からは、人がどんどん入ってきていた訳だから。何をやっているんだろうね、日本政府は。一応島国なんだから、何とか防ぎようがあったように思うけど」

「今の時代では、海外への渡航と海外からの渡航は当たり前。なかなか完全に止められるものじゃないから、ま、しょうがないんじゃないか」

「それにしても、何とかならないのかなあ、新型コロナ」

「難しいな。とにかく、首都東京は、都市封鎖まではできなくても、緊急事態宣言は出すべきだろう。

このままだと、東京ではそのうちもの凄い数の感染者が出て、病院は患者で溢れ返る。医療崩壊を起こしかねない」

　加えて可南が気になったのは、ウイルスが変異するという点だった。竹男によれば、既にコロナは、千単位で変異しているのではないかということだった。それだけ姿を変えられてしまったら、幾らワクチンを作ったところで、追っつかないのではないか。しかも、ただの肺炎ではなく、その人の弱いところ、弱いところを突いてくるというのが曲者《くせもの》だった。

「肥満も持病のうちなのね。組織に炎症が起きているんだ。初めて知った」

「それは私も初めて知った」

　そんな話をしているうちに、三月も後半を過ぎて、外出禁止にまではならなかったものの、基本、不要不急の外出は控え、なるべく家で過ごすこと——ｓｔａｙ ｈｏｍｅが始まった。手洗い、うがい、マスク着用も、強く推奨され、店頭にはアルコール消毒液が、どこの店舗でも当たり前のように置かれるようになった。

　そこにもってきての国民的人気コメディアンの新型コロナ感染とその果ての死。この報道で、一気に人はどよめき、コロナにいっそう注目するとともに恐れ始めた。そのコメディアンは人工呼吸器から人工心肺と言われるエクモでの懸命の治療、救命措置を受けたのに、それでも助からなかったという話だ。彼の場合は肺炎だ。でも、竹男が書いていたように、もともと肝機能が悪い人は、コロナでいきなり劇症肝炎のような症状を呈して亡くなっても不思議はないし、国民病とも言われる糖尿病患者などは、罹《かか》ればどこかの血管で激しい炎症が起きて、肺炎であれ肝炎であれ腎炎であれ、急激に重篤化して命を失いかねない。高齢者も同様だ。何かしらの持病があるだろうし、加齢とともに免疫力が低下しているからだ。だから重症化もしやすい。それがわかってきたから、みなコロナを本当に恐れるようになった。

終わりの見えないコロナとの闘い――まさか自分が生きているうちにこんなことが起きるとはいうのが、国民一人一人の偽らざる気持ちでなかったか。

「阪神《はんしん》・淡路《あわじ》大震災があって、東日本大震災があって、おまけにコロナ」康平も嘆かわしそうに言った。「えらい時代の節目に生まれちまったもんだなあ」

時代の節目は災厄とともに訪れるものなのだということを、このことで可南も学んだ。しかし、それは悲しい学びであり、自らの無力さを知るような学びだった。

（大魔……）

国民的人気コメディアン死亡のニュースを耳にした時、その言葉が可南の頭に自然と浮かんでいた。松男によれば、市子は、大魔は疫病だとも言っていたはず――。

ＣＯＶＩＤ-19の日本での流行は、まさに市子の予言の成就を意味するものでもあった。

5

市子の予言が成就した――当然ながらそのことは、この地域に住む人たちに大きな影響を与えた。
三月下旬には二〇二〇年の東京オリンピックの延期も正式に決まった。これは、松男の口を通してノノ様の予言として耳にしていた人も少なくなく、「やっぱり！」ということになった。ただでさえ天子家近隣の人々は、トイレットペーパーの一件で、天子家によって救われている。スーパーやドラッグストアの開店前に、容赦なく吹きつける春風ものかは、長い時間行列をせずに済んだし、再び出回るまでの備蓄は充分なので、もの憂い顔で心配することからも免れた。このコロナ騒ぎで、地域の勢力地図までは作っていないものの、赤と青で色分けするなら、赤が大勢を占めていることは間違いなかった。それもあって、可南は地図を作りたくない。

「まさにご利益。トイレットペーパーの山を見るたびにそう思うわ。現実に目の前にあるものだけに、これほどはっきりとしていてわかりやすいご利益もない」

「ほんと。市子様様よ。日本人はやっぱり神道、巫女さんね。その道の女性の特殊能力ってハンパない。これからも要ウォッチング。……っていうか、親しくおつき合いしとかなきゃね。どんな有益な情報をもたらしてくれるやらわからない。市子様にも礼を尽くそう」

「それにひきかえ、お寺の坊さんなんて、葬式の時に役に立つだけで、ふだんは何の役にも立ちゃしない。戒名をつけてもらうだけでも何十万ものお金を取られるし、何回忌だの何だの、しょっちゅう法事があって、その都度お金を取られる。考えてみると馬鹿馬鹿しいわよね」

「だから言うのよ、坊主丸儲けって。——お寺に何十万も払うぐらいだったら、うちも神棚買った方がいいんじゃない？」

「……」

シンパが勢力を増したのは、榊家のうちのなかでも同様で、美絵と紫苑は完全な天子派、天子支持。今回のことで、誰憚ることなくそれを口にするようになったし、美絵も紫苑もしょっちゅう天子神社にお参りしている。継子や亜子と話をしてくることも多いし、時には市子とも話しているようだ。

「神棚までは要らないと思うよ。うちは物干しからでも天子神社が拝めるから」

抵抗も兼ねて、可南が二人に言えるのは、せいぜいその程度のことでしかなかった。あからさまに抵抗すれば、梨里を含めた三人に猛反発を食らうのは目に見えている。自ら墓穴を掘りたくない。

因みに康平は、未だ大場家に支援物資を届けるまでには至っていない。

「大場さんのところには、松男さんのお報せ、いっていなかったんでしょ？」可南は半分確認するように康平に言った。「トイレットペーパーやマスク、足りていないんじゃない？　うちは何だかんだマスクも、四、五百枚ぐらい買ってあるし、困っていらっしゃるなら届けてあげたら？　それも、大場さんとさらに親しくなるきっかけになるんじゃない？」

しかし、康平は渋い顔をしてなかなか首を縦に振らない。動こうとしない。大場家に分けてあげられるぐらいの量は確保しているが、もしも康平がそんな真似をしたら、大場家の清志や澄香に、「あぁ、榊さんも天子さんの言うことを信じて、こんな騒ぎになる前に、紙製品をたくさん買っていたんだ」と思われかねない。いや、きっとそう思うに違いない。どうやら康平はそれが嫌な様子だった。それは何となく可南もわかる。わかるのだが。

「もしもなくて困っていたら、分けてあげた方が大場さんも助かるし、べつに悪くは思わないんじゃないの？」

「だったら可南が持っていってくれ」

「男の人っていうのは、こういう時、恰好をつけるのね。嵩張るものだから、二人で持っていこうよ」

「……」

二人のこうした会話にも、紫苑たちは文句をつける。

「やめときな。そんなことしたら何様だよ。いつかは使うものなんだから、人に分ける必要はないって」

「そうよ。それに天子さんと親しくしていたからこそ、今、困ってない。大場さんは天子さんを自分から敬遠していたんだから、そういう大場さんに問題がある。大場さんが悪い」

「大場さんが悪いってそんな。そこにはそうするだけの理由ってものがあった訳で――」

さすがに可南も言った。しかし、美絵は平ちゃらな顔をして言う。

「大場さんが悪くないなら、悪いのは来栖さんでしょ。来栖さんちの資朗さん。天子さんを悪者にするのはおかしいわよ」

「べつに私は、天子さんを悪者にはしていない……」

「それにさ」梨里までもが二人に加担して言った。「今時両手にトイレットペーパーなんか提げて歩いてたら、きっと誰かに『どこでお買いになったんですか』とか『どこで売ってるんですか』とか訊かれると思うな。そうなったら返事のしようがなくない？　まさか買い溜めしてましたとは言えないじゃん」

子供の言うことだが、それが意外にも的を射ているので余計に困る。結局、大場家への物資の支援は、もう少し様子を見てからにしようということになってしまった。

アンチ天子家だった吉川家も、トイレットペーパー等の備蓄をあまりしておらず、ばったり行き合った時に、妻の乃愛が可南に不安を口にしていた。

「天子さんから直接聞いた訳ではないけど、そういう話は何となく耳にしていたのよ。でも、うちは娘の日路が、そういうデマに惑わされるのが一番よくないって強硬に言い張るもんだから。日路はこうなってもまだ、少し待っていさえすれば、必ず出回るものだから大丈夫だって言うの。あの子、一度言いだしたら退《ひ》かないのよ。こんなことで親子喧嘩《げんか》なんかしたくないし……。お稲荷さんも、実のところ、あの子は好きじゃないの。『狐でしょ？　狐なんか信仰してどうするのよ。気味悪いだけの動物、ケダモノじゃないの』なんて言って。天子さんに聞かれたら大変。気を悪くされるわね」

「日路さんの言う通りだと思います」可南は言った。「トイレットペーパーがなくなるなんていうのは、地震だの原発事故だの、何事か起きるにつけて必ず流れる話ですから」

「デマよね？　そうよね？」何とかそう思いたいといった調子で、乃愛は念を押してきた。「で、榊さんは？　お宅は足りているの？」

「あ、ええ。うちは……五人家族なもので、日頃からいつも多めに」

結果として、可南は乃愛に嘘をつくことになってしまった。胸が痛む。しかし、そうしたことを考慮に入れるならば、梨里の言う通り、今、トイレットペーパーを提げて近隣を歩くのは、あまりお薦めとは言えない。目立つし、「やっぱり榊さんは天子さんの言うことを聞いて、前もってたくさん買っていたんだ」と思われる。

「吉川さんも、日路さんがいなかったら、天子家シンパに回っていたかもね。奥さんなんて危ないところよ」

可南は康平に言った。吉川家はそのいい例。アンチとしてカウントしていた家のなかにも、その実、天子家に傾きかけている家があるということだ。アンチとしては苦しいところだ。天子家はおおっぴらにも、表面的には隠れたかたちでも、近辺の住人を侵蝕しつつある。少なくとも、もはや無視できない存在になっていることは間違いない。

松男や竹男からまた何かしら新しい情報、貴重な情報が得られるのではないかと、それを目的に天子神社に通う人も出てきた。紫苑と同じ着眼と発想だ。困ったことに、稲荷信仰は、それをよろしくないこととはしない。人がそうしたことを願うのは当たり前、単に今よりもっと金持ちになりたいという願いであっても、それを聞き届ける捌けた神様がお稲荷様だ。現世利益《げんぜりやく》、大いに結構。

「天子さんは、行く先々でスカウトしてきた女性たちを使って組織売春もしていれば、大場さんとの土地の賃借にも大いに問題があるんです。なので、私は天子さんのすべてをよしとすることはできません。どちらかというと天子さんに関しては、懐疑的、否定的な立場です」――はっきりそう言えたらいいのだが、さすがに可南も言うに言えない。誰をも納得させるだけの事実をしっかりと押さえる前に、コロナが来てしまったのだ。しかも、それを市子は言い当てた。

(やれやれ。この事態を、いったいどう収めたらいいものやら)

心で呟きながら考える。けれども、妙案は、そうやすやすとは湧いてこない。

(安田さんのご主人にも、少しおとなしくしていてほしいものよね)

思うのはそんなところだ。

コロナで世のなかが騒々しくなったことに苛立っているのか、蛮行とも言いたくなるような陽一郎の暴走は止まらない。明らかに天子家を敵視した行動を取るので、みんな陽一郎には眉を顰めているし、標的とされた天子家を気の毒に思っている。どうやら陽一郎は、自分の家の生ゴミの入った袋を、天子家に投げ込んだりしているらしい。陽一郎には、どうして自分のしていることが、逆に天子家のシンパを作ることになるとわからないのだろうかと、こちらこそ苛立たしく思う。けれども、陽一郎に面と向かって文句は言えない。そんなことをして榊家が標的にされては敵わないからだ。あの男は、何をしてくるやらわからない。詰まるところ陽一郎は、喧嘩がしたいのではないかとすら思う。だから喧嘩相手を探している。それを松男は見抜いているのだろう。陽一郎の言動にも鷹揚《おうよう》だ。「ゴミなんぞ、うちのと一緒に捨てればいいですけえ」——松男は言う。かくして天子家の評判はまた上がる。

「あー、お休みのところ、まことにすんません。わし、天子の梅男です。可南さんはおられますかいのう」

日曜日、珍しく梅男が榊家を訪ねてきた。しかも、可南をご指名だ。

「あ、はい、可南です。今、玄関口に参りますので、少しお待ちください」

慌てて手で髪を直しながら、玄関へと向かう。ドアを開けると、照れたような顔をしながらも、瞳や頬に笑みの光を湛《たた》えた梅男が立っていた。やや濃いめの顔だがハンサムだ。もう少し背が高かったら、もっと女性にモテていたのではないかと思う。

「おとついの朝方のことになります。お蔭様で姫子が無事赤ん坊を産みまして」

梅男は言った。照れたような笑顔はそのままだった。

「姫子が、そのことを可南さんには報せておいてくれと言うもんで」

「あ、それはどうもおめでとうございます。――あの、女のお子さんだったんですか」

「はい！」梅男はさらに嬉しそうな顔になって、大きな声で返事をした。「ふわふわとした女の赤ん坊でして。生まれたばかりなのに目鼻だちもしっかりしていて、ほんま、可愛らしい女の子です。はは、わしが言うたら、ただの親馬鹿ですな」

言ってから、梅男は頭を掻いた。それでいて胸を張っていた。照れた笑顔もいつの間にか、少し得意げな笑顔に変わっていた。

「ノノ様もそうだったようですが、義姉さんがた二人も、赤ん坊を宿しておっても、あまり腹がせり出んタイプでして。姫子もそうでした。天子市子の血筋なんでしょうなあ。母子ともに健康、超の字がつく安産でした。あの調子なら、姫子はこれに続けて次々と、女の子を産んでくれるんじゃなかろうかと」

「ちょ、ちょっと待ってくださいよ。そのお子さんって、梅男さんのお子さんじゃないんですよね？」――訊きたいところだったが、可南はぐっと言葉を呑み込んだ。

「赤ん坊というのは、ただ泣いてばかりじゃけど、ほんまに可愛いもんですなあ」

「はあ」

「ああ、家に産婆さんを呼んでの出産でしたから、姫子は家におります。今、世はコロナで大騒ぎですけんど、近いうちにぜひ、赤ん坊の顔と姫子の顔を見にきてやってください。姫子も、可南さんに赤ん坊を見てもらいたいと言うておりますけえ」

産婆……自宅での出産……今時としては珍しい。乳母こそ雇わなくなったものの、長い伝統は今も受け継がれているし守られているのだと、改めて可南は思った。

「で、お名前は？　やっぱり雛子ちゃん？」

可南は梅男に尋ねた。

「おお、姫子から聞いておいでしたか」笑みの光を宿した目を大きく見開いて梅男は言った。「そうです、雛子です。次は宮子、富子、熙子、尚子……今からあれこれ名前を考えておりまして。楽しみですわ」

姫子は横になったりはしているものの、いたって元気だというので、数日中に赤ちゃんと姫子の顔を見にいくことを約束して、可南は梅男との会話を終えた。帰っていく梅男を見送ったが、梅男は後ろ姿まで嬉しげで、ウキウキというよりイキイキとして見えた。

（私でさえ知っているんだから、梅男さんが自分の子供ではないってこと、知らないはずがないのに……）

可南には、その梅男の浮かれようが理解不能だった。しかも梅男は、姫子がまたよその男の子を産むことを楽しみに待ち望んでいる。

（ほかの男の子供でも喜んでる。妻に女の子を産ませさえしたら、夫としての面目は立つっていうわけ？　天子家の男衆として認められるっていうわけ？　姫子さんに離婚されることもなければ、家を追い出されることもない）

「おい、可南、どうした？　今、誰か来ていたみたいだけど」

リビングから顔を出して、可南に尋ねた康平に、可南は面白くなさそうな顔をして言った。

「天子家のシンパがまた一人増えた。それも当の天子家に。まだ零歳児だけどね」

「うん？　何だ？」

「姫子さん、女の赤ちゃんを産んだんですって」

「それじゃ、天子家は一人増えて、総勢十一名だ」

「そういうことになるね。姫子さん、この先、まだまだ産みそう。峰さんとかいう種馬の子供をさ。

——ねえ、信じられる？　それを梅男さんが嬉しそうに報告にきたんだよ」

「まあ、よそ様ならともかく、天子さんだったらあり得る話だ」

姫子の例が初めてでないとすれば、そんな不道徳で、父系の遺伝の問題も無視した家だし一族だというのに、ファンとシンパ、それに信者が増えている。それが可南は、何とも許し難い思いだった。

どう考えてみても、コロナはそう簡単に収束しそうにない。となると、恐らく市子の信者は、今後も増え続けることだろう。

「無力——」

べつに康平に言うでもなく、可南はそう言って顔に暗雲を漂わせた。

そこにCOMONでの仕事を終えた紫苑が帰ってきた。こちらも同じく暗い顔——どちらかというと、仏頂面をしていた。

「やだ。茅野さんの奥さんがCOMONに買い物にやってきて、私、いろいろ話しかけられちゃったわよ」紫苑は言った。「茅野さんのお宅には、松男さん、お報せにいかなかったみたいね。茅野さん、そのことを面白くなく思っているみたい。それでいて、市子様のことや天子さんのことを、凄く気にしていて、探るみたいにあれこれあれこれ」

「あれまあ、それは災難だったね。幾ら知らんぷりしたくたって、向こうは一応客だから、知らん顔をする訳にはいかないもんね」

「『たかが巫女。巫女なんて娼婦みたいなもんだって、うちの主人は言うのよね』とか言って、市子様を腐《くさ》しながら探ってくる辺りがさすが茅野さんというか、嫌なところ。詰まるところあの人は、市子様に本当にそれだけの力があるかどうかを知りたいのよ。それによってはあの人、市子様や天子さんと親しくなろうと考えてる。それが見え見え。自分にとって得になるなら、天子さんや市子様を、自分が悪く言っていたことなんてすっかり忘れた顔して百八十度転換、天子さんに追随しかねないよ。『うちはべつにキリスト教徒じゃなし、これといって信仰がある訳じゃないから』とか、先に言い訳みたいなこと言ってたもん。私、嫌だな。あの人が市子様にすり寄って、天子家にしょっちゅう出入りするようになるの。そうなったら、どうしたって顔を合わせる機会が増えるし、それって天子さんの瑕《きず》にもなると思うんだ。近所の人たちは、みんな茅野さんの奥さんのことも旦那さんのことも敬遠してるし嫌っているから」

好ましからざるアンチが一軒、今しもシンパになろうとしている。それを喜ぶべきか嘆くべきか、可南はもう考えるのも面倒臭くなっていた。ただ、思った。

(お近くなのに、松男さん、茅野さんのところには行かなかったんだ。だとは思ってはいたけど、天子家では天子家で、相手を見てる。選んでいる)

となると、姫子に赤ん坊の顔をぜひ見にきてほしいと言われている自分はどうなのか。どういう位置に立っていると考えたらいいのか。可南にもだんだんわからなくなっていた。

6

四月に入ると、あっという間にコロナ騒動は、コロナパニックと呼ぶに相応しいものになった。四月の七日には、とうとう国が「緊急事態宣言」を発出するに至った。市子は、この感染症と、日本という国のありようを、大魔、もっとわかりやすく言うならば国難、国民の大苦難と捉え、庭で特別講話のようなものを行なうという。可南はそれを、身二つになった姫子から聞いた。

「可南さん、今回のウイルスは、ほんま手強いわ。ノノ様は、これから数年の間は、人はこのウイルスに翻弄されるし悩まされることになるだろうって、そう言ってる」

姫子の産んだ子供は可愛らしくて、梅男の言っていた通り、まだ生まれて間もないというのに、目鼻だちがはっきりとしていて驚くようだった。赤ん坊のくせに、もう鼻筋が通っている。

「将来、相当な美人さんになりそう。楽しみですね。その前に、芸能プロダクションに子役でスカウトされたりして」

可南は子供の顔を見て感心して、お世辞抜きで姫子に言った。

「近頃の赤ん坊はみんな、目鼻だちがはっきりしてから生まれてくるみたいよ」母となった姫子は余裕で言った。「べつにうちの雛子が特別ということはない。うちの亭主なんかは、雛子は特別みたいに思って、うちが抱く間もないぐらいによう面倒を見て、可愛がっておるけど」

梅男がこんなにも面倒見のいい父親で、子煩悩になること請け合いとわかって、ますます姫子は次の子、またその次の子と、赤ん坊を産む気持ちを強くしたようだった。

「夜泣きしても、うちはのほほんと寝ていられる。授乳だけはべつだけどね。梅男を亭主に選んだのは間違いだったかと思った時もあったけど、こうなってみると役に立つ。あの人でよかったんだわと思い直したり」

「それは何よりです」

「で？　可南さんが前にノノ様にお願いした件はどうなった？　伴侶となる人との出逢いはあったの？」

「世はコロナパニックですし、ノノ様、いえ、市子様は、その出逢いは梅雨時と仰っていたので」

「梅雨時？　ほな、まだ間があるね。そのコロナパニックだけど、まだまだ続くし、これを契機に世のなか変わるみたいよ」

「そうですね。みんなマスクをするようになりましたものね」

「それはまだ小さな変化の方。パラダイムシフトとかニューノーマルとか言って、常識そのものが変わりそう」

「――」

「ノノ様の講話、可南さんも聞きにきた方がええよ。きっと今後の参考になるから。うちのノノ様は、神様のお言葉を代わって口にする訳だから、大きく外れることはない。たまに神様もご機嫌が芳しくなくて、容易に言葉を口にせんこともあるようだけど」

「そうなんですか」

「神様というのは、案外人間臭いものなんよ。ああ、当日は、トイレットペーパーやマスクも用意しておく予定。まだ間に合ってない人には配るつもりなんで」

「慈善家、篤志家ですね、天子家は」

これは若干お世辞の部類だが、ほかに言いようもなく、可南は言った。

そんなかたちで可南は姫子から市子の講話の情報を得た。情報を得たのは、恐らく近所でも一番早かったのではないか。

「お父さんも行くでしょ？」

家に帰ってから、可南は康平に言った。「もちろん」と、康平は大きく首を縦に振った。

今回は、特に人数制限はしないらしい。大勢の人が集まるようなら、先着順で時刻と人数を分けて、市子が何度か同じ講話をするらしい。

「早めに行った方がいいかもしれないね。そうしたらきっと一回目の講話が聞ける」

「何だか紫苑よりも、可南が信者に思えてきた」

「そういうことを言わないの。私も嫌だなあと思いながらも、止むを得ぬ流れでそういうことになっているんだから」

「止むを得ぬ流れ――」

「まさかそんなごっついウイルスが入ってきて、日本中、上を下への大騒ぎになるとは思っていなかったもの。ううん、日本中じゃなくて世界中だね、大騒ぎになっているのは。よもやの疫病。いったい、今、何世紀だよって思っちゃう」可南は真面目な顔をして言った。「竹男さんのリポートにも、発生場所は中国武漢の感染症研究所と思われるって書いてあったよね。お父さんの読みと一緒」

「竹男さんのリポートには、感染症研究所の研究員の名前まで書いてあったな」

ＷＨＯはまだそれを認めていない。けれども、今回のウイルスが武漢の感染症研究所から流出したことは、康平はじめ可南の周囲では、もう常識みたいになりつつあった。

講話の日、市子は淡めの紅《べに》に浅葱色の袴という女性神職の正装姿ではなく、白に赤という巫女の装束で現れた。その姿の方が、長い髪の黒さと紅をさした唇の赤が際立って、凄味が感じられるようだった。一回目の講話を聞きにきた人だけで、六、七十人はいただろうか。残り五十人ほどの人は、二回目の講話に回したという。まだ遅れてくる人があれば、その日三回目の講話をすると言う。

「日が暮れたらもうやらんけど」姫子は言った。「神社は、夜は静寂でなければいけん場所なもんで」

可南が見たところ、一家揃ってきている家もあれば、親戚や友人を誘ってきている家もあり、知らない顔もあった。その会話から窺い知るに、親戚、友人は、近隣、或いは杉並区に住んでいる人ではない様子だった。みんな、電車に乗って、わざわざ天子神社に市子の講話を聞きにやってきたのだ。何しろ市子は、トイレットペーパー騒ぎを事前に見事に言い当てている。話を聞いて、それほどの人ならば……と思うのも無理はないと可南は思った。

「まずは祝詞を上げまして、この場と皆様を清め祓いましてから、託宣、神様のお言葉をお告げ申し上げまする」

ゆったりとした調子で市子が言い、「掛巻も〜」から始まるいつもの市子の祝詞が始まった。低くよく通る市子の声が庭に響き渡る。遅咲きの八重の桜が、ひらひらと薄紅色の花びらを風とともに雪の如く舞わせる。厳かで、どこか幻想的な後景と雰囲気が、その場に集まった人を呑み込む。声を発するのもだが、息をするのさえ憚られるようだった。二分ほどで祝詞が終わり、市子が人々を目だけで見回してから話し始める。

「このたびの疫病、まことに厄介。とうとう国からも『緊急事態宣言』が発出されました。即ちもはや有事。だんだんこうして人が大勢集まることも、この先許されぬこととなるでしょう。これは人災、ゆえに天魔ならぬ大魔。人が決してしてはならぬことをしたがゆえの災厄とお思いあれ。この疫病、地球上のどの国、都市にも広がり、多くの死者をだすこと必定。罹らぬこと、それが何よりも大事。

とりわけ歳のいったかたがたは、ご注意くださいさい。罹れば死に至るような恐ろしい病でありまする。日本は神国。ゆえに、他国に比べてこの疫病が、巷に蔓延《まんえん》することは免れるでしょう。が、これはしつこい。姿を変え、変異したウイルスとなって、繰り返し街や人を襲って参りまする。これから数年の間は、家から出ることを控えるよう人は強いられ、それとともに、ＩＴ化が進み、人は人と接することなく、パソコンでインターネットを通じて仕事をせざるを得なくなることでしょう。併せて生活にも一気にＩＴ化が進むでしょう。店、会社……閉店、倒産が多く出て、それに伴って失業者も増え、二年後には治安も悪化。町では食料を得るだけのお金がない者に、食品が配られ……ここはいずこの国かと思われるような光景が、私の目には映っておりまする。

人と接すれば接するほど、この病は伝染りまする。人が触ったものも同様、触れてはなりませぬ。家にお籠もりなさいませ。今のうちに食料が家に定期的に供給されるよう手配なさいませ。バッタが雨嵐の如く降る光景も、わが目に映りまする。案じ過ぎて困ることはありませぬ。このたびばかりは、皆様、大いにご心配なさりませ。ご心配なさって、今、手に入る生活に欠かせない品は、お買い求めになるのがよろしいでしょう。それを恥じる必要も臆す必要もございません。

この疫病を防ぐ薬は……それはワクチン。しかし、これを接種することが叶う日は、まだ遠く先のこと。それが効くか、逆に何か悪さをしやしないか、それが明らかに定まるまでには、なお時間を要することでありましょう。今は耐える時期。

今、わたくしにできることは、ただ、皆様のために祈ること。そして天子家ができることは、お困りの皆様の助けとなるべく働くこと。それよりほかにございませぬ。どうぞ、わたくしをお訪ねくださいませ。皆様のお苦しみ、この天子市子が承ります。皆様に降りかかる災厄を代わって身に受けるべく、わたくしは全身全霊、祈り、わが勤めを使命と捉え、懸命に働きまする。

雨……雨が降る。それもこれまでに経験のないほどに、酷く激しく雨も降りまする。この疫病によってではなく、雨で家を失う人が出るほどに。命を失う人が出るほどに。雨はほんの一例。ありとあらゆる災難が、次々と人々を襲いまする。このたびの疫病は、その始まりに過ぎぬと、どうぞそうお思いくださり、ご覚悟なさいますよう。始まりに過ぎませんが、これは恐れに恐れてもまだ足らぬほどの恐ろしき疫病でございまする」

……

不吉な予言だ。そんな市子の言葉が二十分ほどの間、市子の口から集まった人に告げられた。声の響きと調子もあるだろう。途中、身を竦ませ、からだを震わせる人もでれば、涙を流し、拭う人もでた。それも理解できないことではなかった。闇に通じるような市子の漆黒の瞳は、一方、あまたの星々を瞬《またた》かせる夜空のようなきらきらとした輝きを放ち、見ていると引き込まれそうになる底のなさが感じられた。市子独特の低い声も艶やかなら、黒髪もまた艶やかで、凛《りん》としたその立ち姿は、目が離せぬような圧倒的な存在感を誇っている。血筋と素養があるうえに百戦錬磨。この人を無視することは、至難の業《わざ》と言ってよかった。

(凄い。女カリスマ……)

嘆息するように、可南は心で呟いた。

やがてふうとひとつ息をついて、市子が言葉を口にするのを終えると、それを待っていたかのように松男が集まった人たちに言った。

「マスクを持っておられないかたもおられるでしょう。そのようなかたには、門のところでマスクをお分けいたします。トイレットペーパー、ティッシュペーパーもございます。持っていない、備蓄に不安がある、そういうかたに限らせてはいただきますが、残りがあるうちは、どうぞ皆様、ご遠慮なくお持ち帰りくださいまし」

「どうする？　うちはもらって帰ったらまずいよね」

いつの間にか隣にやってきていた紫苑が可南に言った。

「それはまずいよ。天子さんだって、『あれ？　榊さんは持っているはずなのに』と思うだろうし、本当になくて困っている人に悪い」

「だよね」

マスクが一枚もない——事実そういう人がいるのだ。そんな人たちにとっては、たとえ一パックであっても、マスクを分けてくれる人は神様、有り難くて拝みたくなってしまう存在だと思う。今はそんな時期だ。

「あの、こんな時に何ですが、本当に株価の方は……」

こすっからくも康平は、こそこそと松男に寄っていって、そんなことを尋ねていた。

「ご安心ください。わしからしたら奇妙なことに思えますが、株は持ち続けていてよい。結果的には株価は当面下がらん、逆に上がるとノノ様が。株価に大きな変動があるような時は、ほかならぬ榊さんのこと、わしがお伝えに参ります」

その言葉を耳にして、康平は心から安堵したようだった。

「さてさて、皆様がた、ご遠慮されんで持っていってくださいまし」

重ねて口にされた松男の言葉に、それまでじっと市子の言葉を聴いていた人たちにざわざわとした動きが生じ、市子に近寄り、感謝だか早速願い事だか、或いはさらなる質問だか、何やら言葉を口にしようとする人たちもでれば、マスクやトイレットペーパーをもらいに、門に向かう人たちもでた。そんなふうにして集団が、わらわらとばらけていく。その時だった。突然、声が上がった。男性の声だった。

「こんなこと、あってはならないと思います。皆さん、どうか冷静になってください。この人たちに煽動《せんどう》されてはいけません。こんな怪しげな人たちに……。巫女だの神社だの祈禱だの、今時、とんでもなく浮世離れしているとは思いませんか。皆さん、これまで、そんなものを信じてきましたか」

声の主は、大場家の一人息子、裕太だった。彼は怒りにからだをかすかに震わせ、赤くなるのではなくて、逆に青くなった真剣な顔で声高に言っていた。

「この人たちは、僕の家の持ち物である土地や屋敷を、不法に占拠しているんです。来栖さんから権利を譲渡してもらうに当たって、それ相応のお金は支払ったと言い張っていますが、大場家としては天子さんに土地や屋敷を貸した覚えはありません。僕に言わせれば不法です。そもそもこの人たちは、どうやってそれだけのお金を作ったんでしょうか。皆さんのなかにも、高い値段で神棚を買ったかたがいらっしゃるんじゃありませんか。この人たちは、自分たちを古物商と称して、その実、神棚を売りつけたりしている。売りたいのは神棚だし、得たいのは人の信用、信心とお金なんです。そんなの、霊感商法みたいなものじゃありませんか。それに祭りに来ていた女性や見知らぬ男性が、入れ代わり立ち代わり、こちらに出入りしていますよね。見かけたかたもいらっしゃるでしょうに、どうして皆さん黙っているんですか。何も言わないんですか。あのきれいな女性たちは、ここでいったい何をしているんでしょう。みんな男連れで。――売春ですよ。僕は男性のうちの一人をとっ捕まえてしつこく尋ねてみたから知っています。檜だったか何だったか、とにかく木の名前のつく女性とよその県でいい仲になり、彼女を追いかける恰好でここに来たのだと言っていました。その女性にお金を払って、ちゃんと客としてやってきているのだと。客ですよ、客。この人の下には、そういう女性たちが何十人もついているんです。そんなの、組織売春でしょう。それもまた不法です。この人たちはそうやって金を稼いでいる。儲けている。いかにコロナ禍とはいえ、犯罪者に煽動されたり支配されたりするのはやめましょう」

天子家との間で、大場家が最もややこしい問題を抱えているし、一人息子の裕太には、次期地主として土地、屋敷を守らねばならないという立場もあったろう。それを差し引いても、勇気ある発言だと思った。「同じです。私もそう思います」――できれば可南も、裕太支持の発言をしたかったし、裕太の味方にまわってやりたかった。ところが、咽喉が干上がったように渇いてしまったうえに窄《つぼ》まってしまい、声が咽喉の奥に張りついたまま、声も言葉も発することができない。

市子に負けじと、裕太が声を張り上げたので、一度は人々のざわざわとした動きも止まったかに見えた。裕太がかすかに身を震わせていたのは、怒りよりも緊張からだったかもしれない。けれども、裕太が言葉を口にすればするほど、残念ながら彼は集まった人たちのなか、ひとり浮き上がっていき、彼を取り巻く空気は見る間に冷えていく。結果的に人々は、裕太に冷やかな眼差しを向けた後、また市子へ、門へと、それぞれの思いが赴く動きへとまた戻っていった。

(裕太さんが勇気を持って事実を告げてくれた。この機を逃しては……)

たとえ小さな声であっても、彼を庇《かば》うようなことを何か言わねば……そう思っていたところ、可南は自分に向けられた鋭い視線に射抜かれた。それは強くきんと冷えきった視線だった。その視線の主は姫子。姫子がすっと背筋を伸ばして立ち、その顔だけを可南に向けて、きつい視線で可南を牽制していた。

表情は、ほかの人の目には特に何もないように見えるかもしれない。が、可南からすれば姫子のそれは、至って険しく厳しいものに思えた。いや、そうであったことに間違いはない。表情は多くを語らなくても、その目が強烈に語っているのだ。余計なことを言うんじゃない。もしもこの場で天子家や市子を損なうような発言をしたり歯向かったりしたら、容赦はしないしただではおかない。コロナよりももっと厄介で苦しい目に遭わせてやるし、可南はもとより榊家の人間たちをじわじわと長いこと苦しませてやる。いいか。甘く見るなよ。覚悟しろ――。

これまで可南に見せたこともないような目をして姫子がじっと自分を見つめている。その目の威力と強烈さに可南は震え上がったし、それこそ蛇に睨まれた蛙のように身が竦んで固まってしまった。

「行くよ。帰ろ」

紫苑が可南に言い、背中を向けて立ち去る気配を見せても、まだ可南は口を開くことも動くこともできずにいた。ただ、心では思っていた。

(これが姫子さんなんだ。姫子さんの本当の顔なんだ。怖い……とんでもなく怖い人)

これまで可南に見せていた朗らかで開けっ広げな感じのする笑顔は、やはり可南を取り込むための仮面と仕掛けで、これが姫子の本当の顔なのだと、改めて可南は思い知った。それもそのはず、姫子は天子市子の実の娘だ。三女とはいえ、天子市子の正当な継承者の一人でもある。つまりは、いずれは姫子が天子市子になる可能性もある。それは決して忘れてはならないことだった。

(それなのに……。馬鹿だ、私は)

どう頑張っても笑顔までは作れなかった。が、可南は何とかかたちばかりを繕って、姫子に頭だけは下げて、後は逃げだすように天子家の庭を出た。

どうして真っ直ぐ家には帰らずに、環八を渡って駅方面へと足を進めたのかは、自分でもわからない。でも、可南はそうしていたし、その視線の先には裕太の姿があった。

「裕太さん!」

追いかけて、可南は裕太の腕を掴んだ。そして彼に言っていた。

「すみません、あの場では私、何も言えなくて……。でも、個人的な気持ちは私も同じです。裕太さんは間違っていない。正しいと思います」

ゆっくりと振り返った裕太は倦んだ面持ちをしていて、結局自分の言ったことは、誰にも聞き入れられなかったという疲れと諦念のようなものが、その顔や目の辺りに滲んでいた。

「裕太さん、私、何も言えなくて、本当にごめんなさい」

ほかに言葉が見つからず、可南は裕太にただ詫びた。

「いいんですよ」ろくに可南の顔も見ずに、裕太は力なく言った。「苦労している親父《おやじ》やお袋のためにも、自分が何か行動しなくちゃ……僕はただそう思っただけで」

「……」

「でも、どうやら僕はやり方を間違えたみたいですね。あの場で声高に言ってどうなることでもなかった。単に僕は天子さんとの間で、この先揉め事になる種を、新しくまた蒔《ま》いてしまっただけでした」

そんな裕太の言葉にも、可南は何も返すことができなかった。腕を摑んだままだったことに気づいて、黙したまま手を放す。

「あなたは榊さん……榊さんの――」

自分ではつい忘れがちだが、可南は紫苑と同じ顔をしている。それを思い出して、可南は慌てて言った。

「可南です。双子の妹の可南」

「ああ、可南さん。可南さんは、何も言わなくてよかったですよ」

裕太は言った。依然として顔も口調も疲れた様子のままだった。表情には乏しい。ただ、事実を客観的に捉えてゆっくりと言葉にしている裕太は、歳は確か三十二、三だったと思うが、大人に思えた。

「コロナの発生以降、天子さんを信奉している人たちは増えたでしょうね。当然の帰結だと思いますよ。みんな情報がほしいし、縋《すが》るものがほしいんですから。今年東京オリンピックが行なわれないことも、困ったことにあの人は言い当てている。どうしたって信じちゃいますよね。今日、僕が表立ってあんなことを言ったものだから、天子さんにとってもでしょうが、僕を含めた大場家の人間は、信奉者の皆さんにとっても反天子、簡単に言ってしまうと敵になってしまった。これから起きるであろうことを考えると、途轍《とてつ》もなく気が塞ぎます。僕らは迫害を受けるんじゃないかなあ」

「そんな……」

「だって、信仰や宗教なんてそんなものでしょう。力を握った人間の意に反したものを信仰しても迫害されるし、みんなが信仰している宗教以外のものを信仰しても異教徒として迫害される。つきものなんですから、宗教に迫害は」

裕太は、自分が今日発言したことで、市子を信奉する人たちが、思いがけない嫌がらせをしてくるであろうことを想像し、また恐れているようだった。だからこそ、彼は自分はやり方を間違えたと言っている。その気持ちは可南にも受け取れた。

「可南さんのお父様には、親父やお袋が、何かとお世話になっているようで」

話の切り口を変えるように裕太が言った。

「いえ、こちらこそ大変お世話になっていまして。来栖さんを挟んだご事情は承知しているのに、うちは何のお力にもなれなくて、ほんと、情けないです」

「可南さん」裕太はようやく自分を取り戻したかのような、しっかりとした眼差しをして可南を見据えた。「もし、僕をはじめとした大場家の人間が、天子さんや住人の皆さんの迫害の対象になったとしても、親父やお袋のこと、どうぞよろしくお願いします。どうかこれまでと変わりなくつき合ってやってください」

「当然です。大場さんは古くからの地主さん、ここには一番古くから住んでいらっしゃるお宅なんですから」

「ここの古くからの地主、住人……それも何だか怪しくなってきたような。もしかすると、僕の代で終わりかもしれませんよ」

「そんなことを仰らないでください。少なくとも私や父は、大場さんのことを頼りにしているんですから」

「嬉しいな。そう言っていただけると有り難いし心強いです」言ってから、裕太は周囲を見回した。「駅にご用事ですか。でなかったら、早くお宅にお帰りになった方がいい。僕とこうして立ち話をしているところは、人に見られない方がいいと思いますから。お父様には可南さんから、どうぞよろしくお伝えください」

何もできないくせに、いつまでも裕太を引き止めておく訳にもいかない。そんなのは、単に大場家に対しての自分の立場を守ろうという可南の言い訳か勝手でしかない。

「……はい。それじゃあ、また」

「さようなら」

別れの言葉を口にして可南に背を向けると、裕太は駅方面へと向かって立ち去っていった。無力感に浸されながら、可南も踵《きびす》を返して家路を辿る。

迫害——裕太は言ったが、そんなことが本当に起きるのだろうか。さすがに、まさかそんなことにはならないだろうと、可南は帰る道々考えた。安田家や茅野家はべつにして、ここに住む人たちのほとんどは、みな節度を心得た常識人だ。裕太が天子家を非難する言葉を口にしたからといって、大場家に対して極端な行動をとるような人間はいないのではないか。

（そうよ。迫害だなんて、そんなことが起きるはずがない）

可南は思った。そう思いたかったのかもしれない。

ところが、そう思った次の瞬間、怜悧《れいり》な眼差しで可南を貫き固まらせた姫子の顔が、可南の脳裏に浮かんでいた。表情にこれといった変化はないのに、明らかに恫喝している目、顔。また身が竦んで、二の腕の辺りにぞわっと鳥肌が立つ。

あの人たち、天子家の人たちは、ふつうの人たちじゃない——元からわかっていたことだ。だから、可南は、紫苑からは杞憂と馬鹿にされながらも、ずっと彼ら、彼女らを危ぶんできた。永松とも会い、歴史を遡って歩き巫女のことをいろいろ調べもした。なのに今頃になって、身をもってそのことに気づいたというのが実際のところだった。

ひとりでに顔がひしゃげた。

可南は、そんな自分が、何とも情けなくてならなかった。

7

歴史や民俗学が好きで、ほかの人には理解されなくても、何かにつけて古いことを持ち出すのは、可南の得意とするところのはずだった。ところが、疫病退散を願う人々の間で、アマビエなる妖怪の名前や絵が流行りだして、コロナよけのお守り代わりのストラップになったりした。アマビエなどという妖怪は、これまで可南も耳にしたことがなかった。

「先生は、アマビエ、前からご存じでした？」

可南は電話で永松にも尋ねてみた。

「いや、知らなかった」永松は言った。「アマビエの絵を見たのも初めてだった。あんなのがあるんだねえ」

民俗学者である永松も知らないような妖怪の名前を、当たり前のように一般の人々が口にしている。それだけをとってみても、人々の思考の混乱が窺えたし、民間信仰や迷信のようなものが、実は日本人には根強くあるのだということもわかった。

ニュースやワイドショーは、毎日コロナ、コロナで、各局、各番組、どれもコロナ一色になった。それぐらいにコロナは猛威を振るい始めていたし、人々の関心を集めていた。知れば知るほど恐ろしいコロナ。また、日々コロナに関する情報が更新されたりするものだから、みんなテレビから目が離せなくなってしまっていた。コロナに罹らないため、最新の情報が得たいからだ。テレビでは感染症の研究者や専門家、大学教授、それに感染症治療に当たっている医師らが引っ張り凧《だこ》。しかし、それぞれ似たようなことを言うかと思えば、相反することを言ったりするので、〝誰〟を追いかけ情報を得るかが決め手みたいになって、なかには人気を集めてみるみるタレント化していった研究者もいた。

「妖怪アマビエと、医学や科学情報は、正反対なのに」可南は途中ひとつ息をついて康平に言った。

「どっちも流行ってるって、これ、どうなっちゃってるんだろう」

要は、みんな自分が〝これ〟と縋れるものを手探り状態で求めているのだろうと、康平は言った。

「アマビエに縋る人もいれば、何とか先生の言うことを懸命に追いかけて、それに縋る人もいる。どっちにも縋る人も。そんな世のなかだ。市子様に縋る人が出るのも無理からぬ話で」

うがい、手洗い、マスク着用、手指の消毒が、自助努力面での常識となると同時に、とにかくコロナに罹らないためには人との接触、ことに密な接触を避けることが必須と言われ、人はできるだけ外出を控えるようになったし、人と会わないようになった。それでも、見ていると天子神社にお参りにやってくる人たちは絶えないし、ちゃんと予約をしたうえで、市子と会っている人たちも少なくない様子だった。美絵、紫苑、それに梨里にしてもおんなじだ。ある人たちにとっては、市子は何とか先生よりも頼りになって縋ることのできる存在なのだ。

「紹子ちゃんのオーマ、ノノ様はカッコいいけえのう。スターじゃ、スター」

梨里などは、もう広島弁で喋る公の許可が下りたかのように、さかんに広島弁もどきで言う。

「お父さん、そういうリリーや紫苑を、もう私は止められないよ」

「仕方ない。何しろ市子様は、秀でた特殊能力の持ち主で、代々神に仕える巫女さんの系譜、その末裔だ。千二百年以上も前からだぞ。おまけにカリスマ性抜群。そんな巫女さんの親玉みたいな人が近所にいたら、縋ってもみたくなる。わかるよ。寧ろ近所にいてくれてラッキー。そう思うよな」康平は言った。「相手は暴力団とか反社じゃなくて神社。神社の巫女さん。つき合って何の問題もない。もうシンパとアンチで地図の色分けをするまでもない。ほとんどの人が、天子さんを歓迎していると思った方がいい」

可南はといえば、万が一、コロナを伝染してしまってはいけないからという口実で、以来、姫子のところには行っていない。姫子を糸口に天子家のことを探るはずが、相手は可南を操ろうとしているとわかっていながら、可南は敢えなくその図にはまってしまった。この先も、きっと同じことを繰り返すだけだ。結局は、姫子に黙らせられるし、操縦される。格が違うと諦めるしかなかった。

一方、康平は、以前と同様、時々大場家を訪ねている。また、古池夫婦、吉川夫婦などは、依然として歳若い娘たちがストッパーになって、今も天子家シンパという立場はとっていない。けれども、アンチも中立派も、この地域では少数派になっていて、彼らも時折不安や寂しさを覚えたりするようだった。私たち、これでいいのかしら。村八分みたいになったらどうしよう——。

それでだろうか。数少ない仲間を求めるように、両家の人間も、時々大場家を訪れているし、康平はそこで彼らと顔を合わせる機会があるようだ。とはいっても、大場家を訪れるのは、人目を避け、忍んでのこと。裕太の思い切った発言もあって、おおっぴらに大場家を訪ねることは控えている。

「古池さんの奥さんなんか、『何だか私たちの方が隠れキリシタンみたい』なんて言って」康平は言った。「だから、私も古池さんたちに、大場さんのところで会ったことは口外しないからと言ってある」

元々隠れキリシタン的立場にあったのは、天子家の方ではないか。それがいつの間にやら逆転してしまった。

裕太が心配していた迫害はといえば、嘆かわしいことだが、それに類するようなことは起き始めているらしい。例えば、宅配ピザや宅配寿司が大量に届けられたり、勝手に日本郵便に住所変更の届けが出されていたり……やる方はそう手間がかからないが、やられる方は何かと煩わしいし応えるような、よくある種類の嫌がらせだ。

「やだ、そういうの」可南は眉を顰《ひそ》めた「配達員の人との間でひと悶着《もんちやく》あるだろうし、日本郵便にも住所が変わっていないことを説明しにいかなきゃならない。手間がかかる」

「もうそんな目に遭いたくないから、今では大場さんは何店かの宅配ピザ店や宅配寿司店に、自分のところでは宅配は頼まないからと言ってあるそうだ」

賢明な策だと思う。但し、大場家ではもう宅配ピザや宅配寿司は頼めなくなる。

「しょうがない。その程度は我慢だな」

「でも、これからは、コロナで食の宅配が増える時期だよ」

「まあな。あちこちのデリバリー業者に、予《あらかじ》め事情を話しておかなきゃいけなくなるかもしれない」

後は塀にいたずら書きをされたり、玄関口を汚されたり……。

「犬の散歩の時、前はちゃんと持ち帰ってくれていたはずの人が、今ではうちをトイレにしているようで……」

清志はこぼしていたそうだ。

塀の下や玄関前に、犬の糞《ふん》が毎日落ちている——人の犬の糞の始末などしたくはないが、まさかそのままずっと放っておく訳にもいかない。止むなく清志か澄香が片づけているようだ。それも気持ちを憂鬱にさせる類の嫌がらせと言える。清志や澄香が願うことはひとつ。これ以上それがエスカレートしないようにということだけだ。

「大場さんは、『愛犬の糞はお持ち帰りください』というプレートを下げたみたいなんだ。ところが、その『愛犬』の字が部分的に消されて、『愛人』になっていたとか」

「タチ悪い。『愛人の糞はお持ち帰りください』——当の大場さんにしてみれば、笑うに笑えないブラックジョークだ」

「横棒と点を加えたとは仰っていたが、それもいつまた消されることやらと」

それでも、石を投げられたり火を点けられたりする訳でなし、まだ静かと言える程度の迫害で済んでいると言っていいだろう。とはいえ、善人の仮面を被《かぶ》って、密《ひそ》かにそういう真似をする住人が複数いるというのは、至極残念な話だった。因みに、宅配ピザの注文等の件やいたずら書きに犬の糞やプレートの件……どれも誰の仕業かはわかっていない。大場家もそれが誰のやったことかを突き止めて、抗議する気はないという。

「犯人を突き止めて抗議をしたら、喧嘩になりかねない。そうなると、大場さんから徹底して身を隠した嫌がらせが始まるかもしれない。そんなの、ますます困るからなあ」

「余計に陰湿でタチの悪いものになりかねない。それを恐れている訳だ」

「新たに参戦する人も出てこないとは限らないし」

「――」

「そういう話を大場さんから聞いているから、古池さんや吉川さんが、隠れキリシタン化するのも無理はない。うちだってそうだ。そんな嫌がらせの対象や標的にはなりたくない」

「それはもちろんだよ」

「だから可南も、自分の言動には気をつけろよ」

「わかっているけど、何か悔しいね」

「ここにずっと住み続けていたいと思っている以上、仕方がない」

康平は、清志や澄香にも、言い訳半分に言っているようだ。

「申し訳ない。何しろ天子さんは、まさにうちのお隣さん。『隣人は選べない』とはよく言ったもので、お隣さんとのトラブルが、一番ふだんの暮らしに影響を及ぼすし、面倒なうえに大きなストレスを感じさせるものなので……」

だから自分は、表立っては反天子の立場は取れないし、大場家の味方として振る舞うこともできない――康平は、そう言いたい訳だ。

「いい加減観念したら？」紫苑などは可南に言う。「好き嫌いの問題とはべつに、コロナの問題がある。今は天子さんに服属していた方がいい時期なのよ」

それには美絵も賛成している。

「服属――」

その言葉には多少抵抗があるが、可南も紫苑の言葉をきっぱりとは撥《は》ねつけられない。勇気を持って反撃の狼煙《のろし》を上げた裕太には本当に申し訳ないと思う。だが、本心はそうでなくても、可南も上辺は天子家シンパのような顔をしているし、そう振る舞っているというのが、偽らざる現在の実状だ。コロナを口実に天子家への出入りを控えているのは、姫子が恐ろしいからにほかならない。正直に言えば、市子はもっと恐ろしい。可南は、天子一族と市子の怖さを承知しているから、天子家を恐れているという点では、天子家に関して無防備な紫苑や美絵たちの上を行っていると言っていい気がする。そして、天子家から恐怖による支配を受けている――それもまた信仰と服従のひとつのかたちだとするならば、可南は紫苑たちよりも、市子の信者の一人になっている。まったくもって皮肉な話だった。

(コロナがなかったら、また違っていたのに)

可南は思う。

「お父さん、私たち、これからどうしていったらいいと思う？　天子さんに対しての話だけど」

可南は康平に尋ねた。

「わからない」康平は言った。「コロナ次第、そんなところかな」

その言葉で、康平もまた、可南と同じような気持ちでいるのがわかった。

(コロナが、私の手足を捕らえている。私の自由を阻害している)

降って湧いたように人々を襲ってきた疫病が、個人的な事情からしても、可南は憎くてならなかった。

8

新宿区大久保・個室割烹《かっぽう》「佐久良《さくら》」――

東京は、六月の十一日に梅雨入りをしてから早《はや》四週間近くが経ち、暦も七月に変わった。七月の一週をほぼ終えても、梅雨はまだ終わる気配すらなく、昨日はひとしきり雨が降っていた。が、それで一応気が済んだかのように今日は晴れ、夏の気配を感じさせる蒸し暑い一日となった。六月は、地震が多かったのも特徴で、地鳴りがするような地震を東京でも感じ、可南は次なる大魔が襲ってくるのかと、正直脅《おび》えた。市子は言っていた。この疫病は始まりに過ぎないと。国民的人気コメディアンに続いて、テレビドラマで活躍していた有名女優もコロナで亡くなり、感染が懸念されるため、遺族はお別れもできなかったというニュースが流れた。いよいよこれからが大魔の本番――可南も思わずにはいられなかった。

「まずビールで乾杯。それでいいですか」

蜜柑《みかん》色の、温かいがやや暗めの照明の下、目の前の羽田崇一郎《はたそういちろう》が、可南に問う。可南は「ええ」と甘い笑顔で頷いた。崇一郎といると、自然と顔が蕩《とろ》けて幼子のようになってしまう。

「つまみは適当に僕が。……そうだな。海の幸の酢の物に、鮎《あゆ》の塩焼き。そんなところからスタートしましょうか」

「いいですね。鮎、季節ですものね」

崇一郎とは、ちょうど東京が梅雨入りした頃に、可南が勤めるクララ貿易で出逢った。首脳陣の協議の結果、ネット販売にシフトはするが、クララ貿易は何とか存続させようということになったのだ。

ネット販売にシフトするのみならず、これからコロナの流行と、それに伴う感染拡大を抑えるため、出社せずに自宅で仕事をするテレワークがもっと推奨されることだろうという読みで、クララ貿易もそれに備えてパソコン関係の入れ換えをした。新しいマシンも購入した。円滑なリモートワークができるよう、新たな設定も行なった。羽田崇一郎はアナザーワールドＰＣサービス、ＡＷＰＣの専務にしてチーフオフィサー。歳は四十三歳。パソコン周りの作業は、ほぼＡＷＰＣに外注したので、クラ貿易ＩＴ化の担当責任者として、崇一郎がパソコンの設定や環境整備のため、新大久保の会社にやってきたし、一日で終わる作業ではなかったので、可南も会社でたびたび彼と顔を合わせるようになった。実のところ、可南はひと目見た時から、タイプだと思った。彼に魅《ひ》かれるものを覚えた。可南の好みのど真ん中――。

ああ、運命の出逢いって、こんなふうに起きるんだな――包み隠すことなく言うならば、可南はそんなふうに思って崇一郎を見ていた。

二人での食事……デートもこれで四回目。崇一郎はやることなすことスマートで、思った通りの人だと、会うごと可南は思ったし、自分のなかで彼への好意が強まっていくのを感じた。

「じゃあ、乾杯」

可南は崇一郎と小さめのビアグラスを合わせた。崇一郎の顔には笑みの光があり、瞳もまた輝いていた。

「榊さん――これまではそう呼んできましたけど、この乾杯を境に、可南さんと呼んでも構いませんか。可南――いい名前だ」

「ありがとうございます。どうぞ二人だけの時は、可南と呼んでください」

「可南さんは僕を何と呼びます？」

「……しばらくは羽田さんで」

「わかりました」

可南が願掛けを頼んだ時に、市子が言った通りの展開だった。梅雨時に出逢ったバツイチ、四十から四十二、三の男性。崇一郎はまさにそれに当てはまる。崇一郎は三十七歳の時に、五つ歳下のモデルの留奈《るな》という女性と結婚したが、その結婚生活は、一年半しかもたずに破綻し、離婚に至ったという。前に食事をした時に確かめたが、彼に子供はいない。さらに言うなら、一郎と名前についているが、彼は羽田家の三男。長男一家が両親とともに、実家のある練馬で暮らしているという。何もかもが、市子が予言した通りだった。

「結婚生活は、実質一年弱ですね。後半はもう別居していましたから。モデルがどんなものだか、僕はよく知らなかったんですよ。だから、僕が悪い」

二度目のデートの時に、崇一郎は留奈と別れた経緯を話してくれた。モデルという仕事柄、仕方のないことなのかもしれないが、留奈は美意識、とりわけ美を保つことに神経を使っていて、生活に於いてもそのための様々なマイルールがあった。それについていけなくなって、崇一郎は留奈との生活を捨てた。

「マイルール……例えば?」

「彼女は、意識的にミネラルウォーターを飲んでいましたね。それも一日にかなりたくさん。よくそんなに飲めるものだと思うぐらいに」

「内側からの保湿でしょうか」

「そう、とにかく保湿、保湿。肌が荒れるので、顔を洗ってもタオルでは拭きません。ティッシュで押さえて拭います。で、メイクを落としたら、いっときも乾燥することのないように、たっぷりの化粧水とミネラルウォーターを含ませたコットンを顔に貼りつけて保湿。それから改めて基礎化粧品。食べ物にもうるさかったですね。朝は何種類かのフルーツ、それにヨーグルト。半ばベジタリアンでもありましたし、大豆主義でもありました。女性にはイソフラボンが欠かせないとかで。まあ、それらは、ほんの一例で。ま、彼女のことはこの辺りで止めておきます。悪くは言いたくないので」

崇一郎の側は、ごくふつうの結婚生活を望んでいたので、留奈の一日のうちでも数あるマイルールに、だんだんつき合ってはいられなくなった。留奈に合わせるのが苦痛になったと自分ではっきりと自覚したので、彼は家を出た。それだけの話だと言う。留奈を悪者にしないよう気を配っているのも、可南には好もしく思えた。

「それにしても九州豪雨、酷いですね。雨の降り方が尋常でない。昔からの村落も、この雨で水没してしまったりしたようで。きっと土砂崩れなんかも、あちこちで起きているんだろうなあ」

これもまた、市子が予言したことだった。

「雨……雨が降る。それもこれまで経験のないほどに、酷く激しく……雨で家を失う人がでるほどに」――。

講話だか託宣だかの時、確かに市子は言っていた。

「この先、コロナはどうなるんでしょうね」

可南は崇一郎に尋ねてみた。

「そうですね。とにかくワクチンができるまでは――」

「ワクチンは、いつ頃できるんでしょう？」

「アメリカやイギリスでは開発が進んでいますが、日本に回ってくるとなると、一年後でもちょっと無理。来年の冬前に打てればいい方。僕はそう思っています」

これに関しても市子は言っていた。

「それが効くか、逆に何か悪さをしやしないか、それが明らかに定まるまでには、なお時間を要することでありましょう」――。

崇一郎とほぼ同じ見方だ。

「そうなると、この先、こうやって人と食事をすることも制限されるようになるかもしれません。それで僕は少々事を急いだ」

「え？」

「早く可南さんと親しくなっておかなければと思って。親しくなっておけば、こうして二人きりなら外で食事もできるでしょうし、僕の家に遊びにきてもらうこともできる」

「……」

可南は気の利いた言葉を返すことができなかったが、胸にぽっと小さな火が灯り、からだが少し熱くなった気がした。

「率直に言います。僕は可南さんに好意を抱いている。できればあなたにおつき合いをお願いしたい。そう考えています――駄目ですか」

「いえ。――あ、あの、嬉しいです」

言わば事はとんとん拍子。崇一郎との関係は、可南が望む方向へと向かって順調に進んでいる。まるで崇一郎が可南の心を知って、先回りをするように言ってくれているのではないかとすら思う。こうなってみると、流星との関係を終了させたことは、少しも残念ではなく、寧ろよいことだったと思えてくる。

「冷酒、飲みませんか。ああ、酢の物もきた。つまみながら飲みましょう。ああ、地酒のリストはここに」

「何だか私、今夜は酔っ払ってしまいそうです」

「大丈夫ですよ。僕がちゃんとお宅までお送りしますから。お住まいは杉並区、環八のすぐ裏手でしたよね？」

「はい。そこで生まれ育ちました。元はお屋敷町みたいなところだったんですよ」

言っていて、可南は誇らしいような気持ちになっていた。

「いいところだ。今でもお屋敷町ですよ。東京の西のお屋敷」

「いいえ、今はただの住宅地になりつつあります。でも、うちの隣には神社があるんです。神職の一族がお祀りしている小さな神社ですけど」

「へえ」崇一郎は言った。「隣に神社。それはいいな」

「隣に神社ができたのは、まだ一年といったところで日が浅いんですけど、お隣の人たちは、千二百年以上も前から渡り歩きをしている巫女さんの一族なんです」

「千二百年前。想像もつかない。凄いな」

「巫女さんですから女系の一家で、美人の三姉妹がいて……ああ、母系と言うのが正しいのかしら。その三姉妹のお母様が惣領《そうりよう》、第三十一代目の飛び抜けて優れた巫女さんなんです」

自分でも何を言っているものやらと思う。それでいて、はしゃいだ心がどうにも抑えられず、可南は崇一郎に言っていた。但し、崇一郎との出逢いをも、市子が予言していたことまでは話さなかった。出逢いもまた、予め決められ予告されていたものだとしたら、崇一郎が気味悪く思うのではないかと思ったからだ。

「ああ、岐阜の百十郎《ひやくじゆうろう》があるな」地酒のリストを見ながら崇一郎が言った。「これは夏の間しか飲めない酒なので、いかがです？　美味しいですよ。それと海老《えび》しんじょの餡《あん》かけを頼みませんか。この海老しんじょ、なかなかいけますから」

「はい。どちらも賛成。羽田さんのお薦めならばぜひ」

しあわせな気分に浸されながら、頰に笑みを浮かべて、可南は頷いて言った。ひとつ気になることがあるとすれば、崇一郎の前の妻、留奈がモデルだったことだ。

「あの」可南は恐る恐るといった感じで言った。「でも、私なんかでいいんでしょうか。前の奥様は、モデルでいらしたのに。美を追求なさっていたし、きっととてもきれいなかただったんだと思います。私では落差がちょっと……」

「何を言っているんですか。可南さん、凄くきれいじゃないですか。彼女みたいにうるさく美を追求しなくても充分に」崇一郎は即座に言った。「とりわけ目がきれいです。それに可南さんは頭の回転が速くて呑み込みがいい。だから、何をやっても手際がいい」

「褒め過ぎです」

「そんなことはない。女らしいのに、性格はさっぱりとしていて、とんとん仕事を進める。いいですねえ、そういう女性。失礼な言い方になるかもしれませんが、僕とテンポが合うような感じがして。可南さんだと、何をするにもとてもやりやすいんですよ」

性格がさっぱりしていて手際がいいのは、近いところで言うと、可南ではなく紫苑だ。崇一郎とつき合い始めたら、いずれ彼を紫苑にも紹介しない訳にはいかないだろう。そうなったら、崇一郎は紫苑を選ぶのではないか——。

（大丈夫だ。紫苑の側の好みが違う。これまで一度も、好きになる人が紫苑とかぶったことはないもの）

可南は思った。

そして、何よりも紫苑には梨里という十歳の元気で個性的な子供がいる。榊家は、紫苑、可南、康平、美絵の四人体制で見ているので、梨里に思う通りにさせながらも、梨里を持て余すことはない。だが、自由にのびのびと育った梨里を一人で受け止めるとなると、これは案外骨だ。梨里は、留奈より手強い我儘《わがまま》さを持ち合わせていると言えるかもしれない。

岐阜の地酒、冷えた百十郎がテーブルに来て、可南はそれに口をつけた。

「あ、口のなかでパチパチ……酵母が生きてる」

「ね？　美味しいでしょう？」

これから次々とどんな災厄が襲ってくるかは知らない。が、崇一郎が可南のパートナーとして隣にいてくれたら、べつに怖いものはない気がした。

このことは、電話で姫子にも報告した。

「わあ、出逢いは梅雨時だって、ノノ様言ってたんだったわよね」朗らかで厚みのある声で、姫子は言った。「可南さん、ノノ様の言うてた梅雨時に、これまたノノ様が言うてた通りの人に出逢ったんだ。その人の手は絶対に放してはいけんんよ。可南さんのよき伴侶となる人に間違いないわ。よかったね。報せてくれてありがとう」

姫子は、自分からも市子に伝えてはおくが、できれば可南自身の口から、市子にちゃんと報告してお礼を言ってほしいと言った。

「その方が万全じゃけえ。ただ、ノノ様は、あの講話以降も、斎戒沐浴《さいかいもくよく》してお祓いとお祈りの日々を過ごしておられるんよ。少しくたびれとる。なもんで、手短にということになるけど、それでもええ？　短い時間であっても、直接ノノ様に話した方がいいと思うよ」

今日は金曜日。可南は二日後の日曜日に、久しぶりに天子家を訪れる約束をした。姫子を通して予約するかたちを取って、市子にも会う約束ができている。

「可南さん、もっと食べてください。――ああ、この店は穴子の白焼きも美味しかったな。穴子の白焼きも頼みましょう」

緩んだ頬に笑みを滲ませながらも、可南の口角はひとりでに上がっていた。崇一郎とともに時を過ごしている。自分の目の前に崇一郎がいる――それだけでほのぼのとしてくるようだった。

（いいなあ、こういうの。……何かしあわせ）

仄《ほの》かな酔いを感じながら、可南は心で呟いていた。

《エピローグ》

日曜日、可南はまず母屋の姫子を訪ねた。産後の肥立《ひだ》ちもよかったとかで、雛子を抱いた姫子は、以前よりも肌に張りがあったたし、全身から〝しあわせオーラ〟を放っていて、見るからに元気そうだった。

「で、その人とはもうしたん？」

いきなり姫子が訊いてきた。そのあけすけさも相変わらずと思わせるのがさすがと言えた。

「いえ、まだです」

可南は答えた。

「早いうちに一遍してみた方がええよ。その相性ってものもあるからね。声はどう？　好き？」

崇一郎の声は、高くもなければ低くもなく、これといった特徴はないが、余裕のある大人の話し方をするので、話をしていて落ち着く。

「そう。ならええわ」姫子は言った。「声は生理と直結しているからね。声がどうにも気に入らんという人とは、いつか必ず駄目になる。女は生理的に一度嫌悪を催したら、それこそ箸の上げ下ろしから何から何に至るまで、我慢のならないものになるけん」

「そういうものなんですね」

何だか言えている気がして、可南は姫子の言葉に素直に頷いた。歌手でもそうだ。声が嫌いな人の歌は聴いていられないし、その人本人までもが嫌いになる。

「でも、可南さんが私にちゃんと報告してくれて、こうやって顔まで見せてくれてほんま嬉しい」にこにことというより、きらきらと笑いながら姫子は言った。「うち、可南さんに敬遠されとる、嫌われとると思ったりした時もあるんよ」

「そんなことはないです。ただコロナが――」

「みんな言うね、コロナ」姫子が陽気に笑った。「それを言い訳にしてる人もいたりする」

「あ、私はべつに――」

案の定と言うべきか、可南の心など、姫子に見透かされていた。慌てて可南は言葉を足したが、それ以上言葉が続かなかった。この人に嘘はつけない――。

「ま、ええわ。ここはコロナのせいにしておこう。うちは全然気にしていないし、今日可南さんとこうして会えたからそれでいい」

「そう言っていただけると……。お隣なのにご無沙汰してしまって、本当にすみません」

「ええって、ええって。ほな、離れに連れてくわ。ノノ様と直接話をして」

「はい」

また姫子に案内される恰好で、市子のいる離れへと赴く。市子の居室に通した段階で、「それじゃ、うちはこれで」と姫子は雛子を抱いて、母屋へと戻っていった。

「だいたいのことは、姫子さんからお聞き及びかと思いますが、今日は以前願掛けしていただいたことの成就のお礼に伺いました」

目の前の市子は巫女姿で、相変わらず存在感抜群だった。が、少し痩せて、もともと白い顔がさらに白くなったようだった。その白い顔のなかで、漆黒の眼《まなこ》が黒々としながらも、輝きを放つ。

「伴侶となる人と、無事出逢えたようやね」市子は言った。「うちが言ったような人なんよね」

「はい。市子様が仰った通りの人です」

「それは何より。ええ人じゃよ。その人に間違いない。うちが請け合う」

「どうもありがとうございます」

顔につい笑みが滲みだしそうになる。

「神様が願い事を聞き届けてくださったということよ。そのお礼をこれからうちが神様に。可南さんもそこに正座して、神様に頭を下げなさい」

「はい」

市子の祝詞が始まった。神に感謝の意を伝える祝詞らしい。市子独特の声もある。可南は厳かな気持ちでそれを聞いていたし、「ありがとうございます」と心で何度も繰り返し呟きながら、じっと頭を下げていた。
二、三分といった程度の祝詞が終わった。それを潮に、市子は立ち上がって可南の方を向きかけた。が、いったん立ち上がった市子のからだがぐらりと後ろに揺らぎ、そのまま市子は仰向《あおむ》けにばったりと畳の上に倒れてしまった。
「市子様。市子様、大丈夫ですか！」

慌てて市子に駆け寄る。

市子は、泡までは吹いていなかったものの、まるで癲癇《てんかん》でも起こしたかと思うような有様だった。白目を剝いてからだを痙攣《けいれん》させている。

「市子様、大丈夫ですか。しっかりなさってください！」

可南の目からは、市子に意識があるのかないのか、可南の言葉が聞こえているのかいないのか、よくわからなかった。そのうちに、市子のからだの痙攣が強く激しくなる。

「あう、あう……」

市子は時折呻《うめ》きを上げながら、激しくからだを波打たせている。これは可南一人では無理だ。可南にはどうしていいものやらわからない。それで可南は、急ぎ母屋に姫子を呼びに走った。

「えっ、ノノ様が倒れて痙攣してる?」ぎょっとしたように目を見開き、姫子は言った。「それはまずい。ずっと祈り通しで、お疲れが溜まっていたから」

言いながらも、姫子はすぐに離れに向かうべく、突っ掛けに足を入れていた。雛子は抱いたままだ。母親の驚きと慌てぶりが伝わったのか、それまでおとなしかった雛子がぐずりだす。

「ノノ様! ノノ様! 大丈夫ですか!」

魂を呼び戻そうとするような勢いで姫子が市子に言う。

すると、一瞬正気を取り戻したのか、黒目を見せて、市子がかすかに頷くような仕種《しぐさ》をしてみせた。だが、痙攣は止まらない。がたがたと身を揺らし、時にその足が畳を叩くように蹴りつける。そうして市子は、じきにまた白目を剝いてしまった。

「あかん。これは病院、救急車だ」姫子が言った。「救急車を呼んで、どこか病院に連れていかんと駄目だわ。ノノ様とはいえ、肉体を持った人間じゃけえ」

姫子のケイタイは母屋だ。スマホを持っていた可南が119を押した。簡潔に市子の状態を伝え、最後に住所を告げた。何せ隣だ。番地が一つ違うだけなので、姫子に訊くまでもなかった。

「どうしよう。今日はみんなそれぞれ用事があって出払ってるんよ。家におるのはうちだけ。あちこち戸締りせにゃいけんし、雛子を連れて病院に行く訳にはいかんし、どうしよう」

姫子もすっかり動顚《どうてん》して取り乱していた。

「救急車が来たら、とりあえず私が付き添います」気づくと明瞭な口調で可南は言っていた。「受け入れ先の病院が決まって、その病院に運ばれたら、姫子さんのケイタイに連絡を入れますので、姫子さんはその間に天子家のどなたかと連絡を取っておいてください。連絡が取れた人に、病院に駆けつけていただければと思います」

「わかった」言ってから、姫子は可南の顔をじっと見つめた。「アータ、案外頼りになるね。いっときのことじゃけど、ノノ様はアータに任せる。いい？　頼んだよ。ノノ様のこと、よろしくね」

「はい。承知しました」

そんな会話を交わすうちにも、遠くに救急車のサイレンの音が聞こえてきて、そのサイレンの音の変化から、あっと言う間にこちらに近づいてくるのがわかった。そして、ひときわ大きくなったサイレンの音が不意に止んだ。

「あ、到着。来たみたいですね、救急車」

二言三言の問いかけはあったが、市子は駆けつけた救急隊員によってストレッチャーに乗せられ、車内へと運び込まれた。

「バイタルを確認して、これから受け入れ病院を探します。あなたが通報したかたですか」

「はい」

救急隊員の問いに、可南はしっかりと答えて頷いた。

「あなたが付き添われますか」

「はい」

再び同じような調子で言って頷く。

「では、救急車にお乗りになって、少しお待ちください」

可南は少しの躊躇いもなしに、救急車に乗り込んだ。市子はといえば、時々黒目を見せはするものの、依然からだの痙攣が続いている。

「市子様、しっかりしてください。救急車に乗ったので、もう少しの辛抱です」可南は身を折り曲げて市子の顔を覗き込みながら言った。「可南です。わかりますか。隣の榊。榊可南です。お宅のどなたかが見えるまで、私がずっと付き添います。どうかご安心なさってください」

「このかたは天子市子さん、六十九歳。そうですね？」

越してきた時より一つ歳をとって、市子も六十九歳になった。

「はい」言ってから、可南ははっとなって言葉をつけ加えた。「もしかすると本名は、八百さんかもしれません。漢数字で八百と書いてヤオ」

「天子市子さんか天子八百さん……ええと、このかたは、巫女さん？……」

可南にとっては既にふつうのことになっているが、市子は白と赤の巫女姿だった。その装束に、救急隊員は少し驚き、違和感に似たものを覚えたようだ。確かに、巫女装束で救急搬送される人間は滅多にいまい。

「巫女さんです。それも大変な巫女さんなんです、このかたは」

可南は言った。

「あなたは？」

目を丸くした救急隊員が、真顔で可南に問うた。

「隣人……隣に住んでいる榊です」

「お隣さん――」

市子や天子家を恐れ、忌避していたはずの可南が、今では榊家の誰よりも市子を信奉し、彼女の信者になっていた。こうして市子に付き添って救急車に乗り込んでいるのを知ったら、康平は何と言うだろうか。可南はぼんやりとそんなことを考えた。天子家のお蔭で投資が思うようにいって利鞘《りざや》も稼ぎ、今やほくほくとしている康平は、「付き添え」とは言っても、それを止めたり咎《とが》めたりすることはないのではないか。

「あなたはお隣の榊さん、そうですね？　天子市子さんはあなたの隣人」

救急隊員が念を押すように確認する。

「そうです。お隣さん、隣人です」

救急隊員に向かって、きっぱりとそう言った時が、可南が天子家の人々を隣人と認め、天子家、とりわけ市子に服属することを受け入れた瞬間だったかもしれない。

「受け入れ先が見つかりました。武蔵明風会《むさしめいふうかい》病院。よろしいですか」

「はい。お願いします」

けたたましいサイレンを辺りに響かせて、再び救急車が走り出す。

「市子様、しっかりしてください！　間違っても死んだりなんかしないでくださいよ！　市子様！

市子様！　私の声が聞こえますか」

救急車が病院へと向かって走る間も、可南はずっと叫び続けていたし、市子の名前を呼び続けていた。「市子様！　市子様！」――。何が市子に起きているのかもよくわからぬまま、可南は「間違っても死んだりなんかしないでくださいよ！」と市子に声をかけていたが、それこそ間違っても市子は死にはしないという無闇な確信のようなものが可南のなかにはあった。何故なら、市子の娘たち、三姉妹は、継子のところには承子、紀子という二人の娘がいるが、まだ誰も三人の娘を産むに至っていないからだ。女の子を三人産んだ人間が天子市子。逆に言えば、女の子を三人産まなければ、第三十二代天子市子にはなれない。次代がまだ育ち熟していない以上、市子は死ぬ訳にはいかない。死にはしない。

黒か白かで言ったら、天子家、天子市子は、恐らく黒だろう。そうに違いない。今でも可南はそう思っている。だが、力がある。それも特殊な強い力が。その力が、崇一郎との出逢いを引き寄せてくれた。たとえ天子一族が黒であろうとも、また、たとえ自分が灰色か黒に染まろうとも、望むところだ、べつに構いはしないという気持ちが、可南の内に湧き上がっていた。

救急車はサイレンを上げながら、市子と可南を乗せて走り続けている。

「可南、少し冷静になったら？　あなた、何かちょっと突っ走り過ぎてる感じがする」

紫苑からそう注意されるぐらいに、可南はこの道を突っ走ろうと、前をきりりと見据えた目と引き締めた唇をして決意していた。

市子は、時折呻きを上げはしても言葉らしきものは何も口にしない。それなのに、可南の耳には、まだ聴いたことのない『アマテラス』の楽曲が流れていた。

アマテラス、アマテラス、天の岩屋戸に何故身を隠す？　漆黒の闇に浸されたわれらは、行く手ばかりか居場所までをも見失う。

アマテラス、アマテラス、スサノオの狼藉《ろうぜき》を恐れ、また深く嘆きて身を隠したるや？　スサノオの姉、やさしきひとよ、太陽の女神。

アメノウズメは舞い踊り、神らは笑いさんざめく。

岩屋戸より、顔覗かせたるアマテラス。光り眩しき太陽の女神。有り難くもかしこき神よ。地を照らし続け、愚かしきわれらを守り給《たま》え。導き給え。

スサノオは、クシナダを得て、出雲《いずも》の地にて歌を詠み給いける。

八雲立つ　出雲八重垣《やえがき》　妻ごみに　八重垣作る　その八重垣を
ああ、アマテラス、アマテラス。

……

それは、市子が心で歌っている声が、可南に届いたのかもしれない。

市子と可南を乗せた救急車は、既に武蔵明風会病院の敷地内へと入った。

「市子様、病院に着きました。もうほんの少しの辛抱です。大丈夫、私がついていますから」

可南は市子の手を握りながら、市子に強くやさしく語りかけていた。

※神々の表記は『古事記』と『日本書紀』と異なるため、本作は『古事記』における表記を採用しました。

本作品は書下ろしです。

※この作品はフィクションであり、実在の人物・団体・事件とはいっさい関係ありません。

明野照葉（あけの・てるは）

東京都生まれ。1998年、「雨女」で第37回オール讀物推理小説新人賞を受賞。2000年、『輪廻RINKAI』で第七回松本清張賞を受賞。主な著書に『魔家族』『東京ヴィレッジ』『契約』『さえずる舌』（以上、光文社文庫）ほか、『汝の名』『宿敵』『誰？』『人殺し』『愛しいひと』『家族トランプ』などがある。

黒白《こくびやく》の一族《いちぞく》

2021年12月30日　初版１刷発行

著　者　明野照葉《あけのてるは》
発行者　鈴木広和
発行所　株式会社 光文社
〒112-8011　東京都文京区音羽1-16-6
電話　編集部　03-5395-8149
書籍販売部　03-5395-8116
業務部　03-5395-8125
URL　光文社　https://www.kobunsha.com/

組　版　萩原印刷
印刷所　堀内印刷
製本所　ナショナル製本

ISBN978-4-334-91435-6